**Balli Kaur Jaswal,** geb. 1983 in Singapur, hat selbst indische Wurzeln, lebte schon als Kind in vielen verschiedenen Ländern und studierte in den USA. 2014 wurde sie vom *Sydney Morning Herald* zur besten jungen australischen Romanautorin des Jahres gekürt. Seit ihrem Welterfolg mit *Erotic Stories for Punjabi Widows* (*Geheime Geschichten für Frauen, die Saris tragen*, Goldmann 2018; u. a. ausgewählt für Reese Witherspoons Buchclub; Filmrechte verkauft) lebt sie vom Schreiben. Ihr Erstling *Inheritance* wurde 2017 verfilmt. *Sugarbread* war auf der Shortlist sämtlicher Singapurer Literaturpreise. Für *The Unlikely Adventures of the Shergill Sisters* (2019) existiert eine Option zur Verfilmung als US-TV-Serie; *Now You See US* erschien 2023.

**Gabriele Haefs** ist eine der bekanntesten Übersetzerinnen Deutschlands (u. a. von Jostein Gaarder, Camilla Grebe, Anne Holt, Máirtín Ó Cadhain, Yeoh Jo-Ann). Auszeichnungen u. a.: Gustav-Heinemann-Friedenspreis, Sonderpreis des Deutschen Jugendliteraturpreises für ihr übersetzerisches Gesamtwerk, Königlich-Norwegischer Verdienstorden.

BALLI KAUR JASWAL

# Zuckerbrot

ROMAN

Aus dem Englischen übertragen
von Gabriele Haefs

ALFRED KRÖNER VERLAG

Balli Kaur Jaswal
*Zuckerbrot*
Roman

Aus dem Englischen übertragen von Gabriele Haefs
1. Auflage, Stuttgart, Kröner 2024
ISBN: 978-3-520-62505-2

Originaltitel: *Sugarbread*


Supported by

NATIONAL ARTS COUNCIL
SINGAPORE

Umschlaggestaltung: Denis Krnjaić
unter Verwendung eines Bildes von © Epigram Books



Druckprodukt mit finanziellem
Klimabeitrag
ClimatePartner.com/12514-2402-1002


Gesamtherstellung: Friedrich Pustet Regensburg

*Für meine Mutter, Tanten und Großmütter*

# Teil 1

# 1

## 1990

Es war Singapur und es war Juli. Die frühe Morgensonne leuchtete orange und rosa zwischen den Hochhäusern; Ströme von Licht flossen durch die reglosen Zweige der Bäume und Hitze stieg vom Straßenbelag auf. Ma und ich gingen unter Reihen von Leinenmarkisen im Schatten. Überall um uns herum wurden Gitter aufgeschlossen und hochgezogen. Sie ratterten laut, wie Züge, die mir direkt über die Ohren fuhren. Ladenbesitzer verzogen das Gesicht, während sie Ständer und Kisten voll mit Gardenia-Brot, Kokos-Kaya-Krügen, süßem Pandan-Brot, klebrigen rosa Cupcakes namens Kueh, Krabbencracker-Tüten, Brötchen, prall gefüllt mit roter Bohnenpaste und Twisties-Snacks auf die Straße zogen. Diese paar Dinge konnten die Sonne vertragen.

Drinnen waren die Läden schattige und kühle Höhlen. Dort gab es Kühlschränke für Milchkartons und Gefriertruhen für Eis am Stiel und Paddle-Pop-Eiscreme. Die wenigen frühen Kunden schoben sich seitwärts wie Krebse durch die engen Gänge. Hinten fläzten sich hohe Reissäcke, als gönnten sie sich eine Atempause von der Morgensonne. Über ihnen an der Wand leuchteten rote Altäre mit Orangen und glimmendem Räucherwerk als Opfergaben. Einige Vitrinen waren so früh am Morgen noch verriegelt und angekettet. Die Ladenbesitzer seufzten, wenn sie in die Hocke gingen, um den Schlüssel ins Schloss zu bugsieren. Sie waren immer am Seufzen, sie waren immer müde.

Ma ging mit energischen, langen Schritten und ich musste mich anstrengen, um mitzukommen. Ich hatte kurze Beine. Ich war das kleinste Mädchen in meiner Klasse. Ich dachte, dass ihr das klar sein müsste, aber wenn ich sie daran erinnerte, wurde sie ungeduldig und sagte: »Du wächst schon noch, Pin.« Sie war schon immer langbeinig und elegant gewesen, deshalb konnte sie sich nicht vorstellen, wie das für mich war. Aber ein bisschen kleiner zu sein, hatte auch seine Vorteile. Ich bemerkte so allerlei, während Ma einfach weitereilte, und genau deshalb nahm sie mich mit zum Markt. Es gab weniger bevölkerte Wege durch die offenen Untergeschosse der Wohnblocks, aber Ma ging lieber an den Läden vorbei, weil ich dann Sonderangebote erspähen konnte. Ich hatte gute Augen und ich war schnell im Addieren und Subtrahieren. Daddy nannte das »einen wachen Geist haben«, und ich dachte gern, dass Gott mir absichtlich einen wachen Geist gegeben hatte, um auszugleichen, was mir an Höhe fehlte.

Bei den Läden hielt ich Ausschau nach Schnäppchen, in der Hoffnung, dass Ma sich erinnern würde, dass sie etwas brauchte, und sich unser Ausflug zum Wochenmarkt verzögerte, und sei es nur für ein paar Minuten. »Da verkaufen sie Wäscheklammern!«, rief ich. Ma wurde langsamer. Ich zeigte auf einen Korb, der vor einem Kramladen stand. Dieser Laden war nicht so gut organisiert wie die anderen. Das alte Ehepaar, dem er gehörte, wirkte immer verwirrt, wenn die Kundschaft nach einem Set von irgendwas fragte. Sie verkauften sämtliche Artikel in Einzelstücken – Kleiderbügel, Nägel, Bleistiftminen, Papierhandtücher, Tigerbalsam. Ma nannte diesen Laden den Einzelstück-Laden, obwohl sein richtiger

Name, wie auf dem Ladenschild zu lesen war, »Lee's Goods« lautete. Ich zeigte auf den Korb, der vor dem Eingang stand, randvoll mit Plastik- und Holz-Wäscheklammern. WÄSCHEKLAMMER FÜNF CENT DAS STÜCK.

»Wir brauchen keine«, sagte Ma, nachdem sie das Schild gelesen hatte. Dann nahm sie ihr Tempo wieder auf, und ich musste wieder springen, um sie einzuholen.

»Ich mag Twisties«, sagte ich und beäugte die ausgestellten Tüten vor einem anderen Laden.

»Twisties sind Müll«, erwiderte Ma, und da wusste ich, dass es keinen Aufschub mehr geben würde. Wir würden zum Markt gehen, und zwar jetzt sofort.

Sonntagmorgens hatte Ang Mo Kio einen leicht rauchigen, süßlichen Geruch. Der kurze Weg zum Markt war immer geprägt von diesen beiden Gerüchen – etwas Brennendem und etwas Verlockendem. Der schwere Brandgeruch kam von dem Rauch, der von den Woks in den nahe gelegenen 24-Stunden-Coffee-Shops aufstieg, wo rote Plastikstühle verstreut um schiefe weiße Tische herumlagen. Der Rauch brachte das Aroma von in Öl brutzelnden Zwiebeln und Knoblauch mit, von in Austernsoße gebratenen Reisnudeln, von gedämpftem Gemüse, das zusammen mit gehacktem Knoblauch vor sich hinköchelt, von Eiern und Butter und Teig, von wässriger Kokossauce und Fischcurry. Der süßliche Geruch stammte nicht unbedingt von etwas Essbarem, obwohl er überwältigend war, wenn wir an der Happy Garden Bakery mit ihren funkelnden Vitrinen voller Schoko-Mousse-Torten und vielstöckigem Kueh Lapis vorbeikamen. In der Sonntagsluft lag eine andere Art von Süße. Es waren die ordentlich aufgereihten Tröge mit Bougainvilleen, die die Straßen säumten, Body Lotion und Deodorant, gemischt mit Schweiß, Morgengrüße von einer Frau zur anderen, das Geld, das bei der 4D-Lotto-

Annahmestelle gezählt wurde, neues Gummi und Leder im Fahrradladen. Nichts auf der Welt war wie unser Viertel an einem Sonntagmorgen. Ich lebte schon mein ganzes Leben lang dort. Ich war zehn Jahre alt.

Als wir uns dem Wochenmarkt näherten, wichen beide Gerüche etwas anderem, einem bitteren Geschmack, der in meiner Kehle seinen Ausgang nahm. Es war immer so. Angst presste mir die Eingeweide zusammen und verwandelte meine Glieder in Blei. Ich konnte mich nicht bewegen oder nach Ma rufen, die einfach weiterging. Irgendwann schaute sie sich um und kam zurück, mit ärgerlich verzogenem Gesicht.

»Komm schon! Du wirst nicht verlorengehen«, sagte sie.

Ich klammerte mich immer an Mas Hand, wenn wir irgendwo hingingen, wo viele Leute waren – die Einkaufspassagen in der Innenstadt, die Reihen von Verkaufsbuden in Ang Mo Kio Central, der Busbahnhof – aber manchmal, ohne dass sie es merkte, verlor sie mich doch. Sie gab es nie zu. Ein Jahr zuvor waren wir unten an der Straße beim Pasar Malam gewesen. Laternen schwebten wie kleine Monde am tintenschwarzen Himmel und aus Lautsprechern krächzte chinesische Musik. Wo immer wir hinkamen, riefen Händler die Preise von Kleidern, Spielzeug und Zuckerwatte aus. Ich erinnerte mich an das Gefühl, wie Mas Hand aus meiner geglitten war auf dem Weg zu einem Schnäppchen. Menschen füllten den kleinen Zwischenraum zwischen uns wie Flutwasser, das in einen Rinnstein strömt. Sie fand mich nach wenigen Minuten wieder, aber für mich hatte es Stunden gedauert, ein ganzes Leben. Als ich ihr sagte, dass sie zuerst losgelassen habe, wurde sie böse und fragte: »Warum sollte ich denn so etwas tun?«

Ich konnte jetzt schon die Hitze auf meinem Rücken spüren; der Schweiß klebte mir das dünne T-Shirt auf die Haut.

Um uns herum bewegten sich Kauflustige in unterschiedliche Richtungen. Einige rannten in klappernden Sandalen an uns vorüber, andere ließen sich Zeit und machten sich breit. Es gab gerade Rücken, krumme Rücken, weite Blusen und hautenge T-Shirts. Ich sah Hautfarben in jeder möglichen Schattierung und die feinen, grünen Äderchen, die die Kniekehlen schmückten. Ich sah hervorstehende Knöchel und abgenutzte Gummilatschen. »Aiyah!«, rief ein Mann, als er seinen Flip Flop verlor, der dann über den nassen Boden rutschte und in einer seichten Eckgosse landete. Für einen Moment konnte ich seine Augen sehen, die wütend nach der Person Ausschau hielten, die ihm in die Hacke getreten war. Ich versteckte mich hinter Ma, für den Fall, dass er dachte, ich sei es gewesen, aber seine Wut hielt nur für wenige Sekunden an; ihm war offenbar aufgegangen, dass er nichts erledigen würde, wenn er sich jetzt nicht in Bewegung setzte. Er rannte zu der Gosse, schob seinen Fuß wieder in den Flip Flop und eilte weiter, als wäre nichts passiert.

»Nimm meine Hand«, sagte Ma. Ich gehorchte. »Also, was machst du jetzt?«

»Immer weiter deine Hand halten.«

»Und was darfst du auf keinen Fall tun?«

»In Panik geraten.«

»Oder?«

»Weinen«, sagte ich, ein bisschen leiser, weil es mir peinlich war.

»Fertig?«, fragte sie.

Ich nickte, und sie ging mit mir hinein. Als der Markt auf uns zustürzte, war mein erster Impuls, mich von Mas Hand loszureißen und wegzurennen. Das wusste Ma – ihr Griff wurde fester. Es gab kein Entrinnen. Die Welt wurde zu einem wogenden Meer aus Menschen, Stimmen und Farben. Es dauerte eine Weile, bis meine Augen sich an das trübe Licht gewöhnt hatten und meine Nase an die Feuchtigkeit und den Geruch von Blut, vermischt mit Blumen, vermischt mit Räucherwerk, vermischt mit reifem Obst. Wir waren durch einen engen Durchgang zwischen einem improvisierten Orchideenladen und einem Geflügelstand hereingekommen, wo gerupfte Hühner mit ihren Schnäbeln an C-förmigen Haken hingen. Von der grau-rosa Färbung ihrer pickligen Haut wurde mir schlecht, deshalb starrte ich auf einen anderen Stand, wo Räucherstäbchen und Papiergeld als Brandopfer für die Ahnen verkauft wurden. Weiter vorn stand eine ältere Frau auf einem niedrigen Schemel und zeigte auf einen Glasbehälter voller grauer Krebse, deren Scheren fest mit rosa Bast umwickelt waren. Die Krebse zappelten und kippten übereinander und tippten ununterbrochen Drohungen gegen das Glas. Ihre Augen waren schwarze Perlen.

Hier gab es keine Ordnung. Ganz Singapur war ordentlich und sauber, aber der Markt war eine andere Welt. Mir waren die sauberen Reihen und die Klimaanlage des NTUC-Supermarktes in Ang Mo Kio Central lieber, aber Ma bestand darauf, dass nichts wirklich gut war, das nicht frisch vom Wochenmarkt kam. Sie glitt fast schwerelos durch die Gassen und verhandelte Hüfte schwingend. Ich konnte mit dem Chaos des Marktes fertigwerden, wenn ich nur ihren Bewegungen folgte, aber ich musste aufpassen, dass sie das nicht sah. Ma machte sich die größten Sorgen, wenn ich ging wie sie.

An diesem Morgen hatte Ma mich geweckt, indem sie meine Zimmertür geöffnet und meinen Namen genannt hatte. »Pin«, hatte sie leise gerufen. Ich war bereits wach. Zwischen den Lamellen meiner Jalousien drang Sonnenlicht ins Zimmer. Ma schloss die Tür und ich lauschte auf ihre Schritte, die sich schnell durch die Wohnung bewegten. Mein Zimmer lag am Hauptgang an unserem Haus, und an den Wochenendmorgen beobachtete ich gerne die Schatten der Vorübergehenden und versuchte sie den Nachbarn zuzuordnen. Da war die junge Malaiin, die mit ihren ältlichen Eltern zusammenlebte. Sie war groß und dürr, mit kurzem stacheligen Haar. Eine vierköpfige Familie lebte ganz hinten am Ende des Ganges. Die Mutter hatte immer das Baby auf dem Arm, was ihrer Silhouette einen Klumpen hinzufügte. Das andere Kind war noch zu klein, um mein Fenster zu erreichen, aber ich erkannte die gebückte Gestalt des Vaters, wenn er mit dem Kleinen vorüberkam.

»Pin.« Ma öffnete wieder die Tür und stand jetzt am Fußende meines Bettes. »Aufwachen. Duschen. Anziehen. Ich hab heute eine Menge einzukaufen. Ich brauche dich, damit du mir hilfst, die Tüten vom Markt nach Hause zu tragen.« Ich sah sie durch die dünnen Bettlaken hindurch an. Schlanke Taille, die Hüften ausladend wie schmale Simse – die Gestalt von Ma.

»Fünf Minuten«, murmelte ich.

Ein weiterer Schatten kam ganz langsam am Fenster vorbei. Ich musste mich aufsetzen, um zu entscheiden, wer das war. Eine plötzliche Brise bewegte die Jalousien und verzerrte die Umrisse. Ma kam wieder ins Zimmer gestürmt, obwohl noch keine fünf Minuten vorbei waren. »Pin!«, rief sie, als ob sie mich soeben beim Klauen erwischt hätte. Der Schatten hielt inne, verwirrt von Mas Stimme, dann setzte er seinen Weg fort. Ich schob mich aus dem Bett und ging unter die Dusche, ehe ich zu schimpfen anfing, damit das Wasser meine Stimme übertönen könnte.

Als ich in ihrem Zimmer saß und ihr dabei zusah, wie sie sich das Gesicht puderte und einen kleinen Knitter an ihrer Bluse glattstrich, verflog meine Wut. Ma war zu glamourös für den Markt. Sie bestand darauf, sich ordentlich anzuziehen, nichts Übertriebenes, aber auch nichts, was sie nur zu Hause tragen würde. Die meisten Hausfrauen, die zum Markt gingen, trugen Flip Flops und ausgebeulte Shorts mit T-Shirts. Sie kämmten sich nicht. Ma warf die Haare über den Kopf nach unten und bürstete sie, bis sie ihr Gesicht umstoben wie eine dunkle Wolke. Als sie im Badezimmer verschwand, versuchte ich es ihr nachzutun, aber die Bürste blieb in meinen Locken stecken. Auch ein weiterer Versuch schlug fehl – ich hatte Daddys Haare und nichts von Mas Anmut.

Jetzt löste sich Mas Griff von meiner Hand. Ich zog an ihrem Rock, um sie zu erinnern. Sie nickte, wie um zu sagen, dass sie mich nicht vergessen hatte, nur etwas in ihrer Handtasche suchte.

»Erst zum Fischstand. Bringen wir es hinter uns«, sagte Ma. Ich stöhnte leise, dann versuchte ich, den Atem anzuhalten, aber das half nichts. Der Fischhändler fächelte sich mit den Händen Luft ins Gesicht, während er die Preise ausrief. Fische mit offenen Mündern und glasigen Augen lagen in Reihen auf mit Eis gefüllten Tabletts. Ihre aufgefächerten Flossen sahen aus wie die Borsten an einem Besen. Es gab größere Fische, weißere Fische, Fische mit etwas, das aussah wie ein langer, spitzer Schnabel. Und über allem der scharfe, metallische Blutgeruch.

Als der Fischhändler Ma sah, grinste er und fragte sie auf Malaiisch: »Hallo, hätten Sie gern ein paar Fische?«

»Ja. Erstmal zwei, dann nennen Sie mir den Preis.«

Der Mann wog zwei schlaffe Fischstücke ab. »Acht Dollar.«

Ma musterte ihn mit zusammengekniffenen Augen, um abzuschätzen, ob man ihm trauen konnte. Nach einem Moment sagte sie: »Okay, dann noch einen.«

Ich verzog das Gesicht. Ich hasse Fisch, und das hier bedeutete, dass Ma bald welchen zum Abendessen braten würde. Der Mann sah meine Miene und lachte. »Ihre Tochter«, sagte er, mehr als Feststellung denn als Frage. Ich lächelte ihn an. Es gefiel mir, wenn andere erkannten, dass ich Mas Tochter war.

»Ja«, sagte Ma. »Danke.« Sie ließ sich von ihm die Plastiktüte geben und reichte sie mir. Ich schob das Handgelenk durch die Griffe und ließ die schwere Tüte heruntersacken, ohne mich darum zu kümmern, dass sie reißen könnte. Ma vertraute mir Fleisch und Gemüse an; Eier und schweres Obst trug sie selbst.

Auf dem Markt wurden alle vier Hauptsprachen gesprochen. Die Luft war angefüllt mit chinesischen Silben, flink wie Pinselstriche. Einige der älteren Standbesitzer konnten Malaiisch sprechen. Der dunkelhäutige Mann, der Hammelfleisch verkaufte, feilschte in schnellem Tamil. Manche Händler gebrauchten unsicher ihr gebrochenes Englisch, während andere demonstrativ ihre schlechte Grammatik herausposaunten. Meine Familie sprach Punjabi – eine Sprache, die die meisten Menschen in Singapur nicht einmal vom Hörensagen kannten –, und das nutzten wir zu unserem Vorteil. Am Obststand befahl Ma mir, die Röte der Äpfel zu überprüfen, während sie die Orangen auf Festigkeit hin untersuchte. Ich war klein genug, um die Früchte zu erreichen, ohne mich über den Korb beugen zu müssen. Ma mochte kein zu großes Interesse zeigen. Sich vorzubeugen signalisierte Bedarf; wir brauchten für gutes Obst nicht mehr zu bezahlen als nötig.

»Die sind reif«, bestätigte ich leise, obwohl ich Punjabi sprach und der Obsthändler es nicht verstehen würde. Uns begegneten nur sehr wenige Menschen aus dem Punjab, außer, wenn wir im Tempel waren; wenn wir sie irgendwo sahen, taten wir, als sähen wir sie nicht, weil Ma nicht stehenbleiben und plaudern wollte. Sie sagte, die meisten Punjabis seien ständig auf der Jagd nach Klatsch, um ihn mit nach Hause zu bringen, und noch die harmloseste kleine Auskunft könne sich in ihren Mündern in Nachrichten von nationaler Tragweite verwandeln.

»Sicher? Schau genau hin«, erwiderte Ma. Sie taxierte die Händlerin.

»Ich bin sicher«, sagte ich. Der Apfel in meiner Hand war rund und reif. Ich presste den Daumen in die Schale und es gab eine kleine Delle.

Ma nickte und kaufte ein paar Äpfel. Die Obsthändlerin war eine zierliche Frau mit einem wirren, kurzen, schneeweißen Lockenkopf. Als sie Ma das Wechselgeld reichte, konnte ich sehen, wie ihre Knöchel aus der bleichen Haut ragten.

»Ich bin müde«, verkündete ich Ma, während wir zum nächsten Stand weitergingen. Das Ende des Marktes war noch immer weit weg. Blattreiches Gemüse musste inspiziert werden, Bohnen mussten handverlesen und Hühnerschenkel abgewogen und verpackt werden. »Ich bin sehr müde«, sagte ich.

Falls Ma mich gehört hatte, stellte sie sich taub. Ich sah zu, wie sie feilschte wie eine Singapurerin. »Selber Preis, aber dicker lah«, sagte sie zu dem Mann, der vorsichtig dünne Tofuscheiben von einem größeren Stück abschnitt. Ma war wie meine Lehrerinnen in der Schule – sie konnte Singlisch nicht billigen, kam aber nicht umhin, es bisweilen trotzdem zu verwenden. Wenn sie mit Fremden sprach, war ihre Aussprache meistens so klar wie die einer Kanal-5-Nachrichtensprecherin. Aber tadelloses Englisch beeindruckte auf dem Markt niemanden – es hob nur die Preise an. Ich hatte Ma einmal darauf hingewiesen, dass ihre schöne Kleidung wahrscheinlich dazu führte, dass die Marktleute uns für wohlhabend hielten, aber ordentlich auszusehen war etwas, wo sie keine Kompromisse duldete.

Die Griffe der Plastiktüten schnitten mir in die Handgelenke. Die Stimmen von Händlern und Kundschaft verschmolzen zu einem einzigen lauten Summen. Ich sagte Ma noch einmal, dass ich müde war. »Und ich habe Durst«, fügte ich hinzu. Wir waren jetzt in der Nähe einer Treppe, die zu einer Reihe von Verkaufsbuden hinaufführte. Der erste Stand oben an der Treppe verkaufte eiskalten Zuckerrohrsaft. Ich wollte schon eine Pause vorschlagen, aber ich kannte auch die damit verbundene Gefahr. Es war nicht ratsam, Ma zu verärgern, wenn sie Essen kaufte. Es verdarb ihr die Laune und sorgte dafür, dass sie wichtige Dinge vergaß.

Nach dem Tofu kam der junge Spinat. Danach Tomaten und Möhren. Ich half Ma jedes Mal beim Aussuchen. »Keine Hektik«, mahnte sie. »Sorgfältig auswählen.« Aber die Luft um mich herum wurde drückender und erschwerte mir das Atmen.

In der vergangenen Nacht hatte ich nicht viel geschlafen. Ich hatte den Kopf voller Zahlen gehabt. »Vier Ziffern«, hatte Daddy gesagt, während er auf meiner Bettkante saß. »Denk scharf nach.« Es klang einfach, sich Zahlen zu überlegen, aber es mussten Glückszahlen sein, oder er würde bei der 4D-Lotterie verlieren. »Nutz deinen wachen Geist, Pin«, sagte Daddy immer und sah mir dabei tief in die Augen.

Jeden Sonntagmorgen stand er in der Schlange vor dem 4D-Kiosk, trat von einem Fuß auf den anderen und hoffte, dass nicht schon irgendwer seine Kombination getippt hatte. Er hatte noch nie gewonnen, war aber immer dicht davor. An meinem ersten Schultag hatte ich ihm die Nummer meines Klassenzimmers genannt, allerdings bestand die nur aus drei

Ziffern. Ich hatte einfach eine weitere hinzugefügt und war bei 1123 gelandet, weil ich fand, dass sich das wahrscheinlich anhörte. Die Gewinnerzahl an diesem Wochenende war ganz nah dran gewesen: 1121. Wenn Daddy in der Zeitung nachsah und feststellte, dass er fast gewonnen hätte, ballte er jedes Mal die Fäuste, knirschte mit den Zähnen und sagte: »So dicht dran!« Wenn keine seiner auserwählten Zahlen dabei war, hielt er den Mund und schob längere Schichten im Hotel. Ma glaubte nicht an die Lotterie und nannte sie eine gewaltige Geldverschwendung. Obwohl sie wusste, dass Daddy jede Woche für den Tippschein Schlange stand, erwähnte sie es so gut wie nie, deshalb war die Lotterie unser Geheimnis, etwas, das nur wir verstehen konnten. Daddy glaubte allen Ernstes, dass er eines Tages gewinnen würde. Aber Ma sagte gern, dass Glücksspiel ebenso sinnlos sei wie Beten, wenn man Probleme hatte.

Es standen noch vier weitere Verkaufsstände an, aber meine Beine fühlten sich an wie Gummi. Ma ließ solche Ausflüchte nicht gelten. »Reiß dich zusammen, Pin!«, befahl sie mir auf Englisch, wenn mich der Markt überwältigte. Wir waren beim Durian-Stand, als mir aufging, dass ich einen anderen Vorwand brauchte, einen schwerwiegenderen. Ein Markthändler kauerte auf dem nassen Boden vor einem hölzernen Block und durchtrennte mit einem großen Messer die harte Schale einer Durian-Frucht. Die beiden Hälften fielen auseinander und gaben den Blick frei auf das cremefarbene Fruchtfleisch, rund und fleischig wie ein Herz. Für einen Moment, ehe der stechende Geruch der Durian-Frucht die Luft erfüllte, war ich gebannt davon, wie der Händler mit der dicken, stacheligen Schale umging. Die meisten Marktleute trugen Handschuhe, aber dieser hier machte sich nicht die Mühe. Er schnappte sich eine Durian nach der anderen aus einem Strohkorb, der so groß war wie ich, und nachdem er sie mit dem Messer angeritzt hatte, zog er die beiden Schalenhälften mit bloßen Händen auseinander. Ich suchte auf seinen Handflächen nach Schwielen – sie mussten doch rau werden, wenn er sie immer wieder auf diese spitzen Stacheln drückte. Und da kam mir die Idee.

Ich fing an, indem ich herumzuzappeln begann, zuerst nur ein bisschen, dann hörte ich wieder auf. Ma sah sich weiter die Durians an und überlegte, ob sie welche kaufen sollte. Dieses Früchte waren ihr Ressort. Ich wusste nicht, wie ich diese stachelige Schale auf ihre Reife hin überprüfen sollte. Als Ma sich zu mir umdrehte, fing ich wieder an herumzuzappeln.

»Hör auf!«, sagte Ma. Sie dachte, ich sei einfach nur ungeduldig, aber ich arbeitete auf etwas Größeres hin. Ich hörte kurz auf, um dann, als sie zum nächsten Stand weiterging, weiterzumachen. Diesmal hob ich ein Bein und kratzte, bis ich eine lange rote Schramme hatte. Ma bemerkte noch immer nichts. Unsere nächste Station war der Geflügelstand. Die Händlerin dort war eine junge Frau mit einem Sohn, der sich an den Saum ihrer Shorts klammerte und uns anstarrte. Sie schüttelte sich den Jungen vom Bein, nannte Ma die Preise und zog gleichzeitig eine klumpige lila Masse aus einem Huhn. Ich hockte mich auf den Boden, bohrte mir die Fingernägel ins Fleisch und zog sie hin und her, bis ich die Kratzgeräusche hören konnte.

Ma, mitten in den Verhandlungen, sah auf mich herab. »Pin, was machst du da? Was ist denn los?« Ich verzog das Gesicht, um zu zeigen, dass ich Schmerzen hatte, und kratzte weiter. Normalerweise, wenn Ma sich ihrer eigenen vernarbten Haut widmete, war das Geräusch für mich so Übelkeit erregend wie die Marktgerüche. Aber jetzt hatte ich ihre Aufmerksamkeit.

»Juckt«, sagte ich und wand mich unbehaglich. Ich war dabei, mich selbst zu überzeugen.

Ma ging vor mir in die Hocke. Sie ließ all ihre Plastiktüten fallen. Wasser kroch in den Saum ihres knöchellangen Rocks und färbte den Rand dunkel. Es kümmerte sie nicht. Sie sah sich mein Bein an, wo ich einen beunruhigenden Ausschlag produziert hatte. »Wenn wir hier fertig sind, gehen wir nach Hause«, sagte sie, als sie sich aufrichtete, um die Händlerin zu bezahlen, die stillschweigend das Wechselgeld einsackte.

Ma führte mich aus den Gängen heraus, fort von den erdrückenden Geräuschen, dem gelblichen Licht, dem kalten Blutgeruch. Draußen wich die feuchte Marktluft der vertrauten drückenden Hitze. Leute liefen herum im hellen Morgen und verschmolzen mit der weißen Luft. Wir traten hinaus auf einen ebenen Gehweg, vor blühende Büsche und dröhnende Busse, die abbremsten, um an den Haltestellen zu stoppen. Ich stieß einen langen Seufzer der Erleichterung aus. Das hier war wieder Singapur – oder wenigstens Singapur, wie ich es kannte.

• • •

Ein Geheimnis: Ich ließ Ma in dem Glauben, dass ich sie nicht gern zum Markt begleitete, weil ich Angst davor hatte, verloren zu gehen, aber in Wirklichkeit war das nicht meine größte Angst. Der Markt war absolut nicht mein Lieblingsort auf der Welt, aber ich konnte so tun, als wäre ich unter Wasser oder als wäre ich eine Touristin, die exotische Früchte kaufen will, oder eine Marsbewohnerin, die mit kühlem Blick das Leben auf einem anderen Planeten erforscht. Irgendwann schaffte ich es sogar, den Blutgeruch und das Geschrei der Marktleute auszublenden und aufzupassen, wo ich hintrat, so dass ich auf dem feuchten Boden nicht ausrutschte. Was unsere Besuche auf dem Markt für mich so schrecklich machte, war, was Ma danach auf dem Heimweg immer zu mir sagte:

»Versprich mir, dass du nicht so wirst wie ich.«

Als Ma das zum ersten Mal sagte, wartete ich auf eine Erklärung, aber es kam keine. Ich fragte sie, warum, und sie sagte: »Dafür gibt es viele Gründe, Pin. Du bist noch zu jung, um das alles zu verstehen, aber du kannst dafür sorgen, dass du nicht dieselben Fehler machst wie ich. Ich will nur, dass du daran denkst. Ich war nicht viel älter als du, als alles schiefging.«

Als sie mich das zweite Mal ermahnte, erinnerte ich sie daran, dass sie es mir schon in der Woche zuvor gesagt hatte. Sie warf mir einen strengen Blick zu. »Und ich werde es so oft sagen, bis du es gelernt hast, Pin«, fauchte sie. »Werde nicht so wie ich.« Ich schämte mich. Ma hätte mich nicht zu erinnern brauchen, wenn sie nicht gesehen hätte, wie ich ihren Gang nachahmte oder versuchte, mir die gleiche Frisur zu machen wie sie. Ich dachte, es sei vielleicht einfach so – Töchter und Mütter sollten sich nicht ähnlich sein. Für mich ergab das keinen Sinn, aber Ma war unerbittlich, und sie wiederholte das nur sonntags, deshalb wurde es zu unserem wöchentlichen Nach-dem-Markt-Ritual.

Mir gefiel das nicht, weil es sich anhörte, als sei ich in Gefahr, und ich wollte mehr wissen, aber Ma mochte keine Fragen. Sie gab nur selten Antworten, und nur, wenn sie es wollte. Ich war mir bei Ma nur über wenige Dinge sicher. Ich wusste, dass sie ein schönes Gesicht hatte, aber vernarbte, zerstörte Haut an Armen und Beinen. Ich wusste, dass sie gern Hindi-Filme sah und dass sie manchmal den Topfpflanzen vor unserer Wohnung etwas zuflüsterte. Wenn ich mehr wissen wollte, musste ich in ihrem Essen nach Hinweisen suchen.

Wir gingen nach Hause und Ma wurde langsamer, damit ich Schritt halten konnte. Sie machte ein besorgtes Gesicht. »Lass mich das nehmen«, sagte sie und riss mir die Tüte mit dem Tofu aus der Hand. Wenn wir zu unserem Block zurückgingen, nahmen wir immer den Weg, der uns um die Menschentrauben herumführte, die zum Markt schlurften. »Wie gut, dass wir früh gegangen sind. Sieh dir doch nur all die Leute an, die jetzt gehen. Da drin wird die Hölle los sein«, sagte sie.

Unser Block hatte die Nummer 549. Daddy hatte schon mal einen Tippzettel mit diesen Ziffern gekauft, jede Woche kombiniert mit einer neuen Zahl. Direkt gegenüber von unserem Block war das leere Untergeschoss von 547 vollgestellt mit Rattan-Vogelkäfigen. Einige Männer halfen, die Käfige unter der Decke an Haken zu hängen, um dann Nummern darüber zu befestigen. In den Käfigen gaben braune Singvögel ein schrilles Tschirp-Konzert, als versuchten sie, sich gegenseitig zu übertrumpfen. Es gab ein Schild mit chinesischen Schriftzeichen und der englischen Übersetzung darunter. Es ging um einen weiteren Singvogelwettbewerb. Jede Woche fand unter einem anderen Block einer statt. Alte, dickbäuchige Onkels in weißen Unterhemden und schwarzen Shorts saßen mit schräggelegten Köpfen unter den Käfigen und horchten nach dem lieblichsten Gesang.

»Für mich hören die sich verdammt nochmal alle gleich an«, murmelte Ma, als wir den Fahrstuhl verließen und den Gang entlang zu unserer Wohnung liefen. Wir konnten die Vögel selbst auf unserer Etage hören – das schrille Gezwitscher würde noch den ganzen Tag lang durch die Küchenfenster dringen, bis endlich der Sieger bekanntgegeben würde.

Ma ging in ihr Schlafzimmer und kam mit einem Fläschchen mit Balsam zurück. Sie strich ihn auf den Ausschlag, den ich meinem Bein verpasst hatte. »Alles gut?«, fragte sie, aber ehe ich antworten konnte, sagte sie leise: »Ja, das wird wieder gut.«

Ich hatte so ein schlechtes Gewissen, weil ich so getan hatte, als hätte ich einen Ausschlag, dass ich alle Plastiktüten ordentlich an den Küchenwänden aufreihte. Ma schritt einige Male vor der Anrichte auf und ab wie ein General vor einer Armee. Ich öffnete die Kühlschranktür und verschob einen Milchkarton, um Platz zu schaffen. Die Lebensmittel wurden nach einem bestimmten System in den Kühlschrank einsortiert, und alles hing ab vom Speiseplan der Woche. Ich sah zu, wie Ma Spinat und Bohnensprossen ins Gemüsefach lud, die Hähnchenschenkel und den metallischen Fisch ins Gefrierfach packte und die Tofuscheiben in eine mit Wasser gefüllte Schüssel legte. Ich versuchte, die Essenskombinationen für diese Woche zu erraten, so, wie ich mir den Kopf nach Daddys Gewinnerzahlen zerbrach, aber ich kam zu keinem Ergebnis. Nichts ergab einen Sinn. Nur Ma kannte den Plan. Als sie fertig war, war der Kühlschrank vollgestopft und strotzte vor Farben, und es war fast Mittag.

Ich ging zurück in mein Zimmer, schaltete den Ventilator ein und streckte mich auf dem kühlen Fliesenboden aus. Das gnadenlose Sonnenlicht wurde weicher, wenn es in Fetzen durch die Spalten in meiner Jalousie drang. In unserem kleinen Wohnzimmer machte Ma sich an den Möbeln zu schaffen, als Vorwand, um fernzusehen, und irgendwann machte sie es sich auf dem Rattansofa gemütlich. Weiterhin kamen die verschwommenen Schatten von Nachbarn vorbei, und ich erriet den Besitzer von jedem Einzelnen und wusste, dass ich richtiglag. Ich konnte mir auch ausrechnen, wie der restliche Tag verlaufen würde. Bald würde Daddy von seiner Nachtschicht im Hotel zurückkommen und den Kopf in mein

Zimmer stecken, um mir seine Lottozahlen zu verraten. Ma würde ein schlichtes Mittagessen zubereiten, nichts, was zu satt machte, denn es war Sonntag und sie kochte gern große Menus für unser Sonntagabendessen. Ich würde essen, beim Abräumen helfen, dann in mein Zimmer gehen, während Ma und Daddy zusammen auf dem Sofa vor dem Fernseher säßen. Ich würde vor mich hindösen und Lieder aus den nachmittäglichen Hindi-Filmen würden in mein Zimmer wehen, während die Sonne unterging und das Licht aus unserem Zuhause entwich.

• • •

In unserem Haus wurden die Mahlzeiten nicht einfach zubereitet und verzehrt, um unseren Hunger zu stillen. Ma kreierte Gerichte je nach Laune, Wetter oder außerordentlichen Ereignissen. Ich kaute beim Essen immer sorgfältig und suchte dabei nach Hinweisen. Kohlblätter, getränkt mit süßer Kokossoße, verrieten mir, dass Ma milde gestimmt war. Vielleicht hatte es an diesem Nachmittag geregnet und ich hatte es durchs Klassenzimmerfenster nicht bemerkt. Lorbeerblätter und saure Soße wiesen auf Raffinesse hin – Ma inspirierte mich dazu, die engen Gänge dieses Wohnblocks zu verlassen, wo die Nachbarn lauschten und sich gegenseitig über die Füße stolperten. Zimtstangen waren Mas Art, mich zu trösten, wenn sie einen Riss im Weltbild bemerkte und versuchte, den Schlag abzumildern. Das scharfe Aroma von Kumin verriet zuverlässig, dass Ma sich über irgendetwas Sorgen machte. Es gab oft Kumin-Gerichte.

Es war Daddy, der mir beibrachte, die verborgenen Bedeutungen in Mas Essen zu ergründen. Er sagte, das sei eine nützliche Fähigkeit, vor allem, wenn sie verärgert oder traurig war. Als er mir zum ersten Mal davon erzählte, war ich begeistert. Ich dachte, nun könnte ich Ma endlich verstehen. Aber alles, was ich entdeckte, waren ihr Gefühlszustand. Ich konnte Wut aus der Menge an Chili-Pulver und Senfkörnern herauslesen, die sie in ein Curry streute, und ich wusste, dass sie glücklich war, wenn sie Hähnchen mit heller Sojasoße und Anissamen anbriet und auf weißem Reis servierte. Aber ich sehnte mich danach, mehr über Ma in Erfahrung bringen. Sie war voller Geheimnisse, das wusste ich, seit ich zum ersten Mal gesehen hatte, wie sie am Fenster stand und völlig in sich versunken die Gebäude in der Ferne und den Himmel dahinter betrachtete. Das tat sie oft, alles vergessend außer dem weiten Himmel vor sich. Ich war nie sicher, ob sie etwas anschaute oder nach etwas Ausschau hielt. »Deine Ma sagt nicht immer, was sie denkt oder fühlt«, sagte Daddy. »Aber wenn sie kocht, ist sie mit ihren Gedanken und ihrem Herzen dabei, und dann lernst du jedes Mal etwas über sie.« Also suchte ich Ma in ihren Gewürzen und Saucen, ihren Gemüsekombinationen und ihren süßen Nachtischen.

Ma hatte erst damit angefangen, den Markt zum Teil unserer sonntäglichen Routine zu machen, nachdem wir aufgehört hatten, den Sikh-Tempel zu besuchen. Ich konnte mich nicht entscheiden, was ich schlimmer fand. Es machte mir nichts aus, ein Salwar Kamiz zu tragen oder meinen Kopf zu bedecken und barfuß zu laufen. Ich mochte die friedliche Stille der Gebetshalle mit ihren unterschiedlichen Bereichen für Männer und Frauen. Ich tat, als wäre ich eine Berühmtheit, wenn ich über den schmalen, blassroten Läufer schritt, und verbeugte mich tief vor dem großen Heiligen Buch und dem bärtigen Priester, der laut den Text vorlas und niemals aufschaute. Ich konnte den Gottesdienst ertragen – im Schneidersitz unter Ventilatoren hockend, die die Luft zerschnitten, und den ächzenden Akkordeons lauschend, die die Hymnen anstimmten. Aber ich fand es fürchterlich, im Tempel zu essen, und dafür würde mich Gott ganz sicher bestrafen.

Das Essen im Tempel bestand aus angebranntem Roti – Weizenmehl und Wasser, zu einem weichen Teigklumpen gerollt, plattgedrückt und auf einer flachen Eisenplatte gebacken –, Blumenkohl, mit Gewürzen vermischten Kartoffeln und klumpigem Dhal, die in riesigen Töpfen und Pfannen über blauen Flammen verrührt wurden, die sich blähten wie auf den Kopf gestellte Röcke, und dünnem, wässrigem Joghurt mit Möhren- und Gurkenstreifen. Das alles hatte nicht Ma gekocht. Die Frauen in der hinten gelegenen Küche lebten von Klatsch und tauschten Geschichten über Kinder und Ehen ihrer Freundinnen aus. Ich hörte sie immer reden, wenn ich hereinkam, um meinen Teller ins Spülbecken zu stellen. Einmal fing eine von ihnen meinen Blick auf, als ich vorüberging, und stupste ihre Freundin an. »Ist das nicht …?«, fragte sie. Sie hatte nicht leise genug gesprochen. Auf dem Heimweg hatte ich immer noch den Geschmack ihres Essens im Mund, trocken und sauer wie ihr geflüsterter Klatsch, und ich sagte Ma, ich könne nicht mehr im Tempel essen.

»Es ist Gottes Speise«, sagte Ma immer bestimmt, als wäre das eine Erklärung für alles. Ich müsse dankbar dafür sein, eine Sikh zu sein, erinnerte sie mich, denn in unserer Religion würden alle beim Essen gleich behandelt. »Alt und jung, arm und reich, so lange du an Ihn glaubst, bist du zum Essen im Tempel willkommen.« Ich musste zugeben, dass es durchaus großzügig von Gott war, allen etwas zu essen zu geben. Aber ich wünschte mir trotzdem, Er könnte Seine Speisen ein bisschen ansprechender machen. Bei Ma herumzujammern, war keine gute Idee; sie duldete es einfach nicht. Im Tempel versuchte ich nie den Kratz-Trick, denn das war zu riskant mit so vielen Menschen, die zusahen. Sie sollten nichts von Mas Hautproblemen wissen. Das war etwas, das wir drei für uns behielten. Sie litt an etwas, das ihre Haut jucken und beängstigend rot werden ließ. Sie ging zu einem Arzt, von dem sie eine spezielle Salbe bekam und der sie ermahnte, nicht zu kratzen, aber sie sagte, manchmal sei es einfach unerträglich. Wenn sie sich aufregte, wurde ihre Haut sogar noch schlimmer. Die Pusteln wurden größer, breiteten sich aus und bedeckten ihren ganzen Körper. Ma trug im Tempel lange Ärmel, sogar an den heißesten Tagen, und zog sie sich über die Hände, wenn jemand zu starren begann. Immer starrten die Leute – spitznasige Damen mit ihren riesigen Augen und ihrem ergrauenden Haar, jüngere Frauen, deren Blicke schnell davonhuschten, nur um gleich wieder zurückzukehren. Auf den Männern ruhten ihre Blicke länger. Ich hatte Ma einmal gefragt, warum sie immer zu uns hersahen. Sie zuckte mit den Schultern und sagte: »Als das mit meinen Hautproblemen losging, hatten sie alle ihre eigene Meinung dazu. Ein blöder, abergläubischer Haufen ist das.«

Um mich dazu zu bringen, im Tempel zu essen, hatte Ma es mit gutem Zureden versucht. Sie hatte gebettelt. Sie hatte gedroht. Sie hatte es sich sogar einmal erlaubt, ihre Stimme zu einem Fast-Schrei zu erheben, aber so viele Menschen hatten aufgeschaut, dass sie sie wieder hatte senken und sich geschlagen geben müssen. Schließlich, als ich ungefähr sechs Jahre alt war, hatte sie eine Idee. In ihrer Handtasche nahm sie, neben Servietten und einem Geldbeutel, prallvoll mit Münzen, eine kleine Zuckerdose mit. Nachdem sie sich umgeschaut hatte, um sicherzugehen, dass niemand hinsah, erlaubte sie mir, den Zucker auf das heiße Roti zu streuen. Ich schaute immer zu und wartete, bis er in den Teig geschmolzen war, bevor ich ein Stück abriss um zu probieren. Immer, wenn

Ma mich dieses Zuckerbrot essen ließ, schüttelte sie den Kopf und murmelte: »Das war jetzt aber das letzte Mal.« Doch sie nahm diese Dose jeden Sonntag mit, zu jedem Tempelbesuch. Sie erzählte mir einmal, Roti sei das Einzige gewesen, was ihre eigene Mutter in ihrer Kindheit gekocht habe. Das überraschte mich nicht, denn meine Nani-ji ernährte sich immer noch ausschließlich von Roti.

»Manchmal mussten wir es auch ein bisschen variieren. Nur zur Abwechslung«, hatte sie gesagt, mit einem leisen Lächeln auf den Lippen. So lächelte sie, wenn sie sich an etwas erinnerte, das sie glücklich machte. Es war kein Ausdruck, den ich oft bemerkte, denn meistens zeichnete die Vergangenheit Schatten in Mas Gesicht.

Nani-ji war jeden Sonntag im Tempel, sie saß im Frauenbereich und trug ihr Witwen-Weiß. Ihre Haare waren so dünn, dass schmale rosa Streifen ihrer Kopfhaut durch den dünnen Stoff ihres Tuchs schimmerten. Immer, wenn ich hereinkam und sie sah, fasste ich schnell nach oben, um sicherzugehen, dass mein Tuch meinen Kopf bedeckte und meinen kurzen Pferdeschwanz verbarg. Aus dem Augenwinkel sah ich, dass Ma dasselbe tat. Nani-ji wusste, dass wir uns die Haare schnitten, und das gefiel ihr überhaupt nicht, deshalb gaben wir uns alle Mühe, um die Sünde zu verbergen, so dass sie sie nicht sah und kommentierte. Sikhs sollen sich nicht die Haare schneiden oder sich rasieren; die Mädchen und Frauen haben Zöpfe, die ihnen wie Taue den Rücken hinunterhängen, die Männer tragen Turbane und üppige Bärte, die ihre Gesichter verdecken. Ma und ich waren modern mit unseren kurzen Haaren, und Daddy auch, mit diesen paar Stoppelfeldern auf seinen Wangen. Er schaffte es meistens, sich vor dem Tempel zu drücken, weil er Sonntagsschichten im Hotel übernahm. Er war nicht besonders religiös, gestand er mir. Er sagte, er habe nichts gegen Gott, aber er halte es auch nicht für nötig, jede Woche bei Ihm zu Hause herumzusitzen und Tee zu trinken.

Nani-ji war zu alt und zu schlecht zu Fuß, um allein zum Tempel zu gehen. Mas Bruder, Mama-ji Sarjit, fuhr sie am frühen Morgen hin. Sie saß immer ganz vorne, zusammen mit seiner Frau, meinem Fetten Tantchen, und deshalb saßen wir hinten. Ma und ihr Bruder wechselten nur wenige Worte miteinander, noch weniger sprach sie mit Fettes Tantchen. Es hatte einige Jahre zuvor einen Streit gegeben, bei dem Fettes Tantchen Mama als Schandfleck der Familie bezeichnet hatte, weil sie nicht an ihren Hauseinweihungsgebeten teilgenommen hatte. Das wusste ich, weil Ma einige unschöne Worte über die Figur von Fettes Tantchens verloren hatte, vor allem über ihren Hintern. Danach hatten wir den Tempel für einige Wochen gemieden, dann wurde Nani-ji krank und musste ins Krankenhaus, also mussten sie wieder miteinander reden. Sie sagten höflich hallo und umarmten einander unwillig von der Seite, wenn wir uns zum Essen anstellten. Die Spannung zwischen ihnen hing in der Luft und senkte sich in den milchigen Tee, den ich trinken musste, um das harte Brot durch meine Kehle zu zwingen.

»Den mag ich nicht«, sagte ich zu Ma und schwenkte die Tasse in ihre Richtung. In schwarzen Flocken stiegen die Teeblätter an die Oberfläche. »Er ist … unfreundlich.«

»Bitter«, korrigierte mich Ma, aber sie hatte beim Test versagt. Ich hatte herausfinden wollen, ob sie ebenfalls Gefühle schmecken konnte. »Es gibt keinen *unfreundlichen* Geschmack. Was dich da ein bisschen stört, ist Kardamom, er nimmt die Süße weg.« Sie hatte also keine Ahnung von den Hinweisen, die sie jeden Tag preisgab.

Hinter seinem dicken Bart drückte der Mund meines Mama-ji permanent Missbilligung aus. Er grüßte durch ein

Nicken. Er ließ Fettes Tantchen so viel reden, wie sie wollte. Im Tempel war sie immer die Lauteste. Vom Frauenbereich drang ihre schrille Stimme herüber und wurde zwischen den Stahlplatten und den blassgelben Wänden hin- und hergeschleudert. Sie verstand sich gut mit den Tempeldamen. Ich war nicht sicher, ob meine Großmutter sie leiden mochte, weil Nani-ji überhaupt niemanden leiden mochte, aber Fettes Tantchen war immer an ihrer Seite. Jedes Mal, wenn Nani-ji aufstand, eilte Fettes Tantchen ihr zu Hilfe. Jedes Mal, wenn Nani-ji hustete, klopfte Fettes Tantchen ihr auf den Rücken mit einer Miene, die eher nach Konzentration aussah als nach Besorgnis. Bei diesen Gesten presste Ma die Lippen zusammen, als ob sie sie verschlucken müsste, um eine böse Bemerkung zu unterdrücken. Weil sie so empfand, tat ich das auch. Ich verbrachte meine Mahlzeiten im Tempel damit, mich darauf zu konzentrieren, Fettes Tantchen zu hassen, und ich konnte den süßen Reispudding und die fettigen, goldenen Jalebi-Ringe nicht essen wegen der Wut, die meine Geschmacksnerven überlagerte und mir bitter im Rachen steckte.

Wir gingen nicht mehr in den Tempel, weil Ma sich mit Fettes Tantchen gestritten hatte. Ich wusste nicht genau, wo sie nicht einer Meinung gewesen waren, weil es nichts gab, wo sie einer Meinung gewesen wären. Es passierte vor ungefähr einem Jahr nach einem langen Gottesdienst im Speisesaal.

Ich war gerade mit Essen fertig und starrte auf die Porträts an der Wand. Es gab fünf Porträts der Gurus, und ich versuchte, die Geschichten zu entschlüsseln, die sie erzählten. Ein Porträt zeigte Guru Nanak hoch zu Ross, seine Gewänder erleuchtet von einem sanften Heiligenschein. Ein anderes zeigte drei Männer mit Speeren, die auf eine Armee zustürmen. Auf einem anderen Bild saßen alle Gurus im Schneidersitz nebeneinander, hinter ihnen ragte ein Tempel auf. Ich baumelte unter dem Tisch mit den Beinen. Nan-ji und Fettes Tantchen saßen uns gegenüber. Die Nichte von Fettes Tantchen war dabei – ein Mädchen namens Harpreet mit langen Haaren und einem spitzen Kinn. »Wir sind Kusinen«, teilte sie mir beiläufig mit. »Meine Tante ist deine Tante.« Ich ging der Sache in Gedanken nach, und wir waren nicht wirklich verwandt. Die Schwester von Fettes Tantchen war Harpreets Mutter. Aber Harpreet war ganz nett, und als ich ihr aus Versehen unter dem Tisch einen Tritt versetzte, sagte sie fröhlich, »macht nix«, bevor ich mich überhaupt entschuldigen konnte.

Ma und Fettes Tantchen sprachen auf Englisch miteinander, und Nani-ji verzehrte langsam ihre Mahlzeit, indem sie das Roti mit den Fingern aufmatschte und es sich in den Mund schaufelte. Sie runzelte die Stirn, während die beiden redeten, weil sie nicht verstand, was sie sagten. Das Gespräch drehte sich um sie. »Sie ist zu alt, um allein zu leben«, sagte Fettes Tantchen immer wieder. »Aber zu mir kann sie nicht. Ich habe meine beiden Jungs, um die ich mich kümmern muss.« Sie zeigte auf ihre zwei Söhne, meine Vettern Devjit und Gurpreet. Sie waren Teenager und sahen überhaupt nicht aus, als ob sie es nötig hätten, dass jemand sich um sie kümmerte. Ich merkte erst, dass ich sie anstarrte, als Devjit mir einen finsteren Blick zuwarf, also richtete ich meine Aufmerksamkeit auf Ma.

»In meiner Wohnung ist kein Platz«, sagte Ma. »Sie ist zu klein. Du hast mindestens ein Gästezimmer. Du weißt, dass ich mich auf ihre alten Tage um meine Mutter kümmern möchte. Es ist nur einfach nicht machbar.«

»Willst du dich um sie kümmern?«, gab Fettes Tantchen zurück. »Oder suchst du nur Ausreden?«

Ma starrte sie an und ich konnte ihren kochenden Zorn spüren. »Was willst du damit sagen?«, fragte sie leise.

»Nichts. Es ist nur sehr typisch für dich. Es passt dir nicht, Verantwortung für die Familie zu übernehmen. Und man weiß nie, wann du die Wahrheit sagst.« Sie warf einen vielsagenden Blick auf Mas Handgelenke, die aus ihren langen Ärmeln herausguckten. An diesem Morgen hatte die Sonne gebrannt auf unserem Weg vom Wohnblock zur Bushaltestelle, und Mas Haut war scharlachrot.

»Kommst du mit raus zum Spielen?«, fragte mich Harpreet. Ich wollte nein sagen, aber Ma drehte sich zu mir um und sagte: »Pin, geh mit deiner neuen Freundin.« Sie schenkte Harpreet ein warmes Lächeln.

»Deine Mutter ist sehr hübsch«, sagte Harpreet, als wir die Regale draußen nach unseren Schuhen absuchten. Ich hatte meine auf die von Ma gestellt, aber dann waren weitere Leute gekommen und hatten ihre Schuhe abgestreift, und der Boden war ein einziges Chaos aus schwarzen Lederschuhen, Turnschuhen, hochhackigen Pailletten-Sandalen und flachen Slippern. Endlich fand ich meine Schuhe, aber Harpreet sagte: »Zieh sie nicht an. Wir wollen ein Rennspiel spielen.« Wir verließen das Tempelgebäude und gingen die Treppe hinunter, die auf einen Hofplatz führte, wo ich auf die anderen Kinder traf. Ma und ich waren noch nie sehr lange im Tempel geblieben, deshalb kannte ich die anderen Kinder nicht. »Das ist meine Kusine Parveen«, sagte Harpreet und drückte meine Hand. »Ich bin Pin«, korrigierte ich sie. Niemand nannte mich bei meinem vollen Namen. Daddy witzelte gerne, er sei zu lang für mich.

Der Hof war ein weiter, offener Platz, umgeben von hohen, grauen, von Moos und Kletterpflanzen bedeckten Mauern. Der Boden unter meinen Füßen war rau und uneben, aber Harpreet beteuerte, dass ich mich daran gewöhnen würde, wenn ich erst losgerannt wäre. Sie durfte das Spiel aussuchen, weil sie die Älteste war. »Können wir Fangen spielen?«, fragte ein Junge.

»Später«, erwiderte Harpreet, dann sah ich, wie sie zur Seite schaute und leise »choos« sagte. Sie bemerkte meinen Blick und schaute sich um, ehe sie flüsternd erklärte: »Das habe ich von meiner Freundin in der Schule gelernt. Wenn du etwas sagst, aber es stimmt nicht, musst du danach ›choos‹ sagen. Sonst bestraft dich Gott, weil du gelogen hast.« Ich merkte es mir.

Wir spielten »Wie spät ist es, Mr Wolf?« Jemand musste Mr Wolf sein und mit dem Rücken zu uns vor einer Mauer stehen. »Wie spät ist es, Mr Wolf?«, riefen wir, und Mr Wolf rief eine Uhrzeit. Dann schlichen wir uns so viele Schritte an Mr Wolf heran, wie seine Uhrzeit Stunden hatte. Sobald man dicht genug an Mr Wolf herankam, musste man versuchen, die Mauer zu berühren und wegzurennen, bevor er einen kriegte. Wen er kriegte, wurde der nächste Mr Wolf.

Wir spielten das Spiel wieder und wieder, bis sich plötzlich eine Wolkendecke vor die Sonne schob und ihren Schatten in den Innenhof warf. »Regen!«, rief Harpreet und tanzte im Kreis herum, als ob es schon angefangen hätte zu gießen. In der Ferne hörten wir Donnergrollen. Ein starker Windstoß brachte den Geruch von feuchter Erde von einem anderen Teil der Insel mit, wo es bereits regnete. Ich dachte, dass Ma längst hätte aus dem Tempel kommen sollen, aber sie ließ sich nicht blicken.

»Lasst uns weiterspielen. Ich möchte Mr Wolf sein«, sagte ein Junge namens Jaswinder. Er war eigentlich gar nicht an der Reihe, aber alle waren müde, und wir spielten ohnehin nur noch halbherzig mit. Jaswinder rannte zur vorderen Mauer. »Fertig?«, rief er. »Okay, fragt mich.«

Die Erwachsenen kamen jetzt nach und nach heraus und

blickten hinauf zum zinngrauen Himmel. »Wie spät ist es, Mr Wolf?«, fragten wir. Er antwortete nicht.

»Hey! Wie spät ist es, Mr Wolf?«

Noch immer nichts.

»WIE SPÄT IST ES, MR WOLF?«, brüllten wir alle wie aus einem Munde.

Jaswinder drehte sich langsam um und grinste uns an. Und dann sagte er: »Fuck!« Alles verstummte. Ein paar Jungs fingen an zu kichern. Die Mädchen waren entsetzt. »Das sag ich deiner Mutter!«, schimpfte Harpreet. Sie sah mich an und schüttelte den Kopf. »Ich kenne seine Mutter«, sagte sie zu mir. Ihm schien das egal zu sein. Kichernd gab er das Wort noch einmal zum Besten. Die anderen Jungs kreischten vor Lachen, aber niemand wagte zu wiederholen, was der Junge gesagt hatte. Die Mädchen drängten sich aneinander.

Harpreet brauchte es seiner Mutter nicht zu sagen. Sie war eine von den Eltern, die aus dem Tempel gekommen waren, als der Himmel angefangen hatte sich zu verdunkeln. Sie jagte wie ein Blitzstrahl auf uns zu. »Sag das noch mal!«, forderte sie ihn auf, ehe sie ihn zweimal hart ins Gesicht schlug. Ich zuckte zusammen. Harpreet stemmte die Hände in die Hüften und machte ein zufriedenes Gesicht. Jaswinder heulte und jammerte, als seine Mutter ihn am Ohr wegzerrte. »Vor allen Leuten im Tempel Unflätigkeiten von dir geben! Warte du nur, bis ich das deinem Vater erzähle. Der wird dir zu Hause eine Tracht Prügel verpassen, dass dir Hören und Sehen vergeht. Warte nur!«

Wir blieben einen Moment lang schweigend stehen, als ob wir den Verlust eines Soldaten betrauerten. »Vielleicht sollten wir Fangen oder Verstecken spielen«, schlug ein dürres Mädchen namens Neelu vor. Harpreet stimmte zu und fragte, ob ich auch mitspielen wollte. Ich wollte gerade ja sagen, als ich Ma mit meinen Schuhen in der Hand aus dem Tempeleingang kommen sah. Sie ging schnell und etwas stimmte nicht. Ich konnte es an ihrem Blick sehen; fast als schaute sie direkt durch mich hindurch, weil sie den Kopf voll hatte mit so vielen anderen Dingen.

»Wir gehen jetzt, Pin«, sagte sie mit scharfer Stimme.

»Wir spielen Verstecken«, erklärte ich Ma.

»Nein. Nimm deine Schuhe. Wir gehen jetzt.«

Ich drehte mich zu Harpreet um. »Dann eben nächste Woche«, sagte ich verlegen. Der Tempel gefiel mir besser, jetzt, wo ich die anderen Kinder kannte. Das Herumrennen und Spielen ließ mich Gottes schlechtes Essen vergessen.

»Nein. Wir kommen nächste Woche nicht wieder her. Wir kommen überhaupt nicht wieder her«, sagte Ma. Harpreets Augen weiteten sich.

Nachdem ich meine Schuhe wieder angezogen hatte, nahm Ma meine Hand und führte mich aus dem Hinterhof heraus. Die Erwachsenen traten schweigend zur Seite, um uns durchzulassen. Die Kinder machten verwirrte Gesichter. Harpreet winkte, aber Ma zog mich so energisch weiter, dass ich nicht zurückwinken konnte.

An der Bushaltestelle sah ich, dass Mas Handrücken wund und schorfig waren. Sie rang die Hände, biss sich in die Unterlippe und versuchte, die Tränen zurückzublinzeln, die ihr trotzdem über die Wangen liefen. Ich legte den Kopf an ihre Schulter und schob meine Hand in ihre, aber sie schüttelte mich ab. »Gott sieht alles, Pin«, sagte sie schließlich, als unser Bus näher kam. »Vergiss das nie.« Ich fühlte, wie eine Welle der Schuld über mich schwappte, weil ich mit dem unflätigen Jaswinder »Wie spät ist es, Mr Wolf?« gespielt hatte. Gott hatte alles gesehen.

Am nächsten Sonntag fingen wir an, auf den Markt zu gehen, und Ma machte eine Religion daraus, Lebensmittel zu kaufen und sie mit ihren Rezepten in köstliche Mahlzeiten zu verwandeln. Ich wusste, dass Fettes Tantchen etwas Entsetzliches gesagt haben musste, um sie so wütend zu machen, aber ich traute mich nicht zu fragen, was das gewesen war. Ich begleitete sie einfach nur zum Markt, und als Ma mir zum ersten Mal sagte, ich dürfe nie so werden wie sie, sagte ich: »Okay.« Dann drehte ich mich zur Seite und sagte: »Choos, choos, choos.« Dreimal, weil es dann bestimmt besser wirkte.

• • •

Ich schrak aus meinem Nickerchen auf, weil ich hörte, wie das Sicherheitsschloss aufsprang und sich das Gitter seufzend öffnete. »Hallo, Daddy«, murmelte ich, als er in mein Zimmer trat.

»Hallo, Pinny«, sagte er mit einem Grinsen in der Stimme. »Spielst du heute nicht Fußball?«

»Sonntags spiele ich nicht«, erklärte ich ihm. Die Jungs aus dem Viertel ließen mich manchmal beim Fangen und Fußball Spielen mitmachen. Ich hatte einen starken Schuss, und ich war klein genug, um in die engen Abflussrohre zu passen, wo der Ball manchmal landete. Ich war außerdem ein Mädchen, weshalb die Leute im Viertel nicht so sehr schimpften, wenn wir sie aus Versehen abschossen, weil ich gut darin war, traurig und bekümmert auszusehen, wenn ich ausgeschimpft wurde.

»Ich hab die Jungs unten gesehen«, sagte Daddy. Er verschränkte seine Beine zu einer Brezel und setzte sich auf den Boden, dann schaute er sich um, als ob er Ausschau nach Spionen hielte. Er senkte die Stimme. »Versprichst du mir, es niemandem zu erzählen?« Ich nickte. »Versprochen? *Versprochen,* versprochen?« Er zog einen Packen Lose aus der Tasche, gefaltet wie Dollarscheine. Ich machte große Augen. Es mussten mehr als 20 Lose sein.

»So viele?«, fragte ich und schnappte mir die Lose, verteilte sie auf dem Boden und sah mir die Nummern an. Vier davon waren Zahlenkombinationen, die ich ihm genannt hatte, die anderen sagten mir nichts. Ich zeigte wahllos auf einige Lose und fragte: »Woher kommt das da? Warum hast du dir dieses ausgesucht?« Daddy hatte unterschiedliche Erklärungen. Seine Zahlen waren wie Mas Gerichte – voller Geschichten und Kombinationen. 4402 war die Autonummer eines reichen Hotelgastes. 2421 hatten seine neuen Schuhe gekostet, 24,21 $. 6748 war ihm bei einer Spätschicht in den Kopf gekommen, und er nahm es als Wink des Schicksals.

»Diese Woche gab es so viele wichtige Nummern, Pin«, sagte er. »Ich konnte nicht nur eines oder zwei kaufen.« Er musste es mir nicht erklären. Wenn Ma es rausfand, würde sie toben. Sie fand, die Lotterie war eine Verschwendung von Geld, das wir nicht hatten. »Warum suchst du dir keinen besseren Job, statt deinen ganzen Lohn in diese dummen 4D-Lose zu stecken?«, fragte sie immer in einem Ton, der klarmachte, dass es sich nicht um eine Frage handelte.

»Ich werde nichts verraten«, sagte ich Daddy, während er die Lose zählte und zurück in seine Taschen stopfte.

»Danke, Pinny«, sagte er und glättete die widerspenstigen Locken auf meinem Kopf, aber sie stellten sich sofort wieder auf.

»Ich muss zum Friseur«, erklärte ich ihm. Das feuchte Wetter ließ einzelne Locken von meinem Kopf abstehen und verlieh mir so einen skurrilen Heiligenschein. In der Schule band ich meine Haare immer in einen festen Pferdeschwanz, weil wir sie nicht offen tragen durften. Wenn Ma die Spendierhosen anhatte, erlaubte sie mir, etwas von ihrem Haarspray zu benutzen, um die Locken im Zaum zu halten, die sie dann mit ihrer schwarzen Strassspange feststeckte, so dass mein Haar glitzerte.

»Warum hast du Ma nicht gebeten, heute mit dir zum Friseur zu gehen?«, fragte er. »Nach dem Markt?«

Ich schaute auf den Fleck an meinem Bein. Der Ausschlag, den ich mir zugefügt hatte, war verschwunden. Daddys Augen folgten meinen nicht. Er hatte so eine Art, Fragen zu stellen, aber bei den Antworten nicht wirklich zuzuhören. Ich drehte mich auf den Rücken und sah zu, wie sich mein Bauch mit meinen regelmäßigen Atemzügen hob und senkte. Das Zimmer versank langsam in der Dämmerung. Das leise Tschirpen der letzten verbliebenen Singvögel im Wettbewerb unter dem anderen Block driftete in kleinen Wellen in unsere Wohnung.

»Wir hatten viel Zeug zu tragen«, sagte ich schließlich.

»Das habe ich bemerkt. Deine Ma hat den Kühlschrank gefüllt, als ob das Ende der Welt bevorstünde.«

»Vielleicht hat sie ein paar neue Ideen.«

»Vielleicht«, sagte Daddy ohne rechte Überzeugung. Vage Kummerfalten tauchten auf seiner hohen Stirn auf. Als Ma zum letzten Mal so viel zu essen gekauft hatte, weil sie einer Inspiration folgte, war sie zuerst enthusiastisch gewesen, dann manisch. Sie hatte Zimtstangen an Hähnchenbeinen gerieben, Blattgemüse mit aufgebrochenen Grünen Bohnen kombiniert – sie bestand normalerweise darauf, ihre Gerichte anzurichten wie bunte Blumensträuße. Das war in der ersten Woche nach dem Streit im Tempel gewesen. Nani-ji war einige Male bei uns gewesen, um mit Ma zu reden, aber Ma wollte mit niemandem sprechen. »Wenn du mich noch immer für eine Lügnerin hältst, dann lass mich in Ruhe!«, hatte sie eines Tages in die Gegensprechanlage gebrüllt, ohne die Person am anderen Ende auch nur zu grüßen. Allmählich hatten die Besuche aufgehört, und Ma hatte angefangen, friedlichere Gerichte zu kreieren – samtweiche Fischcurrys, geröstete und glasierte Schweinefilets, weiche Nudeln, vermischt mit feingehacktem Gemüse.

Wenn es ums Essen ging, sagte Ma immer, dass Geld keine Rolle spielte. Sie feilschte auf dem Markt, aber wenn sie für alles den vollen Preis hätte bezahlen müssen, hätte sie es getan. Erst später, wenn wir zu Hause waren, prüfte sie ihr Portemonnaie, legte die Geldscheine und das Wechselgeld auf den Tisch, seufzte und schnalzte mit der Zunge. Daddy versuchte der Geldknappheit zu begegnen, indem er tat, als hätten wir mehr. Er erinnerte mich gerne daran, dass es nur eine Frage der Zeit war, bis er in der 4D-Lotterie das große Los zog, und dann würden uns diese ganze Aufregung und all die Sorgen albern erscheinen. Ich hörte ihm zu, weil Ma sich weigerte, und ich versuchte mich von ihm überzeugen zu lassen, aber es war schwierig, weil er nie auch nur einen Trostpreis gewann. Daddy kaufte nicht nur 4D-Lose. Er machte bei jedem Wettbewerb und jedem Preisausschreiben mit, die ihm über den Weg liefen. Wenn die Radiosprecher ankündigten, dass die ersten zehn Anrufer einen Walkman oder Kinokarten gewinnen würden, stürzte er zum Telefon und hämmerte die Nummer ein. Manchmal wünschte ich mir, er könnte ein bisschen mehr an Gott glauben, denn Er würde ihn leiten, damit er einmal die richtigen Zahlen auswählte oder im richtigen Moment beim Sender anrief. Es war etwas an Daddys Eifer, das mir das Herz brach. Er musste einfach etwas gewinnen.

• • •

Es gab zwei Telefone in unserer Wohnung. Eins befand sich draußen im Wohnzimmer – es war schwarz und glänzend und hatte Extratasten für Funktionen, die wir nicht brauchten, wie Telefonkonferenzen und Lautersprecher. Daddy hatte es bei der Tombola zum Chinesischen Neujahrsfest in seiner Arbeit gewonnen, die einzige Tombola, bei der er jemals etwas gewonnen hatte. Wir verbannten das alte Telefon – einen schlichten, cremefarbenen Apparat – in die Abstellkammer, bis ich eines Tages unter meinem Schreibtisch einen Anschluss entdeckte. Daddy schloss das alte Telefon dort an, aber Ma bestand darauf, dass er es wieder rauszog, weil ich zu jung sei für ein eigenes Telefon, selbst, wenn es sich um einen Gemeinschaftsanschluss handelte. »Pin braucht in ihrem Zimmer mit niemandem zu reden«, erklärte Ma ihm mit erhobener Stimme. Daddy wollte es nicht wieder rausziehen. Er sagte zu Ma: »Warte, bis jemand anruft, und hör dir's an. Dann wirst du sehen, warum es schön ist, zwei Telefone zu haben.« Er hatte recht. Es klang großartig, wenn Anrufe kamen und zwei unterschiedliche Klingeltöne durch die Luft schallten. Es brachte die Nachbarn dazu, beeindruckt in unsere Wohnung zu lugen.

Daddy nahm mir das Versprechen ab, niemals von meinem Anschluss aus Gespräche zu belauschen. Ich versuchte, mit Ma zu rechten. »Aber wenn es in diesem Haus keine Geheimnisse gibt, warum darf ich es dann nicht benutzen, um mitzuhören?«

»Werd' nicht frech, Pin«, sagte sie schlicht, und es war die einzige Antwort, die ich bekommen sollte.

Als an diesem Sonntagabend im Juli das Telefon klingelte, befanden sich Ma und Daddy beide in der Küche und redeten leise miteinander. Ich war noch immer zu faul, um vom Boden aufzustehen, aber dann fiel mir ein, dass ich vor der

Schule am nächsten Morgen noch einiges zu erledigen hatte. Die Präfektinnen in der Schule inspizierten jeden Montag unsere Schuhe, und ich war schon einmal ermahnt worden, weil ich meine nicht vorher geputzt und poliert hatte. Das Telefon klingelte immer weiter – Mas Stimme wurde lauter, und für einen Moment blieb mir das Herz stehen. Hatte sie das mit den Lottoscheinen rausgefunden? Aber dann hörte ich Daddys Stimme, und er klang nicht, als versuchte er sich zu verteidigen. »Wenn es das ist, was du willst, dann mach und kauf es. Ich werde dich nicht davon abhalten«, sagte er.

»Du hältst mich nicht davon ab, unser Bankkonto aber sehr wohl«, erwiderte Ma. Es war einfach ein ganz normaler Streit um Geld, einer von denen, der in unserer Wohnung begann und ausbrach und dann in der Luft hing, bis er wieder aufgegriffen wurde. Das Telefon klingelte ein weiteres Mal.

Ich musste den Hörer im selben Moment abgehoben haben wie Ma, denn normalerweise, wenn ich abhob, während sie sprach, hörte sie das Klicken und rief: »Pin! Ich habe schon abgenommen. Leg wieder auf!« Fettes Tantchen war am Apparat. Ich hatte ihre Stimme seit diesem Tag im Tempel nicht mehr gehört. Sie hatte mir nicht besonders gefehlt.

»Mutter musste heute wieder ins Krankenhaus gebracht werden. Ich dachte nur, das solltest du wissen«, sagte Fettes Tantchen barsch.

»Was ist passiert?«, fragte Ma.

»Wieder ihre Lunge. Sie hat schon seit einigen Tagen einen richtig schlimmen Husten. Wir mussten sie überreden, ins Krankenhaus zu gehen – du kennst sie ja. Die Ärzte sagen, dass sie jetzt stabil ist, und sie möchten sie für einen oder zwei Tage zur Beobachtung dabehalten, aber sie besteht darauf, das Krankenhaus morgen zu verlassen.«

»Na, wenn sie sich gesund genug fühlt …«, sagte Ma.

»Es ist so, dass sie wirklich abgebaut hat. Es ist, als würde sie jeden Tag schwächer.«

»Ich weiß. Darüber haben wir schon gesprochen.«

»Sie redet neuerdings viel von dir.«

Über das Telefon klang Mas Seufzer wie Gebrüll. »Ich kann nichts daran ändern, was sie denkt. Ich kann überhaupt nichts mehr daran ändern, was irgendjemand denkt. Das kannst du ihr ausrichten.«

»Das kannst du ihr selbst sagen. Ich soll dich nämlich anrufen und fragen, ob sie bei euch wohnen kann.«

»Was?«, fragte Ma. Mir wäre fast der Hörer aus der Hand gefallen, Nani-ji *wollte* kommen, um bei uns zu wohnen? Ich dachte, ich hätte da irgendwas falsch verstanden.

Fettes Tantchen seufzte. »Ich weiß nicht, warum, aber das ist es, was sie gesagt hat. In letzter Zeit redet sie viel über das Alter und darüber, die Vergangenheit Vergangenheit sein zu lassen, sowas eben. Sie sagt, dass sie vergessen will, was passiert ist. Es ist so lange her. Sie will Zeit mit dir und Pin verbringen.«

»Ich muss mir das überlegen«, sagte Ma. »Wir haben wirklich nicht viel Platz.« Etwas ließ ihre Stimme fast überschnappen. Aufregung. Ma war glücklich, ich konnte ein Lachen in ihrer Stimme hören. Ich legte sanft den Hörer auf und ging ins Wohnzimmer, um sie mir anzusehen, und ich hatte recht. Sie saß auf der Kante der Rattancouch und ihr Knie hüpfte nervös auf und ab. Ein Lächeln spielte um ihre Lippen, als ob sie gleich eine Überraschung enthüllen würde.

Sie und Fettes Tantchen redeten noch einige Minuten weiter, ehe Ma ihr sagte, sie habe noch kein Abendessen gekocht. Sie verabschiedete sich und lief in die Küche, wo Daddy vor seiner Zeitung saß, die er über den Tisch verteilt hatte. »Ich hab's gewusst«, rief sie fröhlich. »Ich bin heute Morgen aufgewacht und wusste es einfach. Ich hatte einfach dieses Gefühl, dass meine Mutter bald anrufen und fragen würde, ob sie bei uns wohnen kann. Ich wollte nichts sagen, aber ich wusste es einfach. Sie will alles vergessen.« Die Kühlschranktür machte ein Kussgeräusch, als Ma sie aufriss und anfing, die Fächer auszuräumen. »Ich habe heute so viel Essen gekauft und mich immer wieder gefragt, zu welchem Anlass eigentlich, und jetzt weiß ich es. Ich konnte es spüren. Sie will vergessen. Ich hab's gewusst.« Ma wiederholte es wieder und wieder, bis klar war, dass sie in Wahrheit gar nicht mit Daddy redete, sondern mit sich selbst. Bald war die Arbeitsfläche bedeckt mit Kürbissen und Blattgemüse, Gewürzen und tiefgefrorenem Fleisch. Ma lachte vor sich hin. »Was mache ich da eigentlich? Sie isst das doch alles nicht … aber sie hat gesagt, dass sie die Vergangenheit hinter sich lassen will. Vielleicht wird sie jetzt sogar was Neues probieren?« Daddy starrte sie nur stumm an.

»Was ist denn los?«, fragte ich unschuldig, als ich die Küche betrat. Daddy öffnete den Mund, wie um etwas zu Ma zu sagen, aber sie kam ihm zuvor: »Deine Nani-ji wird jetzt bei uns wohnen.«

»Für wie lange?«, fragte ich.

»Pin«, sagte Ma verärgert. »Das ist nicht nett.«

»Und wo soll sie schlafen?«, fuhr ich fort und schaute mich in der Wohnung um. Ich kam auf keinen Schlafplatz für Nani-ji, außer der Abstellkammer.

»Noch ist nichts entschieden«, sagte Daddy endlich. »Wir wissen noch nicht einmal, ob sie wirklich zu uns kommt.« Wieder kamen die tiefen Falten auf seiner Stirn zum Vorschein. Er kratzte sich am Kopf.

»Wenn ich sage, dass sie bei uns wohnen kann, dann kommt sie, doch«, sagte Ma.

»Ich will nicht, dass sie herkommt!«, platzte es aus mir heraus. Daddy begann die Seiten seiner Zeitung einzusammeln und sie ordentlich aufeinanderzulegen. Ich verstand nicht, wie er so ruhig bleiben konnte. Nani-ji konnte ihn doch am wenigsten leiden.

Daddy und Ma wechselten einen Blick. Ma sah wütend aus, aber der bunte Lebensmittelhaufen lenkte sie ab. Sie kehrte mir den Rücken zu und fing an, das Gemüse und das Fleisch in ordentliche kleine Haufen zu sortieren. »Lass uns irgendwo essen gehen, Pin«, schlug Daddy vor. »Nur heute Abend«, sagte er zu Ma. Sie schüttelte den Kopf und murmelte etwas davon, wie ihre Mutter sie geohrfeigt hätte, wenn sie so verwöhnt gewesen wäre, aber sie war in einer solchen Hochstimmung, dass sie es dabei beließ.

»Komm schon, Pin. Hör auf, dich so albern aufzuführen. Lass uns runtergehen. Wir essen eine Kleinigkeit, und dann kommen wir wieder hoch und essen, was immer deine Ma gekocht hat.« Daddy lächelte mir aufmunternd zu. Er machte es immer so: dafür zu sorgen, dass Ma und ich beide glücklich waren.

»Okay«, sagte ich und ging in mein Zimmer, um die langen Jeans-Shorts anzuziehen, die ich am Morgen auf dem Markt angehabt hatte. Das rote T-Shirt lag zusammengeknüllt in der Ecke. Der saure Fischgeruch vom Markt hing noch immer im Stoff.

Ein kühler Abendwind fegte durch die Luft, als wir unseren Block verließen. Ich nahm Daddys Hand und schob meine Finger durch seine. Sonntagabende bedeuteten leere Straßen und weniger Lärm. Wir gingen die Straße hinunter, als ob sie uns gehörte. Die Verkaufsbuden leuchteten unter Neon-Lichtern und -Schildern. Ich suchte mir Hokkien-Nudeln mit Bohnensprossen und kleingehacktem Chili aus.

Daddy aß Zeige-Reis. Wir nannten ihn so, weil die Gerichte auf kleinen Platten hinter einer Glasscheibe ausgestellt waren und die Kunden um eine Schale Reise bitten und dann auf das zeigen mussten, was sie dazu haben wollten – Tofu, Fischfrikadellen, gebratene Grüne Bohnen, Spinat, gedünstetes Hähnchen. Das Schild über dem Stand verkündete *Sehr Leckerer Spar-Reis*, denn das Essen war billig. Für drei Dollar wurde Daddys Schale so vollgepackt, dass ich den Reis nicht sehen konnte. Wir sprachen nicht, während wir aßen.

Meine Nudeln waren platt und glitschig, es war schwer, sie auf den Stäbchen zu halten. Der Chili brannte auf meinen Lippen. Das Essen war schärfer als ich es in Erinnerung gehabt hatte. Ich musterte die Miene des Händlers hinter dem Dampf, der von seinem zischenden Wok aufstieg. Eingerahmt vom Stahltresen und der Glaseinfassung seines winzigen Standes wirkte er viel zu groß und fehl am Platze.

Daddy war früher als ich mit dem Essen fertig und seufzte zufrieden. Ich dachte an Nani-ji, während ich aß, und versuchte noch einmal, mich wenigstens ein bisschen schuldig oder sogar etwas traurig zu fühlen. Etwas Derartiges rührte sich in meinem Magen, aber nachdem ich es mir überlegt hatte, entschied ich, dass das nur am Essen lag.

»Was denkst du gerade?«, fragte Daddy. »Bist du bereit für die Schule morgen?«

Ich verzog das Gesicht. Daddy lachte und schüttelte den Kopf. »Du hast noch einen langen Weg vor dir, Pin«, meinte er. Ich verzog wieder das Gesicht.

»Warum muss Nani-ji zu uns kommen?«, fragte ich.

»Sie muss nicht, aber deine Ma möchte es.«

»Warum?« Ich ließ nicht locker.

Daddy schwieg. Er sah aus, als ob er die Wörter, die er verwenden wollte, sorgfältig auswählte, Zeige-Reis-mäßig. »Zum einen ist sie krank. Und sie und deine Ma haben eine Menge Sachen zu klären … Es ist sehr kompliziert, Pin. Und es steht mir wirklich nicht zu, es dir zu erklären.« Er schlug die Augen nieder und machte sich an seinen Händen zu schaffen.

Deshalb hatte ich Daddy nie gefragt, warum Ma nicht wollte, dass ich so würde wie sie. Sie war für ihn ein ebenso großes Rätsel wie für alle anderen. Manchmal, wenn sie etwas sagte, machte er ein Gesicht, als ob er sie gerade erst kennengelernt hätte. Was Ma betraf, waren wir beide unsicher und ein bisschen verwirrt.

»Sie kann dich nicht leiden«, sagte ich zu Daddy.

»Nani-ji kann eine Menge Dinge nicht leiden. Sie hatte ein hartes Leben.«

»Wo soll sie schlafen? Und für wie lange?«

»Hör mal, Pin«, sagte Daddy. »Ich will nicht, dass du dir weiter den Kopf darüber zerbrichst. Ob es dir passt oder nicht, deine Großmutter wird jetzt bei uns wohnen. Sie ist die Mutter deiner Mutter. Sie gehört zur Familie, und manchmal müssen wir für die Familie etwas opfern, okay? Wenn ich wollte, dass meine Eltern bei uns wohnten, wäre deine Ma vermutlich nicht begeistert, aber sie würde es akzeptieren, oder nicht?« Ich war mir da nicht so sicher. Und Daddys Eltern waren sowieso schon beide tot gewesen, als er und Ma geheiratet hatten.

»Denk jetzt nicht weiter dran. Es wird noch etwas dauern – ein, zwei Wochen vielleicht –, bevor Nani-ji einzieht. Es ist ja nicht so, dass sie sich schon auf den Weg gemacht hätte. Denk einfach nicht dran.«

Eine streunende Katze strich mir um die Knöchel und steuerte dann die von Daddy an. Ich streckte die Hand aus, um die Katze zu streicheln. Wenn Ma dabei gewesen wäre, hätte sie meine Hand zurückgerissen und gerufen: ›Schmutzig!«, aber Daddy ließ mich ihren langen, grauen Pelz streicheln. Ich kraulte die Stelle hinter ihrem Nacken, bis sie sich auf dem Boden ausstreckte und die Krallen ausfuhr. Daddy schaute unter den Tisch und lockte sie mit kleinen Fischfrikadellen-Stücken auf seine Seite. Als die Katze auf seine Hand zuschlich und daran schnupperte, griff er in seine Hosentasche und holte ein altes Rezept heraus.

»Hast du einen Bleistift?«, fragte er.

»Nein«, sagte ich.

Er zog den Kugelschreiber, den er immer bei sich hatte, aus seiner Hemdtasche. »Du fängst an«, sagte er zu mir und nickte zu der Katze hinüber. Ich schüttelte den Kopf und schob ihm das Papier wieder hin. »Du zuerst«, sagte ich. Daddy nahm den Stift und zeichnete den groben Umriss einer Katze. Langsam nahm sie auf dem Zettel Gestalt an.

In der Schule nahm ich den Kunstunterricht nicht wirklich ernst. Die Aufgaben waren langweilig: eine Obstschale zeichnen, eine Glückwunschkarte zum Chinesischen Neujahr entwerfen, ein Blatt von einem Baum draußen abpflücken und die Adern nachzeichnen. Aber mit Daddy zusammenzusitzen und zu zeichnen hatte nichts mit irgendwelchen Aufgaben zu tun. Wir verbrachten viele Abende, wenn er Feierabend hatte, damit, in unserer Wohnung zu sitzen und die Gebäude gegenüber zu zeichnen. Wenn wir unterwegs waren und es nichts zu sagen gab, fischte er immer einen Zettel hervor und fand etwas, das wir beide zeichnen konnten.

Die Katze wechselte die Position. Diesmal, flach auf dem Bauch, sah sie majestätisch aus. Sie taxierte mich, als ob ich sie gerade beleidigt hätte. Daddy lachte und machte die schlanke Figur, die er gezeichnet hatte, ein bisschen rundlicher.

»Die ist fett.«

»Wohlgenährt«, erwiderte Daddy. Weiter weg gab es noch

mehr Katzen, die sich an den Beinen der Kunden rieben und zwischen den Tischen herumstrichen. Alle hatten die gleichen tiefhängenden Bäuche, die beim Laufen wie Pendel hin- und herschwangen. Der Boden war übersät mit Reisklumpen, Nudel-, Fisch- und Kartoffelresten.

Daddy durchwühlte seine Taschen nach einem weiteren Zettel. »Jetzt du«, sagte er und zeigte mit dem Kugelschreiber auf mich. Ich sah mir seine eigene Zeichnung auf dem Rezept an und wusste, dass ich nichts Besseres zustande bringen könnte. Daddy hatte mir erzählt, dass er bei seinen langen Schichten im Hotel in der City, wenn es sonst nichts zu tun gab, mit Zeichnen angefangen hatte. Meistens zeichnete er, was er auf den Bildschirmen der Überwachungskameras sah, weil er die nicht aus den Augen lassen durfte. Türen, Eingänge, manchmal die Straßen draußen, aus einem engen Blickwinkel. Ma beschwerte sich darüber, dass seine Taschen voll waren mit sinnlosen Zeichnungen von schwarzen und grauen Vierecken, aber ich erlaubte ihr nicht, sie wegzuwerfen. Ich bewahrte sie aneinander geheftet in meiner Schreibtischschublade auf und nahm sie mit in die Schule, und wenn wir lesen sollten, blätterte ich manchmal darin.

Ich nahm Daddys Zettel widerstrebend an. »Was zu trinken?«, fragte er. Ich schüttelte den Kopf, aber er stand trotzdem auf und kam mit einem hohen Glas mit geeistem Chrysanthemen-Tee zurück. Er schob es mir zu.

»Nein«, sagte ich. Der Kopf der Katze ruhte auf einer Beuge zwischen ihren Pfoten. Ihre Hautfalten bildeten Ringe. Ich bekam die Form ihrer Ohren nicht richtig hin – auf meiner Zeichnung waren sie spitze, scharfe Kegel, ohne irgendetwas Weiches. Je mehr ich daran herumzeichnete, um so runder wurden sie, aber dann war es wieder falsch, diesmal waren sie plump.

»Du solltest das mal probieren, Pin. Es ist süß«, beharrte Daddy. Ein Anflug von Ungeduld durchzuckte mich – Kombinieren war nicht gerade Daddys Stärke. Chrysanthemen-Tee passte überhaupt nicht zu Nudeln oder seinem gemischten Reis.

»Ich will nicht«, sagte ich, presste den Kugelschreiber aufs Papier und schob Daddy das Glas wieder hin. Es kippte und der Tee lief auf meinen Zettel. Ich hatte meine Zeichnung nicht ruinieren wollen, aber als die Farbe verschwamm und sich ausbreitete, sah es aus, als würde die Katze sich bewegen. Daddy setzte sich schnell woanders hin, damit er mir nicht gegenüber saß. Er schaute auf die Zeichnung herunter.

»Das sieht aus wie sie«, sagte er aufmunternd. Wir schauten beide zu der Katze hinüber, aber die war zu einem anderen Tisch weitergegangen. »Die Ohren waren gut.«

Ich drehte den Zettel um, um zu sehen, ob die Farbe auf den Tisch durchgedrückt hatte. Auf der anderen Seite stand etwas – eine Zahlen-Reihe.

»He! Das musst du behalten!«, sagte ich zu Daddy und gab ihm sein feuchtes Los zurück. Es wickelte sich schlaff um meine Finger.

Daddy zupfte es vorsichtig ab. Er sah sich die Zahlen eine Minute lang an, ging sie mehrere Male durch und murmelte sie vor sich hin. Dann zerknüllte er den Schein und warf ihn in die Schale mit meinen Nudelresten.

Wir standen schweigend auf und gingen nach Hause. Ich füllte die abendliche Stille mit Geschichten über die Schule – Dingen, die die Lehrer uns erzählt hatten, Spielen, die meine Freundinnen in der Pause erfunden hatten. Ich redete und redete, damit Daddy keine Möglichkeit hätte, etwas zu sagen. Ich fragte ihn nicht, warum er das Los weggeworfen hatte, weil ich es schon wusste. Wir würden nicht gewinnen. Nani-ji würde bei uns einziehen. Diese Woche stand für uns unter keinem besonders guten Stern.

• • •

An diesem Abend dachte ich beim Einschlafen an das letzte Mal, als Ma, Nani-ji und Fettes Tantchen zusammen im Tempel gewesen waren. Ich zerbrach mir den Kopf darüber, was Fettes Tantchen wohl gesagt hatte, um Ma so wütend zu machen, aber als ich an ihre Wut dachte, sah ich den roten Schorf wieder vor mir und die Leute im Tempel mit ihren anklagenden Blicken.

Ich wurde mitten in der Nacht wach, weil ich dachte, Daddy habe gesagt, ich solle aufwachen, aber er redete mit Ma. Seine Stimme klang dringlicher, als ich sie je gehört hatte, und das machte mir Angst. Ich dachte, Ma hätte das mit seinen Losen herausgefunden und er versuchte, sich zu verteidigen, aber als er lauter wurde, konnte ich verstehen, was er sagte.

»Ich sag es dir ganz offen, Jini«, sagte er. »Sie kommt nicht her, um die Vergangenheit in Ordnung zu bringen. Es geht ihr um etwas anderes. Sie hat nie zu dir gehalten und das wird sie auch nie tun. Du musst es dir wirklich gut überlegen, ob du deine Mutter hier einziehen lässt.« Ich war überrascht. Ich hatte Daddy noch nie so energisch erlebt.

Ma antwortete, aber ihre Stimme war so leise, dass ich nicht verstehen konnte, was sie sagte. Ich rutschte näher an die Tür heran, aber nun wurden sie beide leiser, als ob sie plötzlich gemerkt hätten, dass ich ja nur ein Zimmer weiter war. Danach kämpfte ich um wach zu bleiben, für den Fall, dass sie noch mehr sagten, aber schließlich versank ich in einen tiefen, traumlosen Schlaf.

# 2

Vor den Toren der First Christian Girls' School fühlte ich mich wie die kleinste Viertklässlerin auf der ganzen Insel. Blendendweiße Gebäude, getragen von hohen Säulen, Türme mit bunten Glasfenstern und ein riesiger Glockenturm ragten über der Straße auf und hoben sich strahlend vom blauen Himmel ab. Der weiße Gebäudekomplex thronte oben an einem steilen Hang, so dass die Schule aussah wie eine majestätische alte Burg in Europa.

Am Haupteingang konnte ich mir vorstellen, dass ich ein Märchenkönigreich betrat, aber es war schwer, das lange durchzuhalten. Morgen für Morgen legte sich die Schwüle drückend auf meine Haut, und Zweige, an denen wächserne tropische Blätter hingen, schwangen durch die Luft und verbreiteten einen bitteren, erdigen Geruch, der mir in die Nase kroch. Der Mann, der bunte Waffeln mit Eis dazwischen verkaufte, stand an seiner Straßen-Karre und rief: »Lai, lai, siebzig Cent, siebzig Cent!« Ein dichtes Gewirr aus Zweigen hielt einen Teil des Sonnenlichts ab, und hinter ihnen in der Ferne lugten die blassen Umrisse von Bürobauten durch die Wolken. Alles sah nach Singapur aus. Es war nicht möglich, es mit irgendeinem anderen Ort zu verwechseln.

Auf die First Christian gingen Mädchen, deren Mütter und Großmütter hier auch schon Schülerinnen gewesen waren, und sie brachten Geschichten über Gespenster mit, die sich nach dem Krieg in den Gängen niedergelassen hatten. Die Schule war während des Zweiten Weltkriegs von französischen Siedlern und Missionaren errichtet worden, und diese blendendweißen Gebäude waren Zufluchtsorte gewesen für alle, die auf der Flucht vor den Japanern waren. Pastoren in langen, schwarzen Umhängen schmuggelten Fremde herein, die in den Klassenzimmern bleiben konnten, während es überall auf der Insel Bomben und Gewehrkugeln regnete. Die Mädchen erzählten diese Geschichten, als ob sie selbst dabei gewesen wären; wir anderen hörten nur mit halbem Ohr zu, denn der Krieg war eine Ewigkeit her und wir kannten die Geschichten schon alle. Es gab Mädchen, deren Mütter immer schicke Blazer und Seidenblusen trugen, auch wenn sie Hausfrauen waren wie Ma. Ihr Schmuck passte zu ihren Schuhen und sie sprachen mit glänzenden, kirschroten Mündern perfektes British-English.

Die anderen waren wie ich – Stipendiatinnen. Unsere Eltern konnten das Schulgeld nicht bezahlen, deshalb standen wir an jedem Monatsende in einer Ecke der Schulmensa Schlange und erhielten eine Spende von der Schule und eine Übersicht darüber, wieviel wir schuldig waren. Die anderen Mädchen zogen nicht über uns her, weil die Schulleiterin, Mrs D'Cruz, sie immer wieder daran erinnerte, dass es nicht christlich sei, auf die herabzusehen, die weniger hätten. Stattdessen wurden sie behutsam dazu angehalten, uns den HERRN näherzubringen, denn Er bringe Gutes zu denen, die an Ihn glaubten und Ihn fürchteten. Die meisten Stipendiatinnen waren offensichtlich nicht sonderlich vertraut mit dem HERRN.

Eigentlich sollte man die Stipendiatinnen nicht von den anderen unterscheiden können, weil wir alle die gleiche Uniform trugen – dunkelblaue Faltenträgerröcke über weißen Blusen, weiße Bata-Leinenschuhe und weiße Söckchen. Wir trugen alle die gleichen Silber-Plaketten mit einem kleinen, von Weinreben umrankten Kreuz. Aber die Trägerröcke einiger Mädchen waren ein bisschen heller oder zu kurz, weil sie gebraucht gekauft worden waren. Das Gummi in ihren Söckchen war schon zu Beginn des Schuljahrs ausgeleiert, so dass sie ihnen wie überflüssige Haut um die Knöchel schlabberten. Diese Mädchen sahen wie Stipendiatinnen aus. Ma ließ es sich nicht nehmen, mir jedes Jahr eine neue Uniform zu kaufen, weil sie nicht wollte, dass ich in der Schule arm aussah. »Und wir sind nicht arm«, erinnerte sie mich oft. »Wir sind nicht so wohlhabend wie andere, aber schau doch – wir haben ein Dach über dem Kopf, wir haben einen Fernseher, Telefon, Strom, und du bekommst jeden Tag etwas Gutes zu essen.«

Ma wollte immer wissen, was ich in der Schule gelernt hatte. Ich nahm an, das lag daran, dass sie und Daddy mehr für die First Christian School aufwandten, als wenn sie mich auf eine Schule im Viertel geschickt hätten, und sie wollte sichergehen, dass sie etwas bekam für ihr Geld. Sie wollte alles wissen, was ich lernte, und manchmal kam ich mir vor wie eine Lehrerin. Ich sagte ihr das kleine und das große Einmaleins auf, erzählte ihr, wie die Tanks Regenwasser speicherten und lieferte Zusammenfassungen von Geschichten, die wir im Englischunterricht gelesen hatten, bis sie zufrieden war. Bei jeder neuen Information nickte sie kurz. Ich begann mich zu fragen, ob sie schon alles wusste oder ob sie zusammen mit mir lernte. Eines der wenigen Dinge, die ich über sie wusste, war, dass sie nach der Mittelstufe die Schule hatte verlassen müssen, um arbeiten zu können und ihre Familie zu unterstützen, nachdem ihr Vater sich davongemacht hatte.

Eines Tages beschloss ich, ihr eine Falle zu stellen. Ich erzählte ihr nur Blödsinn, angefangen mit einer Matheaufgabe mit einer falschen Lösung. Dann machte ich weiter mit

Naturkunde und erzählte ihr, Pflanzen könnten ohne Wasser überleben. Sie nickte nur, hörte zu, ohne aber die falschen Informationen richtig aufzunehmen. Ich konnte es sehen, weil sie ganz glasige Augen hatte. Dann buchstabierte ich einige englische Wörter falsch. Ma protestierte nicht. Ich zerbrach mir den Kopf, was wir an diesem Tag in der Schule sonst noch durchgenommen hatten. Sozialgeschichte: Wir hatten etwas über die frühen Siedler in Singapur gelernt. Ich erzählte ihr, Singapur sei benannt nach Sang Nila Utama, der einen Löwen gesehen habe, keinen Tiger. Ich erzählte ihr, dass Singapur niemals zu Malaysia gehört habe, dass es immer ein unabhängiger Stadtstaat gewesen sei und dass sie uns nicht vertrieben und uns gesagt hätten, wir sollten sehen, wie wir zurechtkämen. Ich erzählte ihr auch, dass die Japaner Singapur während des Krieges niemals angegriffen hätten, sie hätten uns geholfen.

Mas Augen weiteten sich. »Wie kannst du solche Lügen erzählen!«, rief sie. »Dumme Göre!« Sie zog mir den Teller mit dampfendem Babymais, Möhren und mit Honig glasiertem Hähnchen weg. Überrascht von ihrem Ausbruch saß ich da, mit Gabel und Löffel auf dem halben Weg zum Mund.

»Das sollte doch nur ein Witz sein«, sagte ich. »Was ist daran so schlimm?«

»Über die Vergangenheit werden keine Witze gemacht.«

»Aber Geschichte ist langweilig«, sagte ich. Das war sie nämlich. Mein Sozialgeschichte-Buch war das sauberste Buch, das ich hatte, weil ich versuchte, es nicht anzufassen. Wenn ich es öffnete, erschlugen mich die Seiten mit Fakten und Zahlen und sepiabraunen Bildern von Rikschas und Lehmstraßen und windschiefen Schildern, die von heruntergekommenen Shophouse-Galerien hingen. Es gab keine Orte, die ich als zu Hause erkannte.

Ma war sichtlich außer sich. Sie beugte sich zu mir vor, wie um mir ein Geheimnis zu erzählen, aber sie sah besorgt aus, während sie mein Gesicht durchforstete. »Die Vergangenheit ist vielleicht weit weg«, sagte sie. »Und vielleicht finden wir sie nicht so wichtig wie die Gegenwart. Aber es ist nicht richtig, die Tatsachen zu verändern.«

Ich wusste, dass sie mir mein Essen erst zurückgeben würde, wenn ich ihr gezeigt hätte, dass ich verstanden hatte, obwohl ich nicht begreifen konnte, warum das alles so wichtig sein sollte.

»Okay«, sagte ich.

Sie hob skeptisch eine Augenbraue.

»O-*keeeeh*«, sagte ich betont. Ich hatte ihre Regeln satt. Sie schob den Teller über den Tisch zurück und schüttelte den Kopf. »Pin, Pin, Pin«, sagte sie nur kopfschüttelnd, während ich mir Gemüse und Fleisch in den Mund stopfte. Ich sagte bis zum Ende der Mahlzeit nichts mehr – mein großes Mundwerk hätte mich an diesem Nachmittag schon beinahe um das Mittagessen gebracht. Manchmal war es bei Ma am besten, einfach den Mund zu halten.

• • •

An dem Tag nach dem, als Ma verkündet hatte, dass Nani-ji bei uns einziehen würde, gab ich mir alle Mühe, nicht an sie zu denken. Daddys Rat war gewesen, es zu verdrängen, deshalb ließ ich das Bild von Nani-ji schrumpfen, bis sie nur noch ein winziger weißer Fussel war. Ich lud mir die Schultasche auf die Schultern und ging mit langen Schritten den Hügel hoch auf die Wiese, wo die Morgenversammlung abgehalten wurde.

Die Morgenversammlung lief jeden Tag gleich ab: Wir standen in Reih und Glied und sangen *Majulah Singapura*, während zwei Präfektinnen die rotweiße Flagge hissten. Wie unsere Stimmen hüpfte und schlackerte sie wild auf und ab. Nach der Nationalhymne ballten wir die rechte Hand zur Faust, legten sie auf unser Herz und sagten das Singapurer Gelübde über den Aufbau einer demokratischen Gesellschaft auf. Dann übernahm Mrs D'Cruz für die tägliche Andacht. Die unter uns, die keine Christinnen waren, sollten respektvoll den Kopf senken. »Betet zu eurem eigenen Gott«, hatten uns die Lehrerinnen am ersten Tag der ersten Klasse ermahnt. »Oder hört zu.«

Ich wusste, es hätte keinen Sinn, zu meinem eigenen Gott zu beten, denn der wäre garantiert nicht in der First Christian Girls' School. Er würde mir überhaupt nur zuhören, wenn ich meinen Kopf bedeckte, auf dem Teppichboden im Tempel säße und den geleierten Punjabi-Gebeten lauschte. Er verstand kein Englisch, und das war die einzige Sprache, die wir in der Schule sprechen durften. Es war die Sprache meiner Gedanken, sowie ich morgens unsere Wohnung verlassen hatte und in den Schulbus einstieg.

Mrs D'Cruz trug dicke Wollröcke mit dazu passenden Jäckchen, und sie hatte drahtiges, kurzes Haar, das ihren Kopf einrahmte wie ein Helm. Wenn sie lächelte, kostete sie das Mühe, und ihr ganzer Körper zeugte von der Anstrengung. Spinnwebfältchen brachen an ihren Augenwinkeln auf, ihre Schultern hoben sich ein wenig und sogar ihre rosa Ohren schienen mitzumachen. Sie lächelte nur während der Andachten.

»Eure Eltern und einige von euch älteren Mädchen haben vielleicht ein Bankkonto«, fing sie an. Wir regten uns und nickten. »Um ein Bankkonto zu haben, muss man zuerst

Geld verdienen. Um auf dieses Konto zuzugreifen, benutzt man eine Bank-Karte.«

»Oder ein Scheckbuch«, sagte das Mädchen hinter mir, in derselben Stimmlage wie Mrs D'Cruz. Ihr Kommentar sandte eine kleine Welle von Gekicher durch die Klasse und sorgte dafür, dass eine Lehrerin auf uns zumarschiert kam. Ich wischte mir das Lächeln vom Gesicht, als ich ihren wütenden Blick hinter uns spürte. Mrs D'Cruz stand zu weit weg, um etwas zu bemerken. Sie fuhr fort.

»Gott hat Pläne mit euch. Er will, dass es euch wohl ergeht. Unser Leben lang, wenn wir Gutes tun, zahlt Gott Geld auf unsere Bankkonten ein. Auf unsere *spirituellen* Bankkonten.« Sie betonte jede Silbe und dehnte das R. »Wenn wir sündigen, was glaubt ihr, was Gott dann macht? Er hebt dieses Geld wieder ab. Am Ende unseres Lebens prüft Gott im Himmel unseren Kontostand. Werdet ihr dann reich sein oder bankrott?« Mrs D'Cruz schaute triumphierend auf. »Lasset uns beten«, sagte sie und wir alle senkten die Köpfe. Die täglichen Andachten hatten oft etwas mit Geld zu tun, und Mrs D'Cruz erklärte einmal, das sei die einzige Sprache, die Singapurer verständen. »Ich sage Geld, und wow … das ganze Meer von Köpfen vor mir schaut auf.«

Es gab ein paar Dinge, die ich nicht verstehen konnte, wenn es um Gott ging, zum Beispiel, warum Er unsichtbar war. Ich dachte, jemand, der so viel Gutes für die Welt getan hatte, würde doch sicher wollen, dass alle sahen, wer Er war. Ich verstand auch nicht, warum Er Tiere erschaffen hatte, die unnötig leiden mussten, wie der streunende Hund mit dem lahmen Bein, den ich morgens oft vor unserem Block umherstreifen sah. Das Verwirrendste aber war das: Der Gott in der Schule war ganz sicher nicht derselbe Gott, den ich von zu Hause kannte. Der Gott, über den Mrs D'Cruz sprach, hatte einen Sohn namens Jesus. Mein Gott hatte mehrere Söhne, aber keiner von denen war Jesus. Sein Name war Guru Nanak. Er hatte noch weitere Götter neben sich, die ihm geholfen hatten, Kriege gegen die Muslime und die Hindus zu gewinnen, damit Er die Menschen zu Sikhs machen könnte. Mrs D'Cruz erinnerte uns gerne daran, dass Gott kein Gesicht hatte und dass Er im Herzen aller Menschen wohnte, aber das konnte nicht stimmen. Ich wusste genau, wie Gott aussah. Er hatte wässrige, tiefliegende Augen, einen weißen Bart, und er trug einen Turban.

Ma hatte vor einigen Jahren in einem Tempel ein Porträt von Gott gekauft, nachdem Nani-ji sie dazu gedrängt hatte. Mit ein paar strengen Worten hatte Nani-ji sie außerdem dazu gebracht, einen Kalender mit Gott darauf, ein Gebetbüchlein mit demselben Bild und eine Postkarte zu kaufen. Gott hatte auf all diesen Gegenständen immer dieselbe Haltung. Seine Gewänder waren bronzefarben, was zu dem sanften, trüben Licht passte, das Seinen Kopf umgab. Sein Turban war weiß. Er sah traurig und streng aus.

Ma hatte gefährlich auf einem klapprigen Stuhl balanciert und drei Nägel in die Wand gehauen, um sicherzustellen, dass Gott an unserer Wand bleiben würde. Die anderen Dinge hatte sie an verschiedenen Stellen im Haus deponiert. »Genau, wie immer gesagt wird«, erklärte sie mir fröhlich. »Gott ist überall.« Er starrte von der Rückseite ihrer Schlafzimmertür und von meiner Kommode herab. Ma schien zu glauben, dass die Anwesenheit dieses Gottes in unserer Wohnung uns etwas Gutes tun würde. Das war das Jahr, in dem Daddy weniger Schichten im Hotel zugeteilt wurden und er viel Zeit damit verbrachte, die Stellenanzeigen in der Zeitung nach einem neuen Job zu durchforsten.

Aber es dauerte nur ein paar Wochen, bis Gott anfing, Ma

auf die Nerven zu gehen. Das Erste, was sie wegräumte, war der Kalender. »Warum brauche ich Gott, um mich daran zu erinnern, welcher Wochentag ist?«, fragte sie. Das Gebetbuch verschwand als Nächstes, als Ma beschloss, Bücher seien dazu da, Geschichten zu erzählen, und nicht für fromme Gesänge. Gottes Bild auf dem Einband irritierte sie. Sie wickelte es zusammen mit weiteren Büchern in ein hübsches Baumwolltuch und legte sie in ihre Kommodenschublade. Gott auf der Postkarte erlitt das schlimmste Schicksal – Er wurde eines Tages beschädigt, als ein heftiger Wind Regen in unsere Wohnung trug. Ich fand es seltsam, dass Ma an diesem Nachmittag das Fenster offengelassen hatte, wo sie doch Daddy ständig vorwarf, dass er zu nachlässig sei. Aber als sie einen durchweichten Gott von meiner Kommode pulte, schüttelte sie den Kopf und brachte laut ihre Reue zum Ausdruck. »Ach du meine Güte«, seufzte sie. »Wie schade. Ich hab einen Dollar fünfzig dafür bezahlt.« Eine Woche darauf kam ich aus der Schule und sah, wie Ma sich damit abmühte, Gott von der Wand zu nehmen. Sie nannte keinen Grund für Seine Entfernung, also dachte ich mir selbst einen aus: Gott passte nicht zu unseren Möbeln.

»Er ist trotzdem überall«, hatte Ma gemahnt. »Aber du siehst Ihn nicht. Du musst Ihn nicht sehen.« Das tat ich aber. Nach einem Monat, in dem ich Gott überall im Haus gesehen hatte, sah ich Ihn wie ein schweres Blatt an einem Baum hängen. Ich sah Ihn im schlammigen Wasser treiben, das durch die Kanäle strömte, wenn ich mit den Jungs aus dem Viertel Fußball spielte. Ich verwechselte alte Männer mit Turban und Bart im Tempel ständig mit Gott – magere Götter, Götter in Oberhemden, Götter, die Witze rissen, Götter, die nach dem Gottesdienst allein in Taxis verschwanden, Götter, die mit ihren Familien im Auto fuhren. Der einzige Ort, wo ich

Gott nicht sehen konnte, war die Schule. Er lungerte vor den Schultoren herum und traute sich nicht hinein, sondern saß stattdessen still auf der Bordsteinkante, während ich Unterricht hatte.

Es war Montag, was bedeutete, dass es nach der Morgenversammlung noch einen Gottesdienst geben würde. Wir trotteten im Gänsemarsch vom Hof. Ich blieb zurück, während die anderen aus der Klasse die Treppe hinauf zur Kapelle verschwanden. Die Musliminnen blieben ebenfalls zurück, und wir warteten darauf, dass die Malaiisch-Lehrerin uns sagte, in welches Klassenzimmer wir gehen sollten, während die restliche Schule Choräle sang und Pastor Williams wöchentlicher Predigt lauschte. Eigentlich sollte sich niemand vor dem Gottesdienst drücken – die Hindumädchen und die Buddhistinnen gingen hin und starrten verständnislos auf die Liedtexte. Nur die Musliminnen waren entschuldigt, weil ihre Religion streng war und ihr Gott es ihnen nicht erlaubte, sich in der Anwesenheit anderer Götter aufzuhalten, selbst wenn sie die Augen zukniffen und sich taub stellten.

In der ersten Klasse war ich immer zum wöchentlichen Gottesdienst gegangen. Ma und Daddy hatten mir gesagt, ich solle stillsitzen und Respekt zeigen. Am Ende verteilten Pastor William und Mrs D'Cruz immer Zettel, mit der Anweisung, eine Alternative einzukreisen: *Ich möchte diese kostbare Gelegenheit ergreifen, um den Herrn kennenzulernen* oder: *Ich bin zufrieden mit meiner Religion.* Ich kreiste immer die zweite Alternative ein und gab den Zettel dann an die Präfektinnen zurück. Niemand behelligte mich deswegen. Der Chor führte die Schule normalerweise an bei friedvollen Liedern über Heilande, Erlösung und Hirsche, die von frischen Wassern schleckten. Ich presste die Lippen aufeinander, aber die

Melodien wollten mir nicht aus dem Kopf. Zu Hause sang ich sie leise vor mich hin.

Dann hörte Ma mich eines Tages *Amazing Grace* singen. »Pin, wir schicken dich auf diese Schule, weil sie einen hohen Standard haben und du ein kluges Mädchen bist. Es ist keine Stadtteil-Schule – wir möchten, dass du gutes Englisch sprichst und dir bessere Möglichkeiten offenstehen. Wir schicken dich nicht dahin, damit du Christin wirst.«

Ich versuchte, Ma zu erklären, dass die Lieder harmlos waren. Ich glaubte nicht daran. Mir gefielen die Melodien, und ich bekam sie nicht aus dem Kopf, auch wenn ich versuchte, an etwas anderes zu denken. An diesem Tag nahm ich mir vor, meinen Gott zu bitten, bei unseren Tempelversammlungen bessere Musik einzuführen, statt des gemurmelten Geleiers, das die Priester jede Woche ablieferten.

Ma war nicht überzeugt. Am nächsten Tag schrieb sie einen Zettel für meine Klassenlehrerin, Miss Yoon: *Bitte, entschulldigen Sie meine Tochter ab sofort von jeglichem Gottesdienst.* Ich nahm Tipp-Ex, um das zweite *l* zu entfernen, ehe ich Miss Yoon den Zettel gab. Von da an verließ ich vor dem Gottesdienst schweigend den Versammlungsort, zusammen mit den Musliminnen und zwei strenggläubigen Hindumädchen, deren Mütter ebenfalls Zettel geschrieben hatten. Es gab auch noch eine andere Punjabi-Sikh, aber sie ging in die zweite Klasse, und wenn ich mit ihr redete, würden die anderen Mädchen mich auslachen, weil ich mit einem Baby befreundet war. Unter den Musliminnen war Farizah, meine beste Freundin. Sie zog ihre Strümpfe ganz weit hoch, und ihr Trägerrock war extra-lang, so dass er ihr wie ein Sack um die Hüften hing.

Die Malaiisch-Lehrerin, eine kräftige Person in einer Baju Kurung, die ihre Arme und Beine und Haare unter geblümtem Stoff verbarg, führte uns zu einem Klassenzimmer, das roch wie sie: süßes Rosenparfüm und Talkumpuder. Sie schloss die Schranktüren auf und nahm Brettspiele von den Regalfächern. Einige Mädchen stürzten sich auf Monopoly, andere nahmen das Leiterspiel. Farizah und ich setzten uns allein in eine Ecke. Farizah kam jeden Montag, ausgerüstet mit mehreren Kartenspielen, in die Schule.

»Alte Jungfer oder das Eselspiel?«, fragte sie und schob die beiden Kartenstapel in meine Richtung.

»Alte Jungfer«, sagte ich, und es ging los. Eine andere Gruppe von Mädchen tat sich zusammen, um Five Stones zu spielen, aber als eines der Bohnensäckchen platzte, kamen sie herüber, um uns zuzusehen.

»He, Pin, ist das Mädchen deine Schwester?«, fragte Siti. Sie zeigte auf das andere Punjabi-Mädchen, deren Gesicht in einem Buch vergraben war.

»Nein«, sagte ich.

»Sie sieht aus wie du.«

Das tat sie überhaupt nicht, aber die meisten Leute fanden, dass sich alle Punjabis ähnlich sahen. »Sie ist nicht meine Schwester«, sagte ich.

»Ihr Nachname ist Kaur«, sagte Siti misstrauisch. Sie ließ ihren Blick zwischen uns beiden hin- und herwandern. »Sehen sie sich nicht ähnlich?«, fragte sie ein anderes Mädchen auf Malaiisch.

Ich wechselte einen Blick mit Farizah, die ständig Fragen über sich ergehen lassen musste. Das hatten wir gemeinsam. Ständig wurde sie von anderen Mädchen gefragt, warum sie ihre Strümpfe so weit nach oben zog und warum sie so religiös war. »Andere Musliminnen ziehen ihre Strümpfe nicht so weit hoch«, sagten die Mädchen und zeigten zum Beweis auf andere Malaiinnen. Mir stellten sie ebenfalls Fragen. »Du sagst, du bist Inderin, aber warum hast du dann helle Haut? Und warum hast du nicht Tamilisch als Muttersprachenfach wie die anderen Inderinnen?« Ich hatte diese Fragen schon Dutzende Mal gehört. Die Fragen nach meinem Nachnamen waren auch nicht neu.

Er lautete Kaur, weil alle Sikh-Mädchen und -frauen Kaur als Nachnamen hatten. Alle Männer hießen Singh. Daddy sagte, das mache uns alle zu einer großen Familie, aber als ich das den anderen Mädchen so erklärte, dachten sie, ich wäre mit jedem Kaur oder Singh verwandt, den sie kannten. Im vorigen Jahr hatten wir eine Aushilfslehrerin namens Miss Kaur gehabt und einige Mädchen verbreiteten das Gerücht, ich sei ihre Tochter oder ihre Schwester. Das machte mir so zu schaffen, dass ich zu Hause Ma davon erzählte.

»Wie heißt sie mit Vornamen?«, fragte Ma.

»Satwinder«, sagte ich.

Ma überlegte. »Wir kennen sie nicht«, sagte sie endlich mit Erleichterung in der Stimme. Es beschäftigte sie immer, wenn Daddy und ich irgendwo andere Punjabis ausfindig machten.

Siti bestand weiterhin darauf, dass ich die Schwester des Mädchens sein müsse. »Bin ich nicht«, erklärte ich ihr.

»Aber ihr heißt beide Kaur«, sagte Siti.

Da meldete sich Farizah in schnellem Malaiisch zu Wort: »Okay, von mir aus, Siti. Sie ist ihre Schwester. Alle mit demselben Nachnamen hier in der Schule sind verwandt.« Alles prustete los und fing an Witze zu machen und alle Leute, die wir kannten, mit denselben häufigen Nachnamen miteinander zu verkuppeln. Melissa Tay und Tay Wan Hua waren also Zwillinge! Mrs Lee, die Naturkundelehrerin, und Miss Lee, die Kunst unterrichtete, könnten Mutter und Tochter sein! Die alte Mrs Chia, bei der die älteren Mädchen Hauswirtschaft hatten, war verheiratet mit Mr Chia, dem Mann, der in der Getränkebude arbeitete! Bei dieser letzten Paarung kreischten wir vor Lachen. Die Malaiisch-Lehrerin schaute auf und sagte, wir sollten uns beruhigen. Siti machte ein böses Gesicht und ging weg.

Farizah saß auf ihren Fersen. Ihr langer Rock wallte um sie wie eine Decke. »Alte Jungfer!«, verkündete sie und drehte meine Karten um, um das Bild einer hageren, zahnlückigen Frau strohigen Haaren zu enthüllen. »Du passt nicht auf.«

Das tat ich nicht. Ich betrachtete die Punjabi, die in ihr Buch vertieft war. Sie hatte ziemlich kurze Haare und sie sie so wie ich zu einem hohen Pferdeschwanz zusammengebunden. Ich hätte gern gewusst, warum auch sie in der Gruppe war, die nicht mit in die Kapelle ging. An unserer Schule gab es noch ein paar andere Punjabi-Mädchen mit langen Haaren. Sie gingen in den Gottesdienst und hörten zu. Ich dachte über ihre Mütter nach und wie sie wohl waren. Warum hatten sie keine Angst davor, dass ihre Töchter nach Hause kommen und christliche Lieder singen könnten?

• • •

Der Schulbus war auf dem Heimweg immer stickig, egal, wie viele Fenster wir aufmachten. Ich stieg jedes Mal als eine der Ersten ein, weil ich nicht stehenblieb, um mir am Kiosk etwas zu essen zu kaufen. Mein Magen knurrte und wartete auf Mas Essen. Ich warf meine Schultasche auf den Platz, wo ich sitzen wollte, so weit wie möglich weg von dem alten Busschaffner, den wir Bus-Onkel nannten. Die anderen Mädchen kamen nach und nach herein, mit Tintenfischringen und in Chilisauce ertrinkenden Pommes in der Hand. Der Fahrer kletterte vorne durch seinen Einstieg, gefolgt von Bus-Onkel.

Bus-Onkel war ein alter Chinese, der auf dem allervordersten Sitz saß. Seine Aufgabe war es dafür zu sorgen, dass wir uns nicht daneben benahmen, und jeden Monat das Busgeld einzusammeln, das unsere Mütter uns in einem kleinen Briefumschlag mitgaben. Mit lauter, schriller Stimme redete er auf Chinesisch mit dem Fahrer und warf uns dabei manchmal finstere Blicke zu. »Was sagt er?«, löcherten wir immer die Chinesinnen, aber die zuckten nur mit den Schultern und sagten, er rede nur Müll. Er sagte, wir seien zu laut, selbst wenn wir alle ganz still waren. Er wies uns an, die Fenster zuzumachen, weil es bald regnen würde, auch wenn die Sonne hell vom azurblauen Himmel strahlte. Manchmal, wenn wir Widerworte gaben, zog er einen dünnen Bambusstock unter seinem Sitz hervor und drohte damit, ihn uns spüren zu lassen.

»Leise!«, kreischte er, aber es klang eher wie »Scheise«. Wir machten daraus »scheißen« und riefen zurück: »Scheißen! Scheißen! Scheißen!« Verwirrt und wütend sprang er auf und kam langsam auf uns zu, wobei die Bewegungen des Busses ihn schwanken und taumeln ließen wie auf einem Boot bei stürmischer See. Seine weißen Fingerknöchel leuchteten wie Perlen, während wir kreischten und uns gegenseitig ermahnten, die Klappe zu halten.

Heute war es zunächst ruhig. Farizah hatte mir ihre Eselspiel-Karten geliehen, und ich teilte sie hinten im Bus auf dem Boden aus, während die anderen Mädchen sich um mich drängten und fragten, ob sie mitspielen dürften. Siti, die zu stolz war, saß allein auf ihrem Platz und wartete, bis ich sie fragte.

»Hey, spielst du jetzt oder nicht?«, rief ich, nachdem ich allen Karten ausgeteilt hatte. Sie zuckte mit den Schultern und nahm die letzten Karten von mir in Empfang. Der

Bus ruckelte beim Anfahren, dann passierte er langsam die schmalen Schultore. Als er Fahrt aufnahm, fuhr der Wind durch die offenen Fenster herein und blies mir die Haare in den Mund. Wir schlängelten uns durch Toa Payoh und Bishan, nummerierte Ziegel-Beton-Wohnblocks über Läden, rechteckige Basketballfelder, Fußgängerbrücken, umwunden von Schlingpflanzen und knallrosa Bougainvilleen. Glänzende Palmblätter ragten aus den Wipfeln einiger hoher Bäume, während andere ihre dünnen Zweige wie Spinnen in den Himmel reckten. Daddy sagte immer, ich sollte auf die Bäume achten, wenn ich mit ihm zusammen unser Viertel zeichnete, weil ich sie oft vergaß. Sie standen so ordentlich aufgereiht am Straßenrand, dass sie sich für mich nicht von den Gebäuden, den Straßen, den Läden und allem anderen in Singapur abhoben.

Der Wind hatte als Pfeifen begonnen, wurde aber zum Tosen, während der Bus weiterfuhr. Ich erhob die Stimme, um ihn zu übertönen, und die anderen Mädchen machten es genauso. Bald brüllten wir, nur um des Brüllens willen, und Bus-Onkel begann auf seinem Sitz herumzurutschen. Der Bus kam mit einem Ruck zum Stehen, um Susheela Surangam aussteigen zu lassen, die uns von vorne her neidisch zugeschaut hatte. Sie stieg jeden Morgen als Letzte ein, und deshalb musste sie auf dem unbeliebtesten Platz sitzen, gleich neben Bus-Onkel. Auf der Rückfahrt stieg sie als Erste aus, was bedeutete, dass sie nicht lange bei unseren Spielen mitmachen konnte, deshalb tat sie es gar nicht erst, sondern setzte sich statt dessen wieder nach vorn. Bus-Onkel ermahnte uns, still zu sein und uns wieder auf unsere Plätze zu setzen. Wir beachteten ihn nicht, sondern brüllten weiter, bis Bus-Onkel langsam auf uns zukam. Unter Kreischen und Schubsen kraxelten wir zu unseren Sitzen. »Ssssss … seid still«, zischten wir einander kichernd zu. »Da kommt er, psssst!« Aus der Nähe war Bus-Onkels Gesicht ein einziges Meer aus Falten und Wülsten, in dem sich eine Hautschicht über die andere legte. Seine Runzeln waren so tief, dass sie Schatten warfen. Er trug eine Brille mit einem riesigen Gestell, das einen Teil seines Gesichts bedeckte.

»Scheise«, krächzte er und warf den Mädchen direkt vor ihm einen wütenden Blick zu. Von meinem Platz aus bemerkte ich, dass in seinen Ohren dunkle Haare wuchsen. Ich stupste meine Sitznachbarin, Shu Ping, an, die schon ganz rot und pausbackig war vor unterdrücktem Lachen. »Iiih. Guck dir mal seine Ohren an. Wie ein Affe«, flüsterte ich.

Shu Ping prustete los und das Lachen stob aus ihr heraus wie Konfetti. »Sei still!«, sagte ich, aber auch ich lachte. Bus-Onkel drehte sich langsam zu uns um. Er fragte Shu Ping etwas auf Chinesisch, und sie antwortete nicht. Er sah mich an, dann fragte er noch einmal. Sie schüttelte den Kopf und zwang sich, ein ernstes Gesicht zu machen, schluckte ihr Gekicher hinunter, bis es ganz verschwunden war. Dann richtete er seinen Blick auf mich.

»Du! Was du sagen? Du so komisch! Was du sagen?«, fragte er in gebrochenem Englisch. Er wiederholte die Frage auf Malaiisch. Ich hoffte, eines der Mädchen hinter mir würde seine Stimme nachmachen, um ihn abzulenken, aber im Bus wurde es seltsam still. Er blieb noch zwei Haltestellen lang so stehen und fragte mich wieder und wieder, was ich gesagt hatte. Ich schüttelte immer nur den Kopf und erwiderte: »Tidak, tidak.« *Nichts, nichts.* Die Mädchen, die aussteigen wollten, drückten sich eine nach der anderen an Bus-Onkel vorbei und ließen mich zurück als Gefangene seines Blicks. Seine Augen waren wie Murmeln hinter diesem riesigen Brillengestell. Ich zuckte mit den Schultern und schaute aus dem Fenster. Irgendwann ging er weg und zurück nach vorne. Wieder brandete Gekicher auf, diesmal aber unbehaglich und fremd. Ein Mädchen fragte mich, was ich gesagt hatte.

»Nichts«, sagte ich zu ihr, verärgert, weil niemand versucht hatte, mir zu helfen. Ich suchte meine Karten zusammen und steckte sie in meine Schultasche. Für den Rest der Heimfahrt starrte ich aus dem Fenster und sah zu, wie das Sonnenlicht Ziegel und Beton in Goldbraun tauchte. Die Zwischenräume zwischen den Linien auf dem Straßenbelag unter uns verschwanden und tauchten wieder auf, wenn der Bus langsamer wurde.

Mein Viertel war eines der letzten auf dieser Busstrecke. Nach mir kamen noch vier Mädchen, die alle in der Nähe meines Blocks wohnten. Als Irene Seet aus dem Bus stieg, packte ich meine Sachen – Schultasche, Ordner und Wasserflasche – und ging vorsichtig nach vorn. Bus-Onkel wandte den Kopf, um mich wieder anzustarren. Diesmal erwiderte ich seinen Blick lange. Ich hatte das einmal auf dem Markt bei Ma beobachtet. Der Gemüsehändler hatte seine Hand ganz schnell zurückgezogen, nachdem er Ma ihr Wechselgeld gegeben hatte, denn er hatte unter ihren Ärmeln einen Blick auf ihre vernarbte Haut erhascht. Ma hatte ihn angestarrt, bis er vorgab, von einem Geräusch abgelenkt zu werden, und sich abwandte.

»Apa?«, fragte ich Bus-Onkel kühn. Er reagierte nicht und es schien, als habe er nicht gehört, was ich gesagt hatte. Ich war ein bisschen erleichtert. Ich konnte in der Schule Ärger kriegen, wenn ich frech zu Bus-Onkel war. Mrs D'Cruz könnte mich dazu zwingen, bei der Morgenversammlung vor aller Augen aufzustehen und um Entschuldigung zu bitten. Sie könnte alle Schülerinnen und Lehrerinnen auffordern, für mich zu beten, und Ma würde das schrecklich finden, wahrscheinlich würde sie mich dann ganz von der Schule nehmen.

Dann lief ein Blick des Erkennens über Bus-Onkels Gesicht. Seine Augen leuchteten auf und ein Lächeln hob die Winkel seiner schmalen Lippen an. Es war kein freundliches oder versöhnliches Lächeln. In seinen Augen lag etwas Gemeines. Der Bus kam mit einem Ruck zum Stehen und die Tür ächzte, als sie sich öffnete. Als ich aufstand, sagte Bus-Onkel leise ein Wort, das ich zu kennen glaubte, aber ich war jetzt so wild darauf, den Bus zu verlassen, dass ich nicht weiter darauf achtete und auf meinen Block zurannte, dessen Fenster in der Nachmittagssonne funkelten wie Augen.

• • •

Der Gang, der zu unserer Wohnung führte, wurde verengt von Topfpflanzen, Fußmatten, Schuhregalen und abgestellten Fahrrädern. Alle Wohnungen in unserem Gebäude waren identisch, aber von außen wäre man nie auf diese Idee gekommen. Alle schienen sich gewaltig ins Zeug zu legen, um ihre Wohnungen einzigartig aussehen zu lassen – seltsame Gittermuster und knallbunte Vorhänge an den Fenstern waren in Mode. Manchmal ging ich absichtlich langsam an den anderen Wohnungen vorbei, weil manche Familien die Türen offen ließen, wenn sie zu Hause waren. Durch die Gitter vor ihren Eingangstüren linste ich in ihre Wohnungen: Rattanmöbel und Fernsehkonsolen, hölzerne Esstische, Kissenbezüge mit verschossenem Muster, Perlvorhänge, die klirrten, wenn die Bewohner die Küche verließen oder betraten. Einmal hatte eine Nachbarin mich beim Spickeln erwischt. Sie hatte die Hände erhoben und war auf mich zumarschiert, als ob sie einen Vogel verscheuchen wollte.

Die Tür zu unserer Wohnung stand offen, aber ich musste klingeln, damit Ma herauskam und das Gitter aufschloss. »Komme!«, rief sie, aber noch ehe ich ihre Stimme hörte, roch ich das Essen. Gebratene Nudeln in Austernsoße mit Garnelen und Bohnensprossen. Gehackter roter Chili in Sojasoße. Ein Häufchen gewürfelte Honigmelone auf einer Untertasse, um meinen Mund zu beruhigen, wenn ein Gewürz zu scharf war. Ich konnte es kaum erwarten, dass Ma die Tür aufmachte, weil ich den ganzen Tag nichts gegessen hatte. In der Pause hatten Farizah und ich auf dem Schulhof unsere Mini-Meisterschaft in Alte Jungfer fortgesetzt. Sie aß nicht, weil sie trainierte, ihren Hunger zu ignorieren. An sich begann das Fasten erst in den Wochen vor Hari Raya Puasa im November, aber sie wollte es diesmal besser hinbekommen. Im letzten Jahr hatte sie fast einen Monat lang fasten müssen und war zweimal während der Morgenversammlung in Ohnmacht gefallen und nach Hause geschickt worden.

Ma öffnete das Gitter und küsste mich auf die Wange. »Wie war es in der Schule?«

»Okay.«

»Was habt ihr durchgenommen?«

»Nichts.« Ich ging in mein Zimmer und streifte mir die Tasche von den Schultern, bevor ich wieder in die Küche ging, wo Ma saß.

Ma verdrehte die Augen. »Ich bin froh, dass ich dich auf eine gute Schule schicke, um nichts durchzunehmen und dann nach Hause zu gehen«, sagte sie sarkastisch. Ich musste kichern. Normalerweise hätte ich nicht gewusst, ob Ma einen Witz machte oder nicht, aber das Essen und der Kuss zeugten von guter Laune. Das hieß, dass sie nicht böse war wegen dem, was ich gestern über Nani-ji gesagt hatte. Ich hoffte, dass sie die Sache mit Nani-ji ganz vergessen würde.

»Deine Haare sind eine Schande, Pin«, sagte Ma. Sie fuhr mir mit einer nassen Hand über die Locken, strich sie damit aber nur für ein paar Sekunden glatt.

»Ich muss zum Friseur.«

»Ich bin sicher, wir finden einen Weg, sie nach hinten zu binden, damit du nicht dauernd zum Friseur musst.«

»Warum?«

Ma zuckte mit den Schultern. »Ach, egal. Ich geh nächste Woche mit dir zum Friseur, wenn du möchtest. Ich dachte nur, du würdest zur Abwechslung vielleicht gerne mal was Neues ausprobieren.«

»Nein«, sagte ich.

Ich nahm einen Teller aus dem Regal und schaufelte die Nudeln darauf. Ma hatte die Sojasoße mit dem gehackten roten Chili schon in eine kleine Schüssel gegossen. »Vergiss nicht, dein Obst zu essen«, sagte sie und schob mir die Honigmelonenwürfel hin. Sie sah mir eine Zeitlang beim Essen zu.

»Schmeckt's?«

»Mmmm«, sagte ich. Die Nudeln waren klebrig und Ma hatte sie mit Röstzwiebeln bestreut. Da war ein Hauch Knoblauch, aber nicht zu stark, was bedeutete, dass Ma auf der Hut war. Sie stellte mir die üblichen Fragen nach der Schule – was habt ihr in Mathe durchgenommen? In Naturkunde? Englisch?

»Was hast *du* denn heute gemacht?«, fragte ich. Ich musste mit solchen Fragen vorsichtig sein. Hin und wieder fasste sie es als Beleidigung auf, wenn ich fragte, was sie gemacht hatte. »Was hab ich nicht gemacht?«, fauchte sie dann und zeigte auf die Schüsseln und Teller und den blitzsauberen Herd. Aber ich war inzwischen geübter darin, von ihren Mahlzeiten ihre Stimmung abzulesen. Sie war nie sauer, wenn sie chinesische Gerichte kochte, weil die zu leicht waren. Weißer Reis und blassgelbe Nudeln wurden oft als stillschweigendes Friedensangebot eingesetzt. Malaiische Gerichte verbreiteten Wärme, geeignet für ein frühes Abendessen. Die indischen Gerichte mit ihren feurigen Rottönen und ihren intensiven Gewürzen waren es, die eine Warnung aussprachen. Sie sorgten dafür, dass ich den Atem anhielt und es mir genau überlegte, bevor ich etwas sagte.

»Ich habe die Wohnung geputzt, ich habe gewaschen und ich habe Nani-ji besucht.«

»Wie geht es ihr?«, fragte ich, weil ich wusste, dass das höflich war.

»Es geht ihr ... es geht ihr einigermaßen«, sagte Ma. Sie schaute auf ihre Hände hinunter und fing an, den Tisch abzuräumen.

Als ich mich umdrehte, um ihr in die Küche zu folgen, erregte etwas im Wohnzimmer meine Aufmerksamkeit. Ich fuhr herum und sah ein Porträt an der Wohnzimmerwand. Gottes Porträt. Er hatte sich nicht verändert – alt, mit traurigen Augen und einem langen, schneeweißen Bart, der von Seinem Kinn herabhing wie ein Vorhang. Er hatte eine Hand erhoben; die Linien auf Seiner Handfläche wurden von einer einzelnen Perlenschnur verdeckt. Seine Augen folgten mir, als ich auf Ihn zuging. Ich sprang schnell zur Seite, und Seine Augen waren noch immer auf mich gerichtet. Wir begannen ein stummes Wettstarren.

»Ma ...«, rief ich.

Ma kam aus der Küche. »Das habe ich heute Nachmittag beim Putzen in der Abstellkammer gefunden. Da liegt so viel Müll herum, Pin. Wir können dein altes Fahrrad doch wegwerfen, oder? Und ich sag dir, da drinnen liegen stapelweise Zeitungen und alte Telefonbücher! Erinnere mich, wenn du das nächste Mal den Karung-Guni-Mann kommen hörst.

Wir werden unseren ganzen alten Kram los und kriegen noch Geld dafür.«

»Warum hast du das aufgehängt?«, fragte ich, während Gott und ich einander immer noch anstarrten.

Sie zog den Bauch ein wenig ein und stemmte eine Hand in die Hüfte.

»Warum nicht?«, fragte sie herausfordernd.

»Ach, nur so«, murmelte ich und zwängte mich an ihr vorbei in die Küche. Ich kratzte die paar Bohnensprossen- und Zwiebelreste in den Müllschacht und spülte meinen Teller ab. Ma schien vergessen zu haben, dass sie Gott aus gutem Grund in die Abstellkammer verbannt hatte.

Irgendwer klopfte laut an unsere Tür und rüttelte dann so energisch am Gitter, dass es ratterte. Ich eilte hin und sah meinen Freund Roadside auf dem Gang stehen mit einem Fußball unter dem Arm.

»Hallo, Pin! Kannst du zum Spielen rauskommen?«, fragte er.

»Warte kurz«, sagte ich und rief nach Ma, um sie um Erlaubnis zu bitten.

»Erst waschen«, sagte Ma.

Ich stöhnte. Roadside grinste. »Okay, wir sehen uns unten.« Er war verschwunden, ehe Ma zum Gitter kommen und ihm guten Tag sagen konnte.

»Warum muss ich mich waschen, wo ich doch eh wieder dreckig werde?«, fragte ich Ma.

»Weil es meine Regel ist.«

»Aber ich werde Fußball spielen.«

»Keine Diskussion, Pin«, sagte Ma. »Weißt du, was meine Mutter immer gesagt hat, wenn ich mit den Jungs die Straße hinunterrennen wollte? Billig, hat sie mich genannt. Billig und dreckig.«

Ich hatte immer gewusst, dass es ein Privileg war, mit Roadside spielen zu dürfen. Vor einem Jahr hatten er und ich unseren eigenen Detektivclub gegründet. Wir hatten damals sehr viel zu tun; in unserem Wohnblock gab es viele Rätsel zu lösen. Es gab das Lift-Knopf-Drücker-Rätsel, das Roadside und ich zu lösen versucht hatten, indem wir die verschiedenen Stockwerke beobachteten und uns notierten, wer wann den Fahrstuhl betrat, um herauszufinden, wer auf alle Fahrstuhlknöpfe gleichzeitig drückte und damit den Fahrstuhl in jedem Stock anhalten ließ. Dann gab es mehrere Schuhdiebstähle, die wir uns vorgenommen hatten aufzuklären, aber dann hängte der Stadtrat Plakate auf, um die Leute zu ermahnen, ihre Schuhe drinnen zu lagern, und die Diebstähle hörten von selbst auf. Bei unserem letzten Fall war es um Vandalismus gegangen: Wir hatten rauskriegen wollen, wer mit roter Farbe »O$P$« auf die Wohnungstür eines älteren Mannes im dritten Stock gesprayt hatte. Wir hatten aufgehört, an diesem Fall zu arbeiten, nachdem Roadsides Vater uns erklärt hatte, dass der Mann ein paar Kredithaien Geld schuldete und wir lieber draußen spielen sollten, statt unserer Phantasie auf den Gängen in unserem Block freien Lauf zu lassen. Jetzt spielte Roadside Fußball mit den anderen Jungs, und ich hängte mich dran. Manchmal sprach Ma immer noch davon, wie liberal sie doch sei, weil sie mich draußen, wo alle es sehen konnten, mit Jungen spielen ließ.

Mein Handtuch hing draußen über der Bambusstange. Ich musste mich aus dem Küchenfenster lehnen, um es abzuziehen. Es fühlte sich warm an, weil es ein heißer Tag gewesen war. Es ging ein leichter Nachmittagswind, genug, um die Kleider an allen Bambusstangen an unserem Block tanzen zu lassen wie zu Musik. Der abgehackte Rhythmus ließ sie lebendig wirken. Ich stellte mir vor, wie Gott auf unseren Block hauchte, und warf noch einen Blick auf Ihn an der Wand. Er saß still in Seinem Rahmen, seine Augen musterten die Wohnung.

Die Jungs hatten schon angefangen, als ich dazukam, also setzte ich mich am Rand des Basketballplatzes ins Gras und sah ihnen zu. Ihre T-Shirts lagen achtlos auf einem Haufen und sonderten einen leichten Schweißgeruch ab. Es waren ein paar Jungen dabei, deren Namen ich nicht kannte, weil sie nur ab und zu mitspielten; aber die Üblichen waren Roadside, Malik, Samuel, Deven, wie Hao und Kaypoh. Ich sollte den Spielstand im Auge behalten, aber ich träumte vor mich hin, wenn das Spiel sich verlangsamte. Ich war außerdem für die Zeit zuständig. Ich sah auf eine der Uhren, die auf dem Boden lagen. Wir hatten zwanzig Minuten, dann würden die älteren Jungs kommen und den Basketballplatz für sich beanspruchen.

Früher hatte es in Singapur mehr Platz gegeben, das hatten mir meine Eltern oft erzählt. Damals hatten die Menschen nicht übereinander gestapelt oder aufgereiht in Gängen leben müssen. Es hatte dichte Wälder und breite Straßen gegeben. Daddy vermisste diese Zeit, Ma nicht. »Das ist alles so lange her«, erklärte sie. »Was spielt es für eine Rolle? Seht euch doch an, was wir jetzt haben.« Sie machte eine ausladende Geste, so wussten wir, dass sie die sicheren, gut beleuchteten Straßen, die robusten Betongebäude und die Bäume meinte, die die Bürgersteige wie Dächer beschirmten.

Die Jungen hatten rote Gesichter und schwitzten, unter der gebräunten Haut zeichneten sich ihre Rippen ab, helle Haut, asphaltfarbene Haut. Sie rannten und lachten und stolperten und schubsten. Wenn ich ihnen so zusah, beneidete ich sie um ihre schnellen Haken. Manchmal kam Maliks Schwester und setzte sich zu mir ins Gras. Sie bestand noch beharrlicher darauf mitzuspielen und bekam manchmal Wutanfälle, aber Malik wollte sie nicht mitmachen lassen. »Du und das Mädchen setzt euch einfach ins Gras und passt auf die Sachen auf«, wies er sie an. Alle Jungen außer Roadside nannten mich »das Mädchen«. Ich mochte das nicht, und Roadside wusste das, aber er wies seine Freunde nie zurecht.

Dann tauchten die älteren Jungs auf mit dem vertrauten herben Geruch nach Zigaretten. »Okay, raus hier«, sagte einer von ihnen lachend und schnippte mit den Fingern. Roadside klemmte sich den Fußball unter den Arm und führte uns zu den Wohnblocks. »Mädchen, wird unter deinem Block gespielt?«, fragte Malik.

»Glaub nicht«, erwiderte ich.

»Wir gehen zu ihrem Block, lah«, sagte Malik zu den anderen.

Die Jungen spielten unter unserem Block weiter, nachdem sie nachgesehen hatten, ob da schon jemand spielte. Die offenen Untergeschosse unter den Blocks in unserem Viertel waren alle gleich: An jedem Ende gab es Mahjong-Tische aus Beton und kleine Läden, und in der Mitte war genug Platz zum Fußballspielen, auch wenn die paar Pfeiler, die das Gebäude trugen, manchmal im Weg waren. An den Wänden uns gegenüber hingen Schilder, auf denen stand »Fußballspielen verboten«, aber die Wände waren übersät mit staubigen Kreisen, wo Fußbälle sie getroffen hatten.

Nach einem kurzen Streit über den Spielstand machten die Jungen da weiter, wo sie aufgehört hatten. Sie jagten durch das Labyrinth aus Säulen und ihr Geschrei hallte durch den Raum. Mir wurde langweilig, während ich darauf wartete, dass irgendwer sich verletzte oder müde würde, damit ich seinen Platz einnehmen könnte. Ich ging rüber zu einem Mahjong-Tisch und setzte mich auf seine kühle Betonplatte. Die

Mahjong-Felder waren aufgemalt und die alten chinesischen Damen aus dem Block brauchten bloß ihre Spielsteine mitzubringen. Ich hatte sie schon oft gesehen, in ihren silbrigen Pyjamas, mit ihren sorgfältig frisierten Haaren und den Jadeohrringen, die ihre Ohrläppchen dehnten wie Teig. Sie spielten flink, versetzten unter lautem Geplauder Spielsteine. Eine von ihnen hatte immer eine Zigarette im Mund, und wenn ich vorüberging, machte sie mir auf Malaiisch Komplimente. »Cantik!«, rief sie gerne. Ich musste immer lächeln und starrte auf meine Füße, dann lachte sie und sagte: »Nicht so schüchtern, lah, mein hübsches Mädchen!«

Der Ball prallte mit einem lauten Knall gegen die Wand. »Verdammte Scheiße!«, rief ein Junge. Die anderen brachen in Gelächter aus. Ich fuhr mit dem Finger über die Tischplatte. Sie war rau und übersät mit Brandflecken. Die älteren Jungen, die unter mir wohnten, rauchten, und dann versuchten sie, den Geruch mit Minzbonbons zu übertünchen, ehe sie zu ihren Müttern nach Hause gingen. Einmal hatte Devens Mutter ihn erwischt, als er für einen anderen Jungen eine Zigarette gehalten hatte, während der ihm eine Bananenflanke vorführte, und er durfte einen ganzen Monat lang nicht nach unten kommen und mit uns spielen.

Die Jungen rempelten sich an, stolperten sich gegenseitig über die Füße und fluchten laut in allen Sprachen. Sie warfen sich gegenseitig Schimpfwörter an den Kopf, dann lachten sie wieder und klopften sich gegenseitig fröhlich auf die Schultern. Malik zog einen chinesischen Jungen auf, weil der so bleich sei, dass er ihn vor den weißen Wänden gar nicht sehen könne. Der Junge konterte, dass die Wände unter meinem Block alle so dreckig seien, damit sie besser zu Maliks dunkler Haut passten. Es folgte eine kurze Pause, Spannung lag in der Luft, bevor Malik losprustete und dem chinesischen Jungen einen Klaps auf die Wange gab. Sie spielten weiter.

Der Wortwechsel erinnerte mich daran, wie sich Bus-Onkels Lippen verzogen hatten, als er dieses Wort ausgesprochen hatte. *Mungalee.* Es war ein gemeines und hässliches Wort für Inder, und ich kannte es nur, weil Daddy mir einmal erzählt hatte, dass er als junger Mann wegen seiner dunklen Haut so genannt worden war. Er war für einen Südinder gehalten worden, weil viele seiner Freunde welche waren, und wenn sie zusammen die Straße entlanggingen, riefen ihre Klassenkameraden: »Mungalee lai liao! Mungalee lai liao!« *Die Inder kommen! Die Inder kommen!*

Ich fragte Daddy, was er getan hatte, wenn die Leute so gemeine Dinge sagten, und er sagte, es gebe eigentlich nichts, was er da hätte tun können. Er sagte, es sei immer besser, solche dummen Menschen sich selbst zum Narren machen zu lassen. Aber es machte mich schon wütend, nur davon zu hören, und ich wollte in Daddys Kindheit zurückkehren und diesen Leuten ihre Beleidigungen an den Kopf zurückschleudern.

»Du hast Glück, Pin«, sagte Daddy. »Die Menschen in diesem Land haben gelernt, einander zu tolerieren. Sogar unsere Lehrer haben uns Blackie und Darkie und alles Mögliche andere genannt. Das könnten sie sich heute nicht mehr leisten.« Bus-Onkel war alt, deshalb wusste er vielleicht nicht, dass Singapur sich verändert hatte. Mir machte es aber trotzdem zu schaffen, und es rief mir noch etwas anderes in Erinnerung, das im letzten Jahr im Schulbus passiert war.

Ehe irgendwer auf die Idee gekommen war, Spielkarten, Mikado und Klebeballons in den Bus mitzubringen, vertrieben wir uns die Zeit auf dem Heimweg mit dem Fragespiel. Das war ziemlich einfach. Wir bildeten Gruppen je nach Herkunft und stellten uns dann gegenseitig Fragen in unserer jeweiligen Sprache. Darauf musste die Person, die mit Antworten dran war, dann »ja« oder »nein« sagen, ohne zu verstehen, was die Frage wirklich bedeutete. Manchmal antwortete eine mit »ja« auf eine Frage wie »Bist du das klügste Mädchen der Schule?« oder »Kriegst du mal einen reichen Ehemann?« Dafür gab es dann Punkte. Manchmal antwortete eine auf eine gute Frage mit nein und bekam dann keinen Punkt. Oder manchmal gab ein Mädchen, ohne es zu wissen, zu, dass sie zehn hässliche Freunde hatte oder in Bus-Onkel verliebt war. Die Chinesinnen fragten die Malaiinnen (zu denen ich mich meistens gesellte), die Malaiinnen fragten die Chinesinnen und die Tamilinnen fragten uns alle. Ihre Sprache war die Faszinierendste – schnell und rau, wie Kieselsteine, die in einer Blechbüchse herumkullern.

Margaret Lee, die von allen Maggie Mee genannt wurde, wie die Nudeln, fragte auf Französisch, weil sie als kleines Kind eine zweisprachige Schule in Kanada besucht hatte. Ich mochte Maggie Mee gern, sie wusste, was eine Punjabi war, und fragte mich einmal, ob sie mal zu mir nach Hause kommen könne, um richtiges Punjabi-Essen zu essen. Ihre beste Freundin in Toronto war eine Punjabi gewesen. Sie sagte den anderen Mädchen, sie seien dumm und ignorant, wenn die mich fragten, warum ich kein Tamil verstand. »Alle Inder sind gleich oder was?«, fragte sie kopfschüttelnd. Wie bei Farizah konnte ich mich immer darauf verlassen, dass sie mich verteidigen würde, obwohl ich mir manchmal wünschte, ich könnte mich selbst ein bisschen besser wehren.

Im Bus war auch ein Mädchen namens Gayathiri Vengadasalam, die niemand wirklich leiden konnte. Sie war laut, sie zwickte die Leute, wenn sie Aufmerksamkeit wollte, und sie konnte nicht richtig Englisch. Sie war eine Stipendiatin, die aussah und redete wie eine Stipendiatin und damit uns alle blamierte, die es sich nicht hätten leisten können, auf die First Christian zu gehen ohne unseren monatlichen Zuschuss von der Schule. Ihr alter Trägerrock war ausgebleicht und fleckig wie Jeansstoff, ihre Bluse hatte einen Gelbstich, und sie trug ihr Schulabzeichen zu hoch, so dass es an ihrer Schulter glänzte, statt über ihrem Herzen, wo die Spange angebracht werden sollte. Sie hatte außerdem sehr dunkle Haut.

Es war Abigail Goh, die sie fragte, ob sie mitspielen wolle. »Möchtest du beim Fragespiel mitmachen?«, fragte sie mit einem breiten Lächeln. Gayathiri nickte. Abigail ließ sich zu ihren Freundinnen auf den Sitz fallen und sie fingen an zu tuscheln und zu kichern.

»Okay. Wir sind so weit. Bis du so weit, Ga-ya-thi-ri?«, fragte Abigail. Sie dehnte die Silben unsicher, als handle es sich um die Bezeichnung einer neuentdeckten Spezies.

»Klar, bin so weit«, sagte Gayathiri.

Abigail stellte die Frage. Niemand lachte, alle schienen den Atem anzuhalten. Ich verstand nur ein Wort der Frage, weil ich im Kindergarten alle Kinderreime auf Englisch und Chinesisch hatte lernen müssen. Ich hatte das Wort schon einmal in »Baa Baa Black Sheep« gehört. Zuerst dachte ich, sie fragten sie vielleicht wegen ihrer Locken, ob sie ein Schaf sei. Aber dann wiederholte Abigail ihre Frage. »Bist du schwarz?«, fragte sie.

Maggie stürzte zu Abigail hinüber und hielt ihr Kinn ganz dicht an ihres. »Meine Mutter sagt, Leute wie du sind eine Schande«, sagte sie vorwurfsvoll.

Abigail rührte sich nicht. Sie warf Maggie einen eiskalten Blick zu und sagte: »Dann geh doch zurück nach Kanada, Maggie Mee.« Ein paar Mädchen fingen an zu kichern, tauschten dabei aber unsichere Blicke.

Gayathiri hatte nichts verstanden. Ich wollte sie warnen, aber ich war starr vor Scham. Wenn ich etwas sagte, würden die anderen mich dann auch schwarz nennen? Gayathiri sah zu den beiden Mädchen hinüber, die sich immer noch gegenseitig anstarrten, dann sagte sie: »Ich wähle Ja! Nein … nein … ja! Okay, ja.« Das Herz rutschte mir in die Hose. Einige Mädchen starrten hinunter auf ihre Knie, während andere sich von Maggie und Abigail zurückzogen und mit eigenen leisen Händeklatsch-Spielen anfingen. Die Malaiinnen und Tamilinnen schauten verwirrt; sie fragten ihre chinesischen Freundinnen, was Abigail gefragt hatte, aber keine wollte es ihnen sagen, weil Gayathiri mit ihrer Antwort immer noch nicht fertig war. »Ja, ja!«, sagte sie aufgeregt.

Ich hasste sie in diesem Moment. Ich wollte sie auf ihren Sitz zurückstoßen und ihr sagen, sie solle den Mund halten, weil sie alles nur noch schlimmer machte. Aber sie wiederholte ihre blöde Antwort nur wieder und immer wieder, mit einem Grinsen im Gesicht, als ob sie einen Preis gewonnen hätte.

Ein lauter Schrei riss mich aus meinen Erinnerungen. Zwei von den Jungen, die ich nicht kannte, wälzten sich auf dem Betonboden, ihre Beine ineinander verschlungen wie Brezeln. Die anderen Jungen rannten zu ihnen hinüber, zuerst lachend, aber ihre Mienen änderten sich schnell, als ihnen aufging, dass einer der beiden nicht aufstehen konnte.

»Oh, Scheiße«, sagte Roadside und bückte sich, um seinem Freund zu helfen. Ich ging hinüber und sah von Weitem zu. Ich wollte nicht, dass sich jemand verletzte, aber wenn er nicht mehr konnte, würde ich Fußball spielen dürfen.

Der Junge jammerte. Er versuchte aufzustehen und brach wieder zusammen. Tränen glitzerten in seinen Augen, aber er wandte sich ab, als er mich bemerkte. »Was glotzte so?«, murmelte er und ich drehte mich schnell weg. Die Jungs zierten sich, ihn zu seinem Block zurückbringen, weil sie wussten, dass wer immer ihn heimbrächte, von seiner Mutter zusammengestaucht würde. Eine Weile waren sie damit beschäftigt, sich gegenseitig zu schicken, dann beschlossen sie, die Frage über drei Runden Stein-Schere-Papier zu klären. Malik verlor und forderte den Jungen zähneknirschend auf, ihm den Arm um die Schultern zu legen, dann schleppte er ihn davon. Ich lungerte herum, während sie überlegten, was sie ohne den Jungen machen sollten. Endlich drehte Roadside sich zu mir um. »Du gehst ins Tor, Pin. Du kannst doch fangen, oder?«

»Klar«, sagte ich und versuchte, lässig zu klingen, aber ich war total aufgeregt.

»Okay. Wei Hao, du übernimmst Azmis Position.«

Wei Hao zeigte auf einen Torpfosten. Ich rannte rüber und vergaß meine Gelassenheit. Ich wollte, dass Daddy genau jetzt von seiner Schicht zurückkam und sah, wie ich hier unten die Situation rettete.

»Hey, Torwart. Biste soweit?«, rief Wei Hao.

»Ja!«, rief ich und schwenkte die Arme. Wei Haos Miene veränderte sich, und er drehte sich zu Roadside um, um etwas zu erklären. Dann sagte Kaypoh etwas und alle drehten sich zu mir um.

»Was?«, fragte ich.

»Du musst deinen Armreif abnehmen«, sagte Roadside.

Ich berührte die Kara an meinem Handgelenk. Meistens vergaß ich, dass sie da war, weil ich sie schon trug, seit ich ein Baby war. »Das kann ich nicht!«, rief ich.

»Warum nicht?«

»Sie ist zu klein«, sagte ich. »Und es ist wegen der Religion.« Das war etwas, das ich auch den Präfektinnen in der

Schule hatte erklären müssen, die mich ständig verwarnten und mir Punkte abziehen wollten, weil ich Schmuck trug.

»Was für eine Religion?«, gab Kaypoh zurück, aber ich beachtete ihn nicht.

»Wenn du das trägst, kannst du jemanden verletzen«, sagte Roadside. »Wir nehmen alle unsere Uhren ab und legen unsere Schlüssel weg. Nimm den Armreif ab, oder du kannst nicht mitspielen.«

»Aber das *kann* ich nicht!«, beteuerte ich und bewies es ihnen, indem ich versuchte, den Armreif runterzuziehen. Er kam nicht an dem Knochen vorbei, wo mein Handgelenk sich zur Hand verbreiterte.

»Probier's mal mit Seife«, schlug einer der Jungen vor. Er hatte verblichene Grasflecken auf seinen weißen Shorts und Schmutzstreifen an den Beinen.

»*Du* solltest es mal mit Seife probieren«, murmelte ich.

»Tut mir leid, Pin«, flüsterte Roadside, als ich auf dem Rückweg zum Mahjong-Tisch an ihm vorbeikam. Wieder versuchte ich, mir den Armreif vom Handgelenk zu schieben. Diesmal kam ich ein bisschen weiter, aber dabei hinterließ er lange, rote Kratzer, die Ma bestimmt bemerken würde. Vielleicht könnte ich sie überreden, mir im Tempel eine neue Kara zu kaufen, eine, die ich leicht abstreifen könnte, wenn Ma nicht hinschaute. Sie bestand darauf, dass ich die Kara immer trug. »Es ist schlimm genug, dass du christliche Lieder singst«, sagte sie missbilligend. »Und es ist ja nicht so, dass wir dauernd in den Tempel rennen oder uns die Haare wachsen lassen oder die ganze Zeit nur Punjabi-Essen essen. Es ist das Mindeste, das du tun kannst, um Gott ein bisschen Respekt zu erweisen.«

Rote und orange Streifen erschienen am Himmel, als die Spätnachmittagssonne zwischen den Bäumen hindurchsank.

Die Jungen spielten um das letzte Tor und ihre Schreie wurden immer lauter, während sich der Himmel langsam verdunkelte. Ich war so auf ihr Spiel fixiert, dass ich die beiden Frauen, die durch das Untergeschoss gingen, nicht bemerkte, bis Roadside brüllte: »Halt! Doppelter Tantchen-Alarm!« Der Ball verfehlte sie und rollte in einen nahe gelegenen Abfluss.

Ich erkannte die erste Frau an ihrem Umfang. Es war Fettes Tantchen. Sie schnaufte und keuchte, weil sie eine Reisetasche schleppte, die sie noch schwerer machte. Ihr blassblaues Salwar-Kamiz ließ ihren Schmerbauch und ihre Baumstammoberschenkel noch wuchtiger aussehen. Während sie sich weiter abmühte, drehte sich einer der Jungen um und nickte in ihre Richtung. *Kennst du die?,* schien er zu fragen. Ich warf ihm einen finsteren Blick zu – gerunzelte Augenbrauen, zusammengekniffene Augen –, der erklärte: *Nein!*

Die Frau hinter ihr war in weiß gehüllt. Zuerst glaubte ich, sie an ihrer Aufmachung zu erkennen, aber sie war dünner als meine Großmutter und bewegte sich langsamer. Sie schaute beim Gehen auf den Boden, als ob sie sich vor jedem Schritt fürchtete. Ihre Schuhe machten ein schabendes Geräusch, als sie über den Betonboden schlurfte. Die Jungen wichen an die Wand zurück und ihre Blicke wanderten zwischen Fettes Tantchen und der alten Frau hin und her. Fettes Tantchen verschwand im Fahrstuhlraum. Die Frau öffnete den Mund und rief, sie solle warten, und es war ihre kratzige Stimme, an der ich sie erkannte. Es *war* Nani-ji. Ich hatte sie noch nie sich so langsam bewegen sehen. Tatsächlich sah sie normalerweise aus, als würde sie vor irgendetwas weglaufen, wenn sie ging – mit umherjagenden Augen, während sie die Umgebung unter die Lupe nahm, und Beinen, die den Hüften davonliefen. Ich sprang vom Tisch und rannte die Treppen hoch, um vor ihnen in unserer Wohnung zu sein.

»Ma! Nani-ji kommt!«, rief ich atemlos durch das Gitter. Dann fuhr ich zurück. Etwas in unserer Wohnung war anders, und es war nicht nur, dass Gott von der Wand herunterstarrte. Ein Geruch nach Rauch und verbranntem Teig drang durch die Tür. Panisch rüttelte ich am Vorhängeschloss, weil ich dachte, in unserer Wohnung hätte es gebrannt. Aber Ma war ganz ruhig. Sie schien auf das Gitter zuzuschweben.

»Ich weiß, Pin«, sagte sie. »Ist sie schon da?«

»Nein, ich hab sie unten gesehen, mit Fettes Tantchen. Warum ist Fettes Tantchen hier?«

»Sie musste Nani-ji helfen, ihre Sachen zu tragen.«

Ihre Sachen. Die Reisetasche. Und die beiden großen Einkaufstaschen, die an Nani-jis kraftlosen Armen gebaumelt hatten. Sie zog jetzt bei uns ein, und sie würde eine Weile bleiben. Wenn Nani-ji bei uns lebte, bedeutete das, dass zwei Sorten von Essen gekocht werden mussten. Der Rauchgeruch kam vom Roti. Ich lugte in die Küche und sah, dass die tiefen Woks und die Bratpfannen durch eine einzelne Eisenplatte zum Erhitzen des flachen Teigs ersetzt worden waren.

»Wie lange wird sie hierbleiben?«, verlangte ich zu wissen, als ich die Wohnung betrat.

»Pin, du bist völlig verschwitzt. Geh duschen«, erwiderte Ma. Ich wiederholte meine Frage, lief dabei aber in mein Zimmer, weil Ma glauben sollte, dass ich ihr gehorchte. Als ich zum Schrank ging, um saubere Shorts und ein T-Shirt herauszunehmen, bemerkte ich, dass mein Zimmer jetzt anders aussah als bevor ich nach unten gegangen war. Mein Bett war frisch bezogen, und daneben lag eine dünne Matratze auf dem Boden. Meine Schultasche, die ich meistens aufs Bett warf, wenn ich nach Hause kam, war ordentlich in die Ecke gestellt worden. Die über meinen Schreibtisch verstreuten Schulbücher und Hefte waren ordentlich gestapelt. Ma kam hinter mir ins Zimmer. »Also, wo sollte deine Großmutter denn sonst schlafen?«, fragte sie, als ob wir schon angefangen hätten, uns zu streiten. Ich konnte mir eine ganze Menge andere Orte vorstellen als mein Zimmer – das Wohnzimmer, den Toilettenboden, den Gang draußen.

»Wie lang wird sie hierbleiben?«, fragte ich. Ma ignorierte mich. Ich machte den Mund auf, um noch einmal zu fragen, lauter diesmal, aber nun rüttelte schon wieder jemand am Vorhängeschloss. »Komme schon!«, rief Ma, dann drehte sie sich zu mir um.

»Pin, deine Großmutter ist sehr krank. Jemand muss sich um sie kümmern. Das tun wir für Menschen, die wir lieben. Wenn ich Nani-ji nicht hier aufnehmen würde, was wäre ich dann für eine Tochter? Ich gehe ja wohl davon aus, dass du deine Türen auch für mich öffnen wirst, wenn ich alt werde.«

»Warum kann sie nicht bei Fettes Tantchen wohnen?«

»Du weißt, dass deine Tante arbeitet, und sie hat zwei Jungs. Und ich *will* Nani-ji hier haben.« Ich dachte an das Gespräch in der vergangenen Nacht, wie Ma und Daddy über Nani-jis Gründe, herzuziehen, diskutiert hatten.

Ma ging aus dem Zimmer und lief, um Nani-ji und Fettes Tantchen zu begrüßen. Ich blieb in meinem Zimmer und setzte mich auf die Kante meines Bettes, weil es mir nicht mehr zu gehören schien. Ich wusste, ich würde auf dem Boden schlafen müssen, weil Nani-ji einen schlimmen Rücken hatte. Ich war wütend auf Ma, weil sie zugestimmt hatte, dass Nani-ji schon so bald einzog. Ich hatte gedacht, ich hätte mindestens noch eine Woche. In der Zeit hätte ich versuchen können, mich bei Gott einzuschmeicheln. Ich hätte ein paar gute Taten verrichten können, wie nach der Schule freiwillig den Boden zu fegen und mich nicht über Bus-Onkel lustig zu machen. Gott hätte dann sicher gesehen, dass ich mir Mühe gab, und Nani-ji eine bessere Gesundheit gewährt, damit sie nicht bei uns wohnen müsste.

Ich fragte mich, ob Daddy gewusst hatte, dass Nani-ji schon so bald kommen würde. Wahrscheinlich nicht, sonst hätte er es mir gesagt. Aber andererseits wusste ich, dass er so manches für sich behielt. Er sagte, ich sei zu jung dafür oder dass Ma mir davon erzählen müsse, wenn sie soweit sei. Daddy sprach gerne über seine Kindheit, als sei es erst gestern gewesen, dass er über Zäune geklettert und mit seinen Kumpels zu den Flüssen am Rand der Insel ausgebüxt war. Aber Mas Geschichten wurden sorgsam gehütet.

Der Rauchgeruch, drückend und dumpf, trieb durch die Wohnung. Er verschluckte das Licht, den kräftigen Duft nach Sesamöl, der meistens blieb, wenn Ma Chinesisch gekocht hatte, oder den leicht säuerlichen Geruch nach würzigen malaiischen Gerichten. Ich zog meine Zimmertür zu, aber den Rauchgeruch konnte ich nicht aussperren. Ich hörte, wie zweimal an der Tür geklingelt wurde, und sah den Schatten von Mas Füßen an der Tür vorüberhuschen. Unsere Wohnung würde jetzt eng werden. Nani-ji mit ihrer krächzigen Stimme und ihren nach Mottenkugeln riechenden Kleidern und ihrem ewigen Gemecker über alles und jeden würde zu viel Platz einnehmen. Gleich würde ich Nani-ji gegenübertreten müssen, und ich flehte Gott an, diesen Moment so lange wie möglich hinauszuschieben. Es war das erste echte Gebet, das ich jemals gesprochen hatte.

## 3

Die Flagge wogte und wehte über den Fernsehschirm, vor einem Panorama aus Wolkenkratzern, die den glitzernden Singapore River einrahmten. Im Hintergrund begann leise eine vertraute Melodie zu spielen. Ich saß auf dem Wohnzimmerboden und machte meine Mathehausaufgaben. Ich stoppte bei jeder die Zeit – jede Lösung, die ich in weniger als 30 Sekunden fand, schrieb ich auf einen Extrazettel. Ich hielt diese Zahlen für Glückszahlen, weil ich im Rechnen schrecklich schlecht war. Diese Zahlen würde ich in dieser Woche für die Lotterie vorschlagen.

Wieder wogte die Flagge, und die Wolkenkratzer verschwammen mit alten Shophouses, die an den Kanten braunstichig waren wie Toast. Der Singapore River war plötzlich voller Abfälle. Eine schrille Geige begann das langsame Lied *We Are One* zu spielen. Ich hatte es in der Schule für die Nationaltagsfeierlichkeiten lernen müssen, und ich konnte mitsingen, ohne den Text zu lesen, der über den Bildschirm zog. Die Shophouses verblassten und der Bildschirm füllte sich mit Standbildern vom Krieg. Japanische Soldaten mit gebleckten Zähnen, während sie ihre Bajonette auf eine Gruppe zusammengekauerter Frauen richteten. Hungrige Kinder, die die hohlen Hände nach rationiertem Essen ausstreckten. Rikschas, in der Bewegung gefroren, vor zerstörten Läden und Häusern mit eingestürzten Wellblechdächern.

Gott beobachtete alles von der Wand herunter. Ich versteckte den Zettel, denn Er sollte nicht wissen, dass ich Daddy beim Glücksspiel half. Ich hatte nicht einmal gewusst, dass das nicht richtig war, bis Nani-ji es in der letzten Woche erklärt hatte. »Glücksspiel ist eine Sünde«, hatte sie zu Daddy gesagt.

»Es ist nur ein Hobby«, hatte Ma gesagt und Daddy einen strengen Blick zugeworfen.

»Wenn ich gewinne, kaufe ich dir goldenen Schmuck, und dann werden wir ja sehen, ob du dich noch immer beklagst«, hatte Daddy augenzwinkernd zu Nani-ji gesagt, die das überhaupt nicht komisch zu finden schien.

Die Geigenmusik schwoll an und wurde von einem mehrstimmigen Refrain begleitet. *Wir sind eine Insel, wir sind eine Nation, wir sind ein Volk!* Die Fotos der verschiedenen Bezirke des alten Singapur verschwammen und wurden überlagert von modernen Videoclips. Die Serangoon Road, einst ein ungepflasterter und chaotischer Straßenmarkt, verwandelte sich plötzlich in Little India mit leuchtenden Girlanden und Sari-Läden. Chinatown, rot und phantastisch, mit paillettenbesetzten Drachen und Papierlampions und zerbrechlichen Samsui-Frauen mit rotem Kopfputz, wurde ordentlicher. Die Drachen kamen nur noch bei Festivals zum Vorschein und die Samsui-Frauen gab es nicht mehr. Wohnblocks wurden länger, füllten einen weiten Himmel mit Beton und Glas. Ich glaubte, einen Blick auf unser Viertel zu erhaschen, aber es hätte sich um jeden Wohnblock in Hougang oder Jurong oder sonstwo in Singapur handeln können.

Die meisten Liedtexte zum Nationalfeiertag handelten von Veränderung – »Ein Fischerdorf, eine pulsierende Stadt. Eine Heimat der Anfänge, eine Heimat des Fortschritts. Eine unerschlossene Insel, ein geschäftiger Hafen. Oh Singapur, vereint als eine Nation! Oh Singapur, vereint als eine Insel! Oh Singapur, vereint als ein Volk!«

Ich begriff nicht, was an Veränderung so großartig sein sollte. Sie schien nur noch mehr Ärger mit sich zu bringen. Alles in unserer Wohnung hatte sich verändert, seit Nani-ji eingezogen war, und das war erst ein paar Wochen her. Bei ihr gab es eine Menge Regeln und innerhalb dieser Regeln noch mehr Regeln. Ich hätte sie gern gefragt, was sie wohl glaubte, in wessen Haus sie hier wohnte, aber wenn ich meiner Großmutter jemals Widerworte gäbe, würde Ma mich umbringen. Sie hatte schon damit gedroht, mir Chili auf die Lippen zu schmieren, weil ich Nani-ji eines Tages mit einem lauten »Hey, Nani-ji! Essen kommen«, zum Abendessen gerufen hatte. Ma war außer sich gewesen. »Du sagst nicht hey zu deiner Großmutter, Dummkopf!«, hatte sie geschimpft.

Eine Regel war, dass wir vor dem Abendessen beten mussten. Die Gebete waren lang, nicht wie die kurzen Tischgebete der Christinnen in der Pause, bevor sie etwas aßen. Die Gebete meiner Großmutter dauerten eine halbe Stunde, eine Ewigkeit, wenn ich ohnehin schon am Verhungern war. Und ich hatte neuerdings immer Hunger, weil Ma jetzt mittags weniger kochte. Ihr fehlte die Energie. Es war ihr nicht mehr so wichtig, welche Gewürze zueinander passten und wie lange die Zwiebeln köcheln durften, ehe die Sauce bitter wurde, oder dass Ingwer zu scharf machen konnte, wenn sie nicht aufpasste. Auch das war Nani-jis Schuld. Sie sorgte dafür, dass Ma sich nicht wohlfühlte, und sagte Dinge, die Ma verstummen ließen.

Nani-ji hielt Singapurer Essen für vulgär und abstoßend. Sie sagte Ma, sie solle mit ihrem Koch-Getue aufhören. »Du bist mit schlichter Punjabi-Kost großgeworden. Du kannst es dir nicht leisten, so viel Geld für Essen auszugeben. Was soll das also?«, fragte sie eines Tages. Ma schwieg. »Das ist Geldverschwendung. Und du gehst ja nicht mal arbeiten. Du hast dir dieses Leben ausgesucht. Finde dich damit ab und spiel hier nicht die Sterneköchin.« Ich wappnete mich für einen Streit. Ma wusste genau, was wir uns leisten konnten und was nicht. Das brauchte ihr niemand zu erklären. Aber Ma hatte keine schlauen Retourkutschen parat. Zu meiner Überraschung murmelte sie etwas in ihren Teller, das wie eine Entschuldigung klang.

Eines Tages, ehe Daddy die Wohnung verließ, um zur Nachtschicht zu gehen, schlich ich auf Zehenspitzen aus meinem Zimmer und fragte ihn, warum Nani-ji so gemein war. Ich konnte nur seinen Schatten sehen und einen schmalen Lichtstreifen, der von draußen auf die eine Seite seines Gesichts fiel, aber ich wusste, dass er sich seine Antwort sehr genau überlegte. »Deine Großmutter ist auf eine bestimmte Weise aufgewachsen. Sie dachte, dass das Leben so bleibt. Aber so viel hat sich für sie geändert, als sie aus Indien herkam. Manchen Leuten gefällt es, wenn sich die Dinge immer wieder ändern, aber Nani-ji ist nicht so. Zu viel ist in zu kurzer Zeit passiert. Dein Nana-ji ist gegangen, dein Onkel musste heiraten, ihr …« Hier verstummte er plötzlich und nuschelte etwas darüber, dass er zu spät dran sei. Mehr wollte er mir nicht erzählen. Er wurde schroff, als ich ihn drängte. »Ich sag das nicht zum ersten Mal, Pin. Es ist nicht an mir, dir die Geschichten deiner Mutter zu erzählen.«

Das Lied wurde zusammen mit den Bildern ausgeblendet. Der Nationalfeiertag war am Dienstag. Einige von unseren Nachbarn hatten Flaggen aus ihren Fenstern gehängt, aber wir taten das nicht. Ma sagte, es sei nicht nötig zu beweisen, wie sehr wir etwas liebten, nur indem wir sein Bild zur Schau stellten. Sie hatte das gestern laut im Wohnzimmer gesagt, vor den Ohren von Gott und Nani-ji.

Nani-ji kam aus meinem Zimmer geschlurft. Ich hörte zuerst, wie die Tür geöffnet wurde, deshalb drehte ich den Fernseher lauter. Dann hörte ich, wie ihre Füße über den Boden schleiften. Sie ging zum Fernseher und schaltete ihn aus.

»Er ist zu laut und du sitzt zu dicht davor. Du wirst taub und blind«, sagte sie.

»Ich hab eh nicht hingeschaut«, erklärte ich.

»Warum hast du ihn dann laufen lassen?«, fragte sie.

Ich zog einen Flunsch. Nani-ji hatte mir den Rücken zugekehrt, aber Gott konnte mich von der Wand herunter immer noch sehen. Er behielt mich jetzt genau im Auge, und Er zeigte mir oft seine Missbilligung. Daddy glaubte mir nicht, wenn ich erzählte, dass Gott sich im Bilderrahmen bewegt hatte, aber ich hatte es einige Male gesehen. »Das ist bloß ein Gemälde, Pin«, sagte Daddy. »Nutz doch mal deinen wachen Verstand, bevor du dich dermaßen von deiner Phantasie mitreißen lässt.« Das sagte Daddy auch manchmal, ehe wir mit Zeichnen anfingen, weil ich gern Details hinzufügte, die gar nicht da waren. Er sagte, es sei wichtig, bei der Wahrheit zu bleiben.

Aber ich wusste es besser. Gott lebte in unserer Wohnung; Er war zusammen mit Nani-ji eingezogen. Seine Miene veränderte sich mit Seiner Stimmung. Seine Mundwinkel kräuselten sich leicht, wenn Er amüsiert oder zufrieden war. Er kniff die Augen zusammen, wenn er wusste, dass ich log. Ich achtete genau auf Seine offene Hand. Wenn ich morgens zur Schule ging, schien Er mir zu winken oder zu sagen, ich solle vorsichtig sein. Wenn ich dagegen zu wenig Respekt gegenüber Ma oder Nani-ji zeigte, hielt Er die Hand erhoben wie um mich zu schlagen. Daddy meinte, ich hätte eine blühende Phantasie. Er hatte keine Angst vor Gott. Er sagte, er arbeite hart und tue Gutes, worüber solle er sich also Sorgen machen? Ma machte sich Sorgen. Sie zog sich die Ärmel über die Hände, wenn sie im Flur an Ihm vorüber kam.

Das war noch so eine von Nani-jis Regeln: Ma und ich durften zu Hause keine Shorts tragen. »Shorts sind unanständig«, sagte Nani-ji und starrte meine nackte Haut so strafend an, dass ich mich sofort zu schämen begann. Mas Haut war schlimmer geworden, seit Nani-ji eingezogen war. Ich untersuchte meine eigenen Arme und Beine, um sicher zu sein, dass bei mir noch alles in Ordnung war, und bisher war es auch so, aber Mas Ausschlag war ausgebrochen, als sie ein bisschen älter gewesen war als ich jetzt. Ich inspizierte meine Haut jeden Tag. Der kleinste Kratzer oder Schnitt machte mich nervös, und ich beruhigte mich erst wieder, wenn mir einfiel, woher ich sie hatte – ein aus einem Schreibtisch ragender Nagel hatte mir einen Kratzer am Bein verpasst oder ein Stück Papier hatte einen winzigen Schnitt in meiner Hand hinterlassen, als ich Miss Yoon geholfen hatte, Arbeitsblätter zu verteilen.

Ich verbrachte jetzt meine Nachmittage meistens im Wohnzimmer und gab mir dabei alle Mühe, Gott zu ignorieren, während Er mich beobachtete. Er starrte und starrte immer weiter, und es kümmerte Ihn nicht, dass das unverschämt war. Ich wollte weg von Ihm, aber ich durfte nicht in mein Zimmer, wenn Nani-ji Mittagschlaf hielt, weil ich zu viel Lärm machte, wenn ich umherlief und mir die Stifte zurechtlegte, um Hausaufgaben zu machen.

Nani-ji reckte sich und ich hörte das leise Knacken eines Knochens. »Ich mache jetzt Tee«, verkündete sie, ehe sie in die Küche schlurfte. »Frag deine Mutter, ob sie auch welchen will.«

Ma ruhte sich gerade aus, und ich wollte sie nicht stören. Sie legte sich jetzt nachmittags immer lange hin. Sie hatte mir erklärt, das sei, weil sie müde sei, weil sie morgens, mittags und abends immer zwei verschiedene Mahlzeiten kochen müsse. »Ihr macht alle ganz schön viel Arbeit«, sagte sie. Aber manchmal schlief sie nicht. Ich hatte einmal heimlich in ihr Zimmer gelugt, als sie die Tür einen Spaltbreit offen gelassen hatte, um Luft hereinzulassen. Sie lag auf dem Bett und starrte mit grimmig zusammengekniffenen Lippen die Decke an.

Ich stand auf und folgte Nani-ji. Die Küche sah jetzt anders aus. Die Eisenplatte war nun dauerhaft am Herd installiert, und es gab noch andere Gegenstände, die ich vorher nur im Tempel gesehen hatte, ehe Nani-ji eingezogen war. Es gab ein Nudelholz und einen schweren Marmorblock, um den Teig darauf plattzuwalzen. Es gab auch eine seltsame, schwere Schüssel, die aussah als wäre sie aus Beton, und dazu einen kleinen Stößel. Ma zermahlte darin die Gewürze und die Pulver für die Soße, die Nani-ji zum Roti bekam. Die Arbeitsplatte war staubig vom Weizenmehl.

Nani-ji ließ den Topf nicht aus den Augen, als ob meine Anwesenheit das Aroma verderben würde. Die Büchse mit der Kondensmilch, die Dose mit den Teeblättern, etwas Fenchel und eine Kardamomkapsel lagen auf der Arbeitsplatte bereit.

»Ma tut das in Currys«, teilte ich Nani-ji mit und hob die grünliche Kapsel auf. Sie hatte einen kleinen Riss in der Mitte, als ob sie geknackt worden wäre. Als ich die weiche Kapsel auseinanderzog, fielen drei schwarze Samen heraus. Nani-ji drehte sich um und schnalzte mit der Zunge. »Fass die nicht an!«, gebot sie und schubste mich weg. Aber sie sagte nicht, dass ich gehen sollte, also blieb ich und lugte in den Topf. Winzige Blasen begannen im Wasser aufzusteigen. Nani-ji warf die Schwarzteeblätter hinein und rührte, bis das Wasser rostig aussah. Dampf waberte vom Topf auf und trug das Tee-Aroma in meine Nasenlöcher. Ich dachte, wenn Sonnenlicht einen Geschmack hätte, dann den von Schwarzteeblättern. Nani-ji rührte weiter, dann gab sie den Fenchel und die Kardamonsamen dazu. Am Schluss kam die Kondensmilch, die den Tee eindickte und ihm eine cremige Farbe verlieh. Das Wasser kochte nun fast, es brodelte und hob sich im Kessel, so dass die dunklen Blätter nach oben wirbelten. Nani-ji zog den Topf eilig vom Herd, ehe er überkochen konnte. Der blaue Flammenkranz brannte weiter, bis ich Nani-ji daran erinnerte, den Herd auszumachen. »Weiß ich«, gab sie mürrisch zurück.

Als Nächstes nahm Nani-ji ein Sieb aus der Schublade, trug mit ihrer zittrigen Hand den Topf zum Spülbecken und goss den Tee durch das Sieb in eine Tasse. Die Blätter fielen in Klumpen in das Sieb. Die Tasse war randvoll, als mir aufging, dass sie zu viel Tee gekocht hatte. Da ich wusste, wie sehr Nani-ji Verschwendung hasste, nahm ich noch eine Teetasse aus dem Regal und fragte, ob ich den Rest haben könnte.

»Nur einen Schluck«, sagte Nani-ji, aber der überschüssige Tee füllte die halbe Tasse. Mit einem tiefen Seufzer, der den Raum füllte wie Rauch, setzte sie sich an den Esstisch. Ich wollte gerade einen Schluck trinken, als Nani-ji mir die Tasse wegzog und meinen Tee in ihre goss.

»He! Du hast gesagt, ich könnte was abhaben!«, sagte ich empört. Nani-ji schnalzte wieder mit der Zunge, was mich sofort verstummen ließ. Sie goss den Tee zurück in meine Tasse und dann wieder in ihre. Dampf stieg von der dicken Teesäule auf, während Nani-ji hin- und hergoss. Ich kannte diese Methode zum Abkühlen aus dem Tempel, wo die Frauen beim Umfüllen immer einen großen Abstand zwischen beiden Tassen ließen, damit die Hitze entweichen könnte. Manchmal gossen sie den Tee sogar in tiefe Teller, damit die Ventilatoren über ihnen die größere Oberfläche abkühlten.

Nani-ji schob mir die Tasse wieder hin. Oben hatte sich Schaum gebildet vom vielen Hin- und Hergegieße. Ich nahm einen Schluck. Er war warm und würzig, ganz anders als der aus den üblichen Lipton-Teebeuteln, die Ma morgens in heißes Wasser tauchte und es mit Milch und Zucker vermischte.

»Der ist nicht wie Mas Tee«, sagte ich. Ich war nicht sicher, ob das ein Kompliment war. Es schmeckte ein wenig nach dem Tempeltee, aber nicht so bitter. Dieser Tee war süß und sättigend.

»Deine Ma macht diese Art Tee nicht«, sagte Nani-ji. »Deine Ma macht überhaupt nichts so wie ich.« Ich trank noch einen Schluck, um zu sehen, ob ich die Traurigkeit schmecken könnte, die in ihren Worten lag.

»Mir schmeckt Mas Essen«, verkündete ich Nani-ji stolz. »Sie kocht gut. Ich esse nicht mal in der Schule, weil ich Mas Essen lieber mag. Und wenn ich mit Daddy was essen gehe, esse ich nichts, was Ma auch kocht, weil ich weiß, dass sie es besser kann.«

Nani-ji nahm einen Schluck von ihrem Tee. Als sie die Tasse von ihren Lippen nahm, fiel mir auf, dass sie glänzten, und mir wurde klar, dass Nani-ji einmal jung gewesen war. Ihre Augen, die aussahen wie schwere Rollläden, hatten vor vielen Jahren geleuchtet. Diese Falten in ihrem Gesicht hatten sich nur gezeigt, wenn sie lachte.

»Du möchtest sein wie deine Ma?«, fragte mich Nani-ji.

Ich nickte.

»Weißt du, warum deine Ma so kocht?«

»Warum?«

»Weil sie immer alles anders machen wollte. Und das hat sie in größere Schwierigkeiten gebracht, als du dir je wirst vorstellen können.«

Ich nahm noch einen Schluck. Ein spitzer Fenchelsamen war irgendwie aus dem Sieb entwischt und trieb an der Oberfläche des Tees. Ich presste ihn zwischen meinen Lippen. Der Geschmack drang mir in den Mund, und ich wusste, dass der Samen nicht aus Versehen in meinen Tee geraten war. Er schmeckte wie etwas Altes, aber noch Lebendiges. Wie eine Erinnerung.

»Warum?«, drängte ich.

Nani-ji schüttelte den Kopf. »Werde ja nicht wie deine Ma«, sagte sie zu mir. Sie stand vom Tisch auf und spülte ihre Tasse im Spülbecken aus. Ich blieb sitzen und versuchte, den Rest meines Tees zu trinken, aber plötzlich war in meinem Magen kein Platz mehr. Ich schaute zu Gott hinüber. Aus diesem Winkel, von der Küche aus, wirkten Seine Züge verzerrt. Ich war mir nicht sicher, aber Er sah aus, als wäre er mit Nani-ji einer Meinung.

• • •

Ein paar Tage später gerieten sie aneinander.

Ich kam an diesem Nachmittag früher als sonst von der Schule zurück, weil der frühe Regen die Grippe im Gepäck hatte und einige Schülerinnen nicht zum Unterricht erschienen waren. Weniger Mädchen als sonst mussten vom Schulbus nach Hause gebracht werden, deshalb nahm der Fahrer eine andere Strecke und ließ Bishan ganz aus. Bei der Morgenversammlung waren wir aufgefordert worden, den Kopf zum Gebet für unsere kranken Freundinnen zu senken. Einige Mädchen beneideten die, die zu Hause bleiben durften, aber ich nicht. Ich betete zu meinem eigenen Gott und flehte ihn an, mich nicht auch krank werden zu lassen, weil ich mir nicht vorstellen konnte, einen ganzen Tag mit Nani-ji in der Wohnung verbringen zu müssen.

Ich stieg aus dem Schulbus aus und sah Roadside auf der anderen Straßenseite. Ich beneidete ihn, weil er alt genug war, um mit öffentlichen Verkehrsmitteln von der Schule nach Hause zu fahren. Wir winkten einander zu. »Kommst du heute zum Spielen runter?«, rief er. Zwischen uns toste der Verkehr auf der belebten Hauptstraße.

»Weiß nicht. Mal sehen«, rief ich. Nani-ji wusste nicht, dass ich unten mit den Nachbarjungen spielte – wenn ich die Wohnung verließ, behauptete ich, ich müsste für Daddy etwas erledigen, in den Eisenwarenladen gehen oder ihm eine Dose Cola kaufen. Er deckte meine Lüge jedes Mal, aber wir weihten Ma nicht ein. Ich konnte nur mit den Jungs spielen, wenn Ma sich in ihrem Zimmer eingeschlossen hatte und Daddy zu Hause war. Außerdem musste ich sicher sein, dass Nani-ji mit ihren Abendgebeten beschäftigt war, wenn ich nach Hause kam, damit ihr nicht auffiel, wie lange ich weggeblieben war und dass ich immer mit leeren Händen zurückkehrte. Und ich musste Gottes forschendem Blick ausweichen. Aber ich hatte es auch langsam satt, mir diese ganze Mühe zu machen, nur um am Spielfeldrand zu sitzen und den Jungs beim Spielen zuzusehen; ich konnte meine Kara noch immer nicht abstreifen, und sie wollten mich noch immer nicht mitspielen lassen, wenn ich nicht eine Möglichkeit fand sie abzulegen.

Ich hörte Stimmen lauter werden, als ich in unserem Stockwerk durch den Gang lief, aber das war normal. Aus jedem Fenster, an dem ich vorbeilief, drangen Gesprächsfetzen in Sprachen, von denen ich mir plötzlich wünschte, ich würde sie verstehen. Erst, als ich mich unserer Wohnung näherte, begriff ich, dass die Stimmen Ma und Nani-ji gehörten. Wortsplitter zerbarsten in der aufgeladenen Luft.

»Wenn du mit Schreien aufhörst, hör ich dir zu«, sagte Nani-ji immer wieder.

»Ich höre nicht mit Schreien auf, weil du mir ja doch verdammt nochmal nicht zuhörst!«, versetzte Ma.

»Jini, ich wollte bei dir einziehen, damit wir darüber reden und es hinter uns lassen können. Gott möchte dir vergeben«, sagte Nani-ji.

»Ich dachte, du würdest dir endlich mal meine Version der Geschichte anhören. Du weißt nicht, was an jenem Tag passiert ist. Du willst nur glauben, was du von Pra-ji und dem ganzen klatschsüchtigen Haufen gehört hast.«

»Gott möchte dir vergeben«, wiederholte Nani-ji.

»Aber ich habe gar nichts verbrochen!«, rief Ma. »Warum begreifst du das nicht? Warum glaubt mir niemand?«

»Wie soll dir denn irgendwer glauben können, wenn du Pra-ji als Lügner bezeichnet hast? Pra-ji – ein weiser Mann, ein frommer Mann, ein gerechter Mann. Und sieh dich an. Sieh dir deine Haut an. Als du heiraten wolltest, hat er mich gewarnt, dass es schlimmer werden würde, wenn du weiter diese Lügen erzählst.«

»Pra-ji ist ein Lügner, und ich würde das vor Gott beschwören. Ich werde niemals meine Meinung über ihn ändern, und wenn du mir nicht glaubst, von mir aus. Aber versuch ja nicht, Pin einzureden, ihre Mutter hätte etwas Schreckliches getan, wenn du die Tatsachen gar nicht kennst«, erklärte Ma. »Deshalb wolltest du doch Zeit mit meiner Familie verbringen, oder? Um Pin davor zu warnen, so zu werden wie ich. Um sie im Auge zu behalten.«

Ich hielt den Atem an.

Es gab eine lange Pause, bevor Nani-ji sagte: »Schön. Wie du willst. Gott sieht alles.«

Mein Herz hämmerte. Wer war Pra-ji? Pra-ji bedeutet auf Punjabi älterer Bruder, und der einzige ältere Bruder, den Ma hatte, war Mama-ji, den Ma Sarjit nannte, wenn sie ihn je erwähnte. Ma fügte kein -ji an irgendeine Bezeichnung für ihren Bruder an, denn Ji nannte man nur Leute, vor denen man Respekt hatte. Es klang aber auch nicht so, als wäre dieser Pra-ji einer, zu dem Ma aufschaute.

Ich hörte eine andere Stimme vom anderen Ende des Gangs hallen, dann das rhythmische Klackern von Metall auf den Betonstufen. »Karung Guni! Karung Guni!« Der Karung-Guni-Mann, der alte Zeitungen und Telefonbücher wiederverwertete, zog mit seiner großen Karre und einer Waage durch den Block. Er bezahlte nicht sehr viel, aber wir hatte keine andere Verwendung für unseren alten Kram. Ich lauschte angestrengt, um zu hören, was in unserer Wohnung passierte, aber Ma und Nani-ji hatten aufgehört zu reden. Sie waren jetzt vermutlich in getrennten Zimmern und brüteten vor sich hin. Ich klopfte energisch an die Tür.

Ma starrte mich mit leerem Blick an, als sie aufmachte. »Ich habe heute einen Brief von deiner Schule bekommen, in dem steht, dass es eine Grippeepidemie gibt«, sagte sie. Sie drückte mir ihren Handrücken auf die Stirn. »Ich mach dir eine Hühnersuppe.«

»Ich bin nicht krank«, erklärte ich Ma.

Ma zog sich in die Küche zurück. Ich hörte das Klicken des Gasanzünders und dann das Zischen der Herdflamme. Es klang, als führte Ma laute Selbstgespräche, aber alles, was sie sagte, war für Nani-jis Ohren bestimmt. Das machte sie manchmal, wenn sie wütend auf Daddy oder mich war. »Keiner glaubt mir. Damals dachten alle, dass ich lüge, heute denken alle, dass ich lüge. Sie glauben lieber einem verdammten kranken alten Mann als ihrer eigenen Tochter. Einen gerechten Mann nennt sie ihn, nach all den Jahren.«

Dann kam sie aus der Küche und lehnte sich an den Türrahmen, den Kopf an die Wohnungstür gelegt. Zuerst dachte ich, sie lausche auf etwas, das Gott sagte, aber dann ging mir auf, dass sie nur nach dem Karung-Guni-Mann horchte. Der rief und trötete mit einer kleinen Hupe, als ob es ein Grund zum Feiern wäre, dass er unseren alten Kram abholte. Seine klackernde Karre, seine Hupe und sein lautes Gerufe verursachten einen solchen Radau, dass es klang, als marschierten gleich mehrere Leute unseren Gang hinunter, aber der Karung-Guni-Mann war klein und so gut wie unsichtbar. Ein plötzliches Lächeln erhellte Mas Gesicht.

»Pin, hilf mir, die ganzen alten Zeitungen rauszubringen!«, rief sie. »Mach dem Mann die Tür auf und gib ihm alles. Wir müssen diesen ganzen alten Kram loswerden.« Ihre Stimme prallte an meinen Zimmerwänden ab, wo Nani-ji sie sicher hören konnte. Ich ging zur Abstellkammer und fing an, Stapel mit vergilbenden Zeitungen rauszutragen. Ich hatte keine Angst mehr vor der Abstellkammer, jetzt, wo Gott nicht mehr in der finsteren Ecke hinter meinem Fahrrad mit den Stützrädern und einem Karton mit zu klein gewordenen Schuhen lauerte. Ich stolperte über einen Haufen verbogener Draht-Kleiderbügel, und eine kleine Staubwolke drang in meine Lunge und brachte mich zum Husten. Wenn Nani-ji den Zustand unserer Abstellkammer sähe, würde sie bestimmt noch einiges mehr zu sagen haben über Schmutz und Mas Haut. Hier versteckte Ma alles, mit dem sie sich nicht befassen wollte.

»Karung Guni!«, rief der Mann, als er an unserem Fenster vorbeikam. Er warf einen Blick in die Wohnung. Ma sagte, ich solle mich um ihn kümmern, dann verschwand sie eilig in ihrem Schlafzimmer. »Karung Guni!«, rief der Mann und betätigte seine Hupe.

»Hier«, sagte ich und reichte ihm die Zeitungen durch das Gitter. In der Eile hatte Ma vergessen, es aufzuschließen. Ich gab dem Mann zwei alte Telefonbücher und ein paar Möbelkataloge, die als Werbung mit der Post gekommen waren. Der Karung-Guni-Mann sah so alt aus wie Bus-Onkel, aber er hatte nicht diesen fiesen Blick. Er beleidigte mich nie. Während er wog, stellte er mir in gebrochenem Englisch Fragen.

»Du wie alt?«

»Zehn«, sagte ich.

»Klasse an Grundschule?«

»Vier.«

»Wah. So große Mädchen. Sprechen auch gut Englisch. Du welche Schule gehen?«

Ich machte eine Geste in Richtung der Schule. Hinter unserem Gang, hinter den Wohnblocks und den glänzenden Baumkronen waren die Umrisse der Stadtteilschulen zu sehen, niedrig und schachtelförmig. Ich wollte mich nicht damit großtun, dass ich auf eine christliche Schule ging.

»Fleißig lernen, ah«, ermahnte er mich. »Sonst Karung-Guni-Mann werden, auch schwer. Muss hier gehen, da gehen, schwere Ding tragen, Geld geben. – Wah«, rief er und wischte sich Schweiß von der Stirn. »Schwierig.«

Ma hätte gesagt, dass es ihm nur darum ging, mein Mitleid zu erregen, damit ich jeden Preis für die Sachen akzeptierte, die wir nicht mehr brauchten. Aber er sah wirklich müde aus.

»Onkel, möchten Sie Wasser?«, fragte ich.

»Huh? Nein, lah!«, kicherte er und winkte ab, als ob ich ihm ein irrwitziges Angebot gemacht hätte. »So nett von dich. Brauch nicht, lah. Keine Mühe.« Flink band er ein paar lange rosa Baststreifen um den ganzen Stapel, den ich ihm gegeben hatte, dann hakte er die Waage an dem festen Knoten in der Mitte ein. Seine schmächtige Gestalt zitterte, als er alles hochhob, eine kurze Rechnung anstellte und danach in seinen Taschen nach Kleingeld wühlte.

Da kam Ma aus ihrem Zimmer, die Schlüssel von ihren Fingern baumelnd. »Nehmen Sie die auch noch mit«, sagte sie, nachdem sie das Gitter aufgeschlossen hatte. Sie warf dem Karung-Guni-Mann einen Stapel loser Postkarten zu. »Und dass die ja ordentlich recycelt werden«, fügte sie hinzu.

Der Karung-Guni-Mann sah sich die Karten an und wich zurück. Er sagte ihr, dass er sie nicht nehmen würde.

»Nehmen Sie. Nehmen Sie einfach«, sagte Ma und schob dem Mann die Karten wieder hin.

»Nein, nein, nein«, sagte der Mann und runzelte die Stirn. »Das nehm ich nicht.«

Ich sah mir an, was Ma ihm geben wollte. Es waren gar keine Postkarten. Es waren alte Schwarzweiß-Fotos unterschiedlicher Form und Größe, mit gewelltem Rand. Es waren insgesamt fünf, und sie mussten so gut wie nichts wiegen. Zuerst fragte ich mich, warum Ma die wohl verkaufen wollte, wenn sie doch nichts wert waren, dann begriff ich, dass es gerade darum ging. Jemand sollte ihr sagen, dass sie nichts wert waren.

»Gib sie mir«, bat ich Ma. Die einzigen alten Fotos, die ich je gesehen hatte, waren die von ihrer Hochzeit. Aus der Zeit davor gab es keinerlei Hinweise darauf, dass Ma überhaupt existiert hatte. Ich hätte gern gewusst, wo sie diese Fotos die ganze Zeit versteckt hatte.

»Nimm«, sagte Ma und schleuderte dem Mann die Fotos hin. Er riss abwehrend die Arme hoch. Ich zuckte ebenfalls zusammen, weil ich dachte, Ma hätte ihn geschlagen. Wütend genug sah sie aus. Ich drehte mich um und sah Gott an. *Mach was,* flehte ich Ihn an. Aber Er sah nur zu wie ein amüsierter Passant.

Die Hände des Karung-Guni-Mannes trafen die Fotos in dem Moment, als Ma ihren Griff gelockert hatte. Sie flogen in alle Richtungen und verstreuten sich über den Boden. Der Mann reichte mir das Geld und zog seine Karre eilig weg. »Tut mir leid«, rief ich ihm hinterher, aber er schaute sich nicht um.

Ma hob die Fotos nicht auf. Sie trat ungerührt über sie hinweg, ging in ihr Zimmer und schloss die Tür. Dann fing sie laut an zu weinen. Ihr Schluchzen gab mir das Gefühl, innerlich gespalten zu sein. Ein Teil von mir wollte mit ihr mitweinen, aber der andere wollte sie schütteln, bis ihr die Wahrheit über die Lippen rutschte, bis ihre vernebeltsten Erinnerungen zum Vorschein kamen, damit ich verstehen könnte, was sie falsch gemacht hatte.

Ich blieb lange auf dem Boden sitzen, bevor ich die Bilder vor mir auslegte und sie betrachtete. Sie zeigten Nani-ji und Nana-ji, noch zu jung, um so angeredet zu werden, ihre Gesichter wie in Stein gehauen, harte Kanten in Schwarz und Weiß. Schatten trübten ihre Augen, und da war kein Lächeln, nicht einmal eine Spur von Glück. Da war Ma, als Kleinkind, und schaute mit runden Augen an der Kamera vorbei. Da war sie wieder, ein Teenager mit glänzenden Zöpfen, die ihr über den Rücken fielen, und strammen Schultern, als ob sie sich darauf vorbereitete, die Welt zu erobern. Mama-ji Sarjit stand neben ihr, mager und mit spitzem Kinn, damals weniger streng; er wirkte verschreckt. Das taten sie alle. Und dann war da noch ein anderer Junge. Auf einem Foto war er noch ein Baby, das auf Nani-jis Schoß saß, auf einem anderen war er größer und lehnte sich an Ma. Abgesehen davon gab es keine

Bilder von ihm. Er musste ein Vetter oder ein Nachbarskind gewesen sein. Er fiel mir auf, weil er als Einziger lächelte, aber irgendwie schief, was ihn frech aussehen ließ.

Ma kam auch zum Abendessen nicht aus ihrem Zimmer. Die Suppe kochte weiter, und ich wusste, das war alles, was sie für heute zum Abendessen kochen könnte. Nani-ji kam aus ihrem Zimmer, nötigte mich dazu, mich mit ihr zum Gebet hinzusetzen, dann machte sie Roti für den Abend. Sie gab mir zwei Fladen und wickelte vier weitere für Ma und Daddy ein, was ich nett von ihr fand, wo sie sich doch so mit Ma gestritten hatte und Daddy so verabscheute. Die Überraschung war mir offenbar anzusehen; Nani-ji erwischte mich dabei, wie ich sie beobachtete.

»Du hältst mich für grausam, oder?«, fragte sie leise.

Ja, dachte ich, obwohl ich wusste, dass es mir ganz sicher den Chili einbringen würde, wenn ich ihr zustimmte. Ich hasste Fangfragen und fand Nani-ji reichlich gemein, weil sie versuchte, mich in Schwierigkeiten zu bringen.

»Das bin ich nicht, Pin. Ich liebe deine Mutter, wie deine Mutter dich liebt. Aber deine Mutter lügt. Deine Mutter hat etwas Schreckliches getan, als sie ein bisschen älter war als du jetzt. Sie hatte Geheimnisse und hat sich Märchen ausgedacht.«

»Hat sie nicht«, sagte ich.

»Wegen deiner Mutter ist jemand gestorben«, sagte Nani-ji unbeeindruckt.

Ich schnappte nach Luft, denn das Wort »gestorben« klang so brutal auf Punjabi. Es bohrte sich in meine Brust und legte sich darauf wie ein Stein. Und dann wurde ich wütend. Wie konnte Nani-ji so etwas über Ma sagen?

Ich wartete, bis sie die Küche verlassen hatte, dann warf ich das Roti in den Müllschacht. Essen zu verschwenden war eine Sünde, aber was sollte es helfen, wenn ich schon wusste, wie es schmecken würde? Es würde bitter schmecken wie der Hass, sauer wie Lügen, und es würde mir im Magen herumrumoren als unerträgliche Last. Ich hielt zu Ma wegen der Art, wie sie sich auf dem Markt zu mir heruntergebückt hatte, um meine Haut zu untersuchen, wie sie sich gefährlich weit aus dem Fenster lehnte, um meine Kleider aufzuhängen. Weil sie zu Hause blieb und auf mich wartete. Weil sie mich mit den Jungs aus der Nachbarschaft spielen ließ. Ein klares, schwereloses Lachen von Ma war selten, aber es war anders als alles, was ich je gehört hatte. Sie war schöner als andere Mütter – das hatten mir alle aus meiner Klasse gesagt, als sie voriges Jahr zur Zeugnisausgabe in die Schule gekommen war. Später an diesem Abend, als ich mich damit abmühte, ihre fade Suppe hinunterzuwürgen, dachte ich, wie glücklich sie sein würde, wenn sie wüsste, dass ich ihr das Fehlen von Salz und süßen Backpflaumen verzieh. Wie stolz sie sein würde, weil ich zu ihr hielt.

• • •

Es war der erste September, und der Erste des Monats bedeutete, dass die Gebühr für den Schulbus bezahlt werden musste. Daddy steckte zwei Zehndollarscheine, zwei Fünfer und drei Dollarmünzen in den Umschlag. »Pass ja auf, dass nichts herausfällt, Pin«, flüsterte er. Nani-ji öffnete die Augen und warf uns einen Blick zu. Sie verlangte absolutes Schweigen von uns allen, während sie ihre Morgengebete sprach.

»Wie konnte sie dich hören?«, fragte ich Daddy. Er erstickte sein Lachen mit seinen großen Schaufelhänden. »Geh schon«, sagte er. »Sonst kommst du zu spät.«

»Ich hab noch nicht gefrühstückt«, erinnerte ich ihn. Ma war in der Küche und kochte verschlafen ein Ei. Sie nahm einen Löffel, um es aus dem Kochtopf zu fischen, und pellte es behutsam über dem Mülleimer. Dann schnitt sie das Ei in der Mitte durch und ließ ein paar Tropfen süße Sojasoße ins Eigelb fallen. Sie kam auf den Gang hinaus, um es mir zu geben. Nani-jis Gebete erfüllten die Wohnung und sie wiegte sich leise. Gott sah zufrieden aus.

»Wieso beten wir morgens nie?«, flüsterte ich Ma zu.

»Wir sind keine alten Damen«, sagte Daddy. Jetzt war ich diejenige, die ihr Lachen unterdrücken musste. Ma versetzte seiner Schulter einen sanften Stoß. »Geh zur Arbeit. Und du, geh zur Schule«, befahl sie. Nani-ji schaute wieder auf. Ich aß mein gekochtes Ei auf, stellte die Schale ins Spülbecken und strich meine Schuluniform glatt. Nani-ji erhob sich, um ihre Gebete zu beenden. Diesmal klangen sie wie eine Melodie, die sich hob und senkte. Gott wippte mit dem Kopf, leicht beschwipst von Nani-jis Lobesgesängen.

Draußen riss ein starker Wind die Blätter von den Bäumen und ließ sie über den Boden wirbeln. Es sah nach Regen aus. Die Monsunzeit hatte in diesem Jahr früher eingesetzt, und dichte Wolken ließen den Himmel oft tiefer hängen. Ich wartete unter einem zerzausten Baum auf den Schulbus. Weiter vorne auf dem Bürgersteig kauerte eine chinesische Familie über einem Grasflecken. Es war der Beginn des Hungry Ghost Festivals, und sie boten den Geistern ihrer Ahnen etwas zu essen an. Der Vater legte zwei Apfelsinen und einen Teller Reis vor sie hin, die Mutter fügte eine Schale voller Plätzchen hinzu. Zusammen zündeten sie Räucherstäbchen an und hielten sie in den Händen. Rauch stieg von den glühenden Weihrauchspitzen auf, während die beiden fächelten und murmelnd ihre Opfergaben aufzählten. Dann standen sie auf und zündeten in einem roten Ölfass, das so groß war wie ich, ein Feuer an. Der Vater riss ein Streichholz an und entzündete es durch ein Loch im Fassboden. Ich wich zurück, als die Flammen hochzüngelten und am Himmel zu lecken schienen. Sie warfen Papiergeldscheine hinein. Das Geld wurde schnell schwarz. Ascheflocken trieben über den Bürgersteig und zerfielen, wenn sie vom Wind getroffen wurden. Ich musste husten und war erleichtert, als der Bus kam.

Ich reichte den Umschlag Bus-Onkel, der die Scheine sorgfältig zählte. Dann ließ er die Münzen in seine Handfläche fallen und prüfte sie. Ein Grinsen breitete sich auf seinem Gesicht aus. Er schob mir den Umschlag wieder hin. »Nicht genug«, sagte er.

»Es ist genug!«, protestierte ich und wollte ihm den Umschlag zurückgeben.

»Das hier nur dreiunddreißig Dollar. Schulbus kostet fünfunddreißig«, sagte er und unterstrich seine Argumentation, indem er zuerst drei und dann fünf Finger in die Höhe hob.

Ich sah das Mädchen an, das am weitesten vorne saß. Sie sagte: »Ja, das stand im Rundschreiben der Schule.« Ich erinnerte mich vage, dass Daddy sich beschwert hatte, weil der Bus teurer werden sollte, aber er musste es wieder vergessen haben.

Ich griff in meine Tasche. Ich hatte genug in meinem Portemonnaie, um Bus-Onkel den Rest der Gebühr zu geben, aber dann würde ich nicht mehr genug haben, um mir im Kiosk etwas zum Mittagessen zu kaufen. Ich konnte Mas Essen nicht mehr vertrauen. Gestern hatte sie faltige Samenkapseln in ihrer Kokossoße gelassen.

Bus-Onkel kicherte boshaft und verzog sein runzliges Gesicht zu einem höhnischen Lächeln. Er beugte sich so nah an mich heran, dass ich seinen heißen Atem auf meinem Gesicht spüren konnte. »Mungalee«, sagte er laut, so dass es alle hören konnten. Ich fuhr zurück und lief ans Ende des Buses. Mein Gesicht war noch immer heiß, aber jetzt vor Scham. »Fresse halten«, sagte ich ganz leise.

Elizabeth Rodriguez wollte von mir wissen, was das Wort bedeutete. »Ich weiß nicht«, sagte ich so überzeugend, wie ich konnte. »Der redet einfach nur Unsinn.« Aber das Mädchen, das uns gegenüber saß, Dinavati, wusste es genau. Sie starrte Bus-Onkel wütend an. »Wenn er mich so nennt, sag ich es meinem Vater«, sagte sie.

Das Gummi in meinem Haarband war ausgeleiert und verschlissen. Wir hatten in der ersten Stunde Sport, und bis zur Pause hatten sich meine Haare aus dem Pferdeschwanz gelöst. Farizah und ich gingen zur Toilette, damit sie mir helfen könnte, sie wieder zusammenzubinden. »Die sind fast lang genug zum Flechten«, meinte sie. Sie drehte den Hahn auf und machte sich die Hände nass, ehe sie ihre Finger über meine Kopfhaut wandern ließ. Das Wasser lief mir den Hals hinunter und färbte den Rand meines Blusenkragens dunkel. Ich zappelte ein bisschen.

»Stillhalten!«, kommandierte Farizah.

»Jawohl, Ma'am!«, sagte ich und unser Kichern hallte von den Wänden wider. Die Toiletten im zweiten Stock rochen immer nach Urin und starken Desinfektionsmitteln. Wir rümpften beide angeekelt die Nase. Aber meine Frisur musste in Ordnung gebracht werden. Seit Nani-ji Haareschneiden verboten hatte, wollte Ma nicht mehr mit mir zum Friseur gehen. Sie versuchte mir einzureden, dass lange Haare ohnehin besser aussehen würden. »Vielleicht werden sie dann von ihrem Gewicht geglättet«, hatte Ma zweifelnd gesagt.

Farizah war größer als ich, aber das war mir nie aufgefallen, bis sie jetzt hinter mir stand. Im Spiegel konnte ich ihre

Stirn deutlich über meiner sehen. Sie wirkte so viel kleiner durch ihre hochgezogenen Strümpfe und ihren langen Trägerrock, der sich um ihre Knie blähte wie ein Zelt.

»Ist dir das nicht zu warm?«, fragte ich und zeigte auf ihre Waden. Die Schulordnung besagte, dass wir weiße Strümpfe tragen mussten, deshalb trugen die meisten von uns Tennissocken. Farizahs Strümpfe waren dick, und sie sahen aus wie aus Wolle. Ein winziges Stück Bein zeigte sich, als sie ihr Gewicht von einem Fuß auf den anderen verlagerte.

»Ich bin daran gewöhnt.« Das war ihre Antwort auf alle Fragen nach ihrer Religion. »Hast du keinen Hunger?«, hatte ich sie vor Kurzem in der Mittagspause unverblümt gefragt. Sie fastete jetzt ernsthaft und durfte nicht einmal ihre eigene Spucke hinunterschlucken. Ich war die Einzige, von der sie sich Fragen gefallen ließ, und sie stellte niemals selbst welche, weil sie schon alles zu wissen schien. Sie wusste, dass Sikh-Männer sich die Haare zu einem Zopf flochten und ihn unter ihrem Turban verstauten. Sie wusste, was es mit meiner Kara auf sich hatte.

»So«, sagte sie. »Zufrieden?« Wir schauten beide in den Spiegel. Der Pferdeschwanz war straff und meine Haare sahen aus wie mit Gel zurückgekämmt. Ich sah gleich viel ordentlicher aus als am Morgen, als Bus-Onkel dieses Wort zu mir gesagt hatte. Das Einzige, was mich störte, war, dass meine Haare nass waren. Das sah aus wie Öl, und Bus-Onkel würde Oberwasser bekommen, wenn er den Verdacht hätte, dass ich mir die Haare mit Öl glattstrich. Die Mädchen, die sich über Gayathiri lustigmachten, behaupteten, dass sie nach Kokosöl roch.

»Das trocknet schnell«, sagte Farizah. »Gefällt es dir?«

Ich nickte. Draußen klingelte es zum Ende der Pause. Farizah schaute erleichtert, weil das bedeutete, dass sie nicht länger in der Toilette bleiben musste. Es war schwer für sie, sich während der Fastenzeit im Kiosk aufzuhalten, weil dort überall Essen herumstand.

»Gehen wir«, sagte sie.

»Moment noch«, sagte ich, nahm die Seife vom Beckenrand, hielt sie unter den Wasserhahn und rieb sie auf mein linkes Handgelenk. Als genug Seifenschaum da war, versuchte ich, die Kara herunterzuschieben. Sie rutschte jetzt ein bisschen weiter als ohne die Seife, aber ich bekam sie noch immer nicht über mein Handgelenk. Ich versuchte es noch ein paarmal, dann spülte ich mir den Seifenschaum von den Händen und ging mit Farizah hinaus, geschlagen.

»Ich glaube, du brauchst eine Säge oder sowas«, sagte sie zu mir, während sie mein Handgelenk untersuchte. »Ist das echtes Silber?«

»Glaub ich nicht.«

Farizah zuckte mit den Schultern und sah auf ihre eigenen Handgelenke. Sie waren etwas blasser als meine, mit dunklen Haaren, die alle in eine Richtung wuchsen. Wir stellten uns mit unserer Klasse an und senkten die Köpfe, während die anderen Mädchen ein Gebet für nach dem Essen sprachen. Die meisten hampelten dabei herum, Farizah aber stand ganz still. Ich sah sie nur einmal sich bewegen, nach dem Gebet. Sie fasste nach unten, um ihre Strümpfe hochzuziehen. Sie zog sie so hoch, dass ihre Knie verschwanden und sie in eine Säule verwandelt wurde.

• • •

Der große Spiegel hing an der Innenseite meiner Schranktür, die weit offen stand. Nani-ji stand davor und schlang ihre dünnen, weißen Haare zu einem Knoten. Oben auf ihrem

Kopf schien immer wieder ihre Kopfhaut hindurch, und sie fuhr mit ihrem kleinen Kamm über diese Stellen. Lange Strahlen kühlen Lichts fielen durch die Jalousien in mein Zimmer. Unsere Nachbarn schlurften als Schatten und Umrisse vorbei. Ich wollte zusehen und mein Ratespiel spielen, aber Nani-ji bestand darauf, früh in den Tempel zu gehen.

»Wozu sollte man hingehen, wenn der Gottesdienst schon zu Ende ist? Weil man ein Essen umsonst bekommt?«, hatte sie gefragt und Daddy dabei demonstrativ angestarrt. Er hatte die Hände gehoben wie Verbrecher in Kriminalfilmen, wenn sie sich ergaben. Nani-ji machte neuerdings spitze Bemerkungen, weil er nicht in den Tempel ging. Ma erklärte, dass er sonntags oft Nachtschichten hatte und daher tagsüber schlafen müsse, aber Nani-ji hielt das offenbar nur für eine Ausrede. »Was ist denn so schwer an seiner Arbeit, dass er so viel schlafen muss?«, hatte sie zurückgegeben.

Daddy war der Einzige in unserer Wohnung, der Gott immer direkt in die Augen sah. Er benahm sich, als sei Gott irgendein Fremder, der auf der Straße an ihm vorüberging, machtlos und seinesgleichen. Nani-ji sah beim Beten immer auf Gottes Füße. Ma versuchte, Seinem Blick auszuweichen. Ich sah Ihm manchmal in die Augen, aber nur, weil ich Ihn so viel sich bewegen sah und schauen wollte, ob Er mir sonst noch etwas mitzuteilen hatte. Aber Daddy brachte Gott nicht durcheinander. Er schien nicht zu glauben, dass es etwas gab, vor dem er Angst haben müsste.

Ich ging duschen, und als ich herauskam, stand Nani-ji immer noch vor meinem Spiegel. Diesmal war sie damit beschäftigt, sich ihr Gesicht ganz genau anzusehen und die tiefen Furchen zu betasten, die von ihren Augenwinkeln ausgingen. Sie atmete schwer, etwas, das mir in letzter Zeit schon aufgefallen war. Nachts brabbelte sie Unsinn im Schlaf, tagsüber schnappte sie keuchend nach Luft, und ihre Brust bebte unter der Anstrengung.

»Ich muss mich umziehen«, sagte ich zu ihr. Ich hatte mich in ein Handtuch gewickelt, und das Wasser, das von meinen Ohren tropfte, bildete bei der Tür eine kleine Pfütze. Nani-ji schaute von ihrem Spiegelbild auf.

»Du solltest nicht so halbnackt im Haus herumlaufen. Das ist unanständig«, sagte sie. Sie verließ das Zimmer. Der Streit zwischen ihr und Ma hatte eine Stille zur Folge, von der ich hoffte, dass sie noch lange anhalten würde, denn in der Wohnung war es jetzt friedlich, wenn auch auf eine seltsame und unbehagliche Weise. Aber schon nach wenigen Tagen saß Nani-ji Ma wieder im Nacken. Ma schützte sich, indem sie aus ihrem Zimmer kam, ganz schnell kochte und wieder hineinstürzte, wie eine Maus, die in ihr Loch in der Wand zurückhuscht. Sie schloss die Tür so schnell, dass Nani-ji kaum Zeit hatte, sich etwas zu überlegen, das sie sagen könnte.

Ma legte mir meistens Sachen hin, die ich für den Tempel anziehen sollte, aber an diesem Tag sah sie müde aus. »Alles ist gebügelt – such dir einfach aus, was du möchtest.« Es war ein Luxus, die Wahl zu haben. Ich durfte selbst aussuchen, was ich anziehen wollte, wenn wir woanders hingingen, aber für den Tempel galten besondere Regeln. Die Leute im Tempel starrten, urteilten und rechneten. Aber an diesem Sonntag war Ma zu sehr damit beschäftigt, sich selbst präsentabel herzurichten. Ich entschied mich für ein hellgelbes Salwar-Kamiz mit einem tieforangen Rand und kleinen, diamantförmigen Knöpfen. Es war eines der wenigen Salwars, die ich hatte, mit einem Gummiband und nicht einem Zugband, das ich zu einem Knoten binden musste. Ich ging in Mas Zimmer und hoffte, sie würde nicht bemerken, dass ich es schon vor zwei Wochen angehabt hatte.

Daddy schnarchte leise; er hatte sich die Bettdecke bis unters Kinn gezogen, und unten lugten seine großen Zehen heraus. Ma hielt sich den Finger an die Lippen und sagte »pst«, als ich die Tür hinter mir zuschob.

»Er wird schon nicht aufwachen«, sagte ich zu ihr. Jahre in der Nachtschicht hatten Daddy die Fähigkeit geschenkt, jederzeit einschlafen zu können. Bei ihm waren die Tage und Nächte vertauscht, als ob er in einer anderen Zeitzone lebte.

Ma wischte sich Talkumpuderflecken von der Bluse. Sie trug ein kräftiges Grün, bestickt mit rosa Blumen. Sie tupfte sich ein wenig Rouge und braunen Lippenstift auf. Das Make-up verlieh ihr ein strenges Sonntagsaussehen. Wenn sie zum Markt ging, wählte sie dieselben Farben, weil die gut zum Feilschen waren. Sie sagte oft, Beten sei wie mit Gott zu feilschen und immer den Kürzeren zu ziehen. Sie sagte mir das jetzt auch, mit gesenkter Stimme, damit Nani-ji es nicht hörte. Daddy bewegte sich und Ma lächelte.

»Sieh ihn dir an«, sagte sie liebevoll. Ich musste auch lächeln. Ma und Daddy redeten nicht so oft miteinander, wie sie durch mich redeten, aber was sie aneinander liebten, war immer klar in diesem Austausch. Ich war außerdem erleichtert: In letzter Zeit, wenn Nani-ji dabei war, hatte Ma Daddy mit Zweifeln im Blick angesehen. Aber jetzt waren seine Augen geschlossen, die dunklen Lider tief violett. Er war völlig ruhig und frei von Sorgen; er sah jünger aus, als er war.

»Ich weiß nicht, wie er es schafft, immer eine solche Ruhe auszustrahlen«, sagte Ma, die offenbar meine Gedanken gelesen hatte. »Dein Vater ist der glücklichste Mensch, den ich kenne. Und alles, was er will, ist, dass auch alle anderen glücklich sind.« Für einen winzigen Moment verzogen sich ihre Lippen in einem Anflug von Neid. »Verstehst du, was ich meine?«

Ich dachte an Daddys Zeichnungen und wie er mich immer dazu brachte, die Welt als etwas Größeres zu zeichnen, als sie war. Er selbst zeichnete in kleinen Vierecken und Linien, aber ich sollte immer das ganze Blatt füllen, von einer Ecke zur anderen, damit nichts vergeudet würde. »Ja, das verstehe ich«, sagte ich.

Ich stemmte mich auf die Kommode und ließ die Beine baumeln. Ich fragte Ma, ob sie ihn deshalb geheiratet habe, weil er die Welt glücklich sehen wollte. Für mich hörte sich das wie ein guter Grund an, um jemanden zu heiraten.

»Sie hat mich geheiratet, weil ich aussah wie ein Filmstar«, sagte Dad mit einem Grinsen. Ma und ich keuchten beide auf und prusteten los. Ma griff nach einem Kissen und warf es ihm an den Kopf. Das Kissen flog an ihm vorbei und prallte gegen ihr Hochzeitsfoto. Es schwang an der Wand hin und her wie ein Pendel.

»Du warst wach!«, rief ich und sprang von der Kommode auf das Bett. Die Matratze quietschte und Daddy stieß ein übertriebenes Stöhnen aus, als ich auf ihn fiel.

»Wie soll ich denn schlafen, wenn ihr Damen dabei seid, euch zurechtzumachen, mit eurem Haarspray und euren Schminktäschchen und euren Haarklammern?«, knurrte er und schloss wieder die Augen. *Ihr Damen.* Ich strahlte und fühlte mich erhaben und erwachsen.

Ma drehte sich um, um meine Kleider zu überprüfen. »Du siehst nett aus«, sagte sie.

Sie tupfte noch etwas mehr Puder auf eine Ansammlung roter Pusteln an ihrem Hals. »Trägst du keinen Schmuck?«, fragte ich. Sie versteckte ihre Narben unter langärmligen Blusen, geschlossenen Schuhen, langen Hosen mit steifem Bund und einer goldenen Halskette, die die Flecken verdeckte, die an ihrem Hals auftauchten.

Ma schüttelte den Kopf. Sie hatte die Halskette bei ihrer Hochzeit getragen. Auch die dazu passenden goldenen Kreol-Ohrringe fehlten. »Deine Nani-ji hat ihn«, sagte Ma. »Ich habe ihr meinen Hochzeitsschmuck zur Aufbewahrung gegeben, als sie eingezogen ist.«

Das verstand ich nicht. »Aber es ist doch dein Schmuck!«, sagte ich.

»Ich habe ihn zu meiner Hochzeit bekommen. Aber er hat deiner Großmutter gehört«, sagte Ma. »Sie wird mir alles zurückgeben. Es ist das einzig Wertvolle, was sie je besessen hat, und sie hat ihn gerne bei sich. Weißt du noch, wie du als kleines Kind diesen stinkenden Kissenbezug überall mit dir herumgeschleppt hast? Das hier ist dasselbe.«

Meine Gedanken flogen in mein Zimmer. Ich überlegte, was ich wohl verstecken müsste, damit Nani-ji es nicht an sich reißen könnte, aber ich besaß nichts wirklich Wertvolles, außer meiner Sticker-Sammlung und dem kleinen Stapel Busfahrkarten, den ich über das Jahr gesammelt hatte. Ich beschloss, dass sie den gammligen Kissenbezug haben könnte.

Mas Spiegelbild zuckte mit den Schultern. Ihre Blicke trafen meine. »Das ist nicht wichtig, Pin. Gold ist Gold. Und dieses Design ist längst aus der Mode, also werde ich den Schmuck nicht an dich weiterreichen, wenn du eines Tages heiratest. Ich werde ihn zu etwas Modernerem umarbeiten lassen. Man sollte sein Herz nicht an Dinge hängen wie Halsketten oder alte Kleider. Das ist ungesund.« Sie trug noch ein bisschen Puder auf und eilte aus dem Zimmer.

Ich piekte Daddy in den Arm. »Willst du mit zum Tempel kommen?«, fragte ich.

»Nein«, sagte er.

»Warum nicht?«

»Ich schlafe.«

»Lügner!«

Daddy streckte die Hand nach der Schublade neben dem Bett aus. Seine Augen funkelten. »Sag mir ein paar Zahlen.«

»Ich habe mir keine überlegt«, log ich. Ich hatte mir in dieser Woche viele überlegt, aber ich hatte Angst, was Gott davon halten würde.

»Beeil dich«, sagte Ma und kam zurück ins Zimmer. »Deine Großmutter fängt schon an zu meckern.«

»Schon?«, fragte Daddy. Ich lachte. Ma fuhr herum und warf Daddy einen Blick zu. Er drehte sich auf die Seite und stellte sich wieder schlafend. Ich kam auf dem Weg in mein Zimmer im Flur an Nani-ji vorbei. Sie atmete sehr mühsam durch die Nase.

»Bist du krank?«, fragte ich hoffnungsvoll. Ich wollte den Sonntag gerne damit verbringen, den Jungs beim Fußballspielen zuzusehen, mich mit Daddy vor der Lottobude anzustellen und in der Küche zu sitzen und Ma zuzuschauen.

Nani-ji schüttelte den Kopf. »Dreh dich um«, sagte sie.

Ich gehorchte und spürte ihre knochigen Finger auf meiner Kopfhaut. »Willst du so in den Tempel gehen?«, fragte sie mich. Mein Pferdeschwanz war locker und einzelne Strähnen klebten in meinem Nacken.

»Ich werde mich kämmen und ihn dann fester binden«, teilte ich ihr mit. Es wurde immer schwieriger, den Pferdeschwanz an Ort und Stelle zu halten. Ich musste etwas Babyöl benutzen, um die Locken zurückzuhalten, die aus meinem Kopf herausragten wie Kritzeleien.

Nani-ji schüttelte wieder den Kopf. Sie legte mir beide Hände auf die Schultern und führte mich zu meinem Zimmer. Ihre Fingernägel bohrten sich in meine Haut, und als ich versuchte, sie abzuschütteln, krallte sie sich fest. Als ich die Tür hinter mir schloss, hörte ich Nani-ji mit ihrer kratzigen Stimme nach Ma rufen. Mit bangen Vorahnungen zog ich mich fertig an und gab mir dabei alle Mühe, das Gespräch der beiden zu hören, nachdem Ma in den Flur gekommen war.

»Na gut!«, hörte ich Ma sagen. Ich öffnete die Tür und sah sie mit erhobenen Händen im Flur stehen, als Zeichen der Kapitulation. Nani-ji nickte befriedigt und sagte: »Beeil dich. Ich will nicht wieder zu spät kommen.«

»Was ist denn los?« Ich folgte Ma in ihr Zimmer. Wortlos schnappte sie sich eine Bürste, einen feinen Kamm, eine Flasche Babyöl und eine Handvoll Haarklammern und Gummibänder. »Draußen«, sagte sie zu mir und nickte mit dem Kinn Richtung Wohnzimmer. »Deine Großmutter sagt, ich muss dir die Haare flechten.«

»Was? Wieso?«, fragte ich. Ich warf einen Blick auf Gott. Er sah ziemlich zufrieden aus.

»Weil es sich nicht gehört, mit einem Pferdeschwanz in den Tempel zu gehen, wenn du dir eine anständige Frisur machen kannst«, sagte Ma. Aber ich hatte dort Mädchen mit langen Pferdeschwänzen gesehen. Ich hatte sogar kurzhaarige Mädchen und Mädchen mit offenen Haaren gesehen. Die Frauen warfen ihnen verächtliche Blicke zu, und die kühneren Jungs pfiffen leise, wenn sie vorüberkamen, aber Gott griff nicht ein. Ich protestierte und schaute hilfesuchend zu Gott hinüber. Seine Miene war wieder ausdruckslos. Nichts.

»Setz dich, Pin«, sagte Ma. Sie klang genervt, als ob sie mich schon den ganzen Tag lang zum Hinsetzen aufgefordert hätte. Zuerst zog sie die Bürste ein paarmal durch meine Haare und machte sie damit zu einer fluffigen Wolke. Dann öffnete sie die Ölflasche, verrieb das Öl zwischen ihren Händen und fuhr mir mit den Fingern durch die Haare, um sie glatt zu machen.

»Stillhalten«, sagte Ma, und das bedeutete, dass sie etwas vorhatte, bei dem ich am liebsten aufspringen und davonstürzen würde. Ich hörte ein leises, reißendes Geräusch, bevor ich den scharfen Schmerz auf der Kopfhaut spürte.

»Au! Warum reißt du mir die Haare aus?« Ich quiekte und versuchte, mich Mas Griff zu entwinden, aber sie hielt meine Haare in ihren Händen, und je mehr ich mich wehrte, um so weher tat es.

»Tu ich nicht«, sagte Ma grimmig. Ihrer Stimme war anzuhören, dass sie mit sich kämpfte. Wieder zog sie den Kamm durch meine Haare. Als er in meinen Locken steckenblieb, hob sie ihn an und benutzte ihn, um an den Knoten herumzunesteln, bis sie sich lösten. »Nicht bewegen«, sagte sie mit erhobener Stimme.

»Das tut weh!«, erwiderte ich fast ebenso laut. Ma ließ die Hände sinken.

»So redest du nicht mit mir!«, sagte sie auf Englisch. »Vor allem nicht vor dieser Person.«

Ich dachte zuerst, sie meinte Gott, weil sie ganz schnell in Richtung Wand nickte. Aber dann sah ich Nani-ji von der Küche ins Wohnzimmer schlurfen. Es wirkte, als wenn ihre einzige Beschäftigung darin bestände, von einem Zimmer zum anderen zu wandern, um Unruhe zu verbreiten. Und Ma war an diesem Morgen auch noch guter Laune gewesen. Normalerweise waren die Tempel-Sonntage die schlimmsten Tage. Ma war morgens immer nervös, zog sich mehrmals um und fuhr mich an, weil ich nicht rechtzeitig fertig war, auch wenn wir nur ihretwegen zu spät kamen. Im Bus rang sie immer die Hände, wie damals, als ich gedacht hatte, wir würden den Tempel für immer hinter uns lassen. Nani-ji ließ sich auf einen Stuhl sinken, der unter ihrem Gewicht ächzte. Ma teilte meine Haare in drei Stränge auf und fing an, einen strammen Zopf zu flechten.

»Das solltest du jeden Morgen machen«, sagte Nani-ji zu Ma. »Sie sollte das Haus nicht mit Haaren verlassen, die in alle Richtungen abstehen. Ein Sikh-Mädchen sollte anständig aussehen.«

Ich machte ein finsteres Gesicht. Ma sagte nichts. Sie band ein Gummi um das Zopfende. Ich sprang auf und schaute in den Spiegel. Mein Kopf glänzte und meine Ohren ragten zu weit hervor. Ich sah komisch aus, und das erklärte ich Ma auf Englisch.

»Sei einfach still«, zischte Ma mir zu. Sie wickelte mir das Tuch um den Hals, griff zu ihren Schlüsseln und bedeutete Nani-ji, uns aus der Tür zu folgen. Auf der Busfahrt zum Tempel sagte sie nur etwas, als der Schaffner sie fragte, wohin sie fahren wolle. Die anderen Fahrgäste warfen uns schiefe Blicke zu wegen unserer Pailletten, unserer buntgemusterten Kleidung und dem Schmuck, der von Nani-jis Ohren hing. Ich sagte auch nicht viel, beugte mich aber vor, um Ma zu beobachten. Ich konnte mich nicht entscheiden, ob das, was sie gesagt hatte, für mich, Nani-ji oder Gott bestimmt gewesen war, der, die Arme vor der Brust verschränkt, von der Wand heruntergeblickt hatte, als wir unser Zuhause verlassen hatten, um zu Seinem zu gehen.

• • •

Es war ein langer Gottesdienst. Im Tempel sollte Gott unsere Füße nicht sehen. Alle saßen im Schneidersitz da oder mit den Füßen unter ihrem Hintern, die älteren Damen mit dem Rücken an Wände oder Säulen gelehnt. Ich musste mich ständig umsetzen. Jedes Mal, wenn ich mich bewegte, blickte Nani-ji missbilligend von ihrem Gebetbuch auf. Ma hatte ebenfalls ein Gebetbuch, aber sie hatte Probleme mitzukommen, weshalb sie ihre Aufmerksamkeit weniger auf mich als auf die Stacheldrahtbuchstaben richtete, während sie versuchte, dem Gemurmel der Anwesenden im Text zu folgen. Ich wusste, dass sie nicht gut Punjabi lesen konnte, aber wenn Nani-ji dabei war, musste sie wenigstens so tun.

»Ma«, flüsterte ich. »Ich muss zur Toilette.«

Ma schüttelte den Kopf. »Wir sind bald durch«, sagte sie. »Warte.« Nani-ji sah uns wieder an.

Ich langweilte mich. Ich stellte mir vor, wie ich den Tempel zeichnen würde, wenn ich einen Stift und ein Blatt Papier hätte. Große Deckenventilatoren, die Staub aus den alten Teppichen aufwirbelten. Hohe, viereckige Fenster mit dunkelgrünen Blenden. Vorne ein Podium, goldverkleidet und gekrönt von einem weißen Baldachin, umgeben von Blumen, Münzen und Dollarnoten, die überall verstreut lagen. Der Priester saß hinter dem Podium und schwenkte etwas, das aussah wie ein Zauberstab, über dem großen Heiligen Buch. Ein größeres Porträt von Gott in einem schweren, goldenen Rahmen hing an der Wand. Ich hatte nie besonders darauf geachtet, aber jetzt konzentrierte ich mich auf Ihn. War Er mir aus der Wohnung hierher gefolgt, oder war das nur Sein Bildnis? Ich forschte lange in Seinem Gesicht, bis mir wieder einfiel, was ich Ma hatte fragen wollen. Ich zupfte an ihrer Bluse.

»Ich brauche eine neue Kara«, erklärte ich ihr. Ich zeigte ihr meinen Armreif. Er sah jetzt klein aus an meinem Handgelenk.

Ma schüttelte den Kopf. »Diese ist völlig in Ordnung«, sagte sie. »Du brauchst noch keine neue.«

»Die ist zu klein.« Ich versuchte, sie von meinem Handgelenk zu ziehen, um es ihr zu beweisen.

»Sie soll klein sein, damit sie dir in der Schule nicht herunterrutscht«, flüsterte Ma zurück.

Nani-ji beugte sich zu uns herüber und sagte, wie sollten aufhören zu reden. »Zeigt gefälligst Respekt!«, zischte sie. Ma rückte von mir weg und versenkte ihren Kopf wieder im Gebetbuch. Überall um mich herum konnte ich leises Geplauder hören. Die Frauen in ihren Grüppchen tauschten Klatsch aus. Die Teenager hatten ihre eigene Ecke gebildet, aus der Gekicher aufbrandete, um dann schnell wieder zu ersterben. Die Männer auf der anderen Seite des Raumes sprachen in ernsthaftem Tonfall miteinander; sie waren so ganz anders als Daddy mit seinem verschmitzten Grinsen. Bei den seltenen Gelegenheiten, wenn er mit uns in den Tempel kam, redete er nicht mit den anderen Männern, ebenso wie Ma nicht mit den Frauen redete. Er war höflich, saß aber in seiner eigenen Ecke und starrte stur geradeaus. Auf dem Heimweg erwähnte er Details, die ich nie bemerkt hatte, zum Beispiel, wie oft sich der Priester geräuspert hatte, oder eine schwarze Krähe, die die ganze Zeit auf der Fensterbank gehockt hatte, bereit, sich in den Raum zu stürzen.

Am Ende des Gottesdienstes warteten wir darauf, dass die Priester herumgingen und Degh verteilten – weichen, süßen Teig, in Butter und Öl gebraten. Um ihn auf die richtige Art zum empfangen, mussten wir die Hände ausstrecken und zu kleinen Schalen formen. Ma suchte in ihrer Handtasche nach einem Taschentuch, um das Öl an meinen Fingern aufzusaugen. Ich wischte mir die Hände ab und folgte ihr in den Speisesaal. Nani-ji kam zunächst hinterher, blieb dann aber stehen, um mit anderen alten Damen, anderen Nanis und Dadis zu plaudern. Ich fragte mich, wie meine Dadi-ji, Daddys

Mutter, wohl wäre, wenn sie noch lebte. Wäre sie ebenso mürrisch? Würde sie mich wegen Daddy warnen, so wie Nani-ji mich wegen Ma gewarnt hatte? Ich schnappte mir Mas Hand und zog, in der Hoffnung, Nani-ji in der Menge zu verlieren. Ma zuckte zusammen und schüttelte mich ab. Dann schaute sie in beide Richtungen, als ob wir eine Straße überqueren wollten, und zog ihren Ärmel etwas nach oben, um mir ihre Haut zu zeigen. Sie war Dunkel-Feuer-Rot, wie die Innenseite eines Mundes.

»Warum ist es so schlimm?«, fragte ich.

Ma streifte ihre Ärmel wieder herunter und antwortete: »Das ist so, seit deine Nani-ji bei uns eingezogen ist.« Das war keine Erklärung, aber es war alles, was sie sagte.

Wir ließen uns mit der Menge in den Speisesaal treiben. Meine bloßen Füße gerieten in einer kleinen Pfütze etwas ins Rutschen. »Vorsicht!«, sagte eine Frau neben mir. Überall um mich herum griffen Hände nach Stahltellern und Löffeln und Gabeln. Die Menschen unterhielten sich angeregt, begrüßten ihre Freunde, versuchten sich in die Warteschlange zu drängeln, stürzten sich auf freie Sitzplätze. Ma verzog den Mund, als die Menge uns weiterschob. Als sie meine Hand packte und mich zu sich zog, war ich dankbar. Am Ende der Schlange bekam ich das Übliche – ein Stück Roti und einen Schöpfer Joghurt. Ich schüttelte den Kopf, als der Mann, der Dhal ausgab, seine Kelle hob. »Bist du sicher?«, fragte er und musterte meine farblose Mahlzeit.

»Ja«, sagte ich und das Tuch rutschte mir vom Kopf. Ich ließ es um meine Schultern schlackern, bis ich bei einem freien Sitz zwischen Ma und Nani-ji ankam. Dort zog ich es rasch wieder hoch, ehe Nani-ji etwas merkte. Sie steckte ihre Tuch immer an ihren Haaren fest, auch, wenn sie nicht einmal in der Nähe eines Tempels war.

Nani-ji kaute ihr Essen bedächtig. Ma aß mit raschen, kleinen Bissen und war schon halb fertig, als sie merkte, dass ich auf sie wartete.

»Ach«, sagte sie, als es ihr wieder einfiel. Sie öffnete ihre Handtasche und nahm einen kleinen Pfefferstreuer heraus. Nachdem sie sich umgeschaut hatte, streute sie Zucker über meinen Teller. »Du wirst langsam zu alt dafür, Pin«, wisperte sie. Ich stellte mich taub. Ich war sicher, dass ich nie groß genug sein würde, um das Tempelessen zu mögen.

»Was macht ihr da?«, fragte Nani-ji und beugte sich zu uns herüber. Ma schob den Pfefferstreuer eilig wieder in ihre Handtasche.

»Nichts«, sagte ich.

»Was war das?«, verlangte Nani-ji zu wissen. *Was geht es dich an?,* hätte ich gefragt, wenn ich mich getraut hätte.

»Nichts«, beharrte Ma.

Nani-ji streckte die Hand aus und sah sich meinen Teller an. Der Zucker glitzerte. Nani-ji ließ ihren Blick zwischen Ma und mir hin und her wandern. Wir starrten beide auf unsere Teller hinunter.

»Du musst lernen, Gottes Speise so zu essen, wie sie für dich zubereitet wird«, sagte sie streng. »Du bist zu groß, um deine Mutter Zucker auf alles streuen zu lassen, damit du es isst.«

»Sie streut nicht auf *alles* Zucker«, widersprach ich.

Nani-ji sah Ma an. »Früher hast du Zucker auf alles gestreut«, sagte sie. Ma räusperte sich.

»Ich streue nur Zucker auf Sachen, die Pin nicht gerne isst«, sagte Ma.

»Ich spreche nicht von Pin«, sagte Nani-ji. »Ich spreche von Bilu. Du hast Zucker auf alles gestreut, was er gegessen hat.«

Ma sah Nani-ji bestürzt an. Ich war überrascht – wer war Bilu?

Dann aß Nani-ji weiter, aber Mas Hände waren auf halber Höhe in der Luft erstarrt. Als Nani-ji ihre Mahlzeit beendet hatte, drehte sie sich zu Ma um.

»Was? Dachtest du, ich hätte das nicht gewusst? Kein Wunder, dass er immer nach dir gesucht hat, wenn du nicht da warst.«

Ma sagte kein Wort. Sie rückte ihr Tuch wieder zurecht, diesmal so, dass es über die eine Seite ihres Gesichts fiel und es vor den Blicken verbarg. Sie beendete ihre Mahlzeit eilig, und ich tat es ihr nach, stopfte mir den gesüßten Roti in den Mund und spachtelte den Joghurt, bis auf dem Teller nichts mehr übrig war. Es schmeckte kaum nach was. Wir blieben nicht zum Tee. Ma zog mich aus der Tür, und Nani-ji trottete hinterher. Ma schien den Tempel so schnell wie möglich verlassen zu wollen.

»Wovon hat Nani-ji da gesprochen?«, fragte ich sie, als wir in den Schuhhaufen draußen nach unseren Sandalen suchten. Ich fand meine und hockte mich auf den Boden, um die Riemen zu binden. Als ich aufstand, war Ma verschwunden. Dann sah ich sie; sie redete mit einem Mann, der in der Nähe des Eingangs auf einem Tuch saß. Er hatte eine Auswahl an Karas vor sich ausgebreitet – Gold, Silber, dick und dünn. Ich erkannte ihn als den Mann, der Ma die ganzen Bilder von Gott für unsere Wohnung verkauft hatte. Ma reichte ihm Geld und kam mit einer Plastiktüte zum Schuhregal zurück.

»Hier«, sagte sie betont fröhlich. »Das ist für dich.« Sie reichte mir eine dünne, aber etwas weitere Kara, die ich problemlos an- und ablegen konnte, wann immer ich wollte. »Wenn wir nach Hause kommen, werde ich deinen Daddy bitten, die andere durchzusägen, okay?« Ihre Stimme klang seltsam schrill, und ihr Lächeln sah aus, als ob es ihrem Gesicht wehtäte.

»Danke, Ma«, sagte ich. Die neue Kara glitt über die alte, als ich sie überstreifte.

Nani-ji kam aus dem Speisesaal getrottet und zu uns, um ihre Schuhe zu suchen. Ma und ich traten zurück und sahen ihr zu. Wir konnten beide ihre braunen Sandalen sehen, aber keine von uns bot an ihr zu helfen. Wir sahen ihr einfach nur zu.

• • •

Zu Hause ging Ma in ihr Zimmer und kam erst am Abend wieder raus. Ich hatte vorgehabt, sie in der Küche zur Rede zu stellen, aber sie schwebte nur von Zimmer zu Zimmer wie ein Gespenst, und es war schwer, Blickkontakt mit ihr aufzunehmen, ganz zu schweigen davon, sie dazu zu bringen zuzuhören. Ich wollte sie fragen, wer Bilu war, warum Nani-ji gesagt hatte, was sie gesagt hatte, warum sie plötzlich so unglücklich war. Es gab Fragen über Fragen. Ich konnte nicht aufhören, an sie zu denken; sie trieben durch meinen Kopf wie Daddys Lottozahlen an den seltenen Tagen, an denen ich zuversichtlich war, dass wir gewinnen würden.

Wir hatten den ganzen Nachmittag über die Küchenfenster offenstehen lassen. »Zum Glück hat es nicht geregnet«, sagte ich, als ich Ma in die Küche folgte. »Sonst wäre jetzt alles triefnass. In diesem Jahr hat der Regen früher eingesetzt.« Sie warf mir aus den Augenwinkeln einen Blick zu und fing an, den Kühlschrank zu durchwühlen. Es war nichts darin, das sie zufriedenstellte. Sie knallte die Tür zu und ging zum Fenster hinüber. Der Gesang der verbliebenen Singvögel vom Wettbewerb dieser Woche zog in unsere Wohnung wie feiner

Nebel. »Ich finde, das klingt friedlich«, sagte ich vorsichtig. Mein Mund war wie ausgedörrt. In meinem Kopf kreischten die Fragen, aber aus irgendeinem Grund konnte ich sie nicht hervorzwingen.

»Kannst du die einzelnen Vögel hören?«, fragte Ma. »Oder ist das für dich alles nur ein lautes Geräusch?«

»Ich … ich glaube, es ist nur ein lautes Geräusch. Aber jetzt sind weniger da, und da finde ich es leichter zu erkennen, welcher Vogel welches Lied singt«, sagte ich. Sie klang so nüchtern, als wäre es das gewesen, über was sie den ganzen Nachmittag in ihrem Zimmer nachgedacht hätte.

»Hör richtig hin«, sagte Ma. Sie beugte sich dichter an das Fenster heran. »Komm her und hör hin.«

Ich gehorchte. Wir lauschten beide angestrengt auf die Rufe der Vögel in ihren hölzernen Käfigen. Manchmal glaubte ich, das Lied eines einzelnen Vogels verfolgen zu können, aber dann legte sich ein anderer Gesang darüber und ich war nicht mehr sicher, wem ich jetzt zuhörte.

»In dieser Stadt überlappt sich einfach alles«, sagte Ma. »Ist dir das aufgefallen? Alles verschmilzt miteinander.« Es war mir aufgefallen. Betonbürgersteige über Gras, Wohnungen über Einkaufszentren, malaiisches Essen über indischem Essen über chinesischem Essen über McDonald's. Blätter, die in allen erdenklichen Schattierungen von Grün in die Luft ragten – Jade, Smaragd, ein tiefes Meeresgrün, ein kränkliches Gelblich-Grün. Darunter breiteten sich fleckige Äste in gebrochenen Linien über dem Himmel aus. Dahinter wiederum Gebäude. Unter diesen schlängelte sich der MRT durch die Stadt. Eine Stadt, eine Insel, ein Staat, ein Land. Alles einander überlappend.

»Der Trick besteht darin, Pin, alles für sich sehen zu können«, hatte Daddy immer gesagt, wenn ich ihm erzählte, wie mies ich bei den Zeichenaufgaben in der Schule war. »Denk einfach nur an das, was du gerade in diesem Moment zeichnest, und dann klappt es.« Es klang, als ob Ma versuchte, mir dasselbe zu sagen, doch es fiel ihr schwer, die richtigen Worte zu finden.

»Wer war Bilu?«, fragte ich.

Ma schaute wieder aus dem Fenster. Sie forderte mich erneut auf, den Vögeln zu lauschen. Ich lauschte. Ich starrte an Mas Schultern vorbei auf die Bäume, die langsam mit der Dämmerung verschmolzen. Im Sonnenuntergang würden die Gebäude und die Bäume nur noch aus Umrissen bestehen. Ich lauschte angestrengt auf die Vögel, bis es klang, als wäre da nur einer. Dann hörte ich vereinzelten Applaus. Der Gewinnervogel war gewählt worden.

Ma ging vom Fenster weg und zog einen Stuhl aus der Küchenecke hervor. Sie fing an zu sprechen, als ich mich zu ihr setzte. »Bilu war mein jüngerer Bruder, und ich habe ihn mehr geliebt als alles andere auf der Welt. Er ist gestorben, als ich fünfzehn war.«

# 4

## 1967

Von Weitem sieht es aus wie ein Haus. Es hat ein Dach und einen Zaun und klaffende Fenster und eine Tür, die beim leisesten Luftzug in den Angeln schwingt. Aus der Nähe ist es eine Ansammlung von Winkeln und Schatten, von ungleichmäßigen Schattierungen weißer Farbe, mit einem rostigen Blechdach, das herunterzurutschen droht. Wenn man lauscht, egal aus welcher Entfernung, hört man drei Dinge: das betäubende Trommeln des Regens, das unheilverkündende Knacken der Bodenbretter und die Stimmen der Nachbarn, die durch die Risse in den Moskitonetzen dringen, die vor den Fenstern hängen.

Hier lebt Jini. Sie ist zwölf Jahre alt.

Es ist ein heißer Tag. Schweißperlen kullern ihr den Nacken hinab, als sie die Straße hinunter geht. Ein Mann, der Süßigkeiten und Nüsse in Pappbechern verkauft, eiert auf seinem Fahrrad vorbei und ruft seine Preise aus. Zwei streunende Hunde mit geflecktem Fell und breitem Grinsen umkreisen einander schwanzwedelnd. Ihre Mutter hat ihr eine Liste mit Dingen gegeben, die sie für das Abendessen einkaufen soll, und Jini angewiesen, zu feilschen. »Wir können uns nicht alles leisten. Wenn du Laden-Onkel dazu bringen kannst, uns ein halbes Dutzend Eier für den Preis von dreien zu geben, dann mach das. Sag ihm, dass wir es ihm später zurückzahlen. Wir gehen ja nicht weg.«

Jini ist es peinlich, um Eier zu feilschen. Woche für Woche

muss sie zwischen den Hausfrauen stehen und mit Laden-Onkel herumdiskutieren. Er redet so schnell, dass sie meistens gar nicht weiß, mit welchem Preis sie sich einverstanden erklärt. Er kann manchmal ganz nett sein, wenn die Geschäfte gut gehen und im Laden gleichzeitig mehrere Frauen stehen mit Babys auf den Hüften und Kleinkindern, die sich an ihre Beine klammern. Wenn der Laden leer ist, ist die Wahrscheinlichkeit geringer, dass sie ihn herunterhandeln kann. Erst vorige Woche hat er sie aus dem Laden gejagt, weil sie zu viel verlangt hat. »Meinst du, das ist ein Selbstbedienungsladen?«, hat er sie plötzlich angeblafft. »Typisch Inder. Wollen alles geschenkt kriegen!« Sie ist aus dem Laden gestürzt ohne die Hälfte der Lebensmittel, die ihre Mutter ihr aufgetragen hatte zu kaufen.

Jini durfte deshalb zwei Wochen lang nicht mehr einkaufen, aber sie hat die ganze Woche gebettelt, aus dem Haus gelassen zu werden, etwas tun zu dürfen, und an diesem Morgen hat ihre Mutter sich endlich erweichen lassen. Gerade sind Schulferien, und Jini langweilt sich. Einige ihrer Schulfreundinnen wohnen in ihrem Viertel, aber ihre Mutter verbietet ihr neuerdings, zu viel mit Punjabi-Mädchen zu reden. Sie hat Angst, Jini könnte herausrutschen, dass ihr Vater seit Wochen weg ist. Jini traut sich nicht, ihrer Mutter zu sagen, dass es schon jeder weiß.

Als sie vorsichtig über die Straße geht, glaubt Jini, eine vertraute Stimme zu hören, aber vielleicht hat sie es sich nur eingebildet. Auf diesem Straßenabschnitt klingen die Laute der Vögel, die einander rufen, und das Quietschen der Autoreifen wie Menschenstimmen. Dann hört sie es wieder.

»Große Schwester!« Sie fährt herum. Es ist der sechsjährige Bilu, der auf der anderen Straßenseite auf- und abspringt und winkt.

»Bleib, wo du bist!«, ruft sie mit erhobenen Händen. »Eine Bewegung und ich bringe dich um!« Die Augen ihres Bruders weiten sich, dann setzt er sich plötzlich mitten auf den Bürgersteig, die Beine sauber unter dem Hintern verstaut. Jini muss lachen, als sie über die Straße zurückhetzt, aber ihr Ärger ist gleich wieder da.

»Weiß Mutter, dass du hier draußen bist?«, fragt sie. Er nickt. Sie verpasst ihm einen schmerzhaften Knuff, packt ihn am Kragen, und gleich ist die Antwort eine andere.

»Nein-nein-nein-nein-nein-nein«, sagt er. Ein Mann in farbverschmierten Shorts geht vorüber und wirft Bilu einen Seitenblick zu.

»Okay, dann geh nach Hause.«

»Nein.«

»Doch. Bilu, geh nach Hause.« Sie zeigt in die Richtung ihres windschiefen Hauses.

»Nein-nein-nein-nein-nein-nein-nein!«, kreischt er. Der Mann hält inne und starrt Bilu erschrocken an.

»Lassen Sie uns in Ruhe!«, sagt Jini zu dem Mann. Sie ist sonst nicht so unhöflich zu Älteren, aber dieser Mann schaut sie mit einem Blick an, den sie schon kennt. Mit seinen Blicken fragt er sie: Was ist los mit deinem Bruder? Wenn sie das wüsste, würde sie allen und jedem, die ihr diesen Blick zuwerfen, eine Antwort geben. Aber sie kann nur das erzählen, was ihre Mutter den Frauen im Tempel erzählt: »Er ist nicht in Ordnung.« Das trägt ihnen jede Menge Mitgefühl und Zungenschnalzen ein. Niemand will die Last eines Kindes, eines Bruders oder einer Schwester, tragen, die nicht in Ordnung sind. Erst wenn sie nicht aufhören, Fragen zu stellen, wird Jini ungeduldig und möchte ihnen samt und sonders erklären, sie sollen sich um ihre eigenen Angelegenheiten kümmern. Was geht es sie an, ob er als Baby genug zu essen bekommen hat oder was mit ihm passieren soll, wenn er älter wird und schwerer unter Kontrolle zu halten? Ihre Mutter wird bei solchen Fragen bleich, Jini wird rot.

Bilu windet sich kreischend. Er wälzt sich auf dem Boden und bekommt Sand und Dreck in Haare und Augen. Tränen strömen ihm über die Wangen. Der Mann setzt seinen Weg fort, starrt die Kinder aber weiter an. »Ich hab gesagt, lassen Sie uns in Ruhe!«, brüllt Jini. Kurz verstummt Bilu, völlig verdutzt. Er sieht dem Mann hinterher, der jetzt die Straße hinunterhetzt. Sogar Jini selbst ist überrascht vom Klang ihrer eigenen Stimme.

»Rausgehen?«, fragt Bilu. Tränen fallen auf den Kragen seines T-Shirts.

»Nein. *Ich* gehe raus. *Du* musst im Haus bleiben«, sagt Jini fast flehentlich. Bilu löst sich wieder in Schluchzen auf. Er ballt die Fäuste und reibt sich damit die Augen. Jini spürt ihr Herz brechen. Selbst wenn es Bilu nur darum geht, sie dazu zu bringen, ihn etwas Verbotenes tun zu lassen, tut er ihr leid. *Das ist nicht fair. Er weiß es nicht besser,* sagt sie sich. Sie hat diese Entschuldigungen auch von ihrer Mutter gehört. Jini überlegt, was ihre Mutter jetzt tun würde. Sie drückt Bilu an sich und singt in seine Haare. Bilus Schluchzen ebbt ab und bald ist nur noch ein leises Schniefen zu hören.

»Okay? Jetzt gehst du nach Hause. Ich gehe nur schnell in den Laden«, erklärt sie ihm. Er rappelt sich auf und stürzt zurück ins Haus, als wäre nichts gewesen.

Bilu kann nicht in die Schule gehen, deshalb ist jeder Tag für ihn so dröge wie Sommerferien. Die Schule ist zu schwierig für ihn. Er kann keinen Bleistift halten oder seinen eigenen Namen schreiben, er kann nicht sehr schnell gehen, und wenn er versucht zu rennen, stolpert er. Er kann keinen ganzen Tag von den Menschen wegbleiben, die er kennt. Jinis Vater bestand darauf, ihn in die Schule zu schicken, aber Bilu kreischte und klammerte sich an die Beine seines Pults und verkroch sich in Ecken, wenn die Lehrer ihn bestrafen wollten. In seiner zweiten Woche war er stundenlang verschwunden und wurde schließlich schlafend in einer seichten Gosse gefunden, seine Schuluniform vollgesogen mit dem schmutzigen Wasser. Etwas stimmt nicht mit ihm, aber sie haben nicht die Mittel herauszufinden, was das ist, nicht, solange Jinis Vater alle zwei Wochen verschwindet und sie ohne Geld oder Essen zurücklässt. Jinis Mutter ist ständig am Beten, weil es das Beste ist, was sie tun können.

Laden-Onkel steht hinter der Theke und ist in ein chinesisches Buch vertieft. Er ist ein Mann mittleren Alters mit einigen silbrigen Strähnen und einer Tätowierung mit chinesischen Buchstaben auf dem Arm. Heute sieht er aus, als hätte er gute Laune. Er fährt jedes Schriftzeichen in seinem Buch mit dem Finger nach. Einmal kichert er.

»Onkel«, sagt Jini. »Ich brauche sechs Eier. Ich habe aber nur Geld für drei. Jetzt haben, später bezahlen? Bitte?«

Sein Lächeln verschwindet. »Inder sind alle Betrüger! Wollen mich immer betrügen!«, ruft er. Sie wartet, die Hände hinter dem Rücken verschränkt, den Kopf gesenkt. »Du hast Geld für drei, du kaufst nur drei.«

»Fünf. Mein Vater kommt morgen zurück, dann bezahle ich. Okay?«

Laden-Onkel schüttelt den Kopf, legt aber ein Extra-Ei in die Tasche. Vier Eier sind auch okay – eins für jedes Familienmitglied, ohne den Vater.

»Warum so trauriges Gesicht? Ich dir schon eins umsonst gegeben«, sagt Laden-Onkel.

»Danke, Onkel.« Jini zwingt sich zu einem Lächeln.

»Mädchen, ich sag dir Geheimnis. Ich immer glücklich«, sagt er. »Nie traurig. Traurig nicht gut. Taugt nichts. Musst immer glücklich sein. Verstanden?«

Jini nickt. »Glücklich«, krächzt sie. Laden-Onkel grinst.

»Glücklich! Musst immer glücklich sein«, sagt er noch einmal und lässt sich nach hinten in seinen Stuhl sinken. Sonnenschein strömt durch die Ladenfenster und erleuchtet die Regale.

Auf dem kurzen Heimweg versucht Jini sich die Worte des Mannes einzuprägen, aber als sie sich ihrem Haus nähert, wird seine Stimme leiser und löst sich schließlich in der erstickenden Nachmittagshitze auf. Sie möchte Laden-Onkels Rat befolgen, aber nachdem ihr Vater sie mit kaum genug Geld zum Leben zurückgelassen hat, mit Bilus Problemen und ihrer Mutter, die sich jeden Abend in den Schlaf weint, weiß sie nicht mehr, wie es geht, glücklich zu sein.

• • •

An Wochentagen ist das Haus von Lärm erfüllt, weil Jini aus voller Kehle singt, ihre Mutter in der Küche Gewürze mörsert, Bilu seine wechselnden Stimmungen zum Ausdruck bringt – Kreischen und Weinen, Freudenschreie und jammervolle Schluchzer. Die Nachbarn tragen dazu bei, ohne sich dessen bewusst zu sein. Jasbir Kaur von nebenan nennt ihre Schwester ein hässliches Pickelgesicht. Die Jeynathans einige Türen weiter haben ihr Radio laut aufgedreht und hören tamilische Lieder. Die Witwe mit den vier erwachsenen Söhnen klagt, wie sehr ihr ihr verstorbener Mann fehlt. Es gibt einige Punjabi-Haushalte in der Gegend, und die Kinder treffen sich manchmal, um dann im Pulk die Straße hinunterzulaufen und ihre Kumpels zum Fußball zu rufen.

Die Wochenenden sind ein bisschen anders, weil sie sich nicht anfühlen wie Schulferien. Samstags kommt Sarjit von der Armee nach Hause und Mutter sieht weniger schwermütig aus, glücklicher. Er ist 19 und leistet gerade seinen Wehrdienst ab. Er wohnt in der Kaserne, weil er es zu mühsam findet, jeden Tag hin- und herzufahren. Die Armee hat ihm einen Schreibtischposten gegeben, weil er gut mit Zahlen umgehen kann. Mutter nennt ihn ihren Soldaten; sie beginnt sofort zu strahlen, wenn sie draußen das Quietschen des Tores hört und das Geräusch seiner Stiefel, die durch das weiche Gras stampfen.

»Sohn!«, ruft sie und wirft ihm die Arme um den Hals. Seit ihr Vater gegangen ist, weint sie jedes Mal, wenn sie Sarjit sieht. »Wir haben dich vermisst«, säuselt sie und hilft ihm, die Schnürsenkel an seinen Stiefeln zu lockern. »Jini, da steht Tee auf dem Herd. Hol deinem Bruder welchen«, sagt sie. Jini rennt in die Küche, um den Tee zu holen. Wieder kann sie unterdrücktes Schluchzen aus dem Wohnzimmer hören. Die Rattanmöbel quietschen und stöhnen, als Sarjit sich erschöpft hinsetzt. Jede Woche sagt er dasselbe: »Ich bin müde.«

»Wie geht's in der Schule?«, fragt er Jini, als sie ihm den Tee bringt.

»Wir haben Ferien, du Dussel«, sagt sie. Er schnappt sich einen ihrer Zöpfe und sie reißt sich lachend los.

»Du bist hier der Dussel. Wo steckt Mr Bilu?«

»Irgendwo im Haus«, sagt Jini.

»Folgt er dir nicht mehr durch's ganze Haus?«

»Nein. Aber pass auf. Wenn er wieder anfängt, werden wir ihn nie mehr dazu bringen, damit aufzuhören.«

»Sprecht Punjabi«, gebietet die Mutter. Sie mag es nicht, wenn im Haus Englisch gesprochen wird. »Wie soll ich wissen, was ihr sagt, wenn ihr eine Sprache sprecht, die ich nicht verstehe?«

Sarjit reibt sich mit dem Handrücken die Augen. »Ich such jetzt Bilu und dann mach ich ein Nickerchen«, erklärt er seiner Mutter.

»In Ordnung, mein Sohn«, sagt sie. »Jini, geh nicht weg. Ich brauche deine Hilfe beim Kochen.«

Samstags darf Jini in der Küche helfen. Ihre Mutter beschwert sich oft, weil Mädchen normalerweise schon viel früher damit anfangen. »Sieh dir Jasbir und ihre Schwester an. Die können mit geschlossenen Augen Saag zubereiten, und sie sind zwei Jahre jünger als du. Warum ist das so schwer für dich?«, sagt sie immer. »Ich habe schon mit sieben angefangen zu kochen.«

Aber Jini kann nichts dafür. Wenn sie bisher versucht hat, in der Küche zu helfen, hat sie alles nur behindert oder die Zutaten verwechselt. Sie hat sich ungeschickt angestellt und zu viele Fragen gestellt. »Was ist das hier? Auf welchem Baum wächst das? Ist das scharf?« Sie verliert die Lust, wenn ihre Mutter anfängt, sie zu ignorieren, und das, was sie zu Hause essen, findet sie sowieso langweilig. Dhal, Roti, Dhal, Roti. Manchmal Saag, wenn sie genug Geld für Spinat haben. Ein seltenes Mal ein Curry mit Hähnchen und Kartoffeln, wenn der Vater Geld nach Hause geschickt hat. Jini würde lieber essen wie andere Singapurer – Nasi Lemak wie die Malaiien, Kway Teow wie die Chinesen, Dosai wie die Leute aus Südindien. Sie hat die Briten gesehen mit ihren schnurgeraden, braunen Schnurrbärten und ihrem Akzent, der die Kanten der Wörter schärft. Sie beneidet sie am meisten um ihre dicken Steaks und die deftigen Kartoffeln.

*Als ich so alt war wie du, wusste ich schon alles,* sagt ihre Mutter immer. Was gibt es denn noch zu wissen?, überlegt

Jini und schaut aus dem Fenster auf die Ansammlung von Blechdächern und das gelb werdende Gras. Sie kommt in der Schule mit, weiß, wer ihre Freundinnen sind, und mit welchem Bus sie über die ganze Insel fahren kann, zu Straßen mit proppenvollen Shophouses mit geschnitzten, hölzernen Rollos, ins Herz der Stadt, wo noch mehr glänzende Gebäude langsam emporwachsen wie Bäume, zu Ecken der Insel, wo Sand und Schlick ins Meer ragen, so dass man sich vorkommt wie am Ende der Welt.

Ihre Mutter holt unter dem Küchenschrank eine Mehltüte hervor und kippt den Inhalt in eine Stahlschüssel. »Untersuch es auf Insekten«, weist sie Jini an. »Letzte Woche habe ich im Atta eine kleine Spinne gefunden.«

Jini wäscht sich die Hände, trocknet sie ab, dann fängt sie an, das Mehl auszusieben, auf der Suche nach irgendetwas Verdächtigem. »Nichts«, sagt sie, als sie fertig ist. Ihre Mutter reicht ihr wortlos die Schüssel mit den grünen Linsen. Jini sieht die kleinen Perlen nach Steinchen durch. Letzte Woche hat Bilu sich so schrecklich aufgeregt, als er auf einen Stein gebissen hat, dass er sich nach dem Essen übergeben musste. Ihre Mutter hat einen Moment lang wütend ausgesehen, aber dann ist ein Ausdruck über ihr Gesicht gehuscht, den Jini nicht vergessen kann. Ihre Mutter sah für einen Moment verwirrt und erschrocken aus. Sie hat Bilu angesehen, als ob sie nicht wüsste, wie er in dieses Haus, an diesen Esstisch geraten war.

Jini fischt zwei Steinchen heraus und wirft sie ins Spülbecken. »Fertig«, sagt sie. Auf dem Herd brodelt ein Topf mit kochendem Wasser. Ihre Mutter schüttet die Linsen hinein und nimmt ein paar Dosen mit Pulver aus dem Schrank – gelbem, ziegelrotem, anderem, das aussieht wie feiner Sand.

»Ich muss dir beibringen, wie man Roti macht«, sagt Jinis

Mutter. »Was willst du sonst kochen, wenn du selbst einen Mann und Kinder hast?«

Chili-Krabben. Tofu mit Erdnusssauce. Chinesisches Gemüse mit dicken Stängeln und saftigen Blättern. Hainanischen Hähnchenreis mit süßer Sojasoße und Ingwer-Chili. Nudeln – dicke wie dünne – mit Fischklößchen und Schweinebällchen. Brennendscharfe südindische Currys, dazu klebriges Brot und Tee mit viel Milch. Durians, Longangs, Rambutans zum Nachtisch. Chendol. Eis Kacang. Jini fallen eine Million Dinge ein, die sie kochen würde, wenn sie ihre eigene Küche hätte. Sie wird sich in der Schule anstrengen, eine gute Stelle finden und Massen von Geld verdienen. Ihr wird es nie an Zutaten mangeln.

Als ob sie ihre Gedanken gelesen hätte, sagt Jinis Mutter: »Wir können uns diese Woche nicht mal ein bisschen Hähnchen leisten. Ich wollte für deinen Bruder Curry kochen. Der Arme muss bei der Armee doch jeden Tag dasselbe essen. Da kriegen sie immer nur Bohnen und Brot, Bohnen und Brot jeden Tag. Das ist doch keine Mahlzeit. Nach einer Weile wird es langweilig, oder?« Jini ist nicht so dumm, zu antworten. Zuzugeben, dass ja, es langweilig wird, würde ihre Mutter nur noch trauriger machen, wenn ihr aufgeht, dass es dasselbe ist, was sie jeden Tag essen. Bohnen und Brot – nur eben die Punjabi-Version.

»Okay, zuerst müssen wir den Teig machen. Tröpfel ein bisschen Wasser auf das Mehl. Los, mach schon. Nur ein bisschen. Und jetzt knete das Mehl, bis es klebt. Siehst du, wie es klumpt? Jetzt so weiterkneten und Mehl aufnehmen. Du musst versuchen, aus diesem ganzen Mehl einen großen Teigball zu machen. Ja nicht das Geringste vergeuden.« Die Instruktionen ihrer Mutter sind weniger barsch, wenn es um Roti geht. Sie säuselt dem Mehl etwas vor, weil sie meint, dass es wichtig ist, beim Kochen Zuwendung zu zeigen. »Wenn es dir egal ist, kann man das beim Essen schmecken. Wenn du wütend bist oder dich über etwas ärgerst, sickert deine Verbitterung in das Essen wie Gift. Die Essenden bekommen sie in den Mund und werden dann selbst wütend oder verärgert.«

Jini gibt mehr Wasser dazu. Ihre Mutter warnt sie, den Teig nicht zu klebrig werden zu lassen, sonst müssten sie noch mehr Mehl dazugeben, um das Wasser aufzusaugen. »Als ich das in Indien zum ersten Mal für deinen Vater gemacht habe, war ich so nervös, dass ich viel zu viel Wasser in die Schüssel gegossen habe. Meine Hände zitterten. Dann habe ich mehr Mehl dazugegeben, um es weniger klebrig zu machen. Dann habe ich noch mehr Wasser dazugegossen, noch mehr Mehl, noch mehr Wasser … Am Ende war der Teigball riesig! Ich hatte Angst, was dein Vater sagen würde. Zum Glück hat er sich gefreut. Er dachte, ich hätte ihm absichtlich so viel zu essen gemacht.« Sie lacht, und es klingt wie das erste Mal, klimpernd wie Hochzeitsarmreifen. Jini kann darüber nicht lachen. Das Bild ihres Vaters taucht vor ihrem inneren Auge auf, gierig und voller Erwartung, und bringt einen so hellen Zornesblitz mit sich, dass sie für einen Moment geblendet ist.

»Und jetzt den Teig kneten. Das ist wichtig. Du musst ihn geschmeidig machen.« Jinis Mutter bohrt ihre Fingerknöchel in den Teig und drückt ihn ein. Dann presst sie ihn immer wieder mit der Handkante zu einem Fladen, um ihn wieder einzurollen. Jini sieht, wie rau die Hände ihrer Mutter sind und wie jung sie eigentlich ist. Sie muss wieder an die britischen Leute denken. Beim Armeestützpunkt in der Nähe der Schule hat sie Hausfrauen gesehen mit Baumwollröcken und hauchdünnen Blusen. Sie haben glatte, blasse Haut und helle Augen, die in der tropischen Sonne funkeln wie Edelsteine. Wenn sie gehen, scheinen sie zu tanzen, und sie kann sich nur vorstellen, wie sie aussehen, wenn sie kochen. Immer glücklich, mit eleganten Fingerbewegungen, und danach verwöhnen sie ihre rau gewordene Haut mit duftenden Salben.

Jini hat in letzter Zeit eine leichte Veränderung an ihrer eigenen Haut bemerkt, aber sie glaubt, dass es mit der Hitze zu tun hat. An heißen Tagen erscheinen auf ihren Armen und Beinen kleine Pusteln und verschwinden wieder nachts, wenn die Luft kühler ist. Sarjit hat einmal einen leichten Ausschlag an ihrem Ellbogen bemerkt und die Nase gerümpft. »Iiiih. Dreckig. Da hat wohl heute jemand nicht gebadet«, hat er zu ihr gesagt. »Einer von meinen Kameraden bei der Armee badet nie und hat am ganzen Körper dunkle Flecken.« Sie ist erschrocken und hat an dem Abend länger geduscht als sonst, bis ihre Mutter an die Tür hämmerte und sagte, sie solle nicht so viel Wasser verschwenden.

Sie und ihre Mutter wechseln sich beim Teigkneten ab. Sie geben ein bisschen Ghee hinein, um den Teig geschmeidiger zu machen, so dass ihre Fingerknöchel einfach hinübergleiten können und nichts an ihrer Haut kleben bleibt. Dann hören sie einen Schrei. Zuerst hört es sich an, als käme er aus dem Nachbarhaus, und sie schauen nur auf, um dann weiterzumachen mit dem, was sie tun. Ihre Mutter sagt immer, es sei nicht nett, zu genau darauf zu lauschen, was die Nachbarn sagen oder tun, weil sie das dann auch bei einem selbst täten. Aber dann hören sie es wieder, ein gequältes Geräusch, und Jini begreift, dass es aus dem Wohnzimmer kommt, von Bilu.

Sie und ihre Mutter stürzen hinüber und finden ihn auf dem Boden liegend, zuckend und sich windend. Sein Gesicht sieht schmerzverzerrt aus und der Mund steht offen, aber ohne einen Laut zu machen. Doch als die Mutter auf ihn zukommt, stößt er einen Schrei aus und krabbelt eilig zur Wand. Ihre Mutter setzt sich auf den Boden.

»Was ist jetzt schon wieder los?« Sarjit steht über Bilu und starrt einfach nur auf ihn hinunter.

»Was hast du getan?«, fragt sie ihn zornig.

»Nichts«, sagt er. »Ich habe ihn gesucht. Dann habe ich versucht, ihn zu umarmen, und er hat mich Papa genannt. Also habe ich gesagt, nein, nicht Papa, ich bin Pra-ji, dein großer Bruder. Er sagte immer weiter Papa, Papa, also bin ich hinausgegangen. Und das Nächste, was ich von ihm gehört habe, war, dass er … so war.«

»Idiot!«, schreit die Mutter. »Sag ihm niemals, dass Papa nicht hier ist!«

»Hab ich nicht. Ich hab nur gesagt, dass ich nicht Papa bin.«

»Du musst noch mehr gesagt haben«, meint sie. Dann wendet sie sich Bilu zu, der unter die Möbel kriecht und Daumen lutscht. Jini fühlt sich ganz krank, während sie die Szene beobachtet. Sarjit hebt die Hände und verlässt das Zimmer. »Ich habe sonst gar nichts gesagt«, murmelt er und wechselt einen Blick mit Jini.

Sie wissen beide, wie ihre Mutter ist, wenn es darum geht, ihren kleinen Bruder zu beschützen. Er kommt immer an erster Stelle, weil er mehr Zuwendung braucht als die beiden anderen. Sie werden sich eines Tages um ihn kümmern müssen, wenn die Mutter selbst alt und dann tot ist, erinnert sie sie oft. Wenn nicht seine eigene Familie, wessen dann? Deshalb treibt sie Jini dazu an, sich in der Schule anzustrengen, und Sarjit gegenüber deutet sie neuerdings Heiratspläne an. »Nach der Armee, wenn du Geld verdienst, such dir ein nettes Mädchen, eine, die bereit ist, sich um Bilu zu kümmern, falls mir etwas passiert.« Sie setzt große Hoffnungen in diese Idee, obwohl die Leute im Tempel ihr geraten haben, Bilus Zustand nicht mehr zu erwähnen und ihn zu Hause zu lassen.

»Welches Mädchen sollte schon so viel Verständnis haben?«, fragen sie vorsichtig.

Bilus Gesicht ist geschwollen – Augen, Nase und Lippen allesamt rot und aufgedunsen, so dass er aussieht wie eine Karikatur seiner selbst. Seine langen Haare haben sich aus dem Knoten auf seinem Kopf gelöst. Jini hat ihrer Mutter schon oft vorschlagen wollen, die Haare einfach abzuschneiden. Die Leute würden sicherlich reden, aber wenn sie wüssten, wie schwierig es ist, Bilu zum Stillhalten zu bewegen und im Griff zu behalten, würden sie es verstehen. Doch Jini scheut sich davor, mit ihrer Mutter darüber zu sprechen, weil sie weiß, dass die meinen wird, dass es Jini um die Erlaubnis geht, sich ihre eigenen langen Zöpfe abzuschneiden. Jini würde Gott niemals eine solche Beleidigung zufügen. Aber manchmal schleicht sich der Gedanke in ihren Kopf, und sie stellt sich vor, wie sie mit einem kurzen Bob aussehen würde, der sich unter ihren Ohren lockt. Es macht ihr Angst. Sie wäre ein total anderer Mensch.

Während sie zusieht, wie ihre Mutter Bilu gut zuredet, damit er aufsteht, verwandelt sich das Mitleid, das sie empfindet, blitzschnell in Wut. Wenn ihr Vater nicht weg wäre, wäre Bilu nicht so. Er würde nicht so laut kreischen, dass sie selbst, wenn er verstummt ist, noch ein Pfeifen in den Ohren hört. Ihre Mutter würde nicht auf dem Boden sitzen, darum kämpfend, ihre Stimme geduldig klingen zu lassen, während sie auf ihn einredet. Jini ist jetzt außer sich, der Zorn brodelt in ihrer Brust, um sich dann weiter unten in ihrem Magen niederzulassen. Sie denkt an das erste Bild, das ihr durch den Kopf ging, als Sarjit sie beiseite nahm und ihr leise mitteilte, dass ihr Vater wieder verschwunden war. Sie machte sich Sorgen; sie stellte ihn sich irgendwo nachts in einer einsamen Gasse vor, nachdem er ausgeraubt oder angefahren worden war und nicht wusste, wo er war. Sie hat sich sogar vorgestellt, dass er durch irgendein Versehen im Gefängnis gelandet war. Nun strömen all diese Bilder wieder auf sie ein, aber statt das Schlimmste zu fürchten, kostet sie sie aus. Inzwischen ist fast ein Monat vergangen, und alles, was sie wissen, ist, dass er nach Indien zurückgekehrt ist. Er schickt hin und wieder Geld, aber es reicht nie. Sie ist sicher, dass er nicht zurückkommen wird. Es verschafft ihr einen gewissen Trost sich vorzustellen, dass er verletzt ist. Es dämpft den Schmerz, den Bilus untröstliche Schluchzer ihr zufügen.

»Das Essen!«, ruft ihre Mutter plötzlich und reißt sie aus ihren Gedanken. Sie stürzt zurück in die Küche und dreht den Herd aus. Das Dhal ist sicher inzwischen angebrannt und klebt am Topf – das Gas muss genau im richtigen Moment ausgedreht werden, sonst werden die Linsen schwammig und schmecken nach nichts. Sie kann ihre Mutter in der Küche fluchen hören.

Bilu schluchzt noch immer. Jini hockt sich auf den Boden und schließt die Augen. Dann fängt sie an, für ihn zu singen, wie gestern Nachmittag, als sie ihn dabei erwischt hat, dass er ihr folgte. Zuerst summt sie nur und merkt, wie seine kurzen, zittrigen Atemzüge länger werden. »You are my sunshine, my only sunshine …«, singt sie leise. Der Text verzaubert Bilu. Sie ist überrascht, als er nach draußen auf die Abendsonne deutet, die hinter Dächern und Zäunen versinkt. »Sa-shine«, sagt er. »Sa-shine.« Er kriecht zu Jini und sie hält ihn in den Armen, bis sie ihre Mutter rufen hört, sie solle in die Küche kommen und ihr helfen, das Essen fertigzumachen.

• • •

Als ihr Vater zum ersten Mal weggegangen ist, war es nur für ein paar Stunden, aber es reichte, um Jinis Mutter in Panik zu versetzen. In ihrem Blick lag Angst, während sie im Haus auf- und ablief und die Uhr an der Wohnzimmerwand nicht aus den Augen ließ. Ehe er aus dem Haus gestürzt war, hatte er ihr gesagt, sie solle beim Abendessen nicht mit ihm rechnen. Er hatte gesagt, er wolle sich noch eine Arbeit suchen, um die Familie durchzubringen, und als die Mutter nachgefragt hatte, war er wütend geworden. »Und was, wenn ich nach einem langen Arbeitstag noch einen trinken gehe? Was ist daran auszusetzen?« – »Alles ist daran auszusetzen«, hatte die Mutter zurückgegeben. »Sikhs trinken und rauchen nicht. Es ist schändlich!« Aber er hatte nur den Kopf geschüttelt und das Haus verlassen. Jini war gleich klar gewesen, dass es der Beginn einer längeren Abwesenheit war, denn seinem Abgang hatte an diesem Abend etwas Endgültiges angehaftet, so wie er ihrem und Bilus Blick ausgewichen war.

Jinis Vater kam am nächsten Morgen nach Hause, aber in der folgenden Woche ging er wieder und blieb drei Tage weg. Er kam mit einem Geschenk für Bilu zurück, einem Holz-Auto. Jini bekam nichts. »Du bist zu groß für Geschenke«, hatte ihr Vater erklärt. Sie war elf, fühlte sich aber plötzlich viel älter. Sie roch etwas Scharfes in seinem Atem; Sarjit sagte ihr später, das sei Whiskey gewesen. Ihr war davon schlecht geworden, und später am Abend hatte sie sich zum Essen zwingen müssen.

Endgültig ging Jinis Vater zwei Tage nach ihrem Geburtstag im Mai. Er hatte inzwischen schon länger ausgedehnte Reisen nach irgendwohin unternommen – sie wusste nicht, wohin –, und ihre Mutter vermutete, er war auf der Flucht vor Geldeintreibern. »Bestimmt spielt er und leiht sich Geld für

Alkohol und Opium«, hatte Jini sie zu Sarjit sagen hören, als er übers Wochenende nach Hause gekommen war. »Er bildet sich ein, er könnte einfach weglaufen, und niemand wird ihn finden.«

Sie wusste, dass ihr Vater in Indien Land besaß, auch wenn sie nicht sicher war, was das bedeutete, aber es klang jedenfalls nach einer hoffnungsvollen Perspektive. Er könnte es verkaufen und zurückkommen. Er fehlte ihr nicht besonders, weil er ohnehin nur selten mit ihr sprach. Sie hatten nicht viel gemeinsam. Er hatte mit Sarjit immer über Politik und die Regierung geredet, darüber, wie sich Singapurs Topographie in Zukunft verändern würde. »Es kommen immer mehr Menschen her. Bald wird dieses Stück Land wertvoll sein. Sie wollen überall Hochhäuser bauen. Das ist effizienter.« Er sprach über das neue Singapur wie über ein verzaubertes Königreich. Jini dachte an die Hotels und Banken, die in der Stadt aus dem Boden schossen. An klaren Tagen konnte man das vage Skelett der beginnenden Skyline erkennen. Vielleicht würde sie eines Tages in den Wolken wohnen.

Alle in der Nachbarschaft wussten Bescheid über die Opiumhöhlen, weil sie Freunde hatten, die ihren Vater dort gesehen hatten. Jini konnte sehen, dass sie Bescheid wussten, weil sie immer verlegen die Augen niederschlugen, wenn sie die Familie ohne ihren Vater im Tempel sahen. Sie fragten nicht nach ihm. Niemand wollte etwas sagen. Der, der es ihnen endlich erzählte, war Pra-ji.

Pra-ji ist ein Weiser, der mit Gott spricht und Seine Botschaft dann denen übermittelt, die Seine Hilfe suchen; er ist von Kopf bis Fuß in Weiß gekleidet und hat einen langen, graumelierten Bart. Seine Augen sind klein, aber wenn er spricht, sprühen sie vor Leben. Im Tempel gibt er mit seiner tiefen Stimme beim Singen den Ton an, und die Männer und Frauen stimmen ein.

Nach dem Gottesdienst spricht er im Hof mit einzelnen Familien. Sie strömen mit ihren Fragen um ihn zusammen. Meine Tochter ist krank – wird sie wieder gesund? Ich habe Rückenschmerzen, die nicht verschwinden – würden Sie Gott fragen, warum Er mir das antut? Wird meine Mutter es schaffen, aus Indien herzukommen? Wer hat meine Ladenfenster eingeschlagen? Was soll ich tun, wenn mein Sohn mir nicht gehorcht? Er befasst sich ruhig mit all diesen Fragen, gibt verständige Antworten. Die Menge zerstreut sich erst, wenn alle hungrig werden und jemand verkündet, dass jetzt Langar serviert wird. Dann können ihre Fragen warten.

Jinis Mutter hat eine Frage für Pra-ji, und als die Menge in den Tempel zurückströmt, bleibt sie draußen, weist jedoch Sarjit an, Jini und Bilu hineinzubringen.

»Sie wird ihn bitten, eine Frau für dich zu finden«, sagt Jini, als sie sich bei der Essensausgabe anstellen. In ihren Augen tanzen boshafte Funken. Sarjit streckt die Hand aus, um sie in den Arm zu kneifen, aber sie weicht aus und tritt dichter an Bilu heran, der an seinem Daumen lutscht. Sie sieht, wie Sarjit rot wird.

»Ich will keine Frau«, murmelt er. Er hat ihr einmal erzählt, dass er Physik studieren möchte, aber die Vorstellung, sie könnten das Geld für die Studiengebühren auftreiben, ist lächerlich. Er verdient ganz gut bei der Armee; wenn er da aufhört, was soll aus der Familie werden? Ihre Mutter würde ihm das niemals verzeihen.

Sie bekommen ihr Essen auf Stahltellern, denselben, die sie auch zu Hause haben. Die Männer und Frauen, die sie bedienen, sind demütig, mit bedeckten Köpfen und niedergeschlagenen Augen. Mutter hat Jini eingeschärft, daran zu denken, wie groß Gott ist, wenn sie ihr Roti und Dhal und Joghurt bekommt. »Unsere ist die einzige Religion, bei der sogar der Ärmste niemals verhungern wird«, sagt sie immer voller Stolz. »So lange du in den Tempel gehst und betest und an Gott glaubst, wirst du im Gegenzug Langar erhalten.« Hinter den Männern und Frauen wabern Dampfwolken aus Tontöpfen, und aus riesigen Kerosinbrennern züngeln Flammen hungrig in die Höhe. Jini nickt zum Dank und geht, um sich auf die Frauenseite der Halle zu setzen. Sie hält einen Platz auf dem Boden für ihre Mutter frei, die sich nicht blicken lässt. Jini wird von einer plötzlichen Angst erfasst. Was soll sie tun, wenn auch ihre Mutter sie verlässt?

Sie schaut hinüber zu Sarjit und Bilu. Sarjit versucht, Bilu dazu zu bringen, beim Essen stillzuhalten. Er gibt sich alle Mühe, Bilu nicht zu sehr zu bedrängen – alles kann ihn aus der Fassung bringen, und sie wollen sich die Peinlichkeit ersparen, dass die gesamte Punjabi-Gemeinde Zeuge von Bilu in voller Aktion wird. Bilu windet sich, und am Ende landet das meiste von seinem Essen auf dem Boden. Sarjit macht ein verzweifeltes Gesicht. Er versucht, Jinis Blick einzufangen, die mit den Schultern zuckt; im Geheimen gönnt sie es ihm, dass er ausnahmsweise mal mit Bilu zurechtkommen muss. Manchmal beneidet sie ihn dafür, dass er die ganze Woche über in der Kaserne bleiben kann, weit weg von der Familie.

Nach dem Essen bringen sie ihre Teller in die hintere Küche und waschen sich die Hände. Der Küchenboden ist nass und fettig unter Jinis Füßen. Die Spülbecken quellen über vor schmutzigem Geschirr und grauer Seifenlauge. Jini schrubbt sich die Hände und muss daran denken, was ihr Bruder über seinen Armeekameraden gesagt hat, der nie badet. An ihrem Daumen ist wieder so ein seltsamer kleiner Fleck, den sie noch nicht bemerkt hatte. Wenn sie kratzt, entzündet er sich und wird rot. Sie lässt Wasser darüber laufen, bis eine alte Frau hinter ihr sagt, sie solle sich beeilen. »Du sollst nicht so viel Wasser verbrauchen«, knurrt sie, worauf Jini hastig um Entschuldigung bittet und beiseite tritt.

Ihre Mutter steht noch immer auf dem Hof und redet mit Pra-ji, als Jini, Sarjit und Bilu nach draußen kommen. Sarjit versucht, Bilu ruhig zu halten, der herumhampelt und jammert und zum Himmel hochschielt.

»Sat sri akal, Pra-ji«, sagt Jini. Pra-ji erwidert ihren Gruß. »Du bist aber groß geworden, meine Liebe«, sagt er. Sie wird rot. Alle sagen, dass sie groß geworden ist, und sie weiß, dass sie meinen, dass sie wächst und erwachsener aussieht, aber manchmal kann sie nicht umhin sich zu fragen, ob die anderen auch bemerken, dass ihre Brust sich zu wölben beginnt. Einige ihrer Schulfreundinnen haben angedeutet, dass sie mit ihrem Körper als Mittelstufenschülerin durchgehen könnte. Sie wirft sich das Tuch über die Brust, damit Pra-ji sie nicht sehen kann, aber der hat sich jetzt Sarjit und Bilu zugewendet.

»Wie geht es in der Armee?«, fragt er Sarjit auf Englisch. Jinis Mutter bittet sie mit einem raschen Blick um eine Übersetzung, aber Jini schüttelt den Kopf, um ihr zu bedeuten, dass es nichts Wichtiges ist.

»Gut«, sagt Sarjit. Neben Pra-jis massiger Gestalt sieht Jinis Bruder aus wie ein Knochengestell. Seine Knie und Ellbogen stehen unvorteilhaft hervor, und sein Gesicht ist noch kaum behaart.

»Sehr schön. Deine Mutter sagt mir, dass du vorhast, bald zu heiraten.« Jini prustet los. Ihre Mutter wirft ihr einen scharfen Blick zu.

Sarjit zuckt mit den Schultern und schaut zu Boden. Seine Wangen färben sich rot.

»Ich kenne eine Familie in Ipoh, die ihre Tochter gerne hierher verheiraten würde. Eine gute Familie. Der Vater ist Polizist«, sagt Pra-ji zur Mutter. Sie nickt lebhaft und schenkt Sarjit nur einen kurzen Blick. Bilu lässt Sarjit stehen und fängt an, mit dem Schuhberg zu spielen, den die Leute auf dem Hof hinterlassen haben. Nachdem er seine Hände über die Sohlen gerieben hat, steckt er sie in den Mund.

»Lass das!«, ruft Jini. Sie klatscht in die Hände, um Bilus Aufmerksamkeit zu erregen. Er glotzt sie an, für einen Moment erstarrt, dann stopft er sich die ganze Faust in den Mund. Jini öffnet den Mund, um noch einmal zu rufen, aber sie reißt sich zusammen, als sie bemerkt, dass mehrere Leute auf dem Hof sich umgedreht haben um zu gaffen. Sie scheinen zu glauben, dass die Familie aus der Entfernung nicht bemerken wird, dass sie Bilu anstarren wie ein seltsames Tier.

Pra-ji senkt die Stimme und erklärt der Mutter: »Dieses Mädchen würde viel Verständnis haben für … die Probleme der Familie. Das kann ich Ihnen versichern.«

»Wie können Sie da so sicher sein?«, fragt die Mutter besorgt.

Ein Lächeln huscht über Pra-jis Gesicht. »Sie hat nicht viele Bewerber. Sarjit wäre ihre beste Option.«

• • •

Als sie an diesem Abend zu Hause sind, weint Jinis Mutter. Sie weint jeden Sonntag, wenn Sarjit seine Sachen zusammenpackt, um am nächsten Morgen aufzubrechen. Jini sitzt bei ihm im Zimmer und sieht zu, wie er seine Kleidungsstücke zusammenfaltet.

»Kommst du nächstes Wochenende wieder? Dann kannst du deine neue Freundin kennenlernen«, zieht sie ihn auf. Er haut sie auf den Mund, und es tut so weh, dass ihr Tränen in die Augen treten.

»Hör auf!«, faucht er. »Das ist nicht lustig. Hörst du Ma nicht weinen?«

»Sie ist traurig, weil du weg gehst. Sie weint jede Woche.«

»Nicht nur deshalb.«

»Warum denn dann?«

»Ich glaube, Pra-ji hat ihr mehr über Pa erzählt und darüber, was er so getan hat. Ich glaube, er ist für immer nach Indien gegangen.«

»Für immer?«

»Ja. Das bedeutet, dass er nicht zurückkommt, verstehst du?«

»Das kann nicht sein.«

»Kann es doch. Als ihr beide eure Schuhe geholt und Bilu geholfen habt, hat er mich beiseite genommen und gesagt, ich würde wohl der Mann im Haus werden, weil Pa nicht zurückkommt«, sagt er düster.

»Woher weiß er das?«

Sarjit zuckt mit den Schultern. »Keine Ahnung. Er weiß alles. Er sagt, er hat mit Guru-ji gesprochen, der ihm gesagt hat, er soll uns sagen, wir sollten nicht mit Pas Rückkehr rechnen. Jetzt muss ich heiraten, Jini. Ich kann mich da nicht mehr weigern.«

Jini spürt, wie wieder die Wut in ihr aufkocht, so dass sie ihr Herz in ihren Ohren pochen hört. Sie geht alle schlimmen Wörter durch, die sie kennt – englische Wörter mit vier Buchstaben, chinesische Flüche, die sie in der Schule gehört hat. Sie stellt sich vor, wie sie sie ihrem Vater an den Kopf wirft wie Messer, bis er zusammenbricht.

»Ich gehe morgen ganz früh los, wahrscheinlich, bevor du aufwachst. Pass auf dich auf«, erklärt er und streckt die Hand aus, um an einem ihrer Zöpfe zu ziehen. Dann lässt er sie wieder sinken. »Unternimm was wegen deiner Haut, ja? Das wird langsam ekelig.«

Sie schaut auf ihre Arme hinunter und sieht drei neue Pusteln, leuchtend rot und hart wie Pickel. »Ich bade!«, beteuert sie. »Zweimal jeden Tag. Neulich habe ich sogar Schimpfe bekommen, weil ich zu viel Wasser verbrauche.« Aber Sarjit schaut weiter skeptisch.

»Geh jetzt, damit ich fertig packen kann«, sagt er, dann zieht er an einem ihrer Zöpfe und macht dabei das Geräusch einer Klospülung nach. Sie kneift ihn in den Arm und verlässt das Zimmer, wobei sie an einer der Pusteln auf ihrer Haut herumkratzt.

Sie geht hinaus auf den Hinterhof, sitzt im Mondlicht da und überlegt. Im Dunkeln wirken die Häuser in der Nachbarschaft weniger geduckt. Helles Neonlicht fällt aus quadratischen Obergeschossfenstern und bringt helle Wände und Deckenventilatoren, verrostete Eisengitter und Wandkalender zum Vorschein. Sie schaut sich zu ihrem eigenen Haus um, um zu sehen, was andere sehen könnten, wenn sie hineinlugen. Ein Tor, das nie zubleiben will. Ein Mosaik aus Gras und Lehm und Staub. Eine Mutter, die in ihrem Zimmer unruhig auf- und abläuft, niemals schläft, immer grübelt. Einen launischen kleinen Jungen, der keinen Ausdruck findet für seinen Schmerz, außer er reißt den Mund auf und schreit ihn hinaus. Einen jungen Mann, der auf seinem Bett auf dem Rücken liegt, die Decke anstarrt und über Theorien und Gleichungen nachdenkt, die er niemals lösen wird.

Und wie würde sie für Vorüberkommende aussehen? Ein Mädchen, das im Mondlicht hockt und mit der Hand über ihren pickligen Arm fährt. Ein Mädchen mit langen Zöpfen, die ihr über den Rücken hängen. Ein Mädchen, das langsam erwachsen wird, aber die ganze Welt anhalten, die Häuser am Wachsen hindern, die Nacht daran hindern möchte, die Abendsonne zu verschlingen, einfach alles anhalten möchte, bis ihre Familie wieder normal ist.

# Teil 2

# 5

## 1990

Der Monsun sollte eigentlich erst Ende des Jahres kommen, aber dieses Mal war er schon Anfang Oktober gekommen und geblieben. Schwere Wolken hingen tief am Himmel und drohten zu bersten. Regen fiel in schrägen Vorhängen und der Wind tobte durch unseren Gang und riss die Topfpflanzen um. Regentropfen rollten von den Markisen vor den Läden und von den Blättern, die sich senkten wie zum Opfer geöffnete Hände. Wir mussten die Schuhe in der Wohnung lagern, damit sie nicht triefnass wurden. Wir konnten unsere Kleider nicht mehr über die Bambusstäbe hängen, weil die Sonne sich kaum lange genug blicken ließ, um sie zu trocknen. Ma legte sie über Stühle und hängte manche auf Kleiderbügeln an ein Rohr unter unserer Küchendecke. Im Dunkeln waren die gespenstischen Umrisse der Kleider alles, was ich sehen konnte; neben den Augen Gottes.

Daddy witzelte eines Tages, dass der Monsun ebenso unerwartet und unwillkommen sei wie Nani-ji und dass er vielleicht von ihr gelernt habe, hereinzuplatzen und sich festzusetzen. Er passte gut auf, als er diesen Witz machte; er schaute sich um, um zu sehen, ob Ma in Hörweite war, und obwohl sie das nicht war, flüsterte er. In diesen Tagen wurden Witze über Nani-ji nicht toleriert. Sie war oft müde. Wenn sie etwas sagte, wählte sie ihre Worte sorgfältig und ging sicher, dass alle zuhörten. Sie wurde nicht gern unterbrochen. Sie wurde ebenso rasch älter, wie der Himmel abends dunkler wurde – jedes Mal, wenn ich sie ansah, schien sie ein bisschen verwitterter auszusehen.

Eines Abends schimpfte ich über die Motten und die fliegenden Ameisen, die von draußen hereinflatterten. Sie tauchten immer zur Regenzeit auf. Nani-ji erklärte mir, ihr Zuhause sei vom Regen zerstört worden, deshalb bräuchten sie die Wärme unserer Lampen. Ich knipste alle Lampen aus, sowie ich irgendwelche Insekten sah. Ich hatte Angst, sie würden in meiner Nase Eier legen, während ich schlief. Farizahs Schwester hatte ihr erzählt, das sei vor Jahren einem Mann irgendwo auf dem Land in Malaysia passiert, und der huste noch immer Insekten aus.

»Weißt du, was ich immer gemacht habe?«, fragte Nani-ji, nachdem ich über die vielen fliegenden Ameisen im Flur gejammert hatte. Ich hatte das Gefühl, dass sie mir über die Haut krochen. »Ich habe einen Eimer mit Wasser gefüllt und ihn direkt unter die Lampe gestellt. Die Fliegen werden vor allem vom Licht angezogen, dann erst von der Wärme. Sie stürzten sich kopfüber ins Wasser und waren ertrunken, ehe sie die Chance hatten zu begreifen, dass es nur eine Spiegelung war.«

Ich fand das ziemlich böse von Nani-ji. *Hörst du das?,* fragte ich Gott in Gedanken, in der Hoffnung, Er würde es zur Kenntnis nehmen. Nani-ji sagte, ich solle einen Eimer holen.

»Los, mach schon, füll ihn mit Wasser. Ich zeig's dir.«

»Nein«, sagte ich und ging weg. Als ich mich umschaute, sah sie erschöpft und traurig aus, und sie tat mir ein bisschen leid. Ich versuchte, netter zu sein. »Ich möchte sie nicht töten«, sagte ich behutsam.

Nani-ji sah zu müde aus, um zu streiten. Sie schlurfte in mein Zimmer und setzte sich auf den Rand der Matratze. Sie stieß einen zittrigen Seufzer aus. »Mach die Fenster zu«, sagte sie. Wind pfiff durch die Wohnung. Ich lehnte mich über das Bett, um sie zu schließen. Nani-ji rieb sich die Arme, um sie zu wärmen. Neben ihr auf der Matratze lag ein kleiner Samtbeutel, der mit einer goldenen Kordel zusammengebunden war. Nani-ji knotete die Kordel auf und kippte den Inhalt auf das Bett. Es war Mas Schmuck.

»Die hast du Ma zur Hochzeit geschenkt«, erklärte ich Nani-ji.

»Das habe ich getan«, sagte sie. Sie legte die langen Ohrgehänge, die Halskette, die aussah wie ein Tränenband, und die schweren Armreife mit den verschlungenen Ornamenten an den Seiten auf die Matratze. Sie schimmerten im Halbdunkel meines Zimmers.

»Hat Ma an ihrem Hochzeitstag hübsch ausgesehen?«, fragte ich und hielt mir die Ohrringe an die Ohrläppchen. Sie waren schwerer, als ich erwartet hatte.

Nani-ji zuckte mit den Schultern. »Jede Frau ist schön an ihrem Hochzeitstag. Deine Mutter war da keine Ausnahme.« Sie nahm mir die Ohrringe wieder ab und legte sie zurück auf die Matratze. »Deine Mutter hätte jeden heiraten können. Wenn sie anständiger gewesen wäre, hätte sie einen mit mehr Geld heiraten können und ich hätte ihr zu ihrer Hochzeit nicht meinen Schmuck schenken müssen.«

Das brachte mich auf die Palme. Ich dachte an das Hochzeitsbild, das in Mas Zimmer an der Wand hing, und daran, wie Daddy darauf strahlte und ihre Hand ganz fest hielt, als ob sie verschwinden könnte, wenn er sie losließe. Was Nani-ji da sagte, war, dass Ma Daddy niemals hätte heiraten sollen.

Ich stieß mich vom Bett ab und zuckte mit den Schultern. »Ist doch bloß Schmuck«, sagte ich verächtlich.

Nani-ji sah empört auf. »*Nur* Schmuck?«

»Ist doch keine große Sache. Ma sagt, dein Schmuck ist sowieso alt und aus der Mode. Wenn sie ihn zurückkriegt, will sie alles einschmelzen und umarbeiten lassen.« Die Worte platzten so schnell aus mir heraus, dass ich keine Zeit zum Nachdenken hatte. Ich sagte mir, es sei in Ordnung, Nani-ji zu erzählen, was Ma gesagt hatte, ich log ja nicht. Aber ich fühlte mich nicht wohl dabei, erst recht nicht, als Nani-ji den Schmuck zusammenfegte und zurück in den Beutel fädelte. »Umarbeiten lassen«, wiederholte sie leise für sich und schürzte die Lippen. Sie zog die goldene Kordel so fest zusammen, dass auch das Maul des Beutels sich kräuselte.

Ich verließ das Zimmer, sah Gott an und schloss die Augen. Konnte Er die Zeit zurückdrehen? Ich wollte vier Minuten zurückgehen und mir auf die Lippen beißen, als Nani-ji Daddy beleidigt hatte. *Hilf mir,* bat ich verzweifelt, *ich habe etwas schrecklich Falsches getan.* Falls Er zuhörte, war Ihm das nicht anzusehen. Sein Blick war leer, als sei Er mit Seinen Gedanken ganz weit weg.

• • •

Der Regen dauerte nie den ganzen Tag lang an, sondern kam in Wolkenbrüchen. In den Pausen dazwischen krochen Schnecken aus dem nassen Boden, streunende Katzen kamen vorsichtig aus den überdachten Untergeschossen geschlichen und die Jungen stürzten aus ihren Wohnungen, um schnell ein schönes Spiel einzuschieben, bevor die älteren Jungs den Platz für sich beanspruchten. Roadside kam nicht bei uns vorbei, weil er Angst vor Nani-ji hatte, aber eines Nachmittags sah er mich wieder aus dem Schulbus steigen und fragte, ob ich mich ihnen anschließen wollte.

»Lasst ihr mich denn mitspielen?«, fragte ich. Ich zeigte ihm, wie ich meine neue Kara ablegen konnte. Roadside nickte. Ich ging zurück in unsere Wohnung und hielt Ausschau nach Ma. Sie war in ihrem Zimmer und würde es nicht einmal bemerken, wenn ich kam und wieder ging. Nani-ji schlief. Ich zog mich eilig um und ging wieder raus. Der Boden war nass und fette Regentropfen kullerten noch immer von den Blättern der Bäume. Das späte Nachmittagslicht, golden und gesprenkelt durch die Zweige hindurch, schien über dem Viertel.

»Ich geh ins Tor!«, rief ich.

Kaypoh drehte sich um. »Zu spät! Du kannst nach da drüben gehen«, sagte er. Er zeigte auf eine Gruppe von Jungen, die um das markierte Tor herumstanden – einen breiten Raum zwischen einem Paar Sandalen.

Ich schüttelte den Kopf. »Ich bin heute der Torwart!«

»Wer sagt das?«, fragte Kaypoh herausfordernd.

Ich zeigte auf Roadside. Kaypoh grinste. »Ah, schon verstanden«, sagte er. »So ist das also.« Roadside trat verlegen von einem Fuß auf den anderen. Ich verstand nicht, wovon Kaypoh da redete, aber als ich Roadside fragend ansah, wich er meinem Blick aus.

Der Basketballplatz lag neben einem breiten Kanal, der durch das Viertel führte. Er war meistens leer, aber nach den Regengüssen des Tages strömte ein seichter Bach hindurch. Immer, wenn der Ball auf den Kanal zurollte, stürzte ein Junge los, um ihn zu retten, während die anderen aufgeregt herumjohlten. Der Junge, der den Ball rettete, war kurzzeitig der Held der Stunde und wurde mit Applaus empfangen.

Ich wollte den Ball auch vor dem Kanal retten, aber immer, wenn er vom Spielfeld rollte, kam mir ein schnellerer Junge wie Malik oder Wei Hao zuvor und sackte den ganzen

Ruhm ein. Ich versuchte es trotzdem. Einmal hatte ich den Ball schon fast erreicht, als Kaypoh reingrätschte und ihn auf den Platz zurückkickte.

»Das ist nicht fair«, sagte ich.

Kaypoh zuckte mit den Schultern. »Du bist zu langsam.«

»Du bist ein Angeber «, gab ich zurück. Ich bemerkte, dass Roadside in der Nähe stand.

»Du bist eine …«, begann Kaypoh, aber Roadside fiel ihm ins Wort. »Äh, es wird gleich wieder regnen. Lasst uns lieber weiterspielen.«

Kaypoh starrte mich wütend an und stolzierte zurück auf den Platz. Das Spiel ging weiter. Ich blieb auf meinem Posten und ließ den Ball nicht aus den Augen. Meine Füße bewegten sich im Rhythmus des Spiels, und wenn die Jungs auf mich zukamen, war ich bereit, um das Tor zu verhindern. Malik hatte den Ball. Er fixierte einen Punkt hinter meinen Schultern und holte gerade aus, um den Ball ins Tor zu schießen, als Kaypoh hinter ihm hervorstürmte und dem Ball einen heftigen Tritt versetzte. Er flog weit am Torpfosten vorbei und landete hoch oben in einem Baum.

Die anderen Jungs versammelten sich um ihn herum und schauten am Baum hinauf. Ich warf Kaypoh einen hämischen Blick zu. »Was soll denn das für ein Tor sein?«, höhnte ich. Malik und Wei Hao kicherten.

Kaypoh schien das nichts auszumachen. Er zuckte mit den Schultern und wischte sich mit seinem T-Shirt den Schweiß von der Stirn. Dann sagte er: »Geh und hol ihn.«

Ich schaute am Baum hoch. Der Ball war eingeklemmt in einer dicken Astbiegung, die gekrümmt war wie ein Ellbogen. Ich sah Kaypoh an.

»Wie soll ich denn da hochkommen? Kannst du den Baum nicht einfach schütteln?«, fragte ich.

Kaypoh zuckte mit den Schultern. »Du willst den Ball doch unbedingt fangen. Dafür steht man ja im Tor, oder?« Jetzt war er derjenige, der hämisch war.

Ich schaute wieder hoch. An einem trockenen Tag, hätte ich es geschafft am Stamm hochzuklettern, meine Füße auf die kleinen Knubbel zu pressen, die an der Seite herausragten, und dann nach einem kräftigen Ast zu greifen. Aber der Regen hatte den Stamm glitschig gemacht und ich würde garantiert abrutschen.

»Ich werde runterfallen«, sagte ich.

»Dann kann dein Schatzi dich vielleicht retten«, sagte Kaypoh. »Ja oder nein, Roadside?«

Das Herz schlug mir bis in den Hals. War es das, was alle dachten? »Er ist nicht mein Schatzi«, sagte ich und schaute Roadside an, um mir Bestätigung zu holen. »Sag es ihnen«, drängte ich.

»Kaypoh, du hältst besser deine große Klappe«, sagte Roadside in warnendem Ton. »Erzähl nicht solchen Blödsinn. Das stimmt einfach nicht.«

»Natürlich nicht, lah«, sagte Malik. »Er macht nur Witze. Seit wann gehen chinesische Jungs mit indischen Mädchen? Verrückt, oder?« Wei Hao und Samuel lachten. Ich lachte mit, obwohl ich das nicht so richtig komisch fand.

Die Jungen begannen jetzt auf dem Boden nach Dingen zu suchen, die sie nach dem Ball werfen konnten, um ihn zu freizukriegen. Deven bot seinen Turnschuh an. Der Versuch, den Ball vom Baum zu holen, wurde zu einem eigenen Spiel. Als er endlich vom Baum auf den Boden prallte, hatte es wieder angefangen zu regnen.

Als ich nach Hause kam, warf ich Gott, der behaglich in Seinem Rahmen saß, einen wütenden Blick zu. Niemand forderte Ihn je heraus oder verbannte Ihn an den Spielfeldrand.

Sogar Er schien mich auszulachen. Ich dachte daran, was Ma gesagt hatte, als sie mir ihre Geschichte erzählt hatte. »Wir fürchteten Gott so sehr, dass wir nicht einmal auf die Idee kamen, Ihn für die Dinge verantwortlich zu machen, die bei uns schiefliefen.« Mir ging auf, dass ich Gott viel mehr fürchtete, wenn ich Ihn nicht die ganze Zeit sah. Jetzt, wo Er in unserer Wohnung lebte, begann ich Ihn sattzuhaben. Er sprang nicht aus dem Rahmen, um mich zu bestrafen, wenn ich frech war. Er sah einfach nur zu, während ein Ausdruck der Missbilligung Sein Gesicht verdüsterte. Auf Ma hatte Er die gegenteilige Wirkung. Sie war die ganze Zeit nervös herumgerutscht, während sie ihre Geschichte erzählte, und hatte zu Ihm aufgeschaut, als suche sie Seine Zustimmung. Sie hatte an der Stelle aufgehört, wo Pra-ji für ihren älteren Bruder eine Ehe arrangieren wollte, weil sie müde war, wie sie behauptete, aber die Art, wie sie Gott angesehen hatte, verriet mir, dass sie Angst hatte, weiterzumachen.

An diesem Abend wälzte ich mich von einer Seite auf die andere. Ich konnte nicht einschlafen, weil Maliks Worte mich verletzt hatten. Ich sagte mir, dass ich auf den Baum hätte klettern müssen, so hätte ich vermieden, beleidigt zu werden. Ein leichter Wind strich durch die Fenster, ehe das vertraute Prasseln des Regens einsetzte. Im Zimmer war es schwül, die Luft war knapp, als ob Nani-ji sie mit jedem lauten Keuchen vollständig einsaugte. Ich kletterte vorsichtig auf das Bett, um das Fenster weiter aufzumachen. Nani-jis Arme und Beine ragten steif von ihrem Körper ab. Ein zu einem Dreieck gefaltetes Handtuch lag über ihrer Nase. Sie tränkte es jeden Abend mit warmem Wasser und Minzöl, ehe sie schlafen ging.

Ich konnte noch immer nicht schlafen. Alles, was ich hörte, war der Regen. Vielleicht war er alles, was ich hören wollte.

Ich stand auf, ging ins Wohnzimmer und setzte mich vor Gott auf den Boden.

»Was ist deine Lieblingsfarbe?«, fragte ich. Keine Antwort. »Hast du Freunde?« Noch immer nichts. Ich schleuderte Ihm alle Fragen, die mir einfielen, an den Kopf, in der Hoffnung, eine würde Ihn treffen. »Warum darf ich mir nicht die Haare schneiden lassen? Warum muss ich meinen Kopf bedecken, wenn ich dein Haus betrete?«

»Pin?«

Ich fuhr zusammen. Es war nur Daddy. Er sah mich aus zusammengekniffenen Augen an.

»Ich kann nicht schlafen«, teilte ich ihm mit.

»Mit wem hast du geredet?«

Ich schaute verstohlen zu Gott hinüber und zuckte nur mit den Schultern. »Mit niemandem«, sagte ich. Ich hoffte, dass meine Worte Gott verletzen würden. *Du bist nicht wichtig*, wollte ich Ihm sagen. Aber Sein Gesichtsausdruck veränderte sich nicht. Er war sehr gut darin, sich zurückzuhalten, wenn Daddy in der Nähe war.

»Geh wieder schlafen«, sagte er zu mir. »Morgen ist Schule – du wirst nicht aufstehen können.«

»Ich kann nicht schlafen«, erklärte ich noch einmal.

»Du musst es versuchen«, sagte Daddy sanft. Er schob mir die Hände unter die Achseln und zog mich hoch, aber ich hing nur schlaff da wie ein leerer Sack. »Los«, sagte er und führte mich zurück in mein Zimmer.

Aber ich konnte noch immer nicht schlafen. Nani-ji drehte sich auf die Seite und murmelte etwas im Schlaf. Der Wind pfiff gespenstisch durch unsere halboffenen Fenster. Ich setzte mich auf meiner Matratze auf. Meine Augen waren schwer, aber ich wollte sie nicht schließen. Plötzlich wusste ich, was ich zu tun hatte, um Gottes Aufmerksamkeit zu erregen. Ich schlich mich wieder aus meinem Zimmer und ging in die Küche. Ma bewahrte in der untersten Schublade beim Spülbecken eine Schere auf. Ich ging mit ihr ins Wohnzimmer, sah Gott direkt ins Gesicht und schob eine meiner Haarlocken in den geöffneten Rachen der Schere.

»Sag was!«, forderte ich ihn heraus. Aber Er zuckte nur mit den Schultern. Ich drückte die Schere gegen meine Haare und hörte ein Knirschen, bevor die losen Strähnen mir den Nacken hinunterrutschten. Ich tat noch einen weiteren Schnitt. Gott sah nur erwartungsvoll zu. Nichts schien Ihn zu überraschen. »Ich glaube nicht an dich«, sagte ich zu Ihm. »Wenn es dich gäbe, würdest du versuchen, mich aufzuhalten. Du würdest etwas tun.« Aber Er rührte sich noch immer nicht.

• • •

Ma kochte nicht mehr. Die Fächer im Kühlschrank und die Regale waren leer. Unter dem Spülbecken stand ein Sack Mehl und auf dem Herd eine Eisenplatte. Ein paar Zwiebeln, etwas Knoblauch und Ingwer lagen in einer kleinen Schüssel neben den Salz- und Pfeffersteuern. Daneben standen Gläser mit Chilipulver, Currypulver, Koriander und Kurkuma. Ansonsten war die Küche eine leere Hülle.

Ich ließ die Roti-Zubereitung nicht als Kochen zählen, weil sie Ma keine Freude machte. Sie schleppte sich zweimal am Tag in die Küche und starrte mit leerem Blick auf den platten Teig, während er auf dem Herd aufquoll und dampfte. Ihr Dhal schmeckte nach nichts, egal, wie viel Chilipulver sie hineingab, denn dieses Essen interessierte sie nicht. Roti und Dhal vermittelten keine Botschaften, nur Erinnerungen daran, wie wenig sie als Kind zu essen gehabt hatte.

Ich aß jetzt in der Schule zu Mittag. Ich stellte mich mit den anderen Mädchen am Kiosk an und bezahlte für gebratenes Bihun Goreng, Hähnchenreis, Nudelsuppe mit Fischklößchen und Nasi Biryani, das das Malaii-Tantchen nur mittwochs zubereitete. Das Nasi Biryani war immer zu salzig, aber Tantchen konnte es nicht probieren. Sie fastete zu Hari Raya und kochte alles, ohne es abzuschmecken. Sie bat immer um Entschuldigung, wenn sie einen Teller mit dampfendem gelben Reis und Curryhähnchen hinüberreichte. »Sorry, Mädchen. Vielleicht heute mehr Salz, ah? Tantchen kann nicht kosten«, sagte sie.

Farizah fastete ebenfalls, deshalb machte ich es mir zur Aufgabe, schnell zu essen, obwohl sie sagte, das sei nicht nötig. »Du bist hier nicht diejenige, die fastet. Ich bin es«, sagte sie.

»Hast du keinen Hunger?«

Sie zuckte mit den Schultern. »Man gewöhnt sich dran«, sagte sie. Ich dachte an meine Haare und fühlte mich schuldig. Ich hätte mir die Haare wachsen lassen und mich einfach daran gewöhnen sollen. Ich erzählte Farizah davon und zeigte ihr das Ende meines Zopfes, das ich abgeschnippelt hatte. Die Haare waren fransig und zottelig. Farizah machte große Augen. Sie sah beeindruckt aus.

»Weiß es deine Mutter?«

»Nein«, sagte ich. Ma bemerkte zu dieser Zeit gar nichts mehr.

»Weiß es deine Großmutter?«

»Nein«, sagte ich.

»Warum hast du es getan?«

Ich spielte mit dem Gedanken, Farizah zu erzählen, wie ich Gott hatte herausfordern wollen, aber mir wurde klar, wie blödsinnig es sich anhören würde, wenn ich es laut aussprach, als wenn ich von einem imaginären Freund erzählte. »Mir war heiß«, sagte ich. Farizah lachte. Sie zeigte auf ihre Beine, die in ihren langen Strümpfen steckten. »Mir ist auch heiß, aber wenn ich die runterschiebe, kommt mein Vater mit dem Rohrstock.«

»Aber wenn du das in der Schule machen würdest, würde dein Vater es doch nicht merken«, sagte ich. »Wer sollte es ihm denn erzählen?«

Farizahs Augen jagten unruhig hin und her, als ob sie es sich überlegte. »Niemand«, sagte sie langsam. »Aber ich kann das einfach nicht. Ich bedecke meine Beine immer.« Sie riss an ihren Strümpfen, um sie noch ein bisschen höherzuziehen, als ob unser Gespräch sie irgendwie runterrutschen lassen würde, um ihre Haut freizulegen. »Beeil dich mit essen. Dann können wir Karten spielen oder so«, sagte sie leise. Sie sah mich nicht an. Später, als wir spielten, fragte ich, ob sie wütend sei, aber sie sagte: »Nein.«

»Sicher?«

»Ja.« Dann klingelte es und sie sammelte ihre Karten ein und rannte vor mir her zur Schlange vor dem Klassenzimmer.

Ich schwor mir, dass ich mir die Haare nicht mehr abschneiden würde. Es war ein Experiment gewesen, um zu sehen, was Gott tun würde, und es war misslungen, da Er keinerlei Reaktion gezeigt hatte. Als ich nach Schulschluss in den Schulbus stieg, zog ich meinen Zopf vor meine Schulter und streichelte das verfranste Ende. Die anderen Mädchen spielten wieder das Fragespiel, aber ich machte nicht mit.

Als sich der Bus meiner Haltestelle näherte, schob ich mir die Riemen meiner Schultasche über die Schultern und lief nach vorn. Ich sah, dass Bus-Onkel eingeschlafen war, aber er klammerte sich trotzdem am Haltegriff fest. Seine bleiche Haut spannte sich über den Knöcheln. Ich sah ihn an und versuchte, ihn mir als Jungen in Singapur vorzustellen, aber ich kam nicht an den Falten und Runzeln in seinem Gesicht vorbei. Manche Leute sahen einfach aus, als wären sie schon alt geboren worden.

Plötzlich bremste der Bus scharf und der Busfahrer fluchte leise vor sich hin. Ich streckte die Arme aus, um mich zu schützen, als ich auf Bus-Onkel fiel, so dass meine Hände gegen sein raues Gesicht gepresst wurden. Er fuhr aus dem Schlaf hoch und rief dem Busfahrer etwas zu, dann packte er mich am Ellbogen. Ich versuchte mich loszureißen, aber er war überraschend stark. Er zog mich so dicht zu sich heran, dass unsere Gesichter einander praktisch berührten. Sein Atem roch sauer, nach altem Zigarettenrauch und Fisch. Der Bus hielt an. Durch den Vorhang des nachmittäglichen Nieselregens konnte ich meinen Block nur undeutlich sehen.

»Mungalee«, hauchte Bus-Onkel, als ob er noch träumte. »Geh. Geh nach Hause. Dreckige Mungalee.« Die Wörter waren wie Messerstiche. Ich drehte mich um, um zu schauen, ob die anderen Mädchen etwas bemerkt hatten, aber die wenigen, die noch im Bus saßen, waren zu sehr mit dem Fragespiel beschäftigt. Ich entriss Bus-Onkel meinen Arm. Ich wollte ihm etwas Furchtbares sagen, aber ich wusste, dass ich dann Ärger bekommen würde. Er grinste mich nur höhnisch an und sagte das Wort noch einmal, diesmal genüsslich gedehnt: »Mun-ga-lee!«

Ich hob den Fuß und stampfte hart auf seinen. Ich bohrte meinen Absatz hinein, dann sprang ich die Busstufen hinunter und rannte zu meinem Block. Das Herz hämmerte mir in den Ohren. Ich konnte Bus-Onkel immer noch rufen hören, jetzt brüllte er: »Mungalee! Mungalee!« Ich war mir aber nicht sicher, ob er wirklich rief oder ob ich es nur in meinem Kopf hörte.

Als ich nach Hause kam, schaute ich Gott wieder direkt in die Augen. Diesmal bewegte Er sich. Er wich im Rahmen zurück, weil er meinen Zorn spürte. »Warum hast du das geschehen lassen?«, fragte ich Ihn. Warum durfte Bus-Onkel mich demütigen? Warum hatte der Bus so plötzlich angehalten, so dass ich auf ihn fallen musste? Warum war ich ihm auf den Fuß getreten? Ich war wütend auf Ihn. Ich rannte in die Küche, holte mir die Schere und schnitt mir ein weiteres Stück von meinen Haaren ab. Diesmal sah Gott betroffen aus.

»Ich mach das immer wieder«, warnte ich ihn. »Ich fürchte mich vor nichts.« Aber wenn er meine Gedanken lesen könnte, würde Er wissen, wie mir wirklich zumute war.

• • •

»Du musst tun, was der Doktor dir sagt«, sagte Ma zu Nani-ji. »Sonst werden deine Atembeschwerden nie besser.«

»Unsinn«, sagte Nani-ji. »Seit wann bist du denn so eine Expertin?«

»Ich bin nicht sonderlich gebildet, aber ich kenne mich ein bisschen damit aus, mich um dich zu kümmern«, versetzte Ma bissig. »Nimm deine Medizin, dann wirst du wieder gesund.«

Ein Schnauben entwich Nani-jis zusammengepressten Lippen. »Gesund? Ich werde nicht wieder gesund. Ich bin alt.«

»Du machst dich selbst älter«, sagte Ma.

»Pin!«, rief Nani-ji. »Pin, komm in die Küche!«

Ich stopfte meinen Zopf hinten ins T-Shirt, damit Nani-ji nichts merkte, aber sie sah mich nicht einmal an. Sie sah Ma an, während sie mit mir sprach. »Sag deiner Mutter, sie soll damit aufhören, mich herumzukommandieren, ja? Kommandierst du deine Mutter so herum? Ich sag dir, deine Manieren sind besser als ihre.«

Ma hob die Hände und sagte: »Ich gebe auf.« Sie schüttelte müde den Kopf und sah mich an. »Wenn ich alt bin, Pin, dann nimm mich nicht auf oder kümmere dich um mich, wenn ich auch nur halb so nervtötend bin wie diese Frau.«

Nani-ji bekam einen solchen Hustenanfall, dass ihr ganzer Leib rasselte. Ma versuchte es zu ignorieren, aber ich sah ihre Augen – sie war in Panik. »Was ist los?«, fragte sie, als Nani-ji endlich aufhörte.

»Nichts. Nichts ist los. Ich liege nicht im Sterben.«

»Das habe ich auch nie behauptet. Aber du wirst ernsthafte Probleme kriegen, wenn du nicht anfängst, auf den Rat des Doktors zu hören. Diese Art von Infektion ist oft tödlich.«

»Ich weiß genau, wie ich sterben werde«, sagte Nani-ji. »Das steht in meiner Handfläche geschrieben.«

Mas Gesicht erstarrte zu Stein. Sie stand auf und fing an, den Tisch abzuräumen. »Pin, hilf mir, hier aufzuräumen«, sagte sie auf Englisch. Nani-ji schaute mich fragend an, aber ich tat, als hätte ich es nicht gesehen. Mas Schultern waren plötzlich sehr angespannt. Nani-ji ließ sich auf ihren Stuhl zurücksinken und vertiefte sich in den Anblick ihrer Handflächen.

»Er konnte in die Zukunft sehen, weißt du«, erklärte sie mir.

»Wer?«, fragte ich. Ich schaute zu Ma hinüber, die Nani-ji einen grimmigen Blick zuwarf. Das schien Nani-ji aber nichts auszumachen. Sie lächelte, als erinnerte sie sich an einen süßen Traum.

»Ein weiser Mann, der in unserem Viertel wohnte. Er ist vor einigen Jahren gestorben. Wir nannten ihn Pra-ji, weil er für alle sowas war wie ein großer Bruder. Er war gesegnet – er konnte dir in die Augen schauen und mitteilen, was Gott dir mitteilen wollte.«

Mas Mund war ein gerader Strich und ihre Arme versteiften sich. »Pin, ich will nicht, dass du das hörst. Verlass die Küche«, sagte sie leise auf Englisch. Ich blieb wie erstarrt stehen. Nani-jis Augen jagten zwischen Ma und mir hin und her. Sie konnte kein Englisch, aber sie konnte Mas Tonfall deuten.

Ich stellte die Teetassen ins Spülbecken und lief in mein Zimmer. Ich ging davon aus, dass sie jetzt laut werden würden – Ma würde Nan-ji verbieten, Pra-ji je wieder zu erwähnen, Nani-ji würde Ma beschuldigen, respektlos zu sein. Aber es folgte ein furchtbares Schweigen, als ob etwas in unsere Wohnung eingedrungen wäre und alle Geräusche hinausgesaugt hätte. Und nachdem ich dem Schweigen einige Sekunden lang gelauscht hatte, beschloss ich, dass das viel schlimmer war, und ich wünschte, sie würden wieder anfangen sich zu streiten.

• • •

Bus-Onkel beschwerte sich in der Schule nicht über mich. Er sah mich nicht einmal an, als ich am nächsten Tag in den Bus einstieg. Er tat, als gäbe es mich nicht. Ich dachte, dass Gott vielleicht etwas damit zu tun haben könnte; vielleicht war Bus-Onkel zum Schweigen zu bringen seine Art, mir zu helfen. Damit waren wir fast quitt, auch wenn ich immer noch verletzt war wegen dem, was Bus-Onkel gesagt hatte, und Gott konnte das Gefühl der Scham nicht auslöschen, das sich jedes Mal in meinem Magen breitmachte, wenn ich mir Bus-Onkels höhnische Bemerkungen in Erinnerung rief.

Niemand bemerkte, dass meine Haare an manchen Stellen lang und an anderen kurz waren. Ma frisierte mich morgens nicht mehr. Sie stand nicht mehr zum Frühstück auf wie früher. Ich flocht mir den Zopf selber, was anfangs unordentlich aussah, aber Farizah hatte mir beigebracht, die vielen losen Strähnen hineinzuflechten. Sie war eine geübte Komplizin, weil ihre Schwester auf die Mittelschule ging und sich am Wochenende aus dem Haus schlich, um sich mit ihrem Freund zu treffen. Aber sie fand es nicht richtig, was ich tat. »Wenn deine Mutter dich erwischt, setzt es garantiert Prügel«, sagte sie und schauderte, als ob sie diejenige wäre, die bestraft würde.

»Meine Mutter weiß es nicht. Und sie schlägt mich nicht«, erklärte ich ihr. Es kümmerte mich damals wenig, was passieren würde, wenn Ma etwas merkte. Ich war dabei, Gott auf die Probe zu stellen. Ich wagte noch nicht, es laut zu sagen, aber ich war nicht sicher, ob ich überhaupt an Ihn glaubte.

»Sag ihr bloß nicht, dass ich dir geholfen habe«, sagte Farizah und zog mir die Haare nach hinten. »Untersteh dich!«

»Abgemacht«, sagte ich.

• • •

Dass ich mir die Haare abgeschnitten hatte, würde keine bösen Konsequenzen haben. Das ging mir einige Tage nach meinem ersten Versuch auf. Es spielte keine Rolle, ob ich mir die Haare abschnitt oder betete oder im Tempel aß. Gott beachtete mich, wenn es Ihm passte; er ignorierte mich, wenn nicht.

Ich fing an, mir ganz ohne Grund Haare abzuschneiden, nur um zu sehen, wie Gott reagieren würde, und nichts passierte. Kein Blitzstrahl traf unsere Wohnung, ich wurde auf dem Schulweg nicht von einem Raser überfahren – nichts. Das ging eine Woche lang so. Dann fing Nani-ji eines Nachts an, im Schlaf laut zu keuchen, und noch ehe ich begriff, dass sie im Sterben lag, wusste ich, dass Gott mir für die Ansammlung kleiner Sünden eine Pauschalstrafe auferlegte.

• • •

In der Nacht war es von dort, wo wir wohnten, schwer, die Sterne zu sehen, denn die Gebäude auf der anderen Straßenseite verschlangen den Himmel. In den anderen Wohnungen gingen die Lichter eins nach dem anderen aus wie Kerzenflammen. Deepavali stand kurz bevor. In unserem Block wohnten einige indische Familien, die ihre Türrahmen mit bunten Lichtern schmückten, die weiterblinkten, wenn alle schon längst schliefen. Weiter hinten auf dem Gang hatte jemand eine Kette aus silbrigen Papierflammen in sein Gitter gewoben. Eine dieser Flammen wurde eines Tages vom Wind abgerissen, und jemand kam und schob sie unter unserer Tür hindurch. Es war aber nicht unser Fest. Bei den Sikhs gibt es ein Fest namens Vesakhi, aber ich hielt es nicht für so besonders, weil an diesem Tag niemand schulfrei hatte oder nicht zur Arbeit musste. Ich bewahrte die Papierflamme in meinem Zimmer zwischen meinen Schulbüchern auf. Sie war an den Ecken eingerissen, aber seit Nani-ji ins Krankenhaus gekommen war, konnte ich einfach nichts wegwerfen. Ich musste im Wohnzimmer an Gott vorbei und konnte es nicht ertragen, Ihm ins Gesicht zu sehen, *Hab ich's dir nicht gesagt* in Seinen Augen tanzen und Seine Mundwinkel zucken zu sehen. Er konnte Seine Schadenfreude kaum verbergen. Ich spürte sie jeden Morgen, wenn ich an Ihm vorbeieilte, um zur Tür zu gelangen.

Daddy steckte den Kopf in mein Zimmer. »Wie geht es dir, Pin?«, fragte er.

»Okay«, sagte ich.

»Wie war's in der Schule?«

Ich zuckte mit den Schultern. »Langweilig. Miss Yoon war heute nicht da.«

Daddy hob eine Augenbraue. »Die Dinge haben sich wohl geändert. Als ich zur Schule ging, fanden wir es toll, wenn ein Lehrer nicht auftauchte.«

»Wir hatten einen alten Mann als Vertretungslehrer. Wie ein Onkel«, sagte ich.

Daddy nickte verständnisvoll. »Verstehe«, sagte er. Ich sah, dass er seine Arbeitskleidung trug – das gestärkte, blaugraue Hemd, marineblaue Hosen. Die Hose war nicht richtig gebügelt; an den Knöcheln war sie zerknittert. Er folgte meinem Blick und schaute verlegen. »Ja, ich weiß. Bügeln ist nicht gerade meine Stärke«, sagte er. »Normalerweise macht das alles deine Ma, weißt du. Aber sie hat so viel zu tun.« Wir schauten beide zu Boden, als er sagte: »viel zu tun«. Ma lebte jetzt mehr oder weniger im Krankenhaus. Ich hatte sie seit drei Tagen nicht gesehen und nur ihre heisere Stimme am Telefon gehört. Eines Abends hatte ich an meinem Anschluss abgehoben, als sie anrief. »Pin, bitte gib deinem Vater das Telefon.«

»Okay«, sagte ich und rief Daddy, der im Wohnzimmer den Hörer abnahm. Ich blieb in der Leitung und beschloss, erst aufzulegen, wenn einer von ihnen mich dazu aufforderte, aber sowie Daddy sich meldete, wich Mas strenge Stimme Geschluchze und Geschniefe, und keiner von ihnen merkte, dass ich noch immer zuhörte. »Meine Mutter stirbt«, sagte Ma wimmernd. »Und sie wird in dem Glauben sterben, dass ich an Bilus Tod schuld war.«

Daddy versuchte, Ma zu trösten. »Es ist Zeit für euch, eure kleinlichen Streitereien hinter euch zu lassen, alle beide. Vergiss das Ganze einfach – deine Mutter wird ihre Meinung nicht ändern.«

»Sie glaubt, dass ich an dem Tag zu Pra-ji gegangen bin und dass ich …«

»Ich weiß, was sie glaubt. Ich weiß, was Pra-ji erzählt hat. Aber du kennst die Wahrheit, oder nicht? Und wenn du Pin alles erklärst, wird sie sie auch kennen. Nur darauf kommt es an. Vergiss, was deine Mutter glauben will.«

Ma schniefte, dann sagte sie, sie müsse auflegen. Daddy legte ebenfalls auf und kam in mein Zimmer. Ich legte ganz schnell den Hörer auf die Gabel und gab vor, auf meinem Schreibtisch etwas zu suchen. »Hast du schon zu Abend gegessen?«, fragte mich Daddy. Das war das, was Miss Yoon als dumme Frage bezeichnet hätte. Natürlich hatte ich noch nicht zu Abend gegessen. Wir lebten jetzt nur noch von Buden-Essen. Wir betraten die Küche nicht einmal mehr, außer wenn wir durchmussten, um zur Toilette oder zur Waschmaschine zu gelangen.

»Nein«, sagte ich.

»Hunger?«

»Nicht wirklich. Du?«

»Nicht wirklich.« Daddy verließ das Zimmer und kam zurück mit gerunzelten Augenbrauen, als ob ihm gerade eingefallen wäre, dass ich essen sollte, egal ob ich Hunger hatte oder nicht. »Du musst aber etwas zu Abend essen. Ich kann runtergehen und dir was holen. Was möchtest du?«

Es hatte den ganzen Tag geregnet. Wolken glitten am Mond vorbei wie Tücher und der Wind brach sich seufzend an unseren Fenstern. Monsunwetter rief immer nach etwas Mildem und Linderndem, wie heißen Klößchen in Hühnersuppe oder Glasnudeln mit gedämpftem Gemüse. Aber ich fühlte mich schuldig und wollte etwas essen, das in rotem

Chili schwamm, um die Übelkeit in meinem Magen zu übertünchen. »Nasi Biryani«, sagte ich.

Daddy gluckste. »Ich dachte, du hast keinen Hunger.« Nasi Biryani war sehr sättigend. Ein Hähnchenbein in Currypaste mit Basmatireis reichte aus, damit man für den Rest des Tages nichts mehr essen konnte. Der Mann, der unten den indischen Stand betrieb, war außerdem großzügig mit Papadams und Joghurt. Ich dachte, ich könnte für zwei oder drei Tage vorsorgen, weil Daddy das Abendessen heute fast vergessen hätte.

»Ich komm' mit«, sagte ich und wollte schon aufspringen.

»Nein, Pin. Du machst deine Hausaufgaben fertig. Ich bin gleich wieder da.«

Ich warf ihm einen finsteren Blick zu. Draußen begann es schon wieder zu schütten. Während des Monsuns blieb man besser im Haus, aber ich wollte nicht mit Gott allein in der Wohnung sein, denn dann konnte ich Ihn mit der Zunge schnalzen hören wie das Ticktack einer Uhr. Wenn ich die Augen schloss und Seinem Bildnis den Rücken zukehrte, konnte ich Ihn immer noch sehen, wie Er enttäuscht den Kopf schüttelte. Wenn ich die Augen weiter geschlossen hielt, sah ich Nani-ji, wie sie in meinem Zimmer keuchte und sich aufbäumte und wie ihr die Augen aus dem Gesicht quollen, als sie Ma japsend anflehte, sie ins Krankenhaus zu bringen. »Ich sterbe, ich sterbe«, sagte sie immer wieder und klammerte sich an die Bettdecke. Ich konnte ihren Atem riechen, der in der stickigen Luft meines Zimmers hing, den modrigen Geruch ihrer Kleidung und den Minzgeruch des Minyak-Kapak-Heilöls, mit dem sie ihre Schläfen betupfte, wenn sie Kopfschmerzen hatte. Ich hoffte jedes Mal, dass sich mein Kopf leeren und Nani-ji daraus verschwinden würde, aber sie weigerte sich hartnäckig. Sie war sogar noch da, wenn ich die Augen wieder aufmachte.

## 6

»Es ist uns jetzt nicht erlaubt zu feiern«, sagte Ma mit ernster Stimme, während sie auf Zehenspitzen auf einem Hocker stand und sich streckte, um die Vorhänge vom Fenster zu nehmen. »Verstehst du? Also hör auf mich zu fragen, was wir dieses Jahr zu Deepavali machen. Es ist ja noch nicht mal unser Feiertag.« Ich versuchte zuzuhören, aber mein Herz machte viel zu viel Lärm, so wild hämmerte es mir in der Brust. Ma könnte genau jetzt runterfallen. Sie könnte vom Hocker rutschten und sich das Genick brechen, und Gott würde nur den Kopf schütteln und mich daran erinnern, dass alles meine Schuld war.

Ma war zu Hause, weil die Ärzte im Krankenhaus sie heimgeschickt hatten, um sich auszuruhen. Ich hatte gehört, wie Daddy sie gebeten hatte, ins Bett zu gehen, aber sie war wach geblieben, und in der Nähe des Telefons. Die Küche hatte sie nicht betreten. Am Nachmittag hatte sie angefangen, die Wohnung zu putzen, als würde sie Besuch erwarten. »Kommt irgendwer?«, fragte ich vorsichtig.

»Darf ich mein Zuhause nicht sauber halten?«, fauchte Ma. Ich versuchte ihr für den Rest des Tages aus dem Weg zu gehen, aber das war gar nicht so einfach. Unsere Wohnung war klein, und es war Samstag. Ich war fertig mit den Hausaufgaben und allem, was ich hatte lernen müssen. Ma sprang vom Hocker und ließ die Vorhänge halb abgehängt, so dass sie schief vor den Fenstern baumelten. Sie ging nach draußen, um die Blumen zu gießen. Dann kam sie wieder herein und besprühte die Glasplatte auf dem Couchtisch mit Windex. Ihre Arme und Beine waren jetzt übersät mit wunden Stellen und da und dort waren kleine Blutkrusten zu sehen, wo sie zu stark gekratzt hatte.

Ich öffnete den Kühlschrank. Darin waren ein Plastikbehälter mit einem kleinen Stück Butter, ein Krug mit Wasser, eine Möhre und eine Aubergine im Gemüsefach und ein paar kleine Gläser mit gemörserten Gewürzen. In einem Fach entdeckte ich eine Packung Brot und prüfte es auf Schimmel; zu meiner Erleichterung fand ich keinen. Ich nahm die Butter heraus und schaltete den Toaster ein. Wir hatten im Naturkundeunterricht gelernt, dass Menschen tagelang nur mit Wasser überleben können, also waren Brot und Butter für mich mehr als genug, bis Daddy mit etwas zu essen vom Markt nach Hause kam. Ich hätte gern gewusst, wie Ma das machte. Wie schaffte sie es den ganzen Tag, ohne etwas zu essen? Sie wurde immer dünner. Mir war an diesem Tag zum ersten Mal aufgefallen, dass ihr Armreif ihr fast vom Handgelenk rutschte, wenn sie nur etwas schüttelte.

Dann hatte ich eine Idee. Ich öffnete den Schrank und nahm eine Packung Zucker heraus. Winzige schwarze Ameisen huschten davon, als ich das Gummiband entfernte, das um die Öffnung der Packung gewickelt war. Ich strich die Butter auf das Brot und streute Zucker darauf. Dann streute ich noch ein bisschen mehr. Ich wusste nicht genau, wie man den Herd einschaltete, aber ich hatte Ma Dutzende Male dabei zugesehen. Ich drückte den Knopf ein, drehte ihn um und hörte das schnelle Klicken, ehe die Flamme ploppend aufloderte.

»Pin! Was machst du da?«, rief Ma aus dem Wohnzimmer.

»Mittagessen«, antwortete ich. »Zuckerbrot.«

»Was machst du?«

»Zuckerbrot«, wiederholte ich. Ma war hier nicht die Einzige, die Rezepte erfinden konnte. Ich legte das Brot in die Pfanne, drückte es mit einer Gabel nach unten und sah zu, wie von den braunwerdenden Rändern Rauch aufstieg. Ma sagte nichts mehr. Sie machte weiter mit Putzen. »Möchtest du auch was?«, fragte ich. Es gab eine Pause, und wieder geriet ich in Panik; ich hatte Angst, Ma könnte vor Hunger in Ohnmacht gefallen sein. Ich wurde diese schrecklichen Gedanken einfach nicht los. Gott würde mich garantiert bald wieder bestrafen.

»Ja, lass mir eins übrig.« Mas Stimme brachte eine gewisse Erleichterung.

Ich briet drei Scheiben, dann war nur noch eine Scheibe in der Packung. Ich legte sie auf den Tisch, um Ma an die Lebensmittelknappheit in unserer Wohnung zu erinnern, und es funktionierte. »Ist das alles, was wir im Haus haben? Butter, Brot und Zucker?«, fragte sie mich. Ich nickte.

»Ich war mit deiner Großmutter beschäftigt«, sagte Ma wie zu ihrer Verteidigung.

Ich schob ihr den Teller mit dem Zuckerbrot hin, als Friedensangebot, ehe es Streit gab. »Probier mal«, sagte ich. Die Küche roch nach Geröstetem und Karamell. Ich hatte den Herd ausgedreht und die Pfanne eingeweicht, damit die verkrusteten Zuckerreste nicht daran kleben blieben.

»Wer hat dir das beigebracht?«, fragte Ma und musterte das Brot misstrauisch.

»Niemand. Ich bin von allein draufgekommen.«

Ma nahm einen Biss und kaute. Sie sah aus, als ob sie nachdächte oder sich auf etwas konzentrierte. »Lecker«, sagte sie schließlich.

Ich nahm mir auch eine Scheibe und biss hinein. Es war süß und knusprig. Ich nahm noch einen Bissen. Obwohl ich mich nicht traute, es laut zu sagen, schmeckte es besser als alles, was Ma jemals gekocht hatte, weil es meine Erfindung war. Ich hatte es alleine gemacht. Ich fühlte mich schlau und stolz, als ob ich ausnahmsweise einmal etwas richtig gemacht hätte, auch wenn es so eine Kleinigkeit war wie Zuckerbrot. Nachdem ich meine Scheibe gegessen hatte, bot ich Ma die letzte an. »Wir teilen«, sagte sie und riss das Brot in zwei Hälften. Nachdem sie fertig gegessen hatte, sagte sie: »Weißt du, mein jüngerer Bruder Bilu hätte das geliebt. Er hat alles Süße geliebt. Das ging so weit, dass wir ihn nur zum Essen bringen konnten, wenn wir ihm etwas mit Zucker darauf gaben.« Sie lächelte und schüttelte den Kopf. Ich hörte auf zu kauen und wartete darauf, dass sie weitersprach, aber dann wischte sie sich die Krümel von der Hand und stellte die Teller ins Spülbecken, ohne ein weiteres Wort.

• • •

Ich gab mir große Mühe, um mit Gott wieder ins Reine zu kommen. Ich hörte auf, mir die Haare abzuschneiden, und ich begann wieder gute Taten zu tun. Ich hoffte, dass Er zusah, wenn ich die Bücher in der Schulbibliothek ins richtige Regal stellte, statt sie einfach zwischen die Nachschlagewerke zu quetschen, wie die anderen Mädchen das machten. Ich wollte jetzt, dass Er mich nie aus den Augen ließ. Ich wollte, dass Er sah, wie ich den Lehrerinnen die Tür aufhielt, wie ich Abfall auflas, wie ich die Vögel unten mit meinen Brotrinden fütterte.

Aber Ihm reichte das nicht. Ma blieb zwei Tage lang ununterbrochen im Krankenhaus. Sie rief zu Hause an, um zu sagen, dass sie Nani-ji nicht alleine lassen könne. Ich fragte, ob ich sie besuchen dürfte, aber Ma sagte: »Nein, Pin. Hier sind so viele kranke Leute. Du würdest böse Träume davon bekommen.«

In der Schule fragte mich Farizah, warum ich in den Pausen neuerdings so still geworden sei, und als ich ihr erzählte, dass meine Großmutter krank war, weiteten sich ihre Augen.

»Ich werde meine Eltern bitten, für sie zu beten«, versicherte sie mir.

Ich wusste nicht, wie man betete, aber es war eine gute Idee. Vielleicht würde Gott damit aufhören, Seinen Zorn an Nani-ji auszulassen, wenn ich Ihn direkt in der Sprache anredete, die Er am besten verstand. Ich kannte einzelne Wörter und Ausdrücke, die ich bei den ganzen Abendgebeten aufgeschnappt hatte, die Nani-ji immer ausgeführt hatte, aber nichts davon ergab für mich einen richtigen Sinn. Ich hatte Angst, Gott noch mehr zu provozieren als ohnehin schon.

Dann ging ich eines Nachmittags nach der Schule in Mas Zimmer und nahm ein Sikh-Gebetbuch aus ihrer Kommodenschublade. Sie hatte drei davon, in ein Baumwolltuch gewickelt. Die älteste hatte einen zerfledderten Einband und Seiten, die mir entgegenkamen, sobald ich versuchte umzublättern. Ich schob sie wieder hinein und wählte eine neuere Ausgabe. Die Gebete waren alle in Punjabi-Schrift, die über und unter einem langen Strich verlief, der sich quer über die Seite zog. Einige Schriftzeichen sahen aus wie Teekessel, Schnecken, hockende Männer, ausladende Bäume. Im Tempel waren all diese Zeichen die Grundlage für den leisen Sprechgesang, das stetige Summen aus den Mündern der alten Damen. Ich fuhr mit dem Finger darüber und rechnete fast damit, dass sie unter meiner Berührung hervortreten und sich winden würden.

Hinten in dem neueren Buch gab es eine englische Übersetzung aller Gebete. *Gott ist überall und in jedem. Er ist die*

*Wahrheit – Unsterblich, Schöpfer, Ohne Furcht, Ohne Feindseligkeit, Ungeboren und Selbsterschaffen.* Ich verstand das nicht so richtig, aber ich las weiter. Ich sah Gott in Seinem Porträt an und versuchte, Ihm vorzulesen. Er wirkte desinteressiert. Ich las weiter, und je mehr Seiten ich umblätterte, desto seltener sah ich Gott an. Nach einer Weile fiel mir auf, dass die Sikh-Gebete große Ähnlichkeit mit den christlichen Chorälen hatten, die wir in der Schule gelernt hatten. Die Götter waren anders und die Menschen waren anders, aber wir sagten dasselbe. Ich klappte das Buch zu und sah Gott an. Ich bemerkte, wie seine Augen von meinen zu einer Stelle über meinem Kopf wanderten. Ein Windhauch zog durch die Wohnung und kühlte mir den Hinterkopf ab – meinen bloßen Hinterkopf.

»Ich hab's vergessen«, sagte ich und schlug mir die Handflächen über den Kopf. »Es tut mir so leid!« Ich rannte in Mas Zimmer, um mir eine Tuch zu holen. Nun würde ich wieder ganz von vorn anfangen müssen. Nani-ji sagte immer, es habe keinen Zweck zu beten, wenn man Gott nicht einmal den geringsten Respekt erweisen könne. Ich schloss daraus, dass Er sicher gesehen hatte, dass ich etwas sagte, mich aber nicht hören konnte, wenn mein Kopf nicht bedeckt und meine Füße nicht vor ihm verborgen waren.

Während ich in Mas Schrank nach einem Tuch suchte, hörte ich es an der Tür klingeln. Ich ging ins Wohnzimmer und schaute durch den Türspion. Das Gesicht von Fettes Tantchen zog sich in die Breite, so dass sie noch dicker aussah als sonst. »Was will die denn wohl?«, murmelte ich und vergaß für einen Moment meinen Vorsatz, bei Gott Punkte zu sammeln.

»Hallo Pin«, sagte Fettes Tantchen, als ich mit dem Ersatzschlüssel das Gitter aufmachte.

»Hallo«, sagte ich. Wir begrüßten einander mit der gleichen Seitwärtsumarmung wie sie und Ma. »Ma ist nicht hier.«

»Ich weiß. Ich bin nur gekommen, um ein paar Sachen für deine Großmutter zu holen.«

»Nani-ji hat alles mit ins Krankenhaus genommen«, sagte ich zu Fettes Tantchen. Sie drängte sich ungeduldig an mir vorbei und betrat mein Zimmer. Plötzlich wünschte ich mir verzweifelt Ma herbei. Ihr wäre es egal, wie eindrucksvoll Fettes Tantchen war oder wie viel älter als sie. Ma würde ihr was erzählen, wenn sie einfach so hier hereinplatzte.

Es stellte sich heraus, dass ich mich irrte und Nani-ji nicht alles ins Krankenhaus mitgenommen hatte. Fettes Tantchen steuerte geradewegs auf den Schrank zu und wusste genau, welches Regal sie zu durchstöbern hatte. »Was suchst du denn?«, fragte ich unschuldig, aber ich hatte so ein Gefühl, dass ich genau wusste, was Nani-ji sie gebeten hatte zu holen. Fettes Tantchen wühlte und murmelte vor sich hin, bis sie den kleinen Samtbeutel gefunden hatte. Es klimperte leise, als sie ihn aufmachte und jedes einzelne Schmuckstück darin begutachtete. »Alles da«, sagte sie selbstzufrieden. Ich hoffte, dass Gott zusah. Ich hoffte, dass Er meine Gedanken lesen und sehen konnte, wie schwer es mir fiel, den Schmuck nicht Fettes Tantchen aus den Wurstfingern zu zerren und dahin zurückzulegen, wo er hingehörte. Sie hatte kein Recht, auf diese Weise Sachen an sich zu reißen, egal, ob Nani-ji sie darum gebeten hatte oder nicht.

»Das ist der Schmuck meiner Mutter«, erklärte ich ihr. »Warum nimmst du ihn mit?«

»Zuerst war es der Schmuck deiner Großmutter«, erwiderte Fettes Tantchen. »Und sie findet nicht, dass deine Mutter es verdient hat, ihn zu behalten.« Damit drehte sie sich schwerfällig auf dem Absatz um und stampfte aus dem Zimmer. Ich folgte ihr.

»Und wer kriegt ihn dann?«, fragte ich.

Fettes Tantchen zuckte mit den Schultern. »Das hat ja wohl deine Nani zu entscheiden«, sagte sie. Sie machte ein ehrerbietiges Gesicht und verneigte sich vor Gott, wobei sie sich das Tuch über den Kopf zog. Als sie den Beutel mit dem Schmuck in ihre Handtasche steckte und sie zuschnappen ließ, spürte ich, wie mein guter Menschenverstand zurückkehrte, gleichzeitig rutschte mir das Herz in die Hose. Nani-ji hatte schon entschieden, wer den Schmuck bekommen sollte. Fettes Tantchen war nur gekommen, um ihn sich zu holen.

• • •

Zweimal in Folge gab es Zuckerbrot zum Abendessen. Daddy fragte mich, ob ich etwas vom Markt haben wolle, aber ich winkte ab. »Das schmeckt mir besser«, sagte ich. Ich machte ihm eine Scheibe.

»Sehr lecker«, sagte er. »Aber nicht gerade nahrhaft. Lass mich runtergehen und dir ein bisschen Zeige-Reis holen. Möchtest du Surimi? Ein bisschen scharfes Rendang?« Ich schüttelte den Kopf. Ich wollte ihm nicht zur Last fallen, und auch sonst niemandem. Das gehörte zu meinem Plan, mit Gott ins Reine zu kommen, und wegen Fettes Tantchens Besuch musste ich jetzt noch härter daran arbeiten.

Ich hatte mir vorgenommen, Daddy nichts davon zu sagen, dass Fettes Tantchen hergekommen war und Mas Schmuck mitgenommen hatte, aber es rutschte mir raus. Daddy erzählte, dass er Fettes Tantchen im Krankenhaus gesehen und sie offenbar noch ein paar Kilo zugelegt habe, falls das überhaupt möglich sei. »Sie ist so breit wie ein Lastwagen, Pin«, sagte er baff. »Wir werden sie ab jetzt wohl Oberfettes Tantchen nennen müssen.«

Ich kicherte und erzählte ihm, dass sie fast unseren Fernseher umgerammt hätte, als sie das Wohnzimmer betreten hatte. Das stimmte nicht, aber es war eine lustige Vorstellung.

Daddy schnaubte und nahm einen großen Bissen von seinem Zuckerbrot. Die Zuckerkristalle rieselten ihm aus dem Mund und verteilten sich auf dem Tisch. Er drückte den Daumen auf jedes Einzelne und bugsierte sie sorgfältig zurück auf seinen Teller. Dann schaute er auf. »Moment mal – wann war Fettes Tantchen hier?«

Ich schluckte versehentlich einen großen Bissen meines unzerkauten Brotes runter und fing an zu würgen. Daddy beugte sich herüber und klopfte mir halbherzig auf den Rücken, aber seine Augen verlangten noch immer eine Antwort. »Wann?«, fragte er.

»Nur einmal.«

»Wann?«

»Dienstag. Am Nachmittag. Ich denke, sie wusste, dass Ma da nicht da sein würde.«

»Was wollte sie?«

»Sie ist in mein Zimmer gegangen und hat Mas Schmuck aus dem Schrank genommen«, sagte ich. »Nani-ji sagt, Ma steht es nicht zu, ihn zu behalten. Sie hat ihn nicht verdient.«

Daddy stöhnte und schlug die Hände vors Gesicht. »Oh, das ist wirklich schlimm«, sagte er, als er endlich aufschaute. Das Neonlicht über uns summte, und kleine Flugameisen schwirrten um die Röhre. »Sie hat alles mitgenommen?«

Ich nickte schuldbewusst. Ich fühlte mich, als hätte ich Ma bestohlen, obwohl doch Fettes Tantchen die wahre Diebin war. Plötzlich war die vertraute Wut wieder da, die jedes Mal in mir aufgelodert war, wenn ich daran gedacht hatte, dass Nani-ji einen Platz in unserer Wohnung beanspruchte. Sie war im Krankenhaus, sie war krank und hing an Schläuchen und Maschinen, aber noch immer machte sie Probleme. Dann fiel mir ein, dass Gott mein Verhalten beobachtete, und ich holte tief Luft und riss mich zusammen. Ich nahm noch einen Biss von dem Zuckerbrot. Es erfüllte meinen Mund mit Süße und ließ mich Nani-ji für einen Moment vergessen. Als ich fertig war, briet ich noch zwei weitere Scheiben.

»Könntest du auf dem Heimweg noch Brot kaufen?«, fragte ich Daddy, als er zur Abendschicht aufbrach. Er schaute sich zweifelnd zu mir um. »Ich finde nach wie vor nicht, dass du zum Abendessen Zucker auf Toast essen solltest«, sagte er. Ich hörte, dass seine Stimme voller Traurigkeit war, und ich wusste, dass das nichts damit zu tun hatte, was ich aß. Er dachte noch immer an den Schmuck und wie wir das Ma erklären sollten. »Tu mir einen Gefallen und behalte es für dich, okay?«, sagte er. »Deine Ma kriegt Zustände, wenn sie herausfindet, dass deine Großmutter den Schmuck deiner Tante überlassen hat. Das ist ein sehr heikles Thema.«

»Warum hat sie das getan?«, fragte ich und hoffte, dass Daddy sich hinsetzen, die Schuhe ausziehen und mir den Rest von Mas Geschichte erzählen würde. Es gab noch immer so viel, das ich nicht wusste, und Ma war nur gewillt zu erzählen, wenn sie in der richtigen Stimmung war. Ich wusste, dass ich Geduld haben sollte, aber ich machte in Bezug auf Gott so viele Fehler, dass es vielleicht besser wäre, es jetzt gleich herauszufinden. Aber Daddy war kein Wort zu entlocken. Er bedachte mich mit einem entschuldigenden Blick, dann verließ er die Wohnung ohne ein Abschiedswort. Und ich war allein mit Gott an der Wand und dem Geruch nach angebranntem Karamell, der aus der Küche herüberwehte und den Raum zwischen uns füllte.

• • •

Am nächsten Tag lautete die Anweisung, nicht in die Schule zu gehen. Ich hätte fast einen Freudensprung gemacht, weil Freitag war, und freitags hatten wir eine Doppelstunde Kunst und eine verkürzte Pause. Dann fiel mir ein, dass wir doch nicht feiern durften. Daddy erklärte mir, dass er mich zu Hause brauche, um ans Telefon zu gehen, weil sicher viele Leute anrufen würden, um sich nach Nani-ji zu erkundigen. Ich sollte ihnen mit trauriger Stimme mitteilen, dass sie dabei sei »diese Welt zu verlassen«, wie Daddy es ausdrückte. »Es ist nur noch eine Frage von Stunden«, sagte Daddy und streichelte mir über die Haare. »Ihre Lunge arbeitet nicht mehr richtig.« Er sah wirklich traurig aus, nicht, als ob er irgendjemandem zuliebe nur so tat.

Ich versuchte zu weinen. Ich kniff die Augen zusammen und versuchte, Tränen hervorzupressen. Als das nicht funktionierte, ging ich in die Küche und stellte mich neben den Ständer, wo wir die Zwiebeln aufbewahrten, wenn das Regal zu voll war. Ich dachte, wenn erst die Tränen strömten, würde sich auch die Traurigkeit einstellen. Aber nichts passierte. Die Schuld übermannte mich, als mir klarwurde, dass ich nur wollte, dass dieser Tag vorüber wäre. Ich wollte, dass Nani-ji schnell starb, damit unsere Leben wieder so werden könnten, wie sie gewesen waren, bevor sie bei uns eingezogen war.

*Ich weiß, dass das nicht richtig ist,* versicherte ich Gott in Gedanken, als ich im Wohnzimmer an Ihm vorbeiging. Sein stechender Blick brannte auf meiner Haut. Ich bedeckte meinen Kopf mit den Händen und bat ungefähr zwanzig Mal um Entschuldigung, bevor ich sah, dass Seine Miene weicher wurde. Seine Augen verwandelten sich von Steinen in Wasserpfützen und Seine Lippen begannen sich an den Ecken zu kräuseln. Es tat mir wirklich leid, aber ich konnte Nani-ji gegenüber einfach nicht anders empfinden. Immer, wenn ich versuchte, traurig wegen ihr zu sein, tauchten ihr unbarmherziges Gesicht und ihre knochigen Finger vor meinem inneren Auge auf. Wenn ich sie mir vorstellte, hatte sie immer einen anklagenden Finger auf Ma und mich gerichtet. Dann stellte ich mir vor, wie sie wohl gewesen sein musste, als sie in Mas Alter war und Ma selbst ein kleines Mädchen. In Mas Erzählungen hatte es so geklungen, als ob Nani-ji sich seit damals nicht groß geändert hätte. Das einzige Mal, dass ich sie wirklich glücklich gesehen hatte, war, als sie über Pra-ji gesprochen hatte, den Mann, den Ma so sehr verachtete, als ob alle ihre Probleme wie durch einen Zauber von ihren Schultern geglitten und im Boden unter ihren Füßen verschwunden wären.

Ich hatte nicht erwartet, dass viele anrufen würden, um sich nach Nani-ji zu erkundigen, aber da lag ich falsch. Den ganzen Nachmittag lang klingelte das Telefon, nachdem sich herumgesprochen hatte, dass sie sich nicht wieder erholen würde. Die meisten, die anriefen, waren alte Frauen – das verrieten mir ihre krächzigen, zittrigen Stimmen. »Gott segne dich, Beti«, sagte eine von ihnen liebevoll. Ich dankte ihr und schaute zu Gott hinüber, um zu überprüfen, ob Er zugehört hatte.

Zwischen den Anrufen machte ich mir mein Mittagessen und mühte mich damit ab, den Küchenboden zu fegen. Daddy rief zweimal an, um sich nach mir zu erkundigen, Ma einmal. Ihre Stimme war schwach und sie sagte nicht viel: »Pin, wenn du etwas zum Abendessen willst, bitte deinen Dad, eine Packung Reis zu kaufen.«

»Ich komm' schon zurecht«, versicherte ich ihr mit fester Stimme.

Daddy kam am frühen Abend nach Hause und wirkte sehr fahrig. Seine Augen suchten die Wände und die Stelle über meinem Kopf ab und blieben niemals irgendwo haften. »Was ist los?«, fragte ich ihn.

»Nichts«, sagte er. Er schüttelte zu heftig den Kopf. Es sah aus, als wollte er etwas aus seinem Schädel schütteln. Dann setzte er sich und zog einen Zettel aus seiner Hemdtasche. Ehe ich es sah, hatte ich schon erkannt, was es war. »Eine richtig gute Zahl, Pin«, sagte Daddy. Ein Lächeln breitete sich auf seinem Gesicht aus. »Ich glaube, damit gewinnen wir!«

Ich wechselte einen Blick mit Gott und freute mich im Stillen über diese Gelegenheit, Daddy in die Schranken zu weisen. Jetzt konnte ich mich vor Gott beweisen. »Du solltest in einer Zeit wie dieser nicht spielen.«

»Ich weiß, aber Pin«, jammerte Daddy. Er klang wie ein kleiner Junge. Ich stemmte die Hände in die Hüften, um die Wirkung zu verstärken, und sagte sehr energisch: »Nein!« Ich war gut darin. Obwohl ihr das nicht gefallen würde, war ich gut darin, mich wie Ma zu benehmen.

Daddy erzählte mir, wie er an die Zahlen gekommen war. Er schwor, dass es etwas anderes war als bei den bisherigen. Während seiner Schicht war an diesem Tag ein Mann ins Hotel gekommen und hatte sich nach dem Weg zu einer nahe gelegenen Bank erkundigt. Daddy war mit ihm nach draußen gegangen und hatte ihn die Straße runter geschickt. Als der Mann sich bei Daddy bedankt hatte, hatte ein Gemüselaster zurückgesetzt und sie beide fast umgefahren. Daddy hatte aufgeschrien, um den Mann zu warnen, und der war zurück auf den Bürgersteig gesprungen. Kisten waren auseinander gebrochen und Wassermelonen, Bananen und Longans über die Straße gekullert. Daddy spielte für mich nach, wie der Mann sich noch immer die Hand auf die keuchende Brust gepresst hatte, als er Daddy nach seinem Namen fragte.

»Ich fragte ihn, warum er meinen Namen wissen wolle. Er sagte, er wolle dem Hotel sagen, dass sie dort hervorragende Mitarbeiter hätten. Es hat sich herausgestellt, dass er ein sehr wichtiger Gast ist. Das heißt, dass ich vielleicht eine Gehaltserhöhung bekomme, Pin!«, sagte Daddy. Er grinste wie ein Honigkuchenpferd.

Er hatte sich das Nummernschild des Obstlasters, die Zahl der auf die Straße gekullerten Früchte, das Datum und die genaue Uhrzeit notiert, wie er sie von der Hoteluhr abgelesen hatte, als er wieder hineingegangen war. »Ich muss die Lose heute kaufen, ehe die Läden zumachen«, sagte er und sah aus dem Fenster. Der Himmel wurde dunkler. Dichte Wolken schoben sich über den Gebäuden zusammen und verbargen die sinkende Sonne vor unseren Blicken. Ich wurde von der Begeisterung in seiner Stimme angesteckt. Für einen Moment vergaß ich, dass ich nicht an die Lotterie glaubte.

»Du kannst nicht gehen«, sagte ich. »Wenn du Lose kaufst, sag ich es Ma.«

Daddy konnte es nicht fassen. »Ach komm, Pin. Nur noch dieses eine Mal. Ich gewinne ganz bestimmt«, versuchte er mich zu überreden. Ich schüttelte den Kopf. »Ich kaufe dir zum Abendessen, was immer du willst.«

»Nein«, sagte ich, aber ich fühlte, wie ich weich wurde. Es ging nicht um das Essen. Es war die Hoffnung in seiner Stimme. Ich glaubte selbst daran, dass er gewinnen könnte. Ich sah wieder Gott an. Es gab doch sicher etwas Gutes, das uns erwartete, und vielleicht war es genau das hier.

»Du kannst mitkommen«, sagte Daddy. Er musste schon gewusst haben, dass ich ja sagen würde, denn als er zur Tür zurückging, fiel mir auf, dass er immer noch die Schuhe anhatte.

Wir wollten Lose kaufen und dann zu McDonald's gehen, um beide dort zu Abend zu essen. Ma billigte Fast Food nicht und erlaubte mir nie, bei McDonald's zu essen. »Wie kann irgendwer etwas essen, das dermaßen verpackt ist?«, fragte sie mich einmal, als wir am Restaurant vorbeikamen, wo Leute ihre Burger aus buntem Papier wickelten und ihre Zähne in die weichen Brötchen schlugen. »Das ist Nahrung. Das ist keine Mahlzeit«, sagte sie. »Ich hoffe, ich habe dir beigebracht, dass es da einen Unterschied gibt. Wie bei einem Haus und einem Zuhause.«

Als Daddy und ich über den Basketballplatz gingen, hörte ich einen vertrauten Ruf. »Mädchen!« Deven brüllte und kam auf mich zugerannt. »Oh!« Er verstummte, als Daddy sich umdrehte. »Oh, hallo Onkel«, brummelte Deven.

»Hallo Junge«, sagte Daddy. »Du bist wohl Pins Fußballfreund.« Er nickte in Richtung des Balls unter Devens Arm.

»Ja, Onkel«, sagte Deven. Dann drehte er sich zu mir um: »Wie kommt es, dass du nie mehr mit uns spielst?«

Ich schaute ihm über die Schulter und sah Kaypoh auf dem Platz. Hinter ihm dribbelte Roadside mit dem Ball. »Viel zu tun«, murmelte ich. Den wahren Grund konnte ich vor Daddy nicht nennen – dass ich nicht Roadsides Schatzi genannt werden wollte. Schlimmer noch; ich wollte nicht, dass die Jungen sich über die Vorstellung lustigmachten, dass Roadside eine indische Freundin haben könnte.

»Wir brauchen einen Torwart«, sagte Deven.

»Sie kann heute mit euch Jungs spielen«, sagte Daddy. Ich sah ihn überrascht an. Er lachte. »Ich geh dir was zum Abendessen kaufen, Pin, und erledige, was ich zu erledigen habe. Du bleibst hier und spielst mit deinen Freunden. Du hast dir auch ein bisschen Spaß verdient. Das bringt dich auf andere Gedanken.«

Er dachte wohl, dass ich mich so seltsam benahm, weil mir die Sache mit Nani-ji zu schaffen machte, aber ich machte mir größere Sorgen darum, was Gott mit mir vorhatte. Ich hatte Seinen Blick im Rücken gespürt, als wir die Wohnung verlassen hatten. »Okay«, sagte ich. Daddy tippte sich an die Stirn und klimperte mit den Wohnungsschlüsseln. »Aber nur eine halbe Stunde, Pin. Ich nehme diesen Weg zurück, dann können wir zusammen raufgehen. Wir haben nur diesen einen Schlüsselbund für uns zwei, und ich will nicht, dass deine Ma anruft und sich Sorgen macht.« Seine eigentliche Angst war es, erwischt zu werden, das wusste ich.

»Du hast keine richtigen Schuhe an«, sagte Deven. »Kannst du barfuß spielen?«

»Ja«, sagte ich.

Die anderen Jungs hatten sich schon auf dem Platz versammelt. Sie warfen ihre Hemden und Taschen auf einen Haufen. Ich hatte ein schlechtes Gewissen, weil ich meine Kara ablegte, deshalb sandte ich Gott eine eilige Bitte um Vergebung. Ich legte sie vorsichtig zu den Wertsachen der Jungs – Uhren, Walkmen, mit Büroklammern zusammengehaltene Geldscheine.

»Ich geh ins Tor!«, rief ich. Kaypoh kniff die Augen zusammen, als er mich sah. Roadside ergriff das Wort.

»Okay, aber der Torwart muss den Ball holen, wenn er vom Spielfeld getreten wird. Sei nicht so ein Feigling wie letztes Mal«, warnte er mich.

»Ich bin nicht feige«, sagte ich zu Roadside. Er zuckte mit den Schultern und stapfte davon.

»Lasst uns spielen!«, brüllte Kaypoh, und die Jungs verteilten sich alle über das Spielfeld.

Knöchel und Füße jagten los und schossen über das Spielfeld, als ob sie sich von den Körpern gelöst hätten, zu denen sie gehörten. Ich ließ den Ball nicht aus den Augen, sprang mit schnellen Bewegungen zwischen den beiden Torpfosten hin und her, als die Jungs von der gegnerischen Mannschaft näher kamen. Die Jungs aus meinem Team waren zu gut, um jemanden durchzulassen. Immer, wenn der Ball in meine Nähe kam, grätschten sie dazwischen und traten ihn zurück in die andere Hälfte, so dass die andere Mannschaft in die Gegenrichtung rennen musste. Ich hätte mich für mein Team freuen sollen, aber ich wollte unbedingt, dass der Ball auf mich zugeflogen kam, so dass ich mich mit dem Körper vor das Tor werfen könnte wie die WM-Torwarte im Fernsehen. Ein Torwart konnte einem schwachen Team den Sieg sichern, und wie würde Gott mich dann noch bestrafen können?

Aber mir wurde ziemlich bald klar, dass mich die Jungs schon wieder ausgetrickst hatten. Ich hatte nur für diese Seite ins Tor gedurft, weil das Team so gut war, dass sie im Grunde keinen Torwart brauchten. Wenn sie mich wirklich für gut genug gehalten hätten, hätten sie mich ins andere Tor gestellt. Der gegnerische Torwart wischte sich mit dem Handrücken den Schweiß von der Stirn, als Roadside den Ball an seinem Kopf vorbeikickte.

»Tor!«, brüllten sie alle und klatschten einander ab.

Es fing an zu nieseln. Dunkle Wolken zogen in raschem Tempo über den Himmel. Ang Mo Kio war in der Monsunzeit enger und voller Schatten. Herabgefallene Blätter und Zweige wirbelten über den Boden, bevor sie sich schließlich irgendwo niederließen. Ich sah eine riesige Schnecke am Spielfeldrand entlangkriechen, ihr Körper war schleimig und aufgequollen.

»Mädchen! Nicht träumen!«, rief Kaypoh. Eilig ließ ich meinen Blick von der Schnecke zum Ball wandern. Das Spiel hatte wieder angefangen. Der Ball rollte auf mich zu und ich warf mich nach vorne, um das Tor zu schützen, als Roadside dazwischen grätschte und den Ball mit einem raschen Schlenzer vom Tor wegbeförderte. Die Jungs aus meinem Team atmeten auf und lobten Roadside, bis ihnen aufging, dass der Ball noch immer rollte und ein alter Onkel auf seinem Fahrrad vorbeifuhr. Roadside rief laut, um ihn zu warnen: »Tschuldigung Onkel! Der Ball!«

Der Onkel schlenkerte ein bisschen, um dem Ball auszuweichen, aber eines seiner Räder schickte ihn vom Spielfeld. Der Onkel fuhr weiter, brummelte in seinen Bart und starrte uns alle wütend an. »Es regnet – ihr werdet alle krank werden!«, rief er. Niemand beachtete ihn, denn unsere Blicke waren auf den Ball geheftet, der noch immer rollte. Einige Jungen begannen ihm nachzusetzen, aber es war zu spät. Der Ball rollte zielsicher in den Kanal. Alle stöhnten wie aus einem Munde.

»Mädchen«, sagte Kaypoh. Er nickte zum Kanal hinüber. »Los.«

Ich zögerte. Der Regen begann jetzt wirklich niederzuprasseln, und er begann sich im Kanal zu sammeln. Die Jungs tanzten herum und schüttelten die Haare, um sich gegenseitig nass zu spritzen. Ich blieb nahe beim Tor. Ich wusste, sie konnten mich nicht zwingen, wenn ich nicht in den Kanal steigen wollte.

»Mach schon«, sagte Roadside.

»Es sieht gefährlich aus«, sagte ich.

Roadside seufzte. »Komm schon, Mädchen. Das haben wir besprochen. Du bist der Torwart, und es ist die Aufgabe des Torwarts, den Ball zu holen.«

Mädchen? So hatte Roadside mich noch nie genannt. Ich verstand nicht, warum er so grob zu mir war. Es wirkte, als wollte er mehr sein wie Kaypoh.

»Aber du hast den Ball getreten«, erklärte ich ihm.

Roadside kam dichter an mich heran und flüsterte: »Komm schon, Pin. Ich helfe dir, wenn etwas passiert. Wenn du deine Aufgabe nicht erfüllst, kannst du nicht mehr bei uns mitspielen.« Laut wiederholte er das: »Dann kannst du nicht mehr bei uns mitspielen.«

»Na gut«, sagte ich und ging widerstrebend zum Kanal. Es sah nicht so schlimm aus. Es war etwas Wasser darin, aber ich konnte den Fußball langsam auf das andere Ende der 10. Avenue zutreiben sehen. Da war McDonald's, wo Daddy jetzt vermutlich in der Warteschlange stand.

An der einen Seite des Kanals war eine Eisenleiter befestigt, und es war leicht, hinunterzuklettern. Die Jungs feuerten mich an, als ich hinunterstieg, und für einen Moment fühlte ich mich mutig und stolz. Dann hörte ich das Wasser unter mir. Es floss jetzt etwas schneller. Ich klammerte mich an die unterste Sprosse der Leiter und testete mit einem Fuß das Wasser aus. Es war kalt, aber es war nicht besonders tief. Ich holte tief Luft und gebot mir selbst, ruhig zu bleiben.

Roadside rief mir von oben Mut zu. »Ich kann ihn sehen! Gleich rechts von dir!« Ich hielt mich an der untersten Sprosse fest und stellte beide Füße auf den Grund des Kanals. Die Stadt sah sehr weit weg aus von hier unten. Ich sah Räder und Füße, aber nicht die dazugehörigen Autos und Menschen. Die Gebäude sahen noch höher aus, und der Himmel über ihnen schien sich meilenweit auszudehnen. Es goss noch immer, und ich wusste, ich musste schnell sein, sonst würde das Wasser anfangen zu steigen.

Ich streckte die Hand nach dem Ball aus, aber eine kleine

Strömung trieb ihn weiter, und ich musste mich weiter recken, um ihn zu erreichen. Ich schaffte es nicht. Meine Fingerspitzen streiften ihn kaum. Dann begann aus den Rohren auf beiden Seiten noch mehr Wasser in den Kanal zu strömen, und der Ball wurde noch weiter weg getrieben. Ich ließ die Leiter los und watete in Richtung des Balls. Das Wasser reichte mir gerade bis unter die Knie und ich hatte noch jede Menge Zeit, ehe es höher steigen würde. Und es sah so aus, als würde der Regen jetzt ohnehin aufhören.

Ich erwischte den Ball, ehe er wieder wegtrieb, und klemmte ihn mir unter den Arm. Als ich mich umdrehte, spürte ich, wie mir etwas über den Fuß kroch. Mir fiel ein, dass ich einmal in einem ausgetrockneten Kanal eine Schlange gesehen hatte, als Daddy und ich beim Bishan Park über eine Brücke gegangen waren. Ich hätte sie für einen kleinen Ast gehalten, wenn Daddy mir nicht gesagt hätte, ich sollte stehenbleiben und zusehen, wie sie sich bewegte.

Ich trat kreischend um mich, stolperte und spürte, wie sich meine Shorts mit Wasser vollsogen. Als ich aufschaute, starrten die Jungs immer noch in den Kanal hinunter. »Wirf den Ball rauf, Mädchen. Was sitzt du da rum?« Ich drückte mich hoch und eilte zur Leiter zurück. *Das war einfach nur ein loser Zweig. Ein feuchter Blätterhaufen,* versuchte ich mich selbst zu überzeugen.

Ich musste Roadside den Ball zuwerfen, denn ich brauchte beide Hände, um die Leiter hochzuklettern. Ich warf einmal, aber der Ball fiel wieder zurück. »Nochmal«, rief Roadside. »Und beeil dich!« Er klang besorgt. Ich warf den Ball so hoch ich konnte und zielte auf die Straße. Ich hoffte, er würde schnurstracks auf die andere Seite hüpfen und von einem Auto zerquetscht werden, weil er mir so viel Ärger gemacht hatte.

Dann hörte ich ein furchtbares Rauschen. Aus zwei Öffnungen an den hohen Wänden, die mich von beiden Seiten umschlossen, schoss trübes Wasser und presste mich wieder auf den Hosenboden. Zuerst lachten die Jungen, aber als einer meine erstickten Schreie hörte, fingen sie an, miteinander zu streiten. »Geh runter und hilf ihr.« – »Nein, es ist zu tief.« – »Du gehst.« Zuerst mischten sich ihre Rufe mit dem Verkehr und dem Prasseln des Regens auf den Bäumen und sämtlichen Geräuschen des Viertels. Dann schlug das Wasser über meinen Kopf zusammen und ich konnte nichts mehr hören.

Der Strom trug mich weiter und meine Lunge fühlte sich an, als würde sie bersten. Ich fuchtelte mit den Armen herum auf der Suche nach etwas, an dem ich mich festhalten könnte, aber überall um mich herum waren nur hohe, glatte Mauern. Für einen Augenblick wurde alles dunkel und ich dachte, ich sei ertrunken, aber dann ging mir auf, dass mich das Wasser nur unter die Brücke gespült hatte.

Das war der Moment, in dem ich Gott sah. Ich sah Ihn genau so wie beim ersten Mal, als Ma mir erklärt hatte, dass Gott überall sei. Da war Er in den höchsten Zweigen der Bäume, dort starrten mich Seine Augen aus dem trüben Wasser heraus an. Er guckte über die Brücke und saß oben auf der Mauer und ließ Seine rauen Füße hinunter baumeln. *Hilf mir,* flehte ich ihn an, als mir noch mehr Wasser in die Nase schoss. Meine Kehle brannte. *Bitte, hilf mir.*

Das Wasser hörte nicht auf zu strömen und der Regen wurde noch heftiger, aber als ich wieder vorwärtsgeschoben wurde, spürte ich etwas Hartes und Kaltes an meinem Knöchel und schlang schnell mein Bein darum. Es war eine weitere Leiter, am anderen Ende des Kanals. Ich konnte nicht fassen, dass mich das Wasser so weit getragen hatte. Ich zog mich vorwärts und klammerte mich fest an die Sprossen über mir. Ich wartete, bis ich nicht mehr husten musste, dann kletterte ich aus dem Kanal. Es war niemand da. Die Jungs waren weggelaufen. Roadside war weg. Daddy war nirgendwo zu sehen, obwohl er doch über diesen Weg kommen und mich im Regen auf dem Bürgersteig sitzen sehen musste, bis auf die Knochen durchnässt und zitternd nach einer Nahtod-Erfahrung. Sogar Gott war weg. Wenn Er allerdings noch in der Nähe wäre, wusste ich, was Er sagen würde. Er würde meine kurzen Haare ansehen und mein nacktes Handgelenk, und Er würde jeden bösen Gedanken zählen, den ich in Bezug auf Nani-ji gehabt hatte, und alles Verwerfliche, was ich je getan hatte. Er würde eine Augenbraue heben und sagen: *Jetzt sind wir quitt.*

• • •

Ich hatte immer noch Wasser in den Ohren, als ich in die Wohnung trat. Ich legte den Kopf schräg, um es herauszuschütteln, und merkte nicht, dass Daddy auf mich zugestürzt kam. »Wo warst du denn bloß?«, verlangte er zu wissen. »Und was ist passiert? Ich bin über den Basketballplatz gegangen, aber ihr wart alle verschwunden. Habt ihr in den Abflusskanälen gespielt?«

Ich lieferte Daddy eine Kurzfassung von dem, was geschehen war. Ich erzählte ihm nicht, wie die Jungen mich dazu gebracht hatten, in den Kanal zu steigen. Ich wollte nicht, dass er es Ma erzählte. Sie würde sich die Jungs vermutlich vorknöpfen und mich blamieren. Es war jetzt sowieso egal. Ich würde nie wieder mit ihnen Fußball spielen.

»Ich bin nur schnell in den Kanal gestiegen, um den Ball zu holen, und dabei bin ich ein paarmal ausgerutscht. Das war alles.« Ich sah an Daddy vorbei, als ich das sagte. Er durchschaute meine Lüge nicht. Er war mit etwas anderem beschäftigt.

»Deine Ma hat gerade angerufen«, sagte er mit sanfter Stimme. »Nani-ji ist von uns gegangen.«

Ich ließ mich in den Rattansessel im Wohnzimmer sinken. Daddy machte sich nicht die Mühe mir zu sagen, dass das Wasser aus meinen Kleidern die Bezüge durchweichte. Sie waren ohnehin alt und verschossen, bedruckt mit bräunlichen Bildern von ausladenden Blüten und geschwungenen Stängeln.

»Von uns gegangen«, hatte er respektvoll gesagt, als sei sie einfach nur von einem Zimmer ins andere gegangen. Wenn ich vor ein paar Minuten im Kanal ertrunken wäre, hätten sie dann dasselbe über mich gesagt? Hätten die Zeitungen eine Geschichte über ein dummes Mädchen gedruckt, das ins Wasser gesprungen war, um einen Ball zu retten und den Jungs zu imponieren? War das alles, um was es ging, einfach »davon zu gehen«?

»Sie ist gestorben?«, fragte ich Daddy, einfach um sicherzugehen. Er nickte und legte mir die Hand auf die Schulter.

»Du zitterst, Pin. Du solltest duschen und dir trockene Sachen anziehen. Wir müssen heute Abend in den Tempel gehen. Morgen Früh wird es Gebete geben, und dann die Beisetzung …«

In meinen Ohren hörte ich ein leises Summen, wie das Geräusch der Flugameisen, die gegen die Leuchtröhre flogen. Es wurde lauter und verschlang Daddys Worte. Nani-ji war tot. Nani-ji hatte uns verlassen. Manchmal hatte ich nachts, wenn sie schlief, gesehen, wie ihre Finger sich verkrampften wie die Ränder von vertrockneten Blättern. Ich stellte sie mir jetzt im Krankenhausbett vor, mit geschlossenen Augen, die Finger flach auf der Matratze, die Beine ausgestreckt. Dann stellte ich mir vor, wie Ma neben Nani-ji saß, ihr die Haare glattstrich, ein letztes Mal mit ihr sprach. Sie flüsterte etwas, aber ich konnte es nicht verstehen – das Summen in meinen Ohren übertönte alles andere. Aus Mas Gesicht war alle Farbe gewichen und ihre Haut war bedeckt von flammend roten Pusteln.

Daddy legte die Arme um mich, als ich anfing zu weinen. »Ach Pin. Ich weiß, ich weiß, Pin.« Aber das tat er nicht. Er wusste nichts. Ich war erleichtert, dass ich traurig war, endlich, und ein Teil von mir weinte um Nani-ji. Wenn ich mich richtig anstrengte, wenn ich an die wenigen Augenblicke dachte, als Nani-ji sich nicht in Mas Angelegenheiten eingemischt oder ihr vorwurfsvolle Blicke zugeworfen hatte, verspürte ich einen kurzen Stich, der mich daran erinnerte, dass ich sie niemals wiedersehen würde. Aber ich weinte, weil ich an diesem Nachmittag fast ertrunken wäre, weil ich nicht den Rest meines Lebens damit verbringen wollte, Zuckerbrot zu Mittag und zu Abend zu essen, weil ich nicht glaubte, dass Daddy jemals das große Los ziehen würde, weil Fettes Tantchen Mas Schmuck weggenommen hatte. Ich weinte, weil ich mir blöd vorkam, weil ich gedacht hatte, in unserer Wohnung würde jetzt alles wieder normal werden. Nichts war je normal gewesen.

»Ich weiß, dass du traurig bist. Aber deine Großmutter war jetzt an der Reihe«, flüsterte Daddy in meine schmutzigen Haare.

Ich sagte nichts. Ich war müde und ausgelaugt, nicht traurig. Die einzige Person, die meine Gedanken lesen und den Unterschied sehen konnte, war Gott, aber Er war seltsam still.

# 7

Die Beisetzung begann und endete im Tempel, dazwischen ging es ins Krematorium, damit wir Nani-ji ein letztes Mal sehen konnten. Ich hatte einen braunen, lackierten Sarg erwartet, aber sie lag in einem ziemlich fadenscheinigen weißen Behälter. Sie war weiß gekleidet, wie immer, und sie war über und über mit Blumen bedeckt. Es sah aus, als ob sie im Garten eingeschlafen wäre. Den ganzen Tag lang klingelte mir der Kopf vor Gebeten, Klageliedern und Gesängen. Im Krematorium folgten weitere Gebete, und dort wurde das Weinen sogar noch lauter. Fettes Tantchen weinte am lautesten. Sie heulte und kreischte. Einmal packte sie sogar Mama-ji am Kragen und schluchzte so laut an seiner Brust, dass der Priester verstummte und sie anstarrte. Ma war ruhiger. Daddy erklärte, sie habe sich ausgeweint, als sie sich von Nani-ji hatte verabschieden müssen, und jetzt seien kaum noch Tränen übrig. Sie schloss immer wieder für lange Zeit die Augen und blinzelte hektisch, wenn sie sie wieder öffnete und aus dem engen Spalt zwischen ihren Lidern lugte.

Ich sah, dass Mama-ji Ma ansah, als sie Nani-jis Sarg ins Krematorium folgten. Selbst, als Fettes Tantchen sein Hemd packte und sich an ihn lehnte, streichelte er ihr nur zerstreut über den Rücken und schaute weiter Ma an. Sie erwiderte seinen Blick nur einmal, und als sie das tat, schaute er ganz schnell weg und sah mich an, worauf es an mir war, wegzuschauen.

Es war seltsam, an einem so düsteren Tag die Sonne scheinen zu sehen. Überall um mich herum hatten die Menschen ihre Mundwinkel gesenkt. Daddy starrte während der gesamten Beisetzung seine Hände an. Als ich genug davon hatte, Nani-ji zum letzten Mal anzusehen (es war ja sowieso nicht wirklich Nani-ji, sondern nur ihre Hülle), beobachtete ich die Leute, die sich um die weiße Schachtel zusammendrängten, und versuchte herauszubekommen, wer sie waren. Einige von ihnen kannte ich aus dem Tempel – die Dame, die immer gepunktete Kleider trug, die Frau mit der silbernen Mähne, den großen Mann mit dem Muttermal auf der Wange, so flach und rund, dass es aussah wie ein Zehn-Cent-Stück. Wenn Nani-ji noch lebte, würde sie vermutlich gar nicht wollen, dass all diese Leute sich um sie versammelten, Platz einnahmen und so viel Lärm machten. Ich rechnete fast damit, dass sie sich aufsetzen und allen erklären würde, sie sollten aufhören zu jammern und nach Hause gehen, weil sie die ganze Sache nur behinderten.

Gott war nicht bei der Beisetzung. Sein Name wurde in den Gebeten mehrmals erwähnt, und Er wurde gepriesen und angefleht, sich gut um Nani-jis Geist zu kümmern, aber unter den Trauernden konnte ich Ihn nicht entdecken.

Nach dem Krematorium gab es weitere Gebete im Tempel und Essen – schlichtes Essen, denn Trauer bedeutet Fadheit, Essen, das schmeckte wie die Leere, die die Verstorbene hinterlassen hatte. Daddy trank zu seinem Roti heißes Wasser anstelle des dampfendheißen, milchigen Tees, den er liebte. Ma aß nur eine Schale sauren Joghurt. »Ich hab immer noch keinen Hunger«, sagte sie. Ich nahm den Reis und bedeckte ihn mit Dhal, aber ließ den Joghurt und den Nachtisch aus, um Gott zu zeigen, wie sehr ich trauerte. Jeder einzelne Löffel fühlte sich trocken an, als äße ich Papierschnipsel.

Als wir an diesem Abend nach Hause kamen, schickte Ma mich duschen, denn ich war im Krematorium gewesen und Gott allein wusste, was dort in der Luft herumgeisterte. Ich schrubbte mir unter der Dusche gründlich meine Arme und Beine und den Nacken, um die unsichtbaren Bestandteile von toten Fremden loszuwerden, die an meiner Haut klebten. Ich blieb so lange im Badezimmer, dass der Himmel schon dunkel geworden war, als ich wieder herauskam. In ein Handtuch gewickelt, schlich ich auf Zehenspitzen an Gott vorbei und wich Seinem Blick aus. Mein Zimmer war nun seit einer Woche leer, aber jetzt plötzlich erschien es mir größer. Endlich gehörte es wieder mir. Ich zog meinen Schlafanzug an und legte mich aufs Bett. Die Bettwäsche war noch warm von der Hitze des Tages. Die Blätter der Topfpflanzen draußen raschelten in der leichten Brise. In der Ferne grollte Donner, aber die Hitze lag immer noch in der Luft.

Ma betrat mein Zimmer nicht. Sie stand in der Tür und schaute herein, als ob sie auf die Erlaubnis zum Eintreten warte. »Es sieht jetzt anders aus«, sagte sie leise. Sie versuchte ein Lächeln, aber es geriet etwas schief. Ich hatte Angst, sie würde anfangen zu weinen, doch nach einem zittrigen Atemzug schien alles wieder in Ordnung zu sein. »Was sollen wir zum Abendessen essen?«, fragte sie.

»Ich hab keinen Hunger«, erklärte ich ihr, und das war wahr. Die Beisetzung hatte mir den Appetit genommen. »Ich werde mir nachher einfach ein bisschen Brot toasten.«

»Okay«, sagte Ma. Sie machte kehrt, wie um das Zimmer zu verlassen, dann drehte sie sich wieder um. »Hast du heute deinen Mama-ji begrüßt? Hast du ›Sat sri akal‹ zu ihm gesagt?«

»Ja«, sagte ich. »Heute Morgen, als er und Fettes Tantchen gekommen sind.« Ältere Menschen nicht mit »Sat sri akal« zu begrüßen, war sehr unhöflich, deshalb sagte ich es automatisch zu allen erwachsenen Punjabis, die mir über den Weg liefen, ob ich sie kannte oder nicht. Auf diese Weise ersparte ich mir Ärger.

»Ich habe bei der Beisetzung gesehen, wie er dich angeschaut hat.«

»Er hat zuerst dich angeschaut«, erklärte ich Ma. »Und dann mich.«

»Er hat sicher gedacht, dass wir uns ähnlich sehen. Das haben heute einige gesagt, weißt du«, sagte Ma. Sie kam in mein Zimmer und setzte sich auf mein Bett. »Sie haben gesagt, dass du langsam genauso aussiehst wie ich.«

Sofort streckte ich die Arme aus, um zu prüfen, ob sich meine Haut plötzlich verändert hatte. Aber sie war noch immer rein. Vielleicht war es möglich, dass ich aussehen könnte wie Ma, ohne ihre Hautprobleme zu haben. Vielleicht war es dann auch möglich, dass ich ein bisschen wie Ma sein könnte – schön, selbstbewusst, elegant, witzig und mutig – und nicht all die schlimmen Dinge übernehmen müsste, vor denen Nani-ji mich zu warnen versucht hatte.

Ma kniff die Augen zusammen. »Ich weiß, was du denkst«, sagte sie. Alle Fragen, die in meinem Kopf aufgetaucht waren, verdrückten sich eilig in die Ecken, wo Ma sie nicht finden würde. Wir saßen lange schweigend da. Ich ließ meine Gedanken zu anderen Dingen driften. Ich dachte an die Schule und wie sehr ich mich vor dem nächsten Schuljahr fürchtete. Ich hoffte auf eine gute Lehrerin, eine wie Miss Yoon, die sogar dann lächelte, wenn sie uns ausschimpfte.

»Früher«, fing Ma an. Sie verstummte. Mit diesem Wort hatte sie meine volle Aufmerksamkeit. Die Menschen in Singapur sagten *früher,* wenn sie sich auf die alten Tage in Singapur bezogen. »Früher starrte der Fluss vor Schmutz.« »Früher haben wir immer beim Straßenhändler Eis Kacang gekauft.« »Früher konntest du einen Teller Nudeln für nur zehn Cent bekommen.« Ich hatte Daddy und meine Lehrerinnen und Mrs D'Cruz solche Dinge sagen hören. Sie schienen jetzt immer mit einer anderen Zeit zu vergleichen. Als ich zusah, wie Ma sich wappnete, um mir die Wahrheit zu sagen, ging mir auf, dass es genau das war, was sie tat.

# 8

## 1970

PAK-PAK-PAK-pak-pak.

Die flachen Sohlen von Jinis abgenutzten Sandalen knallen auf den Beton, während sie sich vorbeischlängelt an parkenden Autos und auf der Seite liegenden Fahrrädern, die aussehen, als machten sie in der Hitze des Nachmittags ein Nickerchen. Sie rennt schneller als je zuvor, aber niemand achtet auf sie. Zum ersten Mal ist ihr das lieber so. Normalerweise hat sie gern ein Publikum. Sie genießt die Blicke und das ehrfürchtige Aufstöhnen der Kinder im Kampong, wenn sie vorübersaust. »Sie ist so schnell für ein Mädchen!«, sagen einige. Andere sagen, dass sie schneller läuft als jeder Junge, den sie je gesehen haben. Wenn sie das sagen, klingen sie ein bisschen misstrauisch.

Jini hat vor drei Jahren angefangen zu rennen, als sie erfahren hat, dass ihr Vater sie endgültig verlassen hat. Die Wut flutete ihr Herz und strömte ihr durch die Adern. Sie hatte damals viele böse Gedanken in Bezug auf ihren Vater, und je mehr von diesen Gedanken ihr kamen, desto schlimmer wurde ihre Haut. Pusteln erschienen auf ihrem Bauch und verschwanden ebenso plötzlich. Kleine Beulen bedeckten ihre Knöchel. Zum Glück zwingt ihre Mutter sie, lange Hosen zu tragen, weil sie Shorts für unanständig hält. »Du läufst halbnackt durch die Gegend. Ich will nicht, dass die Leute reden und sagen: ›Seht euch Harjinder Singhs Tochter an, treibt sich rum, weil kein Mann im Haus ist.‹« Heute Morgen war ihre Mutter zufrieden, weil sie eine weite Baumwollbluse mit langen Ärmeln angezogen hat. Sie weiß nichts von den Pusteln; selbst Sarjit hat seit Wochen keinen Kommentar mehr dazu abgelassen, aber das ist nichts Ungewöhnliches. Er spricht neuerdings kaum noch mit ihr.

Sie soll nicht draußen herumrennen, aber ihre Mutter ist im Tempel und wird nicht vor dem Abend nach Hause kommen. Sie arbeitet jetzt als Putzfrau, fährt mit dem Bus raus aus dem Kampong und weg von ihren tratschenden Nachbarn zu den Häusern der britischen Offiziere beim Flottenstützpunkt. Die bezahlen sie schlecht, weil sie kein Englisch spricht, und manchmal versteht sie ihre Anweisungen nicht. Aber wenn sie zu Hause von diesen Leuten spricht, betont sie immer, wie freundlich sie sind. »Und sie haben cremefarbene Haut«, erzählt sie Jini beim Kochen. »Ihre Häuser haben drei oder vier Stockwerke und riesige Bücherregale.« Sie hat einmal für Jini ein paar Bilderbücher mitgebracht, aber Jini fand sie zu kindisch. Ihre Mutter hatte eine Augenbraue gehoben und ihr gesagt, sie solle sich nicht beschweren. »Immerhin bringe ich dir Bücher mit«, sagte sie. »Du kannst von Glück sagen, dass ich dich weiter zur Schule gehen lasse. Das Geld für die Schulgebühren und die Bücher könnten wir auch für Essen und Kleidung brauchen. Nach der Mittleren Reife wirst du anfangen müssen zu arbeiten.«

Deshalb rennt Jini. Weil es Dinge gibt, die sie nicht hinnehmen will und kann. Beim Rennen hat sie das Gefühl, dass sie allem entkommen kann, den Anweisungen ihrer Mutter, ihren Gedanken in Bezug auf ihren Vater, dem immer schlimmer werdenden Jucken am ganzen Körper von den unerklärlichen Pusteln.

»Hey Jini!«, hört sie eine Stimme rufen. Sie wird langsamer und schaut sich um. Nicht stehenbleiben, nicht stehenbleiben. Das ist ihr Gesetz – für nichts und niemanden stehenbleiben, wenn sie rennt. Es sei denn, natürlich, es ist Bilu, dann muss sie ihren Schritt verlangsamen und ihn nach Hause bringen. Er hat noch immer die Angewohnheit, ihr hinterherzulaufen, wenn sie morgens zur Schule geht und nachmittags zum Rennen rausgeht. Er klammert sich nicht mehr an Sarjit, weil Sarjit ihn ignoriert.

»Was?«, fragt Jini und wird noch langsamer; sie ist wirklich erschöpft und ihre Wadenmuskeln brennen. Die Stimme gehört einem Nachbarjungen, den sie kennt. Er kommt mit schnellen Schritten auf sie zu, einen Fußball unter den Arm geklemmt. Er trägt kein Hemd und der Schweiß strömt ihm über die knochige Brust und sammelt sich in seinem Nabel. Sie wendet sich ab.

»Du rennst sehr schnell.«

»Weiß ich.«

»Wovor läufst du weg?« Einige weitere Jungen gesellen sich zu ihm. Sie schaut sich nervös um. Obwohl sie sonst niemanden sehen kann, ist sie sicher, dass Augen auf sie gerichtet sind, beobachtend, abwartend.

»Vor dir«, sagt sie lässig und dreht sich auf dem Absatz um. Sie kann noch ein bisschen weiterrennen, wenn das bedeutet, von den Jungs wegzukommen.

»Oder läufst du zu jemandem?«, ruft einer. Die anderen prusten los und springen auseinander, als ein weißes Auto auf der huckeligen Straße angefahren kommt und laut hupt.

»Haltet die Klappe!«, brüllt sie den Jungs zu. Der Wagen wird langsamer und der Fahrer hupt noch einmal. Sie schaut gar nicht erst hin; es kann niemand sein, den sie kennt. Sie rennt weiter, bis sie nicht mehr kann, dann geht sie außer

Puste nach Hause. Als sie das Tor öffnet, fühlt sie sich leicht, als ob sie jeden Funken Elend, der sich in ihrem Herzen angesammelt hat, ausgetreten hätte. Sie streift die Ärmel und die Hosenbeine hoch und wirft einen raschen Blick auf ihre Arme und Beine. Der Ausschlag scheint verschwunden zu sein, und die Schwellung hat ebenfalls nachgelassen. Sie lächelt erleichtert und geht ins Haus.

• • •

»Ich hab dich rennen sehen«, sagt ihre Schwägerin vorwurfsvoll. »Die Nachbarn reden über dich.«

»Ist das ein Verbrechen?«, fragt Jini mit gespielter Unschuld.

»Werd ja nicht frech«, sagt Bhabi-ji und droht ihr mit dem Finger. »Ich bin älter als du.«

Jini zuckt gleichgültig mit den Schultern und streckt die Hand aus, um Bilu zu kitzeln, der gerade gut drauf ist. Er kichert. Speichel läuft ihm am Kinn hinunter und sammelt sich in seinem Schlüsselbein. »Schleimi-Schleimi-Baby«, singt sie ihm ins Ohr. Er macht den Mund auf, um ihre Wörter aufzunehmen wie ein Küken. Sie macht mit den Händen Furzgeräusche und er kreischt vor Vergnügen.

»Ruhe!«, schreit Bhabi-ji. »Jini, reg ihn nicht auf!«

»Ich mach' ihn nur glücklich«, gibt Jini zurück. »Er ist doch den ganzen Tag lang im Haus eingesperrt.« *Mit dir, der Ärmste,* denkt sie.

»Was erwartest du denn von mir? Dass ich ihn aller Welt vorführe? Heute hat er versucht, dir nach draußen zu folgen. Er hat dich am Haus vorbeirennen sehen und wollte dir hinterherlaufen.«

»Das hat er schon seit Jahren nicht mehr gemacht«, sagt Jini. »Wahrscheinlich war er heute nur aufgeregt.«

»Ganz egal, ich will, dass du von jetzt an nach der Schule zu Hause bleibst. Kein Rumgerenne mehr. Deiner Mutter wird es nicht gefallen, wenn die Leute davon erfahren. Und sie wird mich dafür verantwortlich machen.«

»Ich tue nichts Verbotenes«, wehrt Jini sich lauthals. Das regt Bilu auf. »Verboten-verboten-boten-boten-boten!«, heult er wie eine Sirene, bis das Wort seinen Sinn verloren hat. Das ist es, was sie an ihm liebt. Er kann allem den Ernst nehmen. »Boten-boten-boten-boten-boten-boten-boten …«

»Schluss!« Sie erstarren allesamt. Sarjit steht in der Küchentür und starrt Jini und Bilu wütend an. Er wagt es nicht, seine Frau auf dieselbe Weise anzusehen, denn sie ist größer und mächtiger als er. Seit er sie geheiratet hat, ist er Jini gegenüber kühler geworden und Bilu gegenüber strenger, er behandelt ihn wie einen Gast, der schon viel zu lange geblieben ist. Deshalb geht Bilu ihm aus dem Weg; er kann sich vielleicht nicht benehmen wie die anderen, aber er merkt genau, wenn jemand ihn nicht um sich haben will.

Jini unterdrückt ein paar wütende Widerworte, denn sie darf ihrer Schwägerin gegenüber nicht respektlos sein, die zehn Jahre älter ist als sie. Sie ist sogar älter als Sarjit, der sie kurz nach seiner Entlassung aus der Armee geheiratet hat. Die Hochzeit ging schnell über die Bühne. Jinis Mutter wollte nicht zu viel Aufmerksamkeit auf die Familie ziehen, wegen ihres verschwundenen Mannes. Die ganze Sache war ihr noch dazu ein bisschen peinlich, weil Pra-ji recht gehabt hatte, was dieses Mädchen aus Ipoh betraf. Sie sah nicht gut aus. Sie war ziemlich übergewichtig und sie sah immer aus, als ob sie sich gleich über irgendetwas beschweren würde. Sie war unfreundlich und stieß während der Trauung immer wieder Seufzer aus, als ob sie es nicht erwarten könnte, dass die Zeremonie beendet wäre und sie nach Hause gehen und ein Nickerchen halten dürfte. Sie kommandierte Jini herum und versuchte oft, sie zu maßregeln, weil die Mutter ständig weg war. Und sie fühlte sich unwohl in Bilus Nähe – in den ersten Monaten sprach sie mit ihm, ohne ihm je in die Augen zu sehen. Jetzt überlässt sie ihn Jini, rechnet es sich aber als Verdienst an, wenn die Mutter sagt, dass er sich gut benimmt, und das ärgert Jini. Bilu ist nur ruhig, weil Jini ihm etwas vorsingt und ihm vorliest und ihn manchmal heimlich mit in den Laden gehen lässt, wenn er ihr versprochen hat, sich gut zu benehmen und die ganze Zeit an ihrer Hand zu bleiben.

Ihre Mutter kommt aus dem Tempel zurück, mit Nachschub an Roti, Dhal und Joghurt, in Plastiktüten verpackt, die an den Enden zugebunden sind, so dass sie aussehen wie dicke Zwiebeln. Sie bringt die Tüten in die Küche und bittet Bhabi-ji, das Essen zu servieren. »Hilf ihr, Jini«, sagt sie, ehe sie sich in ihr Schlafzimmer zurückzieht.

»Willst du nichts essen?«, ruft Jini.

»Ich hab im Tempel gegessen«, antwortet ihre Mutter. Sie isst jetzt jeden Abend im Tempel, nachdem sie gebetet hat.

Sie verzehren stumm ihr Abendessen. Sarjit liest Zeitung und bleibt vollständig für sich. Jini macht Grimassen für Bilu, der kichert und dann sein Essen über den Tisch sprüht.

»Aufhören«, sagt Bhabi-ji zu Bilu. »Ich warne dich!« Es ist ihre Aufgabe, ihn bei den Mahlzeiten zu füttern, weil er mit seinen eigenen Fingern eine solche Sauerei macht. Er kann das Brot immer noch nicht brechen oder das Dhal aufnehmen, ohne alles auf dem Tisch zu verteilen. Manchmal lässt er beim Essen den Kiefer hängen und weigert sich zu kauen, so dass das Essen ihm einfach das Kinn hinunterläuft. Wenn er kichert, besteht die Chance, dass er so weit abgelenkt ist, dass Bhabi-ji ihn füttern darf. Aber sie sieht das nicht so. Jetzt merkt sie, dass Jini Grimassen schneidet, und stemmt sich vom Tisch hoch. »Das reicht«, sagt sie. »Ich hab genug von deinen Respektlosigkeiten.« Sie stürzt in das Zimmer der Mutter. Jini hört sie mit leiser, zorniger Stimme sprechen, und in ihrer Magengrube macht sich Angst breit.

Ihre Mutter kommt aus ihrem Zimmer, streicht sich die Haare aus den Augen. Sie sieht seltsam munter aus. Sie hebt eine Hand und schlägt Jini auf die Wange. »Habe ich von deiner Schwägerin gehört, dass du draußen herumgerannt bist und mit den Jungen aus der Nachbarschaft geredet hast? Mit ihnen gespielt? Was ziehe ich da bloß für eine Tochter groß?«

»Ich habe nicht mit ihnen gespielt!«, brüllt Jini ihre Bhabi an. Die Lautstärke trägt ihr eine zweite Maulschelle ein. Sarjit seufzt, faltet seine Zeitung zusammen und flieht in sein Zimmer. »Ich bin gerannt«, sagt Jini leise.

»Gerannt? Wozu denn?«

»Um zu trainieren.« Jetzt strömen ihr Tränen über die Wangen.

»Trainieren? Unsinn. Du gehst mir nicht mehr aus dem Haus! Kein Wunder, dass Tantchen Lakhbeer mich im Tempel so komisch angeschaut hat. Ich hatte ja keine Ahnung, dass meine Tochter mir so viel Ärger macht. Ist es nicht schlimm genug, dass dieser Bastard von einem Vater uns verlassen hat?«

Jini und Bhabi-ji starren sie beide geschockt an. Die Mutter hat noch nie so ein Wort für ihren Mann benutzt. Sie sieht jetzt selbst leicht verwirrt aus, als ob jemand anderes es gesagt hätte.

An diesem Abend hilft Jini schweigend beim Abwasch, ohne in die selbstzufriedene Miene ihrer Schwägerin zu sehen. Sie kann sie nicht ausstehen. Sie wünschte, ihr Bruder hätte jemand Netteres geheiratet. Sie weiß, dass ihre Mutter genauso denkt, aber Bhabi-ji gehört jetzt zur Familie, und es steht ihnen nicht zu sich auszusuchen, wer zu ihrer Familie gehört. Pra-ji hat das leise zu ihrer Mutter gesagt, als er Sarjit bei einer kleinen Ehevermittlungszeremonie seiner zukünftigen Frau vorgestellt hat. Er war so freundlich, einen Teil der Zeremonie in seinem eigenen Haus abzuhalten. Er wollte nicht einmal Geld von Jinis Mutter annehmen, doch sie bestand darauf, also nahm er das Geld und versprach, es dem Tempel zu stiften. Jini erinnert sich noch gut an das Gesicht ihrer Mutter, als sie Bhabi-jis platte Nase, den Schatten auf ihrer Oberlippe, die breiten Hüften und die stämmigen Arme gesehen hat. »Sie ist ein nettes Mädchen«, sagte die Mutter, obwohl sie die Schwiegertochter noch gar nicht richtig kennengelernt hatte. Es klang, als ob sie sich selbst überzeugen wollte.

Bhabi-ji weiß, dass Jinis Mutter enttäuscht ist, deshalb tut sie alles, um sie zufriedenzustellen. Wenn Jinis Mutter sie bitten würde, im Regen um das Haus zu rennen, bekleidet mit nichts als einem Bettlaken und einer Plastiktüte auf dem Kopf, würde sie es sofort tun. Sie hat Jini schon früher verpfiffen – vor ein paar Wochen hat sie der Mutter gepetzt, dass Jini ein chinesischer Fluch rausgerutscht ist, als sie sich beim Zwiebelschneiden aus Versehen in den Finger geritzt hat. Ihre Mutter war wütend, dass Jini überhaupt chinesische Wörter kannte, schmutzig oder nicht, denn andere Sprachen sind im Haus streng verboten. »Sowas wie ›singapurisch‹ gibt es nicht. Du bist indisch, malaiisch oder chinesisch. Wenn sich alles vermischt, vergisst du am Ende deine Traditionen.« Jini hatte ihre Mutter noch nie so unversöhnlich erlebt, aber jetzt, wo ihr Vater weg war, machte die Mutter dieses neue Land dafür verantwortlich, ihn verführt und schwach gemacht und am Ende verjagt zu haben. Mutter hat Bhabi-ji die Erlaubnis erteilt, Jini Chili auf die Lippen zu reiben, wenn sie in diesem Haus je wieder ein Wort in einer anderen Sprache von ihr hört.

Als sie jetzt das Geschirr abspülen, passt Jini gut auf, dass ihre Arme bedeckt bleiben, weil sie spürt, wie die Pusteln zurückkehren. Seit dem Essen ist der Drang, sich zu kratzen, immer schlimmer geworden, und sie möchte ihren ganzen Leib schrubben, bis sich ihre Haut abpellt und eine neue Schicht zum Vorschein kommt. Wenn Bhabi-ji ihre Flecken sieht, wird sie das garantiert ausnutzen, um ihr Ärger machen, um die Aufmerksamkeit von sich selbst abzulenken, damit niemand ihre eigenen Fehler bemerkt. Dieses eine Mal ist Jini dankbar für das trübe Licht in ihrer Küche, für das bleiche Mondlicht, das es schwer macht, einen Flecken auf der Haut von einem harmlosen Schatten zu unterscheiden. Bei ihrer Schwägerin wird sie sich immer im Schatten halten und hinter Lichtspiegelungen verstecken müssen.

• • •

Als Jini zum ersten Mal klarwurde, wie schnell sie rennen konnte, war sie in der Schule und sie machten im Sportunterricht einen Hundert-Meter-Sprint. Ihr Lehrer war so beeindruckt, dass er sie nach dem Unterricht da behielt, um sie gegen einige der älteren Jungen antreten zu lassen. Einer von ihnen, ein lockiger Junge, lächelte mehr als er redete. Manche nannten ihn *Blackie*, aber er grinste sie nur breit an. Er hatte dunkle Haut, und die Haare standen ihm in so viele Richtungen vom Kopf ab, dass er ein Tamile sein musste. Das dachte Jini jedenfalls, deshalb war sie überrascht, als er sie eines Tages nach der Schule auf Punjabi ansprach.

»Wie kommt es, dass du so schnell rennen kannst?«, fragte er.

»Du bist ein Punjabi?«, fragte sie.

»Klar. Seh ich nicht so aus?«

»Nein«, sagte sie. »Ehrlich, tust du nicht. Deine Haare.«

Er lachte. »Punjabis haben keine Locken?«

»Nein … ich meine, doch. Mein Bruder hat welche. Aber deine Haare sind kurz. Deine Eltern erlauben es dir, dir die Haare schneiden zu lassen?«

»Klar. Die sind nicht besonders religiös. Und es ist schwierig, Haare wie meine lang zu tragen. Die verwursteln sich total. Also haben sie mir schon immer die Haare geschnitten.«

Jini schüttelte den Kopf. »Meine Mutter würde mich umbringen. Sie würde mich von der Schule nehmen und für den Rest meines Lebens jeden Tag in den Tempel schicken.«

»Meine Eltern gehen nicht sehr oft in den Tempel. Wir beten lieber zu Hause.«

Wer um alles in der Welt tat denn sowas? Jini sprach danach nicht mehr viel mit ihm, aber sie sah ihn ab und zu in der Schule. Er grüßte sie nie, worüber sie froh war, weil sie nicht wollte, dass andere sie aufzogen und ihnen Geschichten andichteten. Aber sie sah ihn einige Male im Viertel, wenn er mit den anderen Jungs Fußball spielte, und wenn sich ihre Blicke begegneten, neigte er leicht den Kopf und schickte ein kurzes Lächeln in ihre Richtung. Sie war ihm dankbar für seinen Takt.

Seit ihre Mutter das mit dem Rennen herausgefunden hat, kann sie nur noch im Sportunterricht in der Schule rennen. Ihr Lehrer, Mr Goh, will sie dazu überreden, dem Rennteam beizutreten. »Es gibt Wettrennen und Marathons. Ich könnte dich trainieren, so dass du zu einer richtig guten Läuferin wirst. Du hast das Zeug dazu.« Aber immer, wenn er ihr damit kommt, lehnt sie ab. »Meine Eltern«, sagt sie nur. Er nickt und schenkt ihr ein verständnisvolles Lächeln. »Ich weiß«, sagt er. Viele Punjabi-Kinder gehen auf diese Schule, und oft müssen sie darum bitten, irgendetwas anders machen zu dürfen als die anderen. Einige Mädchen sitzen während der Sportstunden auf der Bank oder tragen sogar an den heißesten Tagen Jogginghosen, weil ihre Eltern es ihnen nicht erlauben, die üblichen Shorts anzuziehen. Es gibt Jungen, die zugegeben haben, noch nie schwimmen gewesen zu sein, weil es zu umständlich ist, sich danach die langen Haare zu waschen, trotzdem versucht Mr Goh Jini dazu zu überreden, sich dem Team anzuschließen. »Ich will nicht, dass du zu Hause Ärger bekommst«, sagt er sanft. »Aber vielleicht gefällt deinen Eltern einfach die Vorstellung nicht. Wenn du dann Erfolg hast, werden sie möglicherweise zugänglicher.«

»Ich weiß nicht«, sagt sie. »Ich werde es mir überlegen.«

Am nächsten Tag leiht sie sich ein Paar Shorts und ein T-Shirt von einer chinesischen Klassenkameradin. Sie wird sich etwas überlegen müssen, um die Sachen zu Hause unbemerkt zu waschen, aber im Moment hat sie andere Probleme. Ihre Beine sind völlig verpustelt: voll von großen, kreisrunden Malen und langen roten Linien, wo sie sich im Schlaf gekratzt haben muss. Sie beschließt, auf den Sportplatz rauszulaufen und so zu tun, als ob es die Pusteln nicht gäbe. Sie benutzt sie als Motivation, um schneller zu rennen – wenn sie langsamer wird, können die anderen ihre unreine Haut sehen. Wenn sie sich schnell genug bewegt, um ein Schemen zu werden, wird niemand sie sehen. Das ist noch ein Grund, aus dem sie es liebt zu rennen – sie kann sich unsichtbar machen.

Auf der Aschenbahn feuert Mr Goh sie lautstark an, und bald werden die Vorüberkommenden langsamer, um zuzusehen. Jini steigert ihr Tempo, damit sie sie nicht erkennen.

Ihr ist klar, dass ihre Mutter irgendwann dahinterkommen wird, denn in ihrem Viertel gibt es keinen einzigen Punjabi, der ein Geheimnis für sich behalten kann, aber gerade will Jini einfach nur rennen. Sie denkt an Sarjit, der so schweigsam ist, wie er kaum noch mit ihr spricht, jetzt, wo seine Frau die Herrschaft über alles an sich gerissen hat. Sie rennt es weg. Ihren Vater in Indien, der sein Leben genießt, während sie nur noch ein verblasster Farbklecks in seiner Erinnerung ist. Sie rennt schneller. Der Zorn ihrer Mutter, die Verbitterung ihrer Schwägerin, die Ödnis, die das alles in ihr dahinwelkendes Haus bringt. Sie spürt, dass sie ihren eigenen Geschwindigkeitsrekord bricht, und als sie endlich langsamer wird, hat sie das Gefühl, über allem und allen anderen zu schweben.

»Ich bin beeindruckt«, meint Mr Goh. Er klopft ihr auf den Rücken und sagt, sie solle am nächsten Tag wiederkommen.

Jini wäscht die geliehene Kleidung unter dem Wasserhahn hinter dem Schulhaus. Die spröden Grasstoppeln pieksen sie in die Füße, als sie in die Hocke geht und den Schmutz mit ihren Fingerknöcheln herausschrubbt. Dann reibt sie sich Arme und Beine mit Wasser ein, um die Pusteln zum Verschwinden zu bringen.

Als sie das Schulgelände verlässt, muss sie sich eine Lüge ausdenken, die sie ihrer Schwägerin verkaufen kann, wenn sie nach Hause kommt. Sie musste länger bleiben wegen einer Extrastunde. Auf der Straße war ein Unfall und sie musste einen Umweg nach Hause nehmen. Ein plötzliches Hupen reißt sie aus ihren Grübeleien. Sie fährt herum und sieht dasselbe weiße Auto wie das letzte Mal, als sie zum Rennen draußen war. Sie legt die Hand an die Stirn zum Schutz vor der Mittagssonne und schaut angestrengt ins Auto, um zu sehen, wer darin sitzt. Ein Fenster wird heruntergekurbelt, und es ist Pra-ji.

»Sat sri akal, Jini!«, ruft er. Sie geht zu dem Auto hinüber und betrachtet den glänzenden Lack. Das Auto ist sehr imposant. »Sat sri akal«, sagt sie und faltet ehrerbietig die Hände.

»Wie geht es dir? Kommst du gerade aus der Schule?«

»Ja. Ich hatte eine Extrastunde.«

Pra-ji lächelt verkniffen. »Ach so. Soll ich dich nach Hause fahren? Ich bin unterwegs zum Tempel.«

Sie klettert ins Auto. Drinnen riecht es frisch und neu, wie feuchte Erde nach einem langen Monsun. Er sagt nicht viel auf dem kurzen Weg zu ihrem Haus, aber kurz bevor sie ankommen, fragt er sie nach ihrem Geburtstag.

»Schon vorbei. 15 Mai.«

»Mai also. Und du bist sechzehn?«

Sie wird rot. Sie wird oft für älter gehalten, weil sie so groß ist und wegen ihres Körpers, der sich jetzt unübersehbar entwickelt. Ihre Brüste werden sichtbarer, sogar unter dieser Faltenschürze.

»Vierzehn«, sagt sie.

»Dann bist du in zwei Jahren mit der Mittelschule fertig. Was hast du danach vor?«

Jini zuckt mit den Schultern. »Ich denke, ich werde arbeiten gehen müssen.«

Pra-ji nickt langsam, und für eine lange Weile sagt keiner mehr etwas. Plötzlich sieht sie, dass sie vor ihrem Haus stehen. Sie bedankt sich und rennt hinein, wobei sie sich im Kopf eine Lüge zurechtlegt.

• • •

Jini darf das Haus inzwischen nur noch verlassen, wenn sie für ihre Mutter oder ihre Schwägerin etwas erledigen soll. Es hat ihr immer davor gegraut, die Straße runter zu Laden-Onkels Geschäft zu gehen, aber jetzt reißt sie sich darum, glücklich, rauszukommen. Ihre Mutter sagt ihr immer, sie solle sich beeilen. »Und nicht draußen reden oder spielen«, sagt sie. Bhabi-ji wiederholt die Ermahnungen der Mutter, wenn die nicht in der Nähe ist. Heute soll Jini eine Packung Zucker kaufen. Sie haben keinen mehr und Pra-ji kommt zum Tee.

Im Laden stehen verschiedene Sorten Zucker in den Regalen. Laden-Onkel hantiert wütend mit einem Rechenschieber herum und kritzelt dabei in ein blaues Kontobuch. »Mädchen, was willst du? Beeil dich. Steh hier nicht rum.«

»Ich brauche Zucker«, sagt sie.

»Zucker. Hier – alles voll davon.«

»Den billigsten«, sagt sie und scannt die Reihe mit den Augen. Die Preise stehen nicht auf den Packungen.

Laden-Onkels Mine glättet sich. »Wieviel hast du?«, fragt er.

Jini zögert, aber Laden-Onkel wirkt aufrichtig. Er schiebt sein Kontobuch zur Seite. »Wieviel?«, fragt er noch einmal. Sie öffnet die Faust, um die Münzen zu zeigen, die sie umklammert hat. Wenn Laden-Onkel das Geld sieht, wird er ihr erzählen, dass sie hier nichts zu suchen hat. *Billige Inderin* hat er sie einmal genannt; ihr Gesicht glüht bei der Erinnerung.

Aber Laden-Onkel sagt nichts. Er tritt vom Tresen zurück und kommt mit einer Packung Zucker und einer Plastiktüte zurück. Er reißt die Packung oben auf und kippt den Zucker in die Plastiktüte, immer wieder inne haltend, um die Tüte in den Händen zu wiegen und einen Blick auf Jinis Münzen zu werfen. »Das reicht«, sagt er dann, nimmt Jini ein paar Münzen ab und lässt den Rest auf ihrer Handfläche liegen.

Sie öffnet den Mund, um sich zu bedanken, aber er winkt ab. »Du kannst wiederkommen und Sachen genauso kaufen«, sagt er. »Nächstes Mal bringst du eigene Tüte.« Jini nickt.

Sturmwolken beginnen sich jetzt am Himmel aufzutürmen, und ein greller Blitz weit hinter dem Kampong sorgt dafür, dass Kinder durch die Straßen laufen und »Elektrisch! Elektrisch!« rufen. Der Himmel hat die Farbe von Asche. Regentropfen treffen ihr Gesicht, zuerst sanft, dann härter, wie kleine Kugeln. Sie rennt zurück nach Hause, ohne aufzublicken, und knallt gegen Pra-ji, der am Tor steht.

»Sat sri akal«, sagt sie schnell und wie zur Entschuldigung. Er erwidert den Gruß und geht mit ihr ins Haus. Im Wohnzimmer sitzt Bilu auf dem Boden und weigert sich, irgendjemanden anzusehen. Sein Gesicht ist nass von Tränen.

»Er hat wieder versucht dir nachzulaufen«, sagt Bhabi-ji vorwurfsvoll. »Ich musste ihn am T-Shirt festhalten, und da ist es hinten gerissen. Er wird zu stark.«

»Zu stark?«, fragt Jini. Es gefällt ihr gar nicht, wie Bhabi-ji Dinge wie diese sagt. Sie scheint immer anzudeuten, dass sie mit Bilu nicht mehr fertigwerden, dass sie ihn wegschicken sollten. Sie bemerkt, wie Pra-ji sie forschend ansieht.

»Komm mit in die Küche und hilf mir beim Tee«, sagt Bhabi-ji.

»Eigentlich wollte ich mit Jini reden«, sagt Pra-ji. »Wenn du nichts dagegen hast?«

Bhabi-ji wirft Jini einen argwöhnischen Blick zu und sagt: »Natürlich nicht.« Dann verschwindet sie in der Küche, klappert aber laut mit Töpfen und Pfannen, um ihrem Unmut Ausdruck zu verleihen.

»Mutter arbeitet heute in Bukit Timah. Möglicherweise hängt sie irgendwo fest, wegen des Regens«, sagt Jini zu Pra-ji. Er scheint nicht zuzuhören.

»Wie geht es dir, Jini?«, fragt er sie nach einem kurzen Schweigen.

»Gut«, sagt sie und ringt sich ein Lächeln ab.

»Du kommst in der Schule gut mit?«

Es tut ihr weh, das zuzugeben. Sie hat gute Noten, und sie ist die schnellste Läuferin. »Du kannst dir aussuchen, was du tun willst«, hat Mr Goh erst kürzlich zu ihr gesagt. Sie mochte ihm nicht antworten, dass er sich irrte.

»Ja, so einigermaßen«, sagt sie bescheiden und spielt mit ihren Daumen.

»Du bist eine schnelle Läuferin«, sagt er zu ihr. Sie löst ihre Hände voneinander und schaut schuldbewusst zu Boden.

»Sie haben mich gesehen?«, fragt sie. »Bitte …«

Pra-ji lacht. »Keine Sorge, Jini. Ich bin nicht hergekommen, um dich in Schwierigkeiten zu bringen. Ich weiß, dass deine Mutter es nicht gutheißt.«

Jini fühlt sich, als würde sie gleich tot umfallen vor Verlegenheit. Pra-ji hat sie in ihren Laufshorts gesehen! »Sie weiß es nicht«, sagt Jini, und ihre Stimme ist kaum mehr als ein Flüstern.

Pra-ji hebt eine Augenbraue. »Du bist also ungehorsam gegenüber deiner Mutter?«

Jini nickt. Vom Scheitel bis zur Sohle läuft sie rot an vor Scham. Ihre Haut brennt.

»Ich renne einfach wirklich gerne«, erklärt sie ihm leise. »Es sorgt dafür, dass ich mich besser fühle.«

»Du hast es sehr schwer«, sagt Pra-ji und nickt. »Ich verstehe.«

»Ich weiß, dass es nicht richtig ist, meine Mutter zu belügen«, sagt Jini »Aber bitte, sagen Sie ihr nichts!«

Bilu stößt ein kehliges Stöhnen aus, und beide erschrecken. Jini zieht ihn vom Boden hoch und setzt ihn auf den

Stuhl, aber er lässt sich einfach wieder runtergleiten und kriecht unter dem Tisch herum.

»Ich werde ihr nichts sagen«, erwidert Pra-ji, während er weiter Bilu unter dem Tisch im Auge behält, der jetzt seinen Finger langsam über den Boden kreisen lässt. »Aber du musst trotzdem wissen, dass Gott uns straft, wenn wir unseren Eltern keinen Respekt erweisen. Als ich dich neulich nach der Schule gesehen habe, habe ich mir Sorgen gemacht und deshalb Guru-ji angefleht, barmherzig zu sein.« Sein Blick wandert von ihren Augen zu ihren Armen. Jini spürt, wie ihr Herz für einen Moment aussetzt, und ihre Kehle schnürt sich zusammen. Aber Pra-ji sieht nicht böse aus, nur besorgt. »Lass mich mal sehen«, sagt er.

Widerstrebend steift Jini die Ärmel hoch und zeigt Pra-ji die roten Stellen auf ihrer Haut. »An den Beinen habe ich das auch«, sagt sie. Sie hat Angst, in Tränen auszubrechen, und wenn Bhabi-ji mit dem Tee kommt, wird sie wissen wollen, was los ist.

»Es ist noch schlimmer, als ich dachte«, sagt Pra-ji. »Weißt du, was das ist?«

»Nein«, sagt Jini, obwohl sie es sich schon denken kann.

»So straft Gott dich, wenn du lügst und schmutzige Gedanken hast. Weißt du, was schmutzige Gedanken sind, Jini?«

Sie muss darüber nachdenken. Die Wut, die sie anfangs auf ihren Vater hatte, hat sich gelegt, aber als sie jetzt an ihn denkt, lodert sie wieder auf. Das Bild ihres Vaters, wie er tot irgendwo herumliegt, ist der schmutzigste Gedanke, den sie je gehabt hat. Sie nickt widerstrebend, und ihr Gesicht glüht vor Scham.

Pra-ji schließt die Augen und drückt mit der Hand ihren Kopf nach unten, wie es Gott immer zu tun scheint, auf dem Porträt, das an ihrer Wohnzimmerwand hängt. Sie sieht Ihn dort so oft, dass sie Ihn kaum noch bemerkt, und neuerdings, bei all ihren schrecklichen Gedanken und Lügen, hat sie angefangen, Ihn ganz und gar zu ignorieren. »Du musst dich ändern oder deine Haut wird schlimmer werden. Für jeden unreinen Gedanken, den du hast, wird Gott dir unreine Haut schicken. Hast du von meinem Dienstmädchen gehört, Rani? Weißt du, was sie getan hat?«

Jini nickt. Es sind unzählige Geschichten über Rani im Umlauf. Ihre Eltern haben sie verstoßen, als herauskam, dass sie mit ihrem malaiischen Freund durchbrennen wollte. Sie hatte ihnen dreist erklärt, dass sie zum Islam übertreten und den Jungen heiraten wolle, um von ihnen wegzukommen. Sie haben sie verprügelt und sie aus dem Haus gejagt. Pra-ji hatte versucht zu vermitteln, aber die Eltern wollten nichts mehr mit ihr zu tun haben, und so hat er sie als Dienstmädchen zu sich genommen.

»Sie konnte früher problemlos gehen. Dann, kurz nachdem sie zu mir geschickt worden war, klagte sie, dass mit ihrem Fuß etwas nicht stimmte. Etwas Unerklärliches – sie hatte Schmerzen in den Beinen und nach einer Weile wurde ihr linker Fuß lahm. Sie wollte zu einem Arzt gehen, aber ich fragte sie: ›Wozu soll das gut sein?‹ Das hier war Gottes Werk, da war ich sicher. Ich habe mit ihr gesprochen und fand heraus, dass sie noch immer Kontakt zu diesem Malaien hatte. Beim Einkaufen schaute sie immer kurz bei ihm vorbei. Ich habe sie zurechtgewiesen und ihr erklärt, es sei doch offensichtlich, dass Gott sie strafe. Er wollte, dass sie aufhörte, sich herumzutreiben. Bei dir macht Gott dasselbe, Jini. Er benutzt Krankheit und Deformierungen, um uns eine Lehre zu erteilen.«

Jini schaut auf Bilu hinunter. Das kann doch ganz bestimmt nicht ganz richtig sein! Was sollte Bilu denn getan haben, um das zu verdienen? Pra-ji scheint den Zweifel in ihren Augen zu lesen.

»Wenn du willst, kannst du zu einem Arzt gehen. Er wird dir Medizin geben und dafür sorgen, dass alles für eine Weile verschwindet. Aber Gott wird sich auf andere Weise offenbaren. Du musst dich ändern.«

Sie war noch nie auf die Idee gekommen, zu einem Arzt zu gehen. Wenn sie erkältet ist, sagt sie das nicht einmal ihrer Mutter, denn sie weiß schon, wie die reagieren wird. »Was soll ich denn machen?« Das würde jede Mutter im Viertel sagen. Wegen einer Erkältung zum Arzt zu gehen, wäre rausgeschmissenes Geld, mit dem man Lebensmittel kaufen oder die Stromrechnung bezahlen könnte. Einmal, als sie noch sehr klein war, hat sie so schrecklich gehustet, dass sie dachte, ihre Lunge würde bersten. Ihre Mutter hat ihr heißen Tee eingeflößt und ihr die Brust mit Minzöl eingerieben, bis sie einschlief. Das sind die einzigen Heilmittel, die sie zu Hause haben. Ein weiteres Heilmittel, das noch weniger kostet, ist der Glaube.

Bhabi-ji kommt mit einem Tablett mit Teetassen und frittierten Pakoras aus der Küche. Jini fragt sich, woher sie die Pakora-Mischung hat, denn als sie zuletzt in der Küche war, waren die Schränke leer. Sie schaut aus dem Fenster. Ihre Mutter sitzt jetzt wohl irgendwo in jemandes Haus fest und betet dafür, dass der Regen bald aufhört. Sie hasst es, irgendwen – besonders Pra-ji – warten zu lassen.

Als Jini an diesem Abend im Bett sitzt, zwingt sie sich dazu, nicht mehr an ihren Vater zu denken. Sie legt sich einen Text für Mr Goh zurecht, um ihm mitzuteilen, dass sie nicht mehr rennen kann, weil sie ihrer Mutter gehorchen muss. Sie gelobt sogar, ihrer Schwägerin mehr zu helfen, sich nicht mehr über die Küchenarbeit zu beklagen, in der Schule weniger aufzupassen und ihr Schicksal hinzunehmen. In wenigen Jahren wird sie arbeiten, und sie wird verheiratet werden. Dann wird Gott wieder mit ihr zufrieden sein, weil sie alles richtig gemacht hat.

• • •

Ihre Mutter hat den Nachmittag frei und nutzt das, um sich zu Hause auszuruhen, ehe sie am Abend in den Tempel geht. Bhabi-ji ist draußen im Hof und hängt Wäsche zum Trocknen auf. Das grelle Sonnenlicht macht alle Konturen schärfer. Jini kann kaum nach draußen schauen, ohne die Augen gegen die Sonne abzuschirmen. Sie sehnt sich nach der Erleichterung, die Regen und kühle Luft mit sich bringen. Stimmungen ändern sich mit dem Wetter und schwächen sich ab. Die streunenden Hunde draußen hören auf mit ihrem lauten Gebell und liegen in den gemusterten Schatten der Bäume. Der Nachbarschaftsklatsch wird weniger boshaft. Gerade jetzt kann sie hören, wie ihre Schwägerin mit den Nachbarinnen Geheimnisse austauscht.

»Und ich habe gehört, dass sie ihn jetzt doch heiratet.«

»Ihre Eltern sind einverstanden?«

»Anfangs nicht, aber jetzt haben sie sich damit abgefunden.«

»Habt ihr das von Manmohan Singhs Sohn gehört? Der hat ein Motorrad.«

»Wirklich?«

»Fährt überall damit herum, als wäre er der König der Welt. Eines Tages wird er einen Unfall bauen, und dann wird er's schon begreifen.«

»Kinder hören nie zu.«

»Da sagst du was Wahres.«

Jini hat das Gefühl, dass ihre Schwägerin sie meint, wenn sie sagt, dass Kinder niemals zuhören. Ihre Mutter kann das auch hören. Sie sind beide in der Küche. Jini ist inzwischen eine Expertin darin, aus dem Weizenmehl einen dicken Teigklumpen zu machen.

»Ich sollte dir beibringen, wie man ihn zu einem flachen Fladen ausrollt. Das kannst du immer noch nicht«, sagt ihre Mutter. Sie streut etwas Mehl auf die Arbeitsfläche, dann nimmt sie sich einen kleinen Teigball. Mit dem Handballen drückt sie ihn platt, um ihn dann mit der flachen Hand zu glätten. Jini sucht im Schrank nach der Teigrolle und reicht sie ihrer Mutter.

»Das ist wichtig«, sagt ihre Mutter. »Passt du auch auf? Das ist nicht so einfach, wie es aussieht. Du rollst ihn aus, aber dabei müssen deine Handgelenke locker sein und du darfst die Griffe nicht zu fest packen.«

Jini nimmt ihr die Teigrolle ab und presst sie auf den Teig. Der Teig bleibt an der Rolle kleben. Sie zupft ihn herunter und macht noch einen Versuch. Er bleibt wieder kleben, und diesmal fährt sie einfach weiter mit der Teigrolle vor und zurück. Als sie fertig ist, hat das, was auf der Arbeitsfläche vor ihr liegt, kaum Ähnlichkeiten mit einem Roti-Fladen. Es ist weder kreisförmig noch oval und an einigen Stellen ist der Rand viel dünner als an anderen.

»Ich kann das nicht«, sagt sie schlicht.

»Dann versuch es nochmal«, sagt ihre Mutter und macht aus dem Teig wieder eine Kugel. Wie leicht er seine ursprüngliche Form annimmt, als ob er niemals eine andere gehabt hätte.

Jini ist sich der Narben auf ihren Armen bewusst, als sie den Teig wieder und wieder ausrollt, in dem Versuch, ein zufriedenstellendes Roti herzustellen. Zum Glück hat sie lange

Ärmel und auf ihren Händen sind weniger Narben, die zudem als Kratzer durchgehen können. »Das war Bilu«, erzählt sie ihrer Mutter. »Er hat mich gekratzt.« Das ist nicht ganz falsch. Bilu war in letzter Zeit sehr oft wütend und hat damit gedroht, alle zu beißen und zu kratzen, die in seine Nähe kommen.

»Ich weiß nicht, was ich mit ihm machen soll«, sagt ihre Mutter kopfschüttelnd. »Er isst kaum noch.«

»Ich meine, du solltest es mit Zucker versuchen«, erwidert Jini. »Er mag es, wenn ich Zucker auf sein Essen streue.«

»Zucker ist nicht gut«, sagt ihre Mutter. »Er muss anfangen, wie andere Kinder zu essen.« Sie nimmt Jini die Teigrolle ab. »Du machst das nicht richtig«, schimpft sie. »Sieh dir bloß dein Roti an. Platt in der Mitte, dick an den Rändern. Versuch's nochmal!«

Jini weiß, dass sie hundert Versuche machen kann und es doch nicht kapieren wird. Normalerweise würde sie einen Vorwand finden, um die Küche zu verlassen, aber sie bemüht sich ja in letzter Zeit, brav zu sein, und bisher klappt es auch. Die Narben sind verblasst. Gestern Abend sind sie wieder röter geworden, aber sie hat beschlossen, dass die Schwüle daran schuld war und der Schweiß ihre Haut gereizt hat. Sie findet jetzt Gründe für alles, was ihre Haut macht. Wenn die Pusteln weniger werden, lobt sie sich, weil sie an diesem Tag nur gute Taten getan und nur reine Gedanken gehabt hat. Wenn sie trotz ihrer guten Vorsätze verrücktspielen, schiebt sie das auf das Wetter oder die Moskitos oder durchforstet ihr Gewissen nach möglichen bösen Gedanken, die sich dort verstecken könnten. Und immer findet sie etwas.

Ihre genervte Mutter nimmt ihr die Teigrolle schließlich weg und schickt sie auf den Hof, um ihrer Schwägerin mit der Wäsche zu helfen. »Ich mach das hier fertig«, sagt sie.

»Und dann muss ich Bilu baden.« Bilu ist draußen im Hof und spielt im Dreck. Jini hat so ein Gefühl, dass es ihre Mutter heute nicht leicht haben wird. Er fühlt sich viel zu wohl, um freiwillig mit ins Haus zu kommen.

Sie ist gerade dabei, stumm die Wäscheklammern am Ende der Wäscheleine zu befestigen, so weit von ihrer Schwägerin entfernt, wie nur möglich, als sie hört, wie jemand hinter dem Zaun ihren Namen ruft.

»Jini, pst, Jini!« Sie fährt herum und sieht den Jungen mit den Locken durch den Zaun lugen und ihr zuwinken. Sie schaut sich um. Bhabi-ji ist ins Gespräch mit den Nachbarinnen vertieft. Sie kann ihre Mutter durch das Küchenfenster sehen, aber die scheint mit Kochen beschäftigt zu sein.

»Was willst du?«, fragt sie den Jungen.

»Wie kommt es, dass ich dich nie mehr rennen sehe?«

»Ich kann nicht rennen«, sagt sie.

»Und wie du das kannst.«

»Nein, ich meine, meine Mutter lässt mich nicht.«

»Oh«, sagt der Junge finster. Er sieht aus, als suche er nach einer Lösung, aber nach einer Weile gibt er auf. Jini verspürt einen Stich. Für einen Moment hatte sie gehofft, dass er etwas Ermutigendes auf Lager hätte. Dann hellt sich seine Miene auf.

»Will'ste 'nen Zaubertrick sehen?«, fragt er sie. »Ich kenne ganz schön viele.« Er holt eine Münze hinter ihrem Ohr hervor, aber sie hat das Geldstück schon die ganze Zeit in seinem Ärmel gesehen. Er ballt die Hände zu festen Fäusten und fordert sie auf zu raten, in welcher er die Münze hat. Sie tippt beide Male falsch, weil in keiner Faust das Geldstück ist.

»Der ist wirklich ganz gut«, sagt sie. Dann sieht sie ihre Mutter auf den Hof kommen. »Ich muss los«, sagt sie plötzlich, rennt zurück in die Küche und beginnt sich im Spülbecken die Hände zu waschen, die Stellen zwischen ihren Fingern zu schrubben. Das ist ein Ritual, das sie sich zurechtgelegt hat für jedes Mal, wenn sie bei einer Handlung erwischt werden könnte, die ihre Mutter, Pra-ji oder Gott vielleicht nicht gutheißen würden. Ihre Mutter kommt in die Küche. »Jini«, sagt sie streng und dreht den Hahn zu. »Mit wem hast du da geredet?«

»Mit einem aus der Schule. Einem Klassenkameraden. Er wollte etwas wegen Mathe fragen.«

»Das ist keiner, mit dem du reden solltest«, sagt ihre Mutter. Jini wird klar, dass ihre Mutter zu müde ist, um böse zu werden. Sie lässt sich auf einen Stuhl sinken.

»Warum? Was hat er angestellt?«, fragt Jini.

»Er hat nichts angestellt, aber seine Familie … die sind anders als wir. Eine niedrigere Kaste. Sie haben dunklere Haut, und sie sind nicht besonders religiös«, sagt ihre Mutter. Es stimmt also, was er ihr über den Tempel erzählt hat. »Wir sind Jat. Sie nicht. Als Pra-ji nach einer Braut für Sarjit Ausschau gehalten hat, hatte er ein hübsches Mädchen aus dieser Kaste im Auge, aber ich habe nein gesagt. Ich will lieber ein fettes Mädchen aus der richtigen Kaste als ein hübsches von denen.«

Ihre Mutter kann es ihr vom Gesicht ablesen. »Ich weiß, du findest das unsinnig«, sagt sie leise. »Aber wir haben so wenig, Jini. Wir sind mit fast nichts hergekommen, und zwanzig Jahre später haben wir noch weniger. Wer wir sind, ist alles, was wir haben.« Sie geht hinaus in den Hinterhof, um Bilu zu holen, dessen Gesicht und Glieder schmutzverkrustet sind. Er beginnt zu zappeln und öffnet den Mund, um zu schreien.

Jini war noch nie so sicher, dass ihre Mutter sich irrt. Sie kommt vielleicht aus einer höheren Kaste, aber das kann doch nicht alles sein, was sie ist. Jini dreht den Hahn auf und fängt wieder an, sich die Hände zu waschen.

• • •

Sie stehen im Tempel auf dem Hof und die Leute drängen sich mit ihren Fragen um Pra-ji. Jini erkennt den Vater des Jungen, der das Motorrad gekauft hat, der Junge, über den ihre Schwägerin getratscht hat. »Können Sie mit Guru-ji sprechen und Ihn bitten, meinen Sohn damit aufhören zu lassen?«, bittet der Mann. Pra-ji nickt und sagt, ja, das könne er. Er kann alles, und deshalb wollen die Menschen nicht weggehen. Selbst, nachdem ihre Fragen beantwortet wurden, bleiben sie auf dem Hof, bis drinnen das Essen serviert wird. Jini und ihre Mutter stehen unter ihnen und warten darauf, dass er sich ihnen zuwendet. Jini hört, wie die Frauen um sie herum sich darüber unterhalten, was sie durch Pra-ji alles erreicht haben.

»Mein Sohn hatte einen Asthma-Anfall. Er röchelte die ganze Nacht hindurch, und ich habe mir solche Sorgen gemacht. Ich habe Pra-ji um Hilfe gebeten und er hat mit Guru-ji gesprochen. Und jetzt seht euch meinen Sohn an – er strotzt nur so vor Gesundheit!«

»Ich hatte neulich Geldsorgen, weil unser Dach undicht war und wir nicht genug Geld hatten, um jemanden zu bezahlen, der es reparierte. Das habe ich Pra-ji erzählt, und wenige Tage darauf bekam mein Mann eine kleine Lohnerhöhung, gerade genug, um das Dach zu flicken.«

Jinis Mutter harrt immer aus, bis die anderen weg sind und sie als Letzte noch darauf wartet, mit Pra-ji zu sprechen. Er lächelt und nickt ihr zu, dann begrüßt er die beiden mit gefalteten Händen. »Hallo, Jini«, sagt er und drückt ihren

Kopf nach unten. Sie merkt, dass er sie wieder von Kopf bis Fuß mustert, vermutlich will er sehen, ob sie noch Pusteln hat. »Wie geht es dir?«

»Gut, danke«, sagt sie.

»Pra-ji, mein Sohn isst nicht.«

»Sarjit? Oder Bilu?«

»Ach nein, Sarjit hat einen guten Appetit. Bilu. Er verweigert das Tempelessen, und wir müssen alles für ihn zu Hause kochen und Zucker reingeben. Aber jetzt verweigert er sogar das. Was soll ich nur machen?«

»Lass mich mit Guru-ji sprechen, und dann reden wir weiter«, sagt er mit seiner ruhigen Stimme. »Ich bin sicher, Er wird uns leiten.«

Jinis Gedanken machen sich selbständig. Sie betrachtet die Kuppel des Tempels, die vom flirrenden Sonnenlicht beleuchtet wird. Es sieht beinahe majestätisch aus. Überall auf dem Boden verstreut liegen Schuhe herum, und Kinder spielen im sonnenverbrannten Gras »Wie spät ist es, Mr Wolf?«. Eine weitere Gruppe Kinder kauert um einen kleinen Busch mit roten, sternförmigen Blüten. An den Stempeln dieser Blüten hängt ein winziger Tropfen Nektar, und die Kinder rupfen sie grob ab. Die kratzigen Stoffe ihrer Punjabi-Kleidung wogen und wehen hinter ihnen her, als sie herumwirbeln, dann wild durcheinander schreiend losrennen und herumbalgen. Manchmal wünscht Jini, sie könnte sich beeilen mit dem Älterwerden, weil sie jetzt in einem Alter feststeckt, wo Spiele wie »Mr Wolf« zu kindisch für sie sind, während sie sowas wie Kochen noch nicht hinkriegt, und sie immer noch zu jung ist, um mit Jungen zu reden. Ihre Mutter und Pra-ji sprechen jetzt mit gedämpften Stimmen.

Dann sieht Jini sie, ein Mädchen in einem schlichten, blauen Punjabi-Gewand, mit einem Salwar, der ihr vielleicht zu klein ist, denn Jini kann ihre Knöchel darunter hervorragen sehen. Irgendwas an ihr ist komisch, das Jini zuerst nicht erfasst, aber dann geht ihr auf, dass es ihr Gang ist. Sie hinkt, sie zieht einen Fuß hinterher, als sie den Hof in Richtung Straße überquert. An ihren Händen hängen Plastiktüten mit Lebensmitteln. Eine Frau in der Nähe sagt zu einer anderen, dass dieses Mädchen ja ganz schön Nerven habe, sich in den Tempel zu wagen und ihr Essen zu verzehren. »Nach dem, was sie mit diesem Malaien getrieben hat.« Jini wird klar, dass dies das Mädchen ist, von dem Pra-ji ihr erzählt hat. Bilder schießen ihr durch den Kopf, was das Mädchen wohl getan hat, um diesen lahmen Fuß zu verdienen. Sie stellt sich vor, wie sie aus ihrem Fenster klettert und zu dem Jungen rennt, der nur ein Schatten auf dem dunklen Hof ist, um ihn leidenschaftlich zu küssen.

Sofort muss Jini wieder an ihre Pusteln denken, und sie beginnt an einer an ihrem Schienbein zu kratzen. Die hat wütend angefangen zu brennen angesichts ihrer Vorstellung, und sie versucht sie zu beruhigen, aber je mehr sie kratzt, desto schlimmer juckt es. Sie reißt ihren Blick von dem Mädchen los, das jetzt die Straße hinaufhumpelt, während ihr die Plastiktüten gegen die Beine schlagen. Jini schaut sich zu ihrer Mutter um, die gerade ihren Geldbeutel hervorzieht und Pra-ji zwei neue Zehn-Dollar-Scheine in die Hände drückt.

»Ich weiß Ihre Hilfe wirklich zu schätzen«, sagt sie zu ihm. Er nickt und steckt das Geld schweigend in seine Tasche. »Komm, Jini. Lass uns essen gehen«, sagt die Mutter. Jini dreht sich um, um ihr zu folgen, und denkt dabei über das Geld nach. Sie weiß, dass Pra-ji manchmal von den Leuten Gebühren nimmt, vor allem jetzt, wo so viele ihn um Hilfe bitten, aber er verspricht immer, das meiste Geld dem Tempel zu spenden. Zwanzig Dollar sind zu viel für nur ein Anliegen; das weiß sogar Jini.

Als sie weggeht, tippt Pra-ji sie leicht am Ellbogen an. »Was macht deine Haut?«, fragt er.

»Alles in Ordnung«, lügt sie. Seine Augen wandern zu ihrem Schienbein hinunter. Er muss gesehen haben, wie sie sich gekratzt hat, als er mit ihrer Mutter gesprochen hat.

»Ich kann dir helfen«, sagt er. Sie würde seine Hilfe annehmen, wenn sie das Geld dafür hätte, aber das kann sie sich nicht leisten, deshalb sagt sie: »Nein, danke.«

»Na gut, aber komm zu mir, wenn du dir die Sache anders überlegst.«

»Ich will nicht, dass alle es erfahren«, sagt Jini und denkt daran, wie die Frauen eben erst über dieses Mädchen hergezogen sind.

»Sie werden es nicht erfahren, ich sage kein Wort, Jini. Du bist wie eine Tochter für mich. Wir können uns bei mir zu Hause unterhalten. Ich kann mit Guru-ji sprechen, während du dabei bist, und wir können dich heilen.«

Jini nickt und starrt auf den Boden. Sie sieht, wie ihre Mutter sich die Füße an der Matte abwischt und langsam den Speisesaal betritt, und plötzlich wird sie vom Kummer überwältigt. »Okay«, sagt sie zu Pra-ji. »Dann komme ich in den nächsten Tagen zu Ihnen.«

Er verzieht die Lippen zu einem Lächeln und tätschelt ihr den Kopf. »Braves Mädchen«, sagt er sanft. Sie lässt ihn ihre Haare berühren, seine Handfläche auf ihren Kopf drücken, dann geht sie zu ihrer Mutter in die Halle. Beim Essen kann sie die Speisen kaum schmecken. Vielleicht hat sie sich zu sehr an den Zucker gewöhnt, den sie zu Hause auf alles streut. Oder vielleicht ist sie zu aufgeregt wegen der Vorstellung, ein für alle Mal geheilt zu werden. Aber als sie weiter isst, geht ihr auf, was ihre Geschmacksnerven betäubt, was es ihr unmöglich macht, Gottes Speisen zu genießen. Sie denkt an das humpelnde Mädchen und stellt sich vor, wie lang der Weg zurück vom Tempel sich anfühlen muss mit dem Gewicht dieses Fußes, den sie langsam hinter sich herschleift.

# Teil 3

# 9

## 1991

Am ersten Schultag im Januar lernten wir unsere neue Lehrerin kennen, Mrs Parasuram. Sie war älter als Miss Yoon und trug einen Sari. Sie hatte ihre graumelierten Haare zu einem strengen Dutt zusammengebunden und an ihren Fußnägeln hatte sie pinken Nagellack, der an fast jedem Zeh absplitterte.

»Die heutige Andacht steht unter dem Motto ›Ein neues Jahr. Ein erneuerter Glaube‹«, verkündete Mrs D'Cruz bei der Morgenversammlung. Sie machte eine Pause, um den Musliminnen Zeit zu geben, die Aula zu verlassen. Ich hätte mich ihnen anschließen sollen, aber ich hatte Mas Zettel nicht bei mir. Miss Yoon hatte ihn behalten. Ich sah zu Mrs Parasuram hinüber. Sie hatte dünne, unerbittliche Lippen, und sie sah aus wie die Art von Lehrerin, die mich zur Rede stellen würde, wenn ich einfach aufstand und mit Farizah und den anderen Mädchen hinausging.

Wir kamen erst spät wieder in unsere Klassenzimmer zurück, weil es ein langer Gottesdienst gewesen war, mit neuen Chorälen, die zu lernen waren. Als Mrs Parasuram uns nach ihrem Sitzplan unsere Plätze anwies, wurde klar, dass sie über die Ferien ein wenig Hilfestellung von Miss Yoon bekommen hatte. Alle Mädchen, die miteinander befreundet waren, wurden weit auseinander in verschiedene Ecken des Zimmers gesetzt. Farizah saß ganz vorne links bei den Fenstern, ich in der vorletzten Reihe. Es würde schwierig werden, Zettelchen auszutauschen, ohne erwischt zu werden. Ich schaute mich um, während Mrs Parasuram jedem Mädchen ihren Platz zuteilte. Die Plätze um mich herum wurden bald mit unglücklichen Gesichtern gefüllt, und alle murrten leise vor sich hin.

Hinter mir flüsterte Abigail Goh ihrer Sitznachbarin zu: »Ich mag diese Lehrerin nicht. Ich konnte ihre öligen Haare riechen, als ich an ihr vorbeigegangen bin. Duscht die nie, oder was? Deshalb ist sie auch so schwarz.« Das Mädchen neben ihr kicherte hinter vorgehaltenen Händen. Ihre Worte trafen mich wie ein Schlag, obwohl sie nicht von mir sprach.

Der Platz neben mir blieb leer. Mrs Parasurams Mund war zu einer Grimasse verzogen, als sie mich ansprach, daher dachte ich, ich hätte Ärger und deshalb keine Sitznachbarin bekommen. »Es kommt eine Neue in die Klasse. Sie kann neben dir sitzen«, sagte sie.

Ein Raunen ging durch die Klasse. Aus welcher Klasse kam dieses geheimnisvolle Mädchen wohl zu uns? Und warum durfte Pin neben ihr sitzen? Der einzige Grund, aus dem eine Schülerin an der Grundschule in eine andere Klasse wechselte, war, dass sie im Zeugnis entweder sehr gut oder sehr schlecht abgeschnitten hatte. Aber auf jeden Fall war es aufregend, eine neue Klassenkameradin zu bekommen.

Mrs Parasuram klopfte auf das Klassenbuch und fing nochmal an, unsere vollen Namen durchzugehen. Sie sprach die chinesischen Namen falsch aus. Das x wurde zu sch und das q zu chhh. »Chew Schia?«, rief sie. Qiu Xia wurde rot und alle kicherten. Einige versuchten, Mrs Parasuram zu korrigieren, aber die sprach die Namen weiter so aus, wie sie es für richtig hielt.

Abigail fragte: »Kennt ihr ihren Vornamen? Es ist ein Hindu-Name.«

»Wie heißt sie denn?«, fragte ihre Nebensitzerin.

»Ayo-yoooo«, zwitscherte Abigail, worauf beide einen Lachanfall bekamen. Ich fuhr wütend herum.

»Du hältst dich wohl für die Größte, Abigail Goh?«, höhnte ich. »Du hältst dich für besser als alle anderen und darfst dich über die Inder lustig machen? Willst du wissen, was ich von dir halte?«, fragte ich herausfordernd. Mein Gesicht glühte und meine Stimme bebte. Es gab viele gemeine Wörter, die ich von den Nachbarjungs gelernt hatte: *Gelbhäute, Schlitzaugen, Schweinefresser.* Ich suchte fieberhaft nach einer besonders originellen Beleidigung, aber der scharfe Knall eines Lineals, das auf meinen Tisch schnalzte, riss mich aus meinen Gedanken.

»Was um alles in der Welt ist hier los?«, verlangte Mrs Parasuram zu wissen.

Abigail sagte nichts. Die ganze Klasse sah uns an. Ich zuckte mit den Schultern.

»Bitte unterbrich meinen Unterricht nicht, um zu stören. Ich will, dass du in der Pause zu mir kommst«, sagte Mrs Parasuram.

Gedemütigt drehte ich mich wieder mit dem Gesicht zur Tafel. Für den Rest der Stunde hörte ich Mrs Parasuram nicht mehr zu. Wie hätte ich das können, wo sie Abigail doch ungeschoren davonkommen ließ? Abigail hatte Farizah im letzten Jahr erklärt, dass Muslime keine Schweine äßen, weil sie selbst von Schweinen abstammten. »Wenn du mir nicht glaubst, kannst du ja meinen Vater fragen«, hatte sie hochmütig verkündet. Ich hatte auf Farizahs Antwort gewartet, aber die hatte nur mit den Schultern gezuckt und gesagt: »Dein Vater hat doch keine Ahnung.« Sie hatte mir später erzählt, ihre Religion lehre Vergebung. Ich wusste nicht, wie irgendwer einer wie Abigail Goh mit ihrer Selbstgefälligkeit und ihren fiesen Beleidigungen vergeben konnte. Das hier war der erste Schultag, und Mrs Parasuram hielt mich jetzt wahrscheinlich für einen Störenfried. Ich sah sie einige Male auf ihren Sitzplan schauen, ehe sie unseren Stundenplan an die Tafel schrieb. Sie würde die Ehre, neben der Neuen sitzen zu dürfen, jetzt wohl einer anderen zuteilen, die nicht gleich am ersten Tag Ärger gemacht hatte.

Während Mrs Parasuram der Klasse nun erklärte, was sie in der fünften Klasse von uns erwartete, wurde an die Tür geklopft und eine Frau rief: »Entschuldigung!« Ihre Stimme klang so gebieterisch, dass sie dem ganzen Raum einen Befehl zu erteilen schien. Sie trug Schuhe mit hohen Absätzen und in den Haaren steckte eine Sonnenbrille, die eine dauergewellte Mähne zurückhielt.

Niemand bemerkte das Mädchen neben ihr, bis Mrs Parasuram sagte: »Ach, ja. Du bist sicher Kristen. Die Neue.« Kristens Trägerrock war ein bisschen zu lang für sie und ihr Pferdeschwanz war zu hoch und zu fest gebunden. Ihre Arme hingen starr an ihren Seiten und sie wehrte sich nicht, als Mrs Parasuram sie von ihrer Mutter fort und zu dem leeren Platz neben meinem führte. »Das ist Parveen«, sagte Mrs Parasuram. »Deine neue Nebensitzerin. Sie wird dir helfen, dich einzugewöhnen.«

Kristen nickte und lächelte mich unsicher an. Alle glotzten. Mrs Parasuram machte da weiter, wo sie unterbrochen worden war, und musste mehrere Male innehalten, um die Klasse aufzufordern, aufzupassen. »Alle Augen auf mich, Mädchen«, sagte sie immer wieder. Aber das schaffte keine. Wann immer sich die Chance bot, reckte die Klasse die Hälse und verrenkte sich die Hälse, um bessere Sicht auf die Neue zu haben. Sogar ich sah einige Male aus dem Augenwinkel zu ihr hinüber. Sie nahm ein rosa Federmäppchen aus ihrer Schultasche, so eins mit Geheimfächern und Spiegeln, schob es an den Rand ihres Tisches und verschränkte ihre Arme auf der Tischplatte.

Die Pausenglocke läutete, während Mrs Parasuram überprüfte, ob wir alle Bücher hatten, die wir für dieses Jahr brauchten. »Parveen, bitte bleib noch«, erinnerte sie mich. Die Mädchen verschwanden im Gänsemarsch im Treppenhaus; ihre Schritte wurden schneller, als sie sich dem Schulhof näherten.

Mrs Parasuram strich die Falten an ihrem Sari glatt, ehe sie sich am Pult niederließ. Ich rechnete damit, so laut ausgeschimpft zu werden, wie ihr langes Lineal auf meinen Tisch geschnalzt war. Sie sah aus wie die Sorte Lehrerin, die mit Dingen herumknallte, um einem Angst zu machen, sie könnte handgreiflich werden.

»Hol dir einen Stuhl, Parveen«, sagte sie. Ich gehorchte. »Und nun erzähl mir. Was war da eben los?«

»Abigail hat sich über Sie lustig gemacht.«

»Was hat Abigail gesagt?«

»Sie hat gesagt, Sie seien … sie war rassistisch.«

Mrs Parasuram sah kein bisschen überrascht aus »Was genau hat Abigail gesagt, Parveen?«

Es brauchte eine Weile, bis ich es herausbrachte, und als ich es ihr erzählte, konnte ich ihr dabei nicht ins Gesicht schauen. »Sie hat gesagt, Sie seien … schwarz. Und sie könne Kokosöl riechen und dass Sie nicht baden.«

»Und?«

»Das war alles. Sie sagt ständig solche Dinge.«

»Über dich?«

»Über viele Leute. Letztes Jahr hat sie gesagt, Muslime seien Schweine.«

Mrs Parasurams Gesicht war eine Maske. Nichts, was ich sagte, schien sie zu kümmern oder zu überraschen. Hinter ihr erinnerten mich die tickenden Zeiger der Uhr daran, dass mir kostbare Pausenminuten geraubt wurden. Es war zehn nach neun. Null-neun-eins-null. Ich prägte mir die Zahl für Daddys Lotterie ein.

Endlich begann sie zu sprechen. »Parveen. Ich weiß, du bist vielleicht anderer Meinung, aber es gibt viel Schlimmeres, als auf diese Weise beschimpft zu werden. Weißt du, dass es Länder auf der Welt gibt, wo Menschen wegen ihrer Hautfarbe umgebracht werden? Du wirst immer wieder Leuten wie Abigail begegnen. Aber du hast dich eben zur größeren Närrin gemacht, indem du zurückgebrüllt hast.«

»Aber …«, begann ich, und machte den Mund wieder zu. Ich wusste nicht, was ich sagen sollte. Ich dachte, ich hätte etwas Gutes getan, als ich Abigail zusammengestutzt hatte, und ich wünschte, Mrs Parasuram hätte uns nicht unterbrochen, damit ich ihr alle Schimpfwörter an den Kopf hätte werfen können, die mir einfielen. Ich wusste, dass sich das nicht gehörte, aber ehrlich: Wen interessierte das? Abigail musste eine Lehre erteilt werden.

»Aber nichts, Parveen. Du kannst nichts daran ändern, wie andere denken, aber du kannst dich selbst dagegen wappnen, von ihrer Dummheit verletzt zu werden. Ist das klar?«

Ich nickte heftig, die Augen auf der Uhr. »Ja«, sagte ich, aber es war gar nicht klar. Ich dachte, dass sie ganz klar falsch lag, und ich hätte es ihr sagen können, aber dann hätte ich einen weiteren Vortrag über mich ergehen lassen müssen und die Pause endgültig abschreiben können. Mrs Parasuram forderte mich auf, mich wie eine Dame zu verhalten, dann entließ sie mich. Ich trottete langsam aus dem Klassenzimmer und ließ den Kopf hängen, um meine Reue zu zeigen, aber sobald ich um die Ecke war, rannte ich los.

Für den Rest des Tages hallten Mrs Parasurams Worte in

meinem Kopf wider. *Es gibt viel Schlimmeres, als auf diese Weise beschimpft zu werden …* Wenn ich den Mumm gehabt hätte, ihr zu widersprechen, hätte ich eine Liste all der Dinge verlangt, die schlimmer waren als *Mungalee* genannt zu werden, eine dreckige Inderin, die zu viel Kokosöl benutzte, oder *Blackie*. Für mich gab es nichts Schlimmeres.

• • •

»Nicht die Augen reiben! Wasser trinken!«, sagte Ma. Sie hackte Zwiebeln und davon tränten mir die Augen. Ich öffnete den Kühlschrank und suchte in den Seitenfächern nach der Zwei-Liter-Cola-Flasche, die wir als Wasserkrug benutzten. Die Fächer waren wieder gefüllt. Eier und Marmeladengläser klackerten, als die Tür aufschwang. Das Gemüsefach quoll über vor Blatt- und Stangengemüse.

»Ich mache gebratenen Reis«, sagte Ma. »Mit Krabben, Erbsen und Möhren. Gibst du mir mal eine Chili?«

»Rot oder grün?«

»Rot. Immer rot, wenn ich den Reis so mache«, sagte sie. Ich zog das Gemüsefach auf und nahm ein Zeitungspapier-Päckchen heraus, das fest mit Gummiband umwickelt war. Es gab noch drei weitere Zeitungspapier-Päckchen, alle mit verschiedenen Gewürzen vom Markt, und ich hatte Glück gehabt, dass ich das richtige erwischt hatte. Ma schlitzte die Chili mit dem Fingernagel auf, kratzte die meisten Kerne heraus und schob sie zur Seite, was bedeutete, dass sie die Chili wegen des Geschmacks wollte, und nicht, um uns herauszufordern. Wenn sie alle Kerne drinnen ließ, versuchte sie herauszufinden, wie viel wir vertragen konnten.

»Wann kommt Daddy nach Hause?«, fragte ich. Ma hatte mir den Rücken zugekehrt. Wenn sie kochte, antwortete sie nie sofort, weil sie so damit beschäftigt war, die richtigen Zutaten im richtigen Moment dazuzugeben. Jegliche Ablenkung beim Kochen schlug sich im Ergebnis nieder: Mehlige Kartoffeln, breiige Spinatblätter, zähes Hähnchen.

»Er kommt heute Abend«, sagte Ma. »Wie war's in der Schule?«

»Okay.«

»Nur okay? Was habt ihr gemacht?«

»Nichts.«

Sesamöl simmerte in einer Pfanne auf dem Herd. Ma schob die Zwiebeln von ihrem Hackbrett in die Pfanne. Sie zischten. Wasser zu trinken, hatte etwas geholfen, aber meine Augen tränten noch immer.

»Nichts? Rein gar nichts?«, fragte Ma.

»Es war der erste Tag! Wir haben wirklich nicht viel gemacht. Wir sind die Schulordnung für Uniformen, Strümpfe und Haare durchgegangen«, sagte ich. Ich fasste mir an den Pony. Ma hatte mich vor zwei Tagen zum Haareschneiden geschickt. Sie hatte gesagt, meine Haare seien zu widerspenstig, um sie lang zu tragen. Ich sah das auch so. Gott würde das verstehen müssen. Er hatte derzeit ohnehin nicht viel zu sagen. Einige Tage nach Nani-jis Beerdigung war ich davon geweckt worden, dass Ma einen Stuhl vor die Wand geschoben hatte, an der Gott residierte. Er krallte sich an den Bilderrahmen und zog den Kopf ein, als sie Ihn von der Wand zerrte und wieder in der Abstellkammer verstaute. Ein helleres Quadrat an der Wand verriet, wo das Porträt gehangen hatte.

Ma wendete die Zwiebeln und verteilte sie in der Pfanne, damit sie nicht zusammenklebten. Dann hatte sie Zeit, sich für einen Moment umzudrehen. »Na gut, und wie heißt eure neue Lehrerin?«

»Mrs Parasuram.«

»Inderin?«

»Ja.«

»Jung oder alt?«

»Alt. Vielleicht nicht gleich eine Oma, aber doch alt.«

»Ist sie nett?«

»Sie ist in Ordnung.«

Ma drehte sich um und begann die Krabben am Rücken einzuschlitzen. Sie waren silbern und gebogen, mit langen Fühlern. Ma entfernte die Fühler und zog dann aus jeder Krabbe einen langen, schwarzen Faden. »Das ist der Darm«, erklärte sie mir.

»Das ist eklig«, gab ich zurück.

Ma warf die Krabben in die Pfanne und drehte sich wieder um. »Es gehört sich nicht, Essen eklig zu nennen, das weißt du, oder?«

»Warum?« Ich dachte daran, wie oft wir bei den Essensbuden Schilder mit Bildern von gebratenen Hühnerfüßen und Fischkopfcurry gesehen hatten. Die sahen auch nicht sehr appetitlich aus, und es war nichts falsch daran, das auch zu sagen. Ich war nur ehrlich.

»Das ist, als ob du sagst, dass du es nicht zu schätzen weißt, dass du jeden Tag etwas zu essen bekommst.«

Nachdem Gott weggeräumt worden war, begannen die Mahlzeiten in unserer Wohnung wieder Mas Gefühle auszudrücken. Gebratenes Tofu in Austernsoße stand für Zufriedenheit, knusprig frittierte Auberginen-Scheiben mit Fischcurry sollten ihren Zorn ersticken, Glasnudeln mit gehacktem Kohl und Möhrensuppe drückten Traurigkeit aus.

Ich glitt vom Küchenhocker und ging in mein Zimmer, um mich an die Hausaufgaben zu machen. Als ich an der Abstellkammer vorbeikam, hielt ich mich so dicht an der gegenüberliegenden Wand wie nur möglich. Gott war vermutlich wütend, weil Er dort eingesperrt worden war. Wenn ich nachts genau hinhörte, glaubte ich, ein leises Klopfen aus der Abstellkammer zu vernehmen, das mich dazu bringen sollte, die Tür zu öffnen und Ihm wieder an die Wand zu helfen.

Bei der Andacht heute Morgen hatte Mrs D'Cruz darüber gesprochen, dass wir lernen müssten, Gott zu lieben und auf Sein Wort zu vertrauen. Sie hatte gesagt, wir sollten unseren Familien und Freunden mit demselben Respekt und Vertrauen begegnen, die wir Gott entgegenbrächten. Ich stellte mir vor, wie Gott da hinten in der Abstellkammer saß, und mir gefiel der Gedanke, dort auch alle anderen Leute unterzubringen, die ich nicht leiden konnte. Fettes Tantchen wäre die Erste, dann Bus-Onkel. Abigail würde sich ebenfalls dazugesellen. Und Mama-ji würde ich auch dort abstellen, einfach weil Ma ihn nicht leiden konnte.

• • •

Am nächsten und übernächsten Tag fiel Englisch aus, es war der Anfang des neuen Schuljahrs, und Mrs Parasuram sagte uns, sie habe eine Menge Verwaltungskram zu erledigen. Sie sammelte Gebühren ein, überprüfte unsere Uniformen und ging die Schulordnung durch, während wir uns auf unseren Plätzen zu Tode langweilten. Ich hatte das Heft mit den Fahrkarten dabei, in dem Daddy herumgezeichnet hatte, und blätterte in den Stunden darin. Manchmal versorgte ich Kristen mit guten Ratschlägen. »In dieser Schule musst du aufstehen, wenn dich die Lehrerin etwas fragt. Und vergiss nicht, immer den Gürtel umzulegen, sonst siehst du aus als, wärst du schwanger.«

Kristen stand in der Ecke des Kiosks und wickelte langsam ein Sandwich aus. »Sie ist aus einem anderen Land hergezogen«, sagte Farizah.

»Woher weißt du das?«, fragte ich.

»Sie fährt morgens mit demselben Schulbus wie ich, und ich habe gehört, wie ihre Mutter mit dem Fahrer gesprochen hat.« Wir starrten beide Kristen an, die keine Ahnung zu haben schien, dass wir über sie redeten. »Woher kommt sie denn?«, fragte ich. Farizah zuckte mit den Schultern.

Ich berichtete das den Mädchen in meinem Bus, die sich auch brennend für Kristen interessierten, sogar die, die gar nicht in meiner Klasse waren. »Sie kommt aus einem anderen Land«, verkündete ich.

»Woher weißt du das? Sie redet doch mit niemandem«, sagte ein Mädchen. Einige der anderen warfen ihr irritierte Blicke zu, weil sie so skeptisch war.

»Ich sitze neben ihr«, sagte ich stolz. »Deshalb weiß ich das.« Tatsache war, dass Kristen mir rein gar nichts erzählt hatte. Sie wirkte, als hielte sie ganz bewusst die Lippen fest geschlossen. Sie hatte nie irgendeine Frage und lächelte nur vage und murmelte »okay« oder »danke«, wenn ich ihr Tipps gab, wie sie sich verhalten sollte.

Es gab ein neues Bus-Tantchen, und wir hörten alle auf sie, weil sie uns anlächelte und mit ihren starken Armen in den Bus half. Sie erlaubte dem Busfahrer nicht loszufahren, bevor sie nicht gesehen hatte, dass wir nach dem Aussteigen unversehrt unsere Blocks erreicht hatten. Sie bat uns, sie Tantchen Honey zu nennen, obwohl der Name auf der Busgeldquittung »Lau Siew Hock« lautete. Honey sei ihr Taufname, teilte sie uns mit. Sie trug ein großes Jadekreuz um den Hals und summte stetig vor sich hin. Wir konnten so viel Lärm machen, wie wir wollten, aber das war doch ein arges Vierte-

Klasse-Ding. Im vergangenen Jahr hatten die Mädchen aus der fünften Klasse weiter vorn im Bus gesessen und über ihre amerikanischen Lieblingspopstars und Schauspieler geredet und über die Mädchen gelästert, die sie nicht leiden konnten. Wir machten das jetzt auch so und versteckten unsere Mikadostäbchen tief unten in unseren Schultaschen, damit niemand sehen konnte, dass wir noch immer spielten, wenn wir durften.

• • •

An dem Tag, an dem Mrs Parasuram uns unseren ersten Aufsatz des Jahres zurückgab, machte Kristen endlich den Mund auf. Meiner kam zurück mit ein paar wenigen rot angestrichenen Stellen, aber darunter stand ein Kommentar: »Parveen, ein Lob für Deine Grammatik und Rechtschreibung. Deine Handschrift ist auch sauber. Aber bleib in Zukunft bitte bei der Wahrheit.« Mein Gesicht glühte. Wir hatten über unsere Schulferien schreiben sollen, und ich hatte über Skilaufen in Los Angeles geschrieben. Das war nicht die Wahrheit, aber es war viel interessanter, als meine Ferien in Wirklichkeit gewesen waren.

»Das weiß sie, weil es in Los Angeles immer warm ist. Da kannst du nicht Skilaufen«, sagte Kristen. Ich dachte, sie machte sich vielleicht über mich lustig, aber ihre Stimme klang freundlich. Sie hatte offenbar auf meinen Aufsatz geschielt, während ich in mir angesehen hatte. »Warst du schon mal da?«, fragte sie.

Ich schüttelte den Kopf. »Du denn?«

»Ja, ich hab zwei Jahre in Chicago gewohnt.«

»Wie war's denn da?«

»Es war schön, aber viel kälter als hier«, sagte sie. »Viel Ferien hatte ich dann auch nicht, weil wir unseren Umzug hierher organisieren mussten.« Als ihre Stimme lauter wurde, drehten sich die Mädchen um uns herum zu uns um und begannen zu tuscheln. Sie konnte sprechen! Kristen merkte es und wurde rot. Sie nahm einen Radiergummi aus ihrem rosa Mäppchen und begann damit herumzuspielen.

»Ich war noch nie draußen aus Singapur. Außer in Johor Bahru. Und in Kuala Lumpur, aber da war ich noch ganz klein«, gestand ich. Alle wussten, dass Malaysia nicht zählte. Um das Land richtig zu verlassen, musste man fliegen.

»Was hast du denn in den Ferien gemacht?«

»Nichts. Wir durften keinen Spaß haben, weil meine Großmutter gestorben ist.«

»Oh«, sagte Kristen. »Das tut mir leid.«

»Ist schon gut«, sagte ich. Die anderen drehten sich wieder zu uns um, um zu glotzen. Farizah warf mir von vorne einen neugierigen Blick zu. Ich erwiderte ihn, was bedeutete, dass ich ihr in der Pause alles erzählen würde. Dann fiel mir ein, dass Kristen da wieder alleine herumsitzen würde. »Du kannst in der Pause bei uns sitzen, wenn du willst«, sagte ich. Ich sagte das ganz lässig, für den Fall, dass sie nein sagen würde.

Kristen strahlte. »Okay«, sagte sie. Mrs Parasuram schlug mit ihrem Lineal auf das Pult. »Mädchen, hört auf zu reden«, sagte sie streng. Ich sah Kristen an und verdrehte die Augen, sowie Mrs Parasuram uns wieder den Rücken zugekehrt hatte. Kristen schlug die Hände vor den Mund, um ein Kichern zu unterdrücken.

Farizah musste schließlich während der Pause im Klassenzimmer bleiben um nachzuarbeiten, weil sie am Vortag gefehlt hatte. Ich merkte kaum, dass sie nicht da war, während ich mit Kristen redete, die plötzlich sehr gesprächig war. Sie erzählte mir mehr von sich. »Ich habe zwei Jahre in Amerika gelebt. Die Firma meines Vaters hat ihn jetzt hierher zurückversetzt. Ich bin in Singapur geboren.« Sie sprach mit einem leichten Akzent, so dass ich den Buchstaben *R* in ihren Wörtern hören konnte.

»Vermisst du deine Freundinnen?«, fragte ich.

Kristen nickte. »Meine Eltern haben gesagt, ich würde neue finden«, sagte sie schüchtern. Ich bedachte sie mit meinem wärmsten Lächeln, und sie erwiderte es.

»Auf welcher Schule warst du denn, ehe du nach Amerika umgezogen bist?«, fragte ich.

»St. Mary's, die in Bukit Timah. Aber meine Mutter war hier auf der Schule, deshalb wollte sie, dass ich auch hierher gehe«, sagte Kristen. Natürlich war Kristen keine Stipendiatin. Sie gehörte zu den Mädchen, deren Mütter auf die First Christian gegangen waren. Sie wohnte in Bukit Timah, vermutlich im eigenen Haus. Das spielte keine Rolle – bei den anderen Mädchen war es mir immer egal, aber aus irgendeinem Grund wollte ich Kristen beeindrucken.

»Es ist eine gute Schule«, erklärte ich ihr. Und dann erzählte ich ihr eine Lüge. »Meine Mutter war früher auch hier.«

»Cool«, sagte Kristen. »Vielleicht haben sie sich gekannt.« Aber zum Glück fragte sie nicht, wann Ma auf die First Christian gegangen war, und ich wechselte eilig das Thema. Für einen Moment wollte ich Kristen gestehen, dass es nicht stimmte, was ich gesagt hatte. Aber als sie mit ihren Geschichten über Amerika, ihre Freundinnen und ihr neues Haus in Singapur weitermachte, hielt ich den Mund.

• • •

Ich sah zu, wie die Schatten der Nachbarn an meinem Fenster vorbeidümpelten. Die Familie von nebenan hatte Besuch, der im Pulk ging, so dass eine Ansammlung von Köpfen und Armen vorbeiglitt. Der Deckenventilator drehte sich über mir und schickte eine Brise durch das Zimmer, die mich normalerweise in den Schlaf säuselte. Heute Nacht war die Luft aber zu drückend, und egal, wie schnell sich der Ventilator drehte, ich konnte nicht schlafen. Die Wohnungstür öffnete sich, und ich hörte, wie Daddy zur Nachtschicht aufbrach. Er war ein hoher Schatten mit breiten Schultern. »Tschüss!«, rief ich durchs Fenster.

»Schlaf jetzt, Pin«, sagte Daddy. Er klopfte seinen Gute-Nacht-Gruß ans Fenster und lief weiter den Gang hinunter. Ich hielt Ausschau nach Schatten, aber so spät am Abend wurden es immer weniger. Die Nacht war plötzlich sehr still. Ich ließ mich im Bett zurücksinken und schloss die Augen, um mich zum Müdesein zu zwingen. Aber statt dessen begannen sich meine Gedanken selbständig zu machen, und ich wurde nur noch wacher. Diese Woche hatte ich in der Pause im Kiosk jeden Tag mit Kristen zusammengesessen. Die anderen Mädchen hätten sich ruhig zu uns gesellen können, aber im Stillen war es mir lieber, dass sie es nicht getan hatten. Sie waren an ihren eigenen Tischen sitzen geblieben und hatten uns beobachtet, immer wieder tuschelten sie, wenn sie meinten, dass ich nicht hinsah.

Erst im Schulbus hatten sie sich dann um mich gedrängt, um mich nach Kristen auszufragen. »Sie kann Inliner laufen. Sie hat einen älteren Bruder«, verkündete ich. Abigail verdrehte die Augen und tat, als hörte sie gar nicht zu. Ich wusste, dass es sie störte, dass Kristen in den Pausen mit mir zusammensaß. Als Tantchen Honey uns anwies, uns zu setzen, hasteten wir zurück zu unseren Sitzen, und zwei Mädchen, die ich kaum kannte, quetschten sich neben mich.

Zu Hause waren die Bodenfliesen kalt unter meinen nackten Füßen, als ich in die Küche ging, um mir ein Glas Wasser zu holen. Morgen war Samstag – Hausaufgabentag. Mrs Parasuram gab uns in jedem Fach Hausaufgaben auf, sogar in Kunst, und wir mussten falsch geschriebene Wörter zehnmal richtig schreiben, nicht nur fünfmal, wie bei den anderen Lehrerinnen. Wenn wir uns untereinander leise darüber beschwerten, beachtete sie es nicht, aber wir hofften, dass sie uns hörte. Heute hatte sie uns einen Vortag darüber gehalten, dass wir anfangen müssten, uns ranzuhalten, weil im nächsten Jahr die PSLE-Prüfungen anständen und die Vorbereitungen dafür jetzt begännen. »Ich erwarte von dieser Klasse überall herausragende Leistungen, sogar in den Fächern, die ihr nicht für wichtig haltet. Eine gute Schülerin zu sein, bedeutet nicht, nur in den Hauptfächern gute Noten zu haben«, hatte sie gesagt und ihre Blicke durch den Raum wandern lassen. Ich schaute weg. Ich wusste, dass sie zur ganzen Klasse sprach, aber ich hatte so ein Gefühl, dass sie mich ganz besonders meinte. Miss Yoon hatte ihr sicher meine enttäuschende Kunstmappe aus dem letzten Jahr gezeigt.

Ich war auf dem Rückweg in mein Zimmer, als ich einen Schatten bemerkte, den ich nicht identifizieren konnte. Ich blieb im Flur stehen und wartete darauf, dass diese Person in seine oder ihre eigene Wohnung zurückkehrte, damit ich rausbekäme, wer es war. »Mach schon«, flüsterte ich. Aber der Schatten blieb, wo er war, hing wie ein Nebel vor unserem Fenster. Ich warf einen verstohlenen Blick auf die Abstellkammer, in der Hoffnung, Gott wäre dort, um mich zu beschützen. Dann rannte ich zurück in mein Zimmer, sprang ins Bett und riss die Vorhänge vor das Fenster, so dass der Schatten nicht in mein Zimmer schauen konnte. Den Schatten draußen zu sehen, hatte mich noch wacher gemacht, als ich ohnehin schon gewesen war, und ich nickte erst ein, als das Licht des frühen Morgens in mein Zimmer sickerte und alle Schatten wie etwas wirken ließ, das nur meiner Einbildung entsprungen war.

Ma verließ am nächsten Morgen ganz früh die Wohnung, um auf den Markt zu gehen. »Ich hol' nur schnell ein paar Sachen, da musst du nicht mitkommen, Pin. Im Kühlschrank ist genug für die ganze Woche. Ich muss nur noch mehr Hähnchen kaufen«, sagte sie, als sie die Tür hinter sich zuzog. Nur um sicherzugehen, dass sie die Wahrheit sagte, ging ich in die Küche, um im Kühlschrank nachzusehen. Es war schön zu sehen, dass wir wirklich eine Menge zu essen dahatten.

Ich sah Daddy Zeitung lesend im Wohnzimmer sitzen, und ich fragte ihn, ob er an Geister glaube. Ich setzte mich zu ihm auf die Sessellehne und hielt mich an seinen Schultern fest, um nicht herunterzurutschen.

»Darf ich fragen, warum du dich plötzlich so für Geister interessierst?«

Ich antwortete nicht gleich, weil ich mir erst überlegen musste, was ich sagen wollte. Ich kam mir blöd dabei vor, ihm die Wahrheit zu erzählen – dass der Schatten vor dem Fenster Nani-jis Geist gewesen war, vor allem, da ich ihn auch schon einmal gesehen hatte, bevor sie gestorben war. Aber ich hatte von Nahtod-Erfahrungen gehört, bei denen der Geist den Körper verlassen hatte, um alles von oben zu beobachten. Farizah schwor, dass der Geist ihres Großonkels noch immer sein altes Haus heimsuchte, um in seinem alten Sessel zu sitzen und Zeitung zu lesen. »Nachts kannst du den Sessel leise schaukeln sehen, und die Stelle, wo der Geist sitzt, fühlt sich kalt an.« Es würde Nani-ji ja ähnlich sehen, durch unsere Fenster in die Wohnung zu glotzen.

»Weil meine Freundin neulich auf dem Schulklo einen gesehen hat, deshalb will ich es wissen«, sagte ich schließlich. Das stimmte, obwohl es mir nicht darum ging. Eine aus meiner Klasse, deren Mutter auf unsere Schule gegangen war, sagte, der Geist einer Nonne gehe in den Toiletten um. Deshalb gingen wir immer nur zu zweit und verhoben es uns, wenn das Licht kaputt war.

»Ich glaube nicht an Geister, und du solltest das auch nicht tun. Sonst machst du dir völlig unnötig vor Angst in die Hose«, sagte Daddy stirnrunzelnd. Er sah niedergeschlagen aus, und ich wusste, was ich zu tun hatte, um ihn wieder zum Lächeln zu bringen.

»Drei-fünf-neun-neun«, sagte ich. Das waren Ziffern von Kristens Adresse, die sie gestern Nachmittag in mein Poesiealbum geschrieben hatte. »Was, wenn du gewinnst?«

»Dann kaufe ich dir etwas wirklich Schönes«, versprach er wie immer. Ich grinste ihn an. Es war mir egal, dass ich nicht an die Lotterie glaubte. Ich ging jeden Tag zur Schule, Ma ging auf den Markt, Daddy machte seine Schichten im Hotel und Gott saß in der Abstellkammer. Alles war so, wie es gewesen war, bevor Nani-ji aufgetaucht war, und es war auch wirklich an der Zeit gewesen. Ich schaute aus dem Fenster und rechnete damit, wieder den Schatten zu sehen, aber im Gang war niemand. Es war sicher nichts, sagte ich mir, einfach irgendeine Lichtspiegelung draußen im Dunkeln. Jetzt war sowieso Tag und ich konnte nicht einmal an Geister denken, ohne mich selbst *Angsthase* zu schimpfen.

Am Montagmorgen in der Schule erinnerte uns Mrs Parasuram daran, dass es der letzte Montag im Monat war. Mädchen, deren Eltern es sich leisten konnten, das volle Schulgeld für die First Christian zu bezahlen, hörten nicht zu, als Mrs Parasuram das verkündete. Aber für die Stipendiatinnen bedeutete der letzte Montag im Monat, dass wir uns in der Pause in der Mensa anstellen mussten, um die Formulare zu erhalten, die unsere Eltern dann unterschreiben sollten. »Bitte nicht vergessen«, sagte Mrs Parasuram. Farizah drehte sich auf ihrem Stuhl um und formte mit den Lippen ein Wort, während sie nach draußen zeigte. Ich wusste, sie wollte, dass wir uns an unserem üblichen Ort im Kiosk trafen, bei den Getränken, damit wir uns zusammen anstellen könnten. Ich nickte ihr zu und riss die Augen auf, um sie zu warnen, weil Mrs Parasuram gefährlich nah an ihrem Tisch stand. Farizah verstand die Warnung und drehte sich schnell wieder um.

»Was für Formulare? Muss ich mir auch eins holen?«, fragte Kristen mich.

»Gebührenformulare«, sagte ich. »Für die Mädchen, die die Schule beim Schulgeld unterstützt.«

Kristen kicherte. »Unterstützt? Beim Schulgeld? So teuer ist das hier doch auch wieder nicht, oder?«

Ich war selbst überrascht von dem, was ich als Nächstes tat. Ich stimmte in Kristens Gelächter ein und zuckte mit den Schultern. »Nö, das ist überhaupt nicht teuer.« Innerlich trafen mich meine Worte wie ein Schlag in die Magengrube.

Um alles noch schlimmer zu machen, bat uns Mrs Parasuram nun, unser Sozialkundebuch herauszuholen. Wir nahmen ein Kapitel über Singapur in den Jahren nach 1960 durch, und ich dachte an Ma als Kind, wie sie in ihrer schlecht beleuchteten Küche in die leeren Schränke gesehen hatte. Ihre Worte hallten in meinem Kopf wider: *Werde nicht so wie ich, Pin.* Ich verdrängte das schwere Schuldgefühl mit aller Macht aus meinem Magen, indem ich mir einredete, es sei besser, mich als eine andere auszugeben. War das nicht an sich genau das, was Ma von mir erwartete?

• • •

Als ich an diesem Nachmittag aus der Schule nach Hause kam, war Ma dabei, fieberhaft mein Zimmer zu durchwühlen. Die Matratze lag umgedreht auf dem Bett und sämtliche Schubladen standen offen. Sogar die Jalousien waren bis zum Anschlag hochgezogen, als ob, was immer sie suchte, sich im Fenstergitter verhakt haben könnte. Mein erster Gedanke war, dass der Schatten, den ich draußen gesehen hatte, ein Dieb gewesen war, aber dann dämmerte es mir, dass Ma ihren Schmuck suchte.

»Pin! Du bist da! Allen guten Mächten sei Dank. Du musst mir helfen, etwas zu finden.«

»Dein Gold?«

»Ja!«, sagte Ma. Sie hörte auf, im Zimmer herumzuhantieren. Ich sah, dass sie mit den Augen das ganze Zimmer absuchte, und Haarsträhnen hatten sich aus ihrer Frisur gelöst, so dass sie aussah, als ob sie gerade erst aufgestanden wäre. »Deine Nani-ji hat es vorübergehend an sich genommen, als sie hier bei uns gewohnt hat, und mir ist gerade eingefallen, dass sie es mir nie zurückgegeben hat. Ich weiß nicht, wie ich das vergessen konnte, aber ich hatte wohl einfach so viel zu tun …« Ihre Stimme verebbte. Sie setzte sich auf den Stuhl und sah sich im Zimmer um. »Hast du irgendeine Ahnung, wo es sein könnte?«

»Fettes Tantchen hat es mitgenommen.«

Ma hatte die Augen geschlossen und rieb sich die Schläfen, aber bei Fettes Tantchens Namen riss sie die Augen wieder auf. »Sie hat was getan?«

»Fettes Tantchen kam irgendwann vorbei, als du bei Nani-ji im Krankenhaus warst … Und sie hat den ganzen Schmuck mitgenommen.«

Mas Hand zitterte, als sie sie an die Lippen hob. »Das ist mein Schmuck, nicht ihrer«, sagte sie. Sie klang wie ein Kind, das sich um ein Spielzeug streitet.

»Sie bewahrt ihn sicher nur für dich auf«, schlug ich vor. Ma schüttelte den Kopf und wedelte mit der Hand, als sei mein Vorschlag eine Staubwolke. Ich wusste ja selbst, dass es nicht stimmte. Warum hätte Fettes Tantchen so etwas Nettes für Ma tun sollen?

»Es ist meiner«, sagte Ma. Sie marschierte zum Telefon und wählte eine Nummer. Ich folgte ihr aus dem Zimmer, und vor Anspannung drehte sich mir der Magen um. »Hallo, Bhabi-ji. Ich bin's«, sagte sie. Sie benutzte die respektvolle Anrede für ihre Schwägerin, klang aber dennoch schroff. »Oh, mir geht es gut. Und dir …? Schön. Ich habe auch gar nicht lange Zeit. Aber mir ist gerade aufgefallen, dass mein Hochzeitsschmuck aus meinem Haus verschwunden ist, und ich dachte, du wüsstest vielleicht … ja. Ja, Pin hat mir erzählt, dass du hier warst. Nein, eben erst. Ich war immer davon ausgegangen, dass der Schmuck noch immer in ihrem Zimmer sei, wo Mutter ihn gelassen hatte. Ich kann morgen bei dir vorbeikommen, um ihn abzuholen. Ich wollte nämlich in der Stadt ein Bankschließfach mieten, um ihn dort zu deponieren.«

In diesem Moment änderte sich der Ausdruck in Mas Gesicht. Ihre Augen weiteten sich und begannen zu lodern. Ich wappnete mich für einen Schrei. Ihre Lippen wurden dünner und jedes Wort kam wie eine Kugel aus ihrem Mund geschossen. »Das ist *mein* Schmuck. Ich habe ihn an meinem Hochzeitstag getragen und ich beabsichtige ihn zu behalten.

Was ich damit mache, geht dich nicht das Geringste an, oder? Nein, *nein!* Es ist mir egal, was meine Mutter dir erzählt hat, es ist mir egal, was sie dachte. Ich will mein Gold zurück und ich komme *morgen*, um es zu holen.« Das Knallen des Hörers erschütterte die Wohnung wie ein Donnerschlag. »Ist es möglich, diese Frau zu verstehen?«, sagte Ma wie zu sich selbst. »Nach all den Jahren reitet sie noch immer darauf herum.« Sie stampfte zur Abstellkammer hinüber und versetzte der Tür einen Tritt. Der Schock ließ mich zusammenzucken – da hätte sie auch gleich Gott treten können, wo Er doch drinnen saß.

Ma strich eine Falte an ihrer Baumwollbluse glatt. Sie war hellblau, die Farbe des Nachmittagshimmels, und sie wirkte seltsam an jemandem, der so erschöpft aussah wie Ma – zu hell und fröhlich. Ma fuhr sich mit den Fingern durch die Haare und strich die Strähnen zurück, die sich gelöst hatten.

»Hunger?«, fragte sie leise.

»Ja.«

Sie ließ das Chaos in meinem Zimmer, wie es war, und ging in die Küche. Ich folgte ihr und sah ihr zu, wie sie Zutaten aus dem Kühlschrank nahm. Bandnudeln, Broccoli, Knoblauchzehen, schwarze Würzsoße, Schweinehack und Zwiebeln. Wir würden eine Weile in der Küche bleiben. Sie zupfte zuerst die brüchige Schale von den Zwiebeln und sprach nur, um mir zu raten, meine Augen zu schützen, damit ich nicht heulen müsste. Dann, während sie hektisch Zwiebeln hackte, die unter ihrem Messer knirschten, erzählte sie mir alles.

# 10

## 1970

Jini steht zwischen den staubigen Reihen mit Jutesäcken und Konservendosen. Die Stimme einer Opernsängerin krächzt aus einem Radio auf dem höchsten Regalbrett hinter der Theke, wo Laden-Onkel den Tigerbalsam, Axe-Öl und kleine Flaschen mit bunten Pillen lagert. Eine Reihe tiefer stehen Gläser mit Wurzeln und seltsamen Gewürzen, eingelegt in eine zähe Flüssigkeit, die aussieht wie Leim. Laden-Onkels Rechenperlen klackern emsig. Er hält inne und bemerkt Jini. »Mädchen, was willst du?«, fragt er.

»Muss noch überlegen.«

Laden-Onkel widmet sich wieder seinen Berechnungen. Jini braucht die Münzen in ihrer Hand nicht anzusehen, um zu wissen, was sie sich leisten kann. Es reicht gerade für eine Packung Milchpulver, eine kleine Tüte Salz und ein paar Ölsardinen.

Die Rechenperlen hören auf zu klackern. Laden-Onkel schlurft nach hinten. Während er ihr den Rücken zukehrt, überlegt Jini kurz, ob sie die Sardinen klauen soll. Sie könnte in jede Tasche zwei Dosen stopfen und hätte noch genug Geld für Schuhwichse übrig. Aber bei der Vorstellung zu stehlen dreht es ihr den Magen um. Sie könnte das Laden-Onkel, der ihr netterweise weiterhin Zucker und Bratöl in kleinen Portionen verkauft, nicht antun.

Jini sucht raus, was sie kaufen will, und tritt an die Theke. »Hallo, Onkel«, ruft sie. Er kommt wieder nach vorne. Sie nimmt einige Münzen und legt sie vor ihm auf die Theke. Während Laden-Onkel das Geld zählt, hofft Jini, dass er ihr anbieten wird, es für sie etwas billiger zu machen. Jeder gesparte Cent zählt jetzt. Er brummelt etwas vor sich hin und legt ihre Waren in eine Tüte. Dann unterbricht er sich und schnuppert. Er hat ihre Schuhe gerochen. Als Laden-Onkel ihre Sachen eingepackt hat, schnappt sie sich die Tüte und läuft schnell zur Tür.

»Mädchen«, ruft Laden-Onkel. »Komm zurück!«

Jini dreht sich um. »Ich muss los. Meine Mutter …«

Laden-Onkel kommt hinter der Theke hervor. »Mädchen«, sagt er. »Deine Schuhe.«

Jini betrachtet ihre Füße, als sähe sie sie zum ersten Mal, aber natürlich weiß sie es schon den ganzen Tag. Als sie heute Morgen in die Schule gerannt ist, ist sie in ein Schlammloch getreten. Sie hat ihre Sohlen am Gras abgerieben, um sie zu säubern, aber nur um festzustellen, dass sie in Wirklichkeit in einen Hundehaufen getreten war. Obwohl sie sich alle Mühe gegeben hat, die Schuhe mit Blättern sauber zu reiben, ist an dem Segeltuch ein stinkender Streifen übrig geblieben. Es war ihr Pech, dass heute der Schulinspektor bei der Morgenversammlung war, um zu überprüfen, ob bei den Schülerinnen auch alles seine Ordnung hatte. Er hat sie vor allen anderen heruntergemacht und gesagt: »Das ist eine Schande.«

Jini hält die Augen gesenkt, während Laden-Onkel mit der Zunge klickt und den Kopf schüttelt. Er muss sie für ein Schwein halten, denken, dass sie nie badet. Endlich bricht sie das Schweigen. »Onkel, vielleicht kann ich etwas Schuhwichse kaufen? Für ungefähr zwanzig Cent?«

Laden-Onkel schüttelt wieder den Kopf und entfernt sich. Jinis Gesicht glüht. Es ist so demütigend, bitten zu müssen, sich auf das Niveau einer Bettlerin zu begeben. Laden-Onkel kommt mit einer Dose Bleichmittel zurück. »Du musst deine Schuhe damit saubermachen«, sagt er. Die Dose sieht schwer und zu teuer aus für Jini. Sie hat ein bisschen gespart, aber das ist als Honorar für Pra-ji gedacht, um ihn wegen ihrer Hautprobleme aufzusuchen. Sie schüttelt den Kopf und verlässt den Laden. Im nächsten Moment hört sie Laden-Onkel rufen. »Mädchen, warte!«, sagt er. »Ich kann dir was mitgeben.« Er schwenkt eine leere Cola-Flasche.

»Was kostet das?«, fragt Jini, aber er winkt ab und dreht sein Gesicht leicht von ihr weg, damit er ihre Schuhe nicht riechen muss. »Danke«, sagt sie und sieht zu, wie er die Flasche füllt. »Tausend Dank.«

• • •

Die Geräusche des Viertels dringen durch die offenen Fenster, zusammen mit Rauch aus den Küchen und einer leichten Brise, die die Haare, die sich aus Jinis Zopf gelöst haben, um ihre Schultern tanzen lässt. Sie ist mit Bilu allein im Haus. Sarjit ist bei der Arbeit, ihre Schwägerin ist im Tempel und ihre Mutter arbeitet wieder am anderen Ende der Stadt. Es ist der perfekte Tag, um zu Pra-ji zu gehen, aber sie muss sicherstellen, dass Bilu ihr nicht nachläuft. Wenn sie allein zu Hause sind, kann er es kaum ertragen, nicht in ihrer Nähe zu sein. Er sitzt jetzt in der Küche, hockt zwischen Kerosinkanistern und einem alten Jutesack, in den sie den Müll tun, und beobachtet sie.

»Ich koch dir was«, sagt sie. »Du musst essen.«

Er schüttelt den Kopf. Sie achtet nicht auf ihn. Sie braucht lange, um das Mittagessen zuzubereiten, weil das Jucken an ihren Armen und Beinen sie aufhält. Wenn sie sich gekratzt hat, muss sie sich die Hände waschen. Sie wünscht, ihre

Schwägerin wäre da, um sich um Bilu zu kümmern, aber Bhabi-ji geht jetzt jeden Nachmittag in den Tempel, vermutlich nur, um ihm zu entfliehen. Ihm macht es nichts aus, wenn sie weg ist, weil er sie nicht leiden kann. Wenn sie ihm morgens die Haare hochsteckt, fängt er an zu beißen und zu kreischen. »Das ist so peinlich. Die Nachbarn meinen doch, dass ich ihn foltere«, hat Jini sie eines Abends zu Sarjit sagen hören. Jini war wütend, weil Sarjit ihr zustimmte. »Dann geh doch tagsüber einfach in den Tempel. Ich weiß, wie schwierig er ist.« Sie hätte gern ihrer Mutter erzählt, was die beiden gesagt hatten, aber sie hatte so ein Gefühl, dass ihre Mutter das schon wusste.

Jini kann nur Dhal und Roti kochen, deshalb kippt sie die Linsen in eine Schüssel und fängt an, sie auf Steine durchzusehen. Sie findet drei und wirft sie aus dem Fenster. Bilu folgt ihnen mit den Augen.

»Nicht rausgehen«, warnt sie ihn, als sie sieht, wie er in seiner Ecke langsam aufsteht. Sie hat Angst, dass er eines Tages auf die Straße rennt und von einem Auto überfahren wird. Man kann nie wissen, was er vorhat, und sie macht sich schreckliche Sorgen, jetzt, wo es schwieriger geworden ist, ihn im Zaum zu halten.

Um sich von ihren Sorgen abzulenken, konzentriert Jini sich auf das Kochen. Sie dreht den Kocher an und stellt einen Topf mit Wasser darauf. Sie wäscht die Linsen und gibt sie in den Topf, dann legt sie den Deckel auf den Topf. Sie öffnet die Schränke und durchsucht sie nach Gewürzen, die sie benutzen könnte. Sie findet eine Packung Kardamom, einige Korianderblätter und ein paar kleine Dosen mit Pülverchen – rot, gelb, braun, orange. Sie könnte es machen wie ihre Mutter und einfach etwas hineintun und dann umrühren. Sie weiß nicht, was das für Gewürze sind und wie sie schmecken, aber die Farben müssen eine Bedeutung haben. Rot für Zorn, Liebe. Gelb für einen heißen Nachmittag. Braun für Entspannung, Vergessen. Orange für Aufregung.

»Zucker?«, fragt Bilu sie.

»Nein. Kein Zucker.«

»Zucker«, sagt er nochmal.

»Mutter hat gesagt, du kriegst keinen Zucker mehr. Wir haben nicht genug für den Tee, weil ich ihn immer noch auf alles streue, was du isst. Eines Tages werden dir die Zähne ausfallen«, erklärt sie ihm. Er wirkt völlig unbeeindruckt. Er steckt den Daumen in den Mund und beginnt daran zu lutschen.

Jini will ihm gerade sagen, dass er die schmutzige Hand aus dem Mund nehmen soll und Neunjährige nicht am Daumen lutschen, als sie das Tor quietschen hört. Sie schaut aus dem Fenster und sieht einen Schatten. Ehe sie um Hilfe rufen kann, erkennt sie den, der da den Hof betritt. Der Junge mit dem Lockenkopf kommt mit vorsichtigen Schritten auf ihre Hintertür zu. Als er sie sieht, winkt er. Sie stürzt hinaus auf den Hof und schreit: »Raus!« Sie hofft, dass die Nachbarinnen sie hören. »Du darfst nicht herkommen!«

Der Junge sieht verwirrt aus. »Warum nicht?«

»Solche wie du haben hier keinen Zutritt.«

Der Junge sieht überrascht aus, als ob ihn gerade ein starker Windstoß zurückgeweht hätte. Aber er erholt sich schnell. »Okay«, sagt er. Seine Stimme ist nur ein leiser Hauch, aber Jini kann es ihm von den Lippen ablesen. »Okay.« Er macht kehrt und rennt aus dem Hof, hinaus auf die Straße. Sie steht noch lange da, die Hände in die Seiten gestemmt, und fühlt sich so schuldig, dass sie wie erstarrt ist. Aber das ist es, was ihre Mutter und die Nachbarinnen wollen. Sie wären stolz auf sie. Sie wünscht, der Junge wäre nicht hergekommen. Sie geht ihm jetzt schon seit einiger Zeit aus dem Weg. Immer, wenn er ihr winkt, duckt sie sich. Immer, wenn sie ihn auf der Straße sieht, macht sie kehrt und läuft in die Gegenrichtung. *Du kannst es dir nicht leisten, in Schwierigkeiten zu geraten,* schärft sie sich immer wieder ein.

Als sie in die Küche zurückkehrt, ist zu viel Wasser verkocht und die Linsen sind angebrannt und kleben unten am Topfboden. »Verschwendung!«, ruft Jini, als sie den Kocher ausdreht und das verkohlte Dhal rauskratzt. Bilu würde das nie im Leben essen. Er hat bereits angewidert die Nase gerümpft. Sie schaut ihn an und seufzt. Der Teig für die Rotis ist schon fertig, aber ohne was dazu wird Bilu sie niemals essen. Sie nimmt die Teigrolle raus und macht zwei ungleichmäßige Rotis, mit einem Hubbel in der Mitte, aber Bilu wird es nicht merken. Dann wirft sie die Rotis auf eine heiße Platte und sieht zu, wie sie im Dampf aufgehen und eine schöne goldbraune Farbe annehmen. Bilu steht auf, um zuzusehen.

»Zucker?«, fragt er.

»Ja, okay, Zucker«, sagt Jini. Sie dreht die Platte aus und legt die beiden Rotis auf einen Teller, nimmt den Zucker aus dem Behälter, den sie ganz hinten im Schrank versteckt hat, und streut welchen auf das heiße Roti. Sofort wird er flüssig und läuft in die dunkleren Vertiefungen im Brot. Sie reicht Bilu den Teller, macht noch zwei Rotis für sich selbst und streut großzügig Zucker über das Brot. Sie braucht etwas Süßes, um zu vergessen, was sie dem armen Jungen draußen eben gesagt und angetan hat. Der Zucker übertüncht den sauren Geschmack in ihrem Mund, die Bitternis ihrer Worte.

»Sag es niemandem«, sagt Jini. »Mutter bringt mich um.«

Aber Bilu kennt keine Geheimnisse. Und Jini wird klar, dass es das ist, warum sie ihn so liebt.

• • •

Es ist früher Abend, als Jini aus dem Haus schleicht.

Sie lässt Bilu mit einem Teller voller Zucker-Roti im Wohnzimmer sitzen. Er isst das jetzt seit einer Woche jeden Tag. Zum Glück war ihre Mutter die ganze Woche zwischen Arbeit und Tempel kaum zu Hause, sonst wäre sie ganz sicher wütend, weil sie allen Zucker aufgebraucht haben. In ein Schnupftuch gewickelt, hat Jini einen Haufen Geldscheine und Münzen für Pra-ji in einer ihrer Taschen. Jini hat $ 10,55 gezählt. Das wird für eine Sitzung bei Pra-ji reichen – ihre Probleme verlangen vielleicht mehr, dann wird sie noch ein paar Monate sparen müssen, um ihn weiterhin für seine Hilfe zu bezahlen. Jini zieht die Tür hinter sich zu, ohne abzuschließen, falls es brennt und Bilu rauskommen muss. Erst vor zwei Monaten ist in einem Haus auf der anderen Seite der Insel ein kleines Mädchen verbrannt, weil ihre Mutter sie bei abgeschlossener Tür zu Hause gelassen hatte. Jini bekommt eine Gänsehaut bei der Vorstellung, dass Bilu in einem brennenden Haus gefangen ist. Sie schwört sich, nach dem Besuch bei Pra-ji so schnell sie kann nach Hause zu kommen.

»Wo willst du hin?« Die beiden Stimmen im Duett jagen Jini einen Schrecken ein. Die Schwestern von nebenan lugen über den Zaun und sehen sie über den Hof schleichen.

»Einkaufen«, lügt sie.

»Du bist zu schön angezogen zum Einkaufen«, sagt Jasbir Kaur gerade heraus und wechselt einen Blick mit ihrer Schwester Amanpreet.

»Nicht hier um die Ecke. Ich geh in die Stadt. Ich soll da was für meine Mutter kaufen«, sagt Jini, wobei sie die Mädchen nicht ansieht. Die Schwestern sind nicht zufrieden, aber mindestens lassen sie sie in Ruhe. Sie entfernen sich tuschelnd und werfen dabei vielsagende Blicke auf das Haus. Jini meint, von einer von ihnen Bilus Namen zu hören, und sie fragt sich, ob sie nicht doch zurückgehen sollte. *Ihm passiert nichts. Er isst langsam, und wenn er fertig ist, schläft er meistens auf der Stelle ein.* Wenn ihre Mutter nach Hause kommt und ihn allein vorfindet, kann sie immer noch lügen und behaupten, sie habe aus der Schule noch ein paar Sachen holen müssen.

Letzte Woche im Tempel hat Pra-ji der Mutter erzählt, er habe mit Gott gesprochen und herausgefunden, dass ihr Mann in Indien eine neue Familie hat. Eine Frau und Zwillingsjungen. Die Knie ihrer Mutter haben ein bisschen nachgegeben und Jini musste sie um die Schultern fassen, um sicherzugehen, dass sie nicht vor all den glotzenden Frauen im Tempel zusammenbrechen würde. Sie glotzen immer, wenn Mutter eine Frage für Pra-ji hat; deshalb wartet sie immer, bis alle anderen weg sind, um mit ihm zu sprechen.

Danach hat sie zu Pra-ji gesagt, ab jetzt wolle sie nichts mehr wissen. »Wozu soll das gut sein? Ich würde mich nur noch mehr aufregen. Danke für Ihre Hilfe, aber ich werde keine weiteren Fragen stellen.« Pra-ji sah nicht begeistert aus. Er versuchte ihr klarzumachen, dass das Gespräch mit Gott der einzige Weg sei, um ihren Kummer zu lindern. »Sie können nach Ihrer Gesundheit fragen, wann Sarjit und seine Frau Ihnen Enkelkinder schenken werden, oder nach Jini.« Er warf Jini einen vielsagenden Blick zu, als er das sagte, so dass sie rot wurde.

Die Mutter wurde sofort aufmerksam. »Was sollte ich über Jini wissen wollen?«

Pra-ji verriet sie nicht. »Im Moment gar nichts. Aber wenn Sie jemals Fragen haben, vielleicht, wen sie später einmal heiraten soll, dann kommen Sie bitte und sprechen mit mir.«

»Ich kenne ihre Zukunft schon«, sagte ihre Mutter. »Nach der Mittelschule wird sie von der Schule abgehen und arbeiten, um uns zu unterstützen. Später wird sie irgendeinen Jungen heiraten, einen, der hoffentlich wohlhabender ist als wir.«

»Ja, Jini ist ein sehr hübsches Mädchen«, sagte Pra-ji. »Ich bin sicher, es wird kein Problem sein, jemanden zu finden, auch wenn ihr die Bildung fehlt. Manchmal wollen diese Jungen kein Mädchen, das zu gebildet ist. Die machen nur Probleme, sagen sie.« Etwas an dieser Behauptung machte Jini nervös, aber sie schob den Gedanken beiseite. Es war vermutlich nur die Art, wie er es gesagt hatte. Es hatte geklungen, als wüsste er alles über sie.

Die Straße hinter ihr ist leer, bis auf drei kleine Jungen, die auf dem Boden hocken und eine tote Schnecke umdrehen. Sie kreischen und springen davon, um dann langsam wieder näher zu kommen, einander anstupsend und ihre Freunde dazurufend.

Als Jini das Kampong verlässt, fühlt sie sich, als würde ein schwerer Umhang von ihren Schultern gleiten. Sie würde zu gern zu Pra-jis Haus rennen, aber jemand könnte sie dabei sehen. Sie geht immerhin ein bisschen schneller als sonst. Eine Frau in einem Sarong meckert ihren Mann an, der düster auf seine Sandalen hinunterstarrt. In der Ferne dudelt aus einem Radio ein englisches Lied und eine Gruppe von jungen Mädchen versucht, mit einzustimmen. Allmählich machen die engstehenden Häuserblocks größeren Flächen Platz, und bald passiert Jini kleinere, schönere Häuser. Die sind aus richtigen Ziegeln gebaut und haben bemalte Dächer und bunte Fensterläden – blau, grün, gelb. Es fühlt sich an, wie durch einen Spielzeugladen zu gehen. Selbst der Boden unter ihren Füßen fühlt sich anders an – fester. Pra-jis

Haus steht am Ende der Straße, ein Bungalow, umgeben von einem sonnigen Garten. Im Vorgarten gibt es einen kleinen Teich, gesäumt von Blümchen. Jini drückt auf den Klingelknopf.

Das Dienstmädchen kommt herausgestürzt, den Hinkefuß hinter sich herziehend. »Du brauchst dich nicht zu beeilen«, sagt Jini zu ihr. »Bitte.« Das Mädchen starrt Jini nur an und öffnet das Tor.

»Darf ich fragen, warum du hier bist?«, fragt Rani.

Jini öffnet den Mund um zu antworten, überlegt es sich dann aber anders. Sie kennt dieses Mädchen doch kaum. »Etwas Privates«, sagt sie.

»Deine Mutter sollte dabei sein«, sagt Rani. »Weiß sie, dass du hier bist?«

Für wen hält dieses Mädchen sich eigentlich, sie nach ihrer Mutter zu fragen? Sie will sie gerade beschwören, niemandem ein Wort zu sagen, als Pra-ji aus dem Haus kommt. »Rani!«, sagt er scharf. Rani fährt zusammen und hastet zurück ins Haus. »Hol einen Schluck Wasser für Jini und für mich. Und schnüffel hier nicht herum. Das geht dich nichts an.« Jini lächelt erleichtert.

»Komm rein«, sagt Pra-ji. »Sie ist schrecklich neugierig. Was hat sie zu dir gesagt?«

»Nichts. Sie wollte nur wissen, warum ich gekommen bin.«

»Ich werde nachher mit ihr sprechen.«

»Pra-ji, was, wenn sie meiner Mutter etwas sagt? Meine Mutter weiß nicht, dass ich hier bin.«

»Keine Sorge«, versichert ihr Pra-ji. »Deine Mutter wird nichts erfahren.«

Pra-jis Haus ist sehr prunkvoll. Eine große hölzerne Kommode steht in einer Ecke des Wohnzimmers, nah an der Treppe. Ein Vorhang aus geschnitzten Holzperlen hängt im

Durchgang zur Küche. Reichverzierte Bilderrahmen stehen auf dem Couchtisch, der ebenfalls kunstvolle Schnitzereien aufweist, eine Szene mit Bauern, die einen steilen Berg besteigen. Es gibt zwei Perserteppiche mit Bildern von Tigern und Elefanten. Und überall sind Porträts von Gott, deshalb kann Jini keine der Wände ansehen, ohne Ihn zu erblicken. Sie konzentriert sich statt dessen auf Pra-jis viele Dekorationsstücke.

»Wo haben Sie all diese Dinge gekauft?«, fragt sie ihn.

»Ich habe sie nicht gekauft. Es waren Geschenke. Ich helfe vielen verschiedenen Menschen. Manchmal sage ich Ausländern die Zukunft voraus. Ich lese in ihren Handflächen. Sie fragen mich nach ihren Finanzen, nach ihren Familien in England, danach, was sie tun sollen. Meistens erzähle ich ihnen einfach von sich selbst. Ich kann Menschen sehr genau lesen«, erklärt er ihr, und dabei mustert er ihren Körper, als ob er durch ihre Kleidung schauen und den Ausschlag auf ihrer Haut sehen könnte. »Zeig mir deine Hand«, sagt er.

Sie streckt die Hand aus und er nimmt sie und streicht über die Linien auf ihrer Handfläche. »Du hast es nicht leicht gehabt«, sagt er. »Du hast es noch immer nicht leicht. Liege ich richtig?«

»Ja«, sagt sie, aber es ist nichts Besonderes, dass er das weiß. Die ganze Gemeinde weiß, dass ihre Familie es nicht leicht hatte.

»Du verstehst dich nicht mit deiner Schwägerin«, fährt er fort.

»Nein«, gibt sie zu.

»Du musst anfangen, sie zu respektieren. Sie ist älter als du.«

Jini erzählt ihm, wie Bhabi-ji jeden Nachmittag in den Tempel flieht und dass sie sich nicht um Bilu kümmert.

»Kümmerst du dich gern um deinen kleinen Bruder?«, fragt er sie.

»Ich mag es nicht, wenn er mir Ärger macht, aber jemand muss ihm doch helfen.«

»Vielleicht hat deine Schwägerin zu viele andere Pflichten«, erklärt ihr Pra-ji. Ihre Hand liegt noch immer in seiner.

»Sie muss nur kochen und putzen. Das ist nicht so schwer«, schnaubt Jini und denkt daran, wie sie und ihre Mutter den Haushalt gemeistert haben, ehe Bhabi-ji aufgetaucht ist. Sie hat das Gefühl, dass sie ohne sie besser zurechtgekommen sind.

»Ich rede von anderen Pflichten, Jini«, sagt Pra-ji vorsichtig. »Eine Frau hat die Pflicht, ihren Gatten glücklich zu machen.«

Jini denkt daran, wie still Sarjit seit seiner Hochzeit geworden ist, und sie fragt sich, ob er glücklich ist. Sie merkt, dass Pra-ji sie wieder mustert, und fühlt sich unbehaglich dabei. Sie würde gerne einen Blick auf Gott werfen, nur um sicherzugehen, dass sie das richtige tut, indem sie hergekommen ist, aber sie hat immer noch Angst davor, Ihm in die Augen zu schauen. Wie auch immer; sie ist plötzlich unruhig, und sie weiß nicht, warum.

»Ich habe Durst«, sagt sie. Pra-ji lässt ihre Hand los und ruft Rani zu, sie solle sich mit dem Wasser beeilen. »Wie lange kann es brauchen, meinen Gast zu bedienen?«, schreit er. Es überrascht Jini, dass er so streng sein kann. Sie hat ihn immer nur sanft sprechen hören, mit einer Stimme, mit der die Leute ihre Babys in den Schlaf säuseln. Sie denkt an Bilu. Es versetzt ihr einen leisen Stich, als ihr einfällt, dass sie vergessen hat, ihm etwas zu trinken hinzustellen. Es ist ein heißer Abend und er hat bestimmt Durst. Sie macht sich im Stillen Vorwürfe wegen dieses Versäumnisses und hofft, dass er nach dem Essen gleich eingeschlafen ist.

Rani kommt mit den Getränken und stellt sie auf den Couchtisch. Ihr Blick bleibt an Jini hängen, und sie sieht aus, als wolle sie etwas sagen, aber als Pra-ji sie fragt, warum sie immer noch da herumsteht, läuft sie hastig zurück in die Küche. Pra-ji nimmt Jinis andere Hand.

»Es sieht aus, als sei dir ein langes Leben bestimmt. Du hast ein gutes Leben vor dir«, sagt er und nimmt eine Linie auf ihrer Handfläche genauer ins Visier. »Mach dir keine Sorgen wegen der Schule. Du wirst später noch Zeit genug haben, um alles aufzuholen.«

»Wirklich?«

»Wirklich«, sagt er. »Für den Moment müssen wir an deiner Seele arbeiten. Worüber hast du in letzter Zeit so nachgedacht, Jini?«

»Ich denke über meinen Vater nach. Ich bin so wütend auf ihn«, gesteht sie. Sie ist überrascht, als sie spürt, wie ihr Tränen über die Wangen laufen. »Weil seinetwegen für unsere Familie alles so schwer ist. Manchmal wünschte ich, ich könnte ihn leiden sehen, so, wie er meine Mutter jetzt leiden lässt. Und manchmal … manchmal kann ich nicht glauben, dass Gott so etwas zulassen würde.« Sie legt die Hand vors Gesicht und beginnt zu schluchzen. Sie zieht die andere von Pra-jis Schoß. Dann fällt ihr das Geld in ihrer Tasche ein.

»Ach. Das ist für Sie«, sagt sie und zieht das Schnupftuch hervor. Pra-ji nimmt das Geld mit beiden Händen und legt es beiseite. »Es sind fast elf Dollar.«

»Es spielt keine Rolle, wie viel Geld es ist, meine Liebe. Noch der kleinste Betrag ist genug. Alles, was ich will, ist dir zu helfen. Erzähl mir mehr.« Er zählt das Geld und steckt es in die Tasche. Jini spürt, wie ihr das Herz schwer wird. Ein Teil von ihr hatte gehofft, dass er das Geld zurückgeben würde, wo er doch die Situation kennt, in der ihre Familie ist. »Sprich. Worauf wartest du noch?«, fordert Pra-ji sie auf.

Sie erzählt ihm, wie gleichgültig Sarjit geworden ist, dass ihre Mutter Probleme mit dem Rücken hat. Sie erzählt ihm, dass sie sich schuldig fühlt, weil sie am Morgen den Jungen aus dem Hof gejagt hat. »Stimmt es, dass wir uns nicht mit Leuten aus ihrer Kaste abgeben dürfen?«, fragt sie.

»Besser nicht. Es ist nicht nur eine Frage der Kaste. Sie denken auch anders über vieles. Sie erweisen der Religion keinen Respekt. Der Junge, von dem du sprichst – hast du ihn je im Tempel gesehen?«

»Er geht nicht hin. Er sieht nicht einmal aus wie ein Sikh. Er hat kurze Haare.«

»Er schneidet sich die Haare ab! Siehst du, was ich meine? Die sind nicht so wie wir.«

Jini nickt. Da war etwas in den Augen des Jungen, als er sich umgedreht hat und die Straße wieder hinuntergegangen ist, das sie noch immer traurig macht. Pra-ji beobachtet sie. »Du bist ein sehr liebes Mädchen, Jini. Du kümmerst dich fast zu sehr um andere.«

»Ist das schlimm?«, fragt sie ihn.

»Nein. Aber du müsstest lernen, loszulassen. Denk nicht daran, was dein Vater getan hat. Gott wird sich seiner annehmen – du kannst dich darauf verlassen. Niemand kann diesen wachsamen Augen entfliehen.« Er zeigt an die Wand hinter sich, und Jini muss Gott zum ersten Mal seit Monaten ins Gesicht sehen. Er beobachtet sie mit erhobener Hand, bereit, Sein Urteil zu fällen.

»Ich möchte mir diesen Ausschlag ansehen«, sagt Pra-ji jetzt. Gehorsam schiebt sie die Ärmel hoch. Er zieht ihre Arme zu sich und legt sie in seinen Schoß. Es fühlt sich komisch an, ihre Arme so auf seinen Schenkeln liegen zu haben, aber er sieht sie sich wirklich an, wie ein Arzt. Er umkreist die Pusteln mit seinen Daumen. Sie rutscht unbehaglich herum.

»Die jucken ganz schrecklich«, sagt sie.

»Wann fangen sie an zu jucken?«, fragt er.

»Wenn ich an etwas Böses denke«, sagt sie wie aus der Pistole geschossen. Aber das stimmt nicht ganz. Manchmal beginnen die Pusteln zu jucken und zu brennen, obwohl sie sich keiner Schuld bewusst ist und nur die reinsten Gedanken hat. Sie kann sich das nicht erklären. Aber Pra-ji soll ihr helfen, deshalb erzählt sie ihm, was er hören möchte.

»Ich kann dir helfen«, sagt er. Er hat die Stimme gesenkt. »Ich werde jetzt die Augen schließen, und ich möchte, dass du dasselbe tust. Wir werden mit Gott kommunizieren.«

Jini hebt die Hände an den Kopf. »Kann ich etwas haben, um meinen Kopf zu bedecken? Wenn wir beten wollen …«

»Nicht nötig«, sagt Pra-ji. Seine Stimme klingt jetzt ein kleines bisschen ungeduldig. Wieder fühlt Jini sich unbehaglich. Pra-ji wird unruhig, beißt sich auf die Lippen. Es sieht aus, als wolle er ein gehässiges Grinsen unterdrücken. »Das hier ist etwas anderes als im Tempel zu beten. Im Tempel bedecken wir den Kopf, um Gottes Haus zu ehren. Das hier ist mein Haus, und da bestimme ich.« Er lacht. Jini fühlt sich überhaupt nicht wohl in ihrer Haut. Eigentlich ist doch die ganze Welt Gottes Haus.

Pra-ji weist sie an, die Augen zu schließen, und stimmt einen leisen Singsang an. Jini hört zu und konzentriert sich mit aller Macht darauf, die Pusteln zu vertreiben, damit sie ein für alle Mal verschwinden. Sie denkt an ihren Vater und versucht, ihm keinen Hass entgegenzubringen. Sie gelobt, netter zu ihrer Schwägerin zu sein, Laden-Onkel das Geld zurückzugeben, ihrer Mutter mehr zu helfen.

»Mach die Augen auf«, sagt Pra-ji. »Ich habe noch eine Frage an dich.« Jini tut, wie geheißen. »Was hast du sonst noch für Gedanken gehabt, außer denen, von denen du mir erzählt hast?«

Jini zerbricht sich den Kopf nach noch etwas, über das sie sich Gedanken gemacht hat. Pra-ji rückt näher an sie heran, so dass seine Lippen fast ihre Wange berühren, als er ihr ins Ohr flüstert: »Wie ist es mit Jungen?«

»Jungen?«, fragt sie.

»Dieser Junge aus der niederen Kaste. Gefällt er dir?«

Jini rutscht unbehaglich herum. Plötzlich ist ihr schrecklich heiß in Pra-jis geräumigem Wohnzimmer. Sie trinkt ein paar Schlucke Wasser. »Der ist einfach ein Schulkamerad.«

»Nicht dein Freund?«, fragt er sie. Er starrt auf ihre Brust. Sie versucht, nicht mehr so hektisch zu atmen.

»Nein. Nein, so ist er nicht. Ich habe keinen Freund. Ich rede nicht mal mit Jungen. Meine Mutter würde mich umbringen«, sagt sie.

Pra-ji macht ein skeptisches Gesicht. Er streichelt ihr über die Haare, schiebt sie ihr aus dem Gesicht und steckt sie hinter die Ohren. »Es ist alles gut, so lange du es niemandem erzählst«, flüstert er. Jini merkt, wie sich ihr ganzer Körper verkrampft. Dann nimmt Pra-ji wieder seine aufrechte Position ein und beginnt erneut mit seinem Singsang. »Mach wieder die Augen zu, Jini«, weist er sie an.

Sie macht die Augen zu, aber sie fühlt sich unwohl dabei. In Gedanken spricht sie ihr eigenes Gebet: *Gott, bitte hilf mir. Ich glaube, ich habe einen Fehler gemacht. Bitte, hilf mir hier raus.* Sie könnte einfach wegrennen, aber was würde Pra-ji dann den Leuten erzählen? Sie würden ihm glauben, nicht ihr, auch wenn sie durch die Straßen liefe und aller Welt erzählte, dass er ein unanständiger Mann ist, dass er versucht hat, mit ihr über Jungs zu reden. Oder vielleicht ist das seine Art zu helfen. *Gott, hilf mir,* fleht sie. Aber ihr Kopf ist nicht bedeckt. Kann Er sie überhaupt hören?

Dann spürt sie etwas, eine kalte Hand, die unter ihre Bluse und auf ihren Bauch gleitet. »Ich will nur deine Haut abtasten«, sagt Pra-ji. »Ich will wissen, wie schlimm es inzwischen ist.« Sie bewegt sich nicht, ist wie erstarrt. Dann lässt Pra-ji seine Hände nach oben wandern. Jetzt umfassen sie ihre Brüste, kneten sie. Mit plötzlicher Wucht stößt er Jini auf den Boden, presst sein Gesicht auf ihres und reibt seinen Körper an ihrem.

»Nein!«, schreit sie, aber ihre Stimme ist nicht so laut wie in ihrem Kopf. Da er seine Schulter auf ihren Mund drückt, kommt nur ein dumpfes Stöhnen heraus. Er zieht jetzt an ihrer Hose, schiebt sie nach unten, zwingt ihre Beine auseinander. »Aufhören!«, fleht sie und tritt mit den Beinen in die Luft. »Hilfe!«

Dann sieht sie das Glas mit dem Wasser auf dem Couchtisch. Pra-ji hält einen ihrer Arme fest, aber über den anderen hat er keine Gewalt, weil er sich damit abmüht, ihre Beine zu spreizen. Sie streckt die Hand nach dem Glas aus und kippt ihm das Wasser auf den Rücken. Für einen Moment hält er verwirrt inne. Sie nutzt ihn, um auszuholen, und zertrümmert das Glas an seinem Kopf. Blut und Wasser laufen über sein Gesicht und ihr Handgelenk. Er stößt einen erstickten Schrei aus.

»Du kleine Hure!«, brüllt er und hebt eine Hand an den Schnitt in seinem Gesicht. Das Blut strömt ihm durch die Finger. »Wofür zum Teufel hältst du dich? Du kommst her und bittest mich um meine Hilfe, du hast keinen Vater, deine Familie hat den schlechtesten Ruf in der ganzen Gemeinde, und du wagst es, mich anzugreifen?«

»Sie Bastard!«, stößt sie hervor. Es ist ihr egal, ob das ein verbotenes Wort ist. Es ist ihr egal, ob die Pusteln auf ihrem Körper bleiben und sich bis ins Gesicht ausbreiten und für den Rest ihres Lebens jucken. Sie wird niemals eine Jüngerin Gottes werden, wenn es das ist, was Seine Jüngerinnen tun. Sie sieht Sein Bild jetzt überall im Haus, wie Seine Augen sie anklagen. »Sie Hurensohn! *Sie dreckiger Hund!*« Sie schreit und schreit diese Beschimpfungen wieder und wieder hinaus, bis ihr aufgeht, dass sie das Haus verlassen hat, sie hat angefangen zu rennen, nachdem sie es geschafft hat, sich zu befreien. Ihre Hand blutet und pocht vor Schmerz. Sie hat eine Schnittwunde auf der Handfläche. Ihr Herz hämmert. Sie rennt vorbei an den schmucken Häusern, die jetzt von der Abendsonne beschienen werden und lange Schatten werfen. Sie rennt den ganzen Weg zurück in ihr Viertel und hinterlässt auf dem Bürgersteig eine Spur aus Blutstropfen.

• • •

Als Jini oben an der Straße ankommt, wo der schmale Weg den Hang hinab zu ihrem Haus führt, bemerkt sie die Menschenmenge. Zuerst denkt sie, dass vielleicht eine Hochzeit stattfindet, aber es ist ein Werktag und Hochzeiten finden nur sonntags statt. Außerdem kündet die Luft feucht und schwer von etwas Schrecklichem. Sie schaut zum Himmel hoch, aber da sind nur wenige Wolken, nur die rasch untergehende Sonne. Manchmal fragt sie sich, warum die Sonne morgens so lange braucht, um sich sehen zu lassen, es aber schafft, am Abend so schnell davonzueilen, als ob sie Orte kennt, an denen sie lieber ist.

Als sie ihre Straße erreicht hat, hört sie auf zu rennen, weil sie nicht will, dass irgendwer sie sieht. Sie legt die blutende

Hand hinter den Rücken. Ihre Mutter wird nach Hause kommen, dann wird Jini ihr ganz ruhig erzählen, was Pra-ji getan hat. Ihr Bruder wird so wütend sein auf Pra-ji, und eines Tages wird er ihn im Tempel konfrontieren, und alle werden wissen, was für ein Scharlatan er ist, was für ein widerlicher Mann. Was ihre Haut angeht, sie wird lernen, damit zu leben. Wenn sie später selbst arbeitet, wird sie zu einem Arzt gehen, und vielleicht wird er ihr erklären können, woran es liegt. Vielleicht ist die Seife, die sie verwendet, zu scharf, oder sie hat irgendeine Allergie. Sie hat schon früher an diese Erklärungen gedacht, aber sie hatte sich so abhängig gemacht von Gott, dass sie dachte, es müsse etwas mit Ihm zu tun haben. Sie kann nicht fassen, wie leicht sie sich hat zum Narren halten lassen. Wieder schnürt es ihr die Kehle zu vor Scham, aber jetzt hat sie einen Plan und das ist wichtig. Trotzdem will ihr Herz nicht aufhören zu hämmern. Was geht da in ihrer Straße vor?

Eine Frau kommt mit wehendem Nachthemd auf sie zugerannt, der dünne Batikstoff flattert ihr wild um die Knöchel. Es ist Tantchen Gurpreet, die Mutter der Mädchen von nebenan. »Wo warst du bloß?«, ruft sie. Hinter Tantchen Gurpreets Schultern sieht Jini, dass die Tür zu ihrem Haus weit offensteht. »Bilu?«, flüstert sie. Angst jagt ihr wie Feuer durch den Leib. Die Menge teilt sich vor ihr und lässt sie in ihr Haus rennen. Bilu ist nirgends zu sehen, aber eine kleinere Gruppe Menschen steht in der Küche. Es sind keine aus der Gemeinde – sie tragen Uniformen und heben einen großen, undurchsichtigen Sack in die Höhe. *Wo ist Bilu?*, denkt Jini wieder. Natürlich ist ihm nichts passiert. Sie hat alles getan, damit er sicher ist. Sie hat ihn nur für kurze Zeit allein gelassen.

Aber dann sieht sie es: die Cola-Flasche. Gestern Abend hat sie etwas von dem Bleichmittel in einen Bottich gegossen und ihre Schuhe darin eingeweicht. Sie hat die Flasche danach zusammen mit den übrigen Reinigungsmitteln versteckt, und sie war noch zu drei Vierteln voll. Sie muss daran denken, wie Bilu isst – wie er alles so eilig hinunterschlingt, dass sie Angst bekommt, er könnte ersticken. Er würde sicher gedacht haben, es sei Wasser.

Jemand in einer Uniform stellt Jini eine Frage. Hat sie ihn schreien hören? Wo war sie? Die Nachbarinnen sind herbeigestürzt, um zu helfen. Sie hatten ihn gehört und Hilfe geholt. Sie hatten die Haustür aufgebrochen und versucht, ihn hochzuheben, aber er war völlig außer sich und hatte entsetzliche Schmerzen. Immer, wenn Jini versucht, den Mund aufzumachen, hindert ein zäher, saurer Geschmack sie daran, ein Wort herauszubringen. Sie möchte sich neben Bilu kauern – der, wie ihr nun aufgeht, in dem großen Sack ist –, um mit ihm zu sprechen und ihm zu sagen, dass alles wieder gut wird, dass es ihr so leidtut, dass sie ihn alleingelassen hat, aber etwas hält sie zurück, und sie weiß nicht, was es ist, bis sie merkt, dass alle sie anstarren. Die Menge starrt, und weitere Menschen starren aus den Fenstern, die in der Abenddämmerung schon erleuchtet sind. Sie bleibt einfach dort stehen, stumm unter ihren Blicken. Und in diesem Moment weiß sie, dass das für den Rest ihres Lebens ihr Platz sein wird.

# Teil 4

# 11

## 1991

Mas Gesicht war nass von Tränen, als sie ihre Geschichte beendet hatte. »Als die Leute anfingen zu fragen, wo meine Mutter und ich gewesen waren, als Bilu starb, musste ich sagen, dass ich bei Pra-ji zu Hause gewesen war. Aber der stritt alles ab. Er sagte, ich sei niemals dort gewesen. Er hatte Angst, ich würde den Leuten erzählen, was er getan hatte, also tat er einfach so, als ob es nie passiert wäre. Danach ging es los mit den Gerüchten.«

»Was für Gerüchte?«, fragte ich.

»Sie meinten, ich sei wohl in der Stadt gewesen, um mich mit Männern zu treffen, weil ich ja nicht beweisen konnte, wo ich wirklich gewesen war. Pra-ji schürte die Gerüchte noch, da bin ich mir sicher. Wenn er die anderen davon überzeugen könnte, dass ich so eine wäre, würde sich niemand meine Version der Geschichte anhören.«

Mir fiel das Dienstmädchen ein. »Glaubst du, dass es das war, was Rani passiert war?«

Ma nickte. »Deshalb wollte sie wissen, wo meine Mutter war. Ich dachte, sie sei bloß neugierig, aber sie versuchte nur, mich zu warnen. Ich mag mir gar nicht vorstellen, was sie bei dieser Bestie für ein Leben hatte.« Sie schauderte. Ma fuhr sich mit dem Handrücken über die Wangen. Die Tränen hinterließen eine glitzernde Spur auf ihrer Haut. »Dein Tantchen meint, ich hätte es nicht verdient, meinen Schmuck zurückzubekommen, wegen dem, was an diesem Tag passiert ist. Sie sagt, mein Fehlverhalten habe ihnen alles genommen, und Nani-ji habe mir den Schmuck ohnehin nur geliehen.«

Wir saßen lange schweigend da. Ma reckte den Hals, um draußen auf die Uhr zu gucken, und sprang auf, als ihr aufging, dass es Zeit wurde, mit dem Kochen anzufangen. Sie schritt eine Minute lang in der Küche auf und ab, bevor sie den Kühlschrank öffnete. Die Details ihrer Geschichte begannen sich vor mir abzuspulen. Ich konnte sie jetzt vor mir sehen, wie sie gewesen war, mit 15, verängstigt und verwirrt. Ich dachte daran, wie sie kaum mehr hatte sprechen können vor Wut, als wir damals den Tempel verlassen hatten. Sie konnte Fettes Tantchen einfach nicht damit davonkommen lassen, dass sie sich ihren Schmuck genommen hatte. Es musste einen Weg geben, um ihn zurückzuholen.

»Vielleicht hört Fettes Tantchen sich deine Version der Geschichte doch noch an, wenn du sie an einem guten Tag erwischst«, schlug ich vor.

Ma schüttelte den Kopf. »In all den Jahren, die ich dein Fettes Tantchen nun kenne, habe ich nie erlebt, dass sie einen guten Tag gehabt hätte. Ich glaube nicht, dass sie die Kapazität hat, großzügig zu sein.« Ich öffnete den Mund, um zu widersprechen, aber Ma brachte mich zum Schweigen. »Das reicht, Pin«, sagte sie streng, und ich musste das Thema fallen lassen. Ich sah sehr genau hin, als sie die Zutaten für das Abendessen herausholte. Anis, Kardamom und rotes Chilipulver, Fleisch und Kartoffeln, Reis und knackige grüne Bohnen. Ma grübelte immer noch. Sie konnte nicht so leicht vergessen.

• • •

Das Chinesische Neujahrsfest war in zwei Wochen, und die Stadt war voller roter Lichter. Riesige Lampions hingen an den Straßenlaternen und Stoffdrachen tanzten, wenn die sanfte Februarbrise ihnen durch die Rippen wehte. Daddy und ich setzten uns am Samstagmorgen vor die Verkaufsbuden, um das Viertel zu zeichnen, aber ich schaffte es nicht. Um Singapur während des Chinesischen Neujahrsfestes zu zeichnen, brauchte man Rot, Pink und Gold. Man musste die Musik einbeziehen – ganz hohe Töne, begleitet von scheppernden Becken und hallenden Trommeln –, die aus den Gemischtwarenläden am Weg gegenüber den Ständen dudelte.

»Ich kann das nicht«, sagte ich zu Daddy und schob ihm mein Papier wieder hin. Er war zu vertieft, um aufzuschauen. Er hielt nichts von Farben beim Zeichnen und behauptete, alles, was er an Farben brauchte, seien die Schattierungen von Schwarz, Weiß und Grau.

»Fertig«, sagte er. »Schön?«

Ich nickte, obwohl das Bild auf mich ein bisschen trist wirkte. Er hatte den Block auf der anderen Straßenseite gezeichnet, wo Lampions in unterschiedlichen Formen und Größen in den Gängen baumelten. »Du kannst es behalten und ausmalen, wenn du willst«, sagte er.

»Danke«, murmelte ich und faltete die Zeichnung zusammen.

»Dich beschäftigt etwas«, bemerkte Daddy. »Erzählen?«

»Nichts«, sagte ich.

»Bist du von weiteren Geistern belästigt worden?«

»Nein.« Die Gestalt am Fenster war nicht wieder aufgetaucht, und ich war inzwischen davon überzeugt, dass ich mir alles nur eingebildet hatte. Nachts schaukelten die Lampions auf unserem Gang manchmal im Wind und warfen seltsame Schatten an die gegenüberliegenden Wände.

»Wie läuft's in der Schule?«, fragte Daddy.

»Geht schon.«

»Mrs Paraswati, richtig?«

»Parasuram.«

»Ist sie eine gute Lehrerin?«

Ich zog eine Grimasse. »Sie gibt zu viele Hausaufgaben auf«, klagte ich.

»Alle Lehrer geben zu viele Hausaufgaben auf. Aber das ist besser für euch. Denk doch mal dran, wie schlau du am Ende des Schuljahrs sein wirst. Noch viel schlauer als die Mädchen in den anderen Klassen, die nicht Mrs Parasurna haben.«

»Parasuram!« Ich war genervt. Daddy hatte ein grauenhaftes Namensgedächtnis.

»Hab ich doch gesagt.«

»Ich habe in der Schule eine neue Freundin, Kristen. Ihr Geburtstag fällt in diesem Jahr auf das Chinesische Neujahrsfest, und sie hat mir erzählt, dass sie eine Party macht. Sie ist gerade aus Amerika hergezogen.«

»Das ist ja nett«, sagte Daddy. »Da wollte ich schon immer mal hin. Wenn ich im Lotto gewinne, fahren wir.«

»*Falls* du gewinnst«, korrigierte ich ihn. Du weißt nicht, ob das jemals passiert.«

»*Wenn!*«, sagte Daddy energisch. Er fing wieder an zu zeichnen und drückte dabei seinen Bleistift fest aufs Papier. Am Nebentisch saß ein kleiner Junge mit seiner Mutter, die ihn mit Löffeln voller Reisbrei fütterte. Er klatschte in die Hände, zappelte herum und drehte manchmal den Kopf weg, wenn seine Mutter versuchte, ihm den Löffel in den Mund zu stecken. Sein ganzes Gesicht und der Kragen seines T-Shirts waren voller Brei. Daddy versuchte, ihn zu zeichnen. Seine kühnen Striche passten nicht so recht zu dem schmalen, glatthaarigen Kopf des Jungen und seiner kleinen Nase, den

Äuglein und dem Mündchen. Aber es war noch früh am Tag, und da war Daddy immer besonders selbstbewusst. Ich beschloss, ihn nicht weiter zu korrigieren.

Kristen verteilte ihre Einladungen am folgenden Montag. Das Geschnatter in unserem Klassenzimmer war so laut, dass Mrs Parasuram damit drohen musste, uns Punkte von unserem wöchentlichen Diktat abzuziehen, damit wir uns beruhigten. Niemand wollte bei einem Diktat schlecht abschneiden. In dieser Woche kamen Wörter wie *Pandämonium* und *Usurpator* dran. Elaine Lee und ich hatten uns gegenseitig im Bus abgefragt, bis ich sicher war, dass sogar Tantchen Honey die Wörter auswendig konnte, obwohl ihr Englisch bei Weitem nicht ausreichend war.

Kristen schrieb mir eine Notiz auf den Rand ihres Naturkundehefts. »Denk dran, Rot zu tragen!« Ich antwortete mit einem kurzen, lässigen Nicken, aber meine Gedanken wirbelten durcheinander. Hatte ich überhaupt etwas Rotes? Ich hatte rosa Kleider, aber die waren alle entweder zu kindlich oder nicht elegant genug für eine Party.

In der Pause versammelte sich eine Gruppe von Mädchen um unseren Tisch, um über die Party zu reden. Als Farizah aufstand, um sich etwas zu trinken zu holen, folgte Kristen ihr mit den Augen. Sie wartete, bis Farizah außer Hörweite war, dann erzählte sie den anderen Mädchen, sie fände es toll, wenn wir alle ähnliche Cheongsams tragen könnten. »Es müssen nicht alle genau die gleichen sein«, sagte sie großzügig. »Aber meine Mom sagt, wir würden auf einem Foto richtig hübsch zusammen aussehen, wenn wir alle kurze, rote Cheongsams mit schwarzen Schuhen tragen würden.«

Jetzt sah ich zu Farizah hinüber, die sich am Getränkestand angestellt hatte. Alle Mädchen aus der Klasse waren eingeladen worden, sie auch. »Ich glaube nicht, dass Farizah ein kurzes Kleid anziehen darf.«

»Aber Sofia Rahman ist auch Muslimin, und sie sagt, dass sie es tun wird«, sagte Kristen.

»Schon, aber Farizah ist … anders. Sie wird vermutlich einen langen Rock oder eine Hose tragen.«

»Dann hätte ich sie vielleicht nicht einladen sollen«, sagte Kristen. Ich sah die anderen Mädchen an, um Unterstützung zu bekommen, aber die feixten ebenfalls. Nicht viele verstanden Farizah, und noch weniger mochten überhaupt erst den Versuch machen.

»Sie kommt wahrscheinlich sowieso nicht«, sagte ich eilig. »Sie isst nicht von Tellern, die mit Schweinefleisch in Berührung gekommen sind.« Das stimmte. In der dritten Klasse hatte Alison Chu zu Hause ihren Geburtstag gefeiert und die ganze Klasse eingeladen. Kartoffelcurrypuffs, Erdnusspfannkuchen und Keropok waren alle auf den besten Porzellanplatten serviert worden, die Alisons Mutter hatte. Farizah hatte sich geweigert, irgendetwas zu essen. Sie hatte gesagt, es sei bei ihnen eine Sünde, von einem Teller zu essen, der jemals mit Schweinefleisch in Berührung gekommen sei. Es waren noch zwei andere Musliminnen auf dem Fest gewesen, und sie hatten gesagt, dass es in Ordnung sei. »Das Essen ist halal«, hatten sie ihr versichert. »Es spielt keine Rolle, ob der Teller mit Schweinefleisch in Berührung gekommen ist, so lange das Essen selbst nicht damit in Berührung gekommen ist.« Farizah hatte sich stumm geweigert.

»Das ist ja schräg«, sagte Kristen. Sie zog eine fiese Grimasse, die die anderen Mädchen zum Lachen brachte. Ich stimmte ein; mein Lachen klang gezwungen und ich spürte die Blicke der anderen auf mir, die testen wollten, ob ich auf ihrer Seite war oder nicht. Farizah war ohnehin nicht in der

Nähe. Ich beschloss, dass sie manchmal wirklich schräg war, und sofort fiel mir das Lachen leichter.

»Aber du kommst doch auf jeden Fall zu meiner Party?«, fragte Kristen mich später, als wir uns anstellten, um zurück ins Klassenzimmer zu gehen.

»Auf jeden Fall«, sagte ich und schenkte ihr mein überzeugendstes Lächeln. Ich wollte nicht anders aussehen als die anderen Mädchen und riskieren, dass hinter meinem Rücken über mich gelästert wurde, aber ein roter Cheongsam würde teuer sein, vor allem jetzt, wo alle Welt in Singapur damit beschäftigt war, sich für das Neujahrsfest einzudecken. Ma würde es auf jeden Fall für Geldverschwendung halten, extra für eine Party ein Kleid zu kaufen – das wusste ich, da musste ich sie gar nicht erst fragen. Daddy würde vermutlich dasselbe sagen, bloß auf nettere Weise.

Bei der Morgenversammlung ein paar Tage später hielt Mrs D'Souza wieder eine Rede über Gott und Geld. »Während der Chinesischen Neujahrsfeiern bekommen wir rote Päckchen von unseren Verwandten und hoffen, dass sie viel Geld enthalten. Gott will, dass ihr reich werdet, nicht nur in euren Brieftaschen, sondern auch in euren Herzen. Wenn ihr dankbar seid für eure Geschenke, werdet ihr sie Gott darbringen. Im Gegenzug wird er eure Gaben wachsen lassen.« Das war das Stichwort für die Schulpräfektinnen, rote Umschläge zu verteilen. Mit ihren goldenen Ornamenten und den Bildern von zarten Zweigen mit rosa Blättern und prallen Apfelsinen, die von ihnen herunterhingen, hatten sie große Ähnlichkeit mit den chinesischen Neujahrspäckchen. Aber direkt neben der Lasche prangte in goldenen Lettern der Name unserer Schule.

Die Lippen noch immer zu einem angestrengten Lächeln gespreizt, erklärte Mrs D'Cruz, die Schule baue dort, wo das alte Kunstgebäude gestanden hatte, eine neue Kapelle. Bei der

Errichtung dieser neuen Kapelle sei man aber von Spenden abhängig, dann nannte sie die Namen einiger Eltern, die bereits dicke Schecks ausgestellt hatten. »Wir erwarten nicht, dass ihr hohe Summen spendet, aber überlegt euch, ob ihr nicht einen Teil eures Taschengeldes für den guten Zweck dazugeben wollt. Denkt doch nur daran, wie zufrieden Gott dann mit euch sein wird.« Um mich herum wechselten all die anderen Mädchen Blicke und zogen ihre Geldbeutel hervor. Ich tastete nach einem dünnen Zwei-Dollar-Schein in meiner Tasche und wusste, wenn ich den opferte, würde ich nicht mehr genug Geld haben, um mir für den verbleibenden Tag etwas zu essen zu kaufen.

»Gibst du nichts?«, fragte mich Kristen. Sie steckte einen grünen Fünf-Dollar-Schein in den Umschlag und klebte ihn zu.

»Ich hab heute mein Geld vergessen«, log ich. Und dann hatte ich eine Erleuchtung. Mrs D'Cruz' ganzes Gerede über Gott, der unser Geld wachsen ließ, hatte mich auf eine Idee gebracht.

Nach der Morgenversammlung gingen wir in unser Klassenzimmer zurück, und in der ersten Stunde stand Sozialkunde auf dem Plan. Mrs Parasuram machte weiter mit ihrem langweiligen Vortag über Sir Stamford Raffles. Sie ließ ein Bild seines weißen Standbildes in der Innenstadt herumgehen. Breitbeinig, mit verschränkten Armen und gerecktem Kinn, stand er da, als ob er versuchte, die gesamte Insel in Beschlag zu nehmen. Ich hob die Hand und fragte, ob ich zur Toilette gehen dürfte.

»Die Stunde endet in zwanzig Minuten. Dann kannst du gehen«, sagte Mrs Parasuram. Ehe sie mit dem Unterricht weitermachen konnte, schoss meine Hand erneut in die Luft und ich fuchtelte mit ihr herum.

»Ja, Parveen?«, fragte Mrs Parasuram. Ihre Stimme klang gereizt.

»Es ist dringend«, verkündete ich. Die Klasse kicherte. In der zweiten Klasse hatte Deborah Ong genau das gesagt und gleich darauf Durchfall und Kotzeritis gleichzeitig bekommen.

»Okay, dann geh schon«, sagte Mrs Parasuram eilig. Sie hatte offenbar von Deborah Ong gehört.

Ich griff unter meinen Tisch und schob mir den Umschlag in die Tasche. Auf den Gängen war es still, nur hin und wieder drang aus einem der anderen Klassenzimmer die erhobene Stimme einer Lehrkraft. Ich schaute mich um, ehe ich die Toiletten links liegen ließ, nur für den Fall, dass im Treppenhaus Präfektinnen herumlungerten. Ich wollte nicht, dass jemand mich verpfiff, weil ich gar nicht auf die Toilette ging. Ich hastete die Treppe hinunter und hielt mich dabei dicht an der Wand, bis ich die vertrauten bunten Glasfenster erreicht hatte. Dann, ohne es mir noch einmal zu überlegen, schlüpfte ich in die alte Kapelle.

Ein kalter Luftzug wehte mir ins Gesicht, auf Hals und Beine, als ich mich rasch in die erstbeste Bank setzte. Außer mir war keine Menschenseele da. Es war dunkler als in meiner Erinnerung an das letzte Mal, als ich hier hereingeschaut hatte. Ich schloss die Augen, und sofort sah ich ein Bild dieses Gottes vor mir. Er hatte lange Haare, und Er machte sich nicht die Mühe, sie hochzubinden und unter einem Turban zu verstauen.

»Hallo«, sagte ich. Meine Kehle war trocken, und ich brachte nur ein Krächzen heraus. Ich räusperte mich und machte noch einen Versuch. Diesmal wurde es ein Flüstern.

*Hallo.* Die Stimme dieses Gottes war sanfter, fast die eines Mädchens. Er klang wie der Mann von den Stadtwerken, der bei uns vorbeikam, um uns freundlich daran zu erinnern, die Stromrechnung zu bezahlen.

»Wie soll ich dich nennen?«, fragte ich. Diesmal war ich souveräner.

*Ganz, wie du möchtest, Kind,* antwortete Er. Mir fielen einige Spitznamen ein, aber ich beschloss, das mit dem Namen erst einmal zu verschieben, solange es sich vermeiden ließ.

»Ich bin Pin«, sagte ich.

*Ich weiß.*

»Weißt du auch meinen Nachnamen?«

*Kaur. Du bist eine Sikh.*

»Ist es denn dann okay, dass ich hier bin?«, fragte ich besorgt.

Er kicherte, nicht boshaft, aber es machte mich trotzdem nervös. Es erinnerte mich daran, wie Ma beim Erzählen ihrer Geschichte verstummt war, um die Lippen zu einem Lächeln zu verziehen. Es war kein glückliches Lächeln gewesen – es war ein Lächeln, das verhindern sollte, dass ihre Lippen bebten vor Wut, dass sie etwas sagte, was sie später bereuen würde. Es war ein Lächeln, mit dem sie mich davor bewahren wollte, etwas Schlimmes zu sehen, aber es machte mir trotzdem Angst. Ich hatte Angst, das Lächeln würde sie durcheinanderbringen und davon abhalten, mir die Wahrheit zu sagen. Genauso ging es mir jetzt mit Gott. Ich hatte Angst, dass Er nicht ehrlich zu mir sein würde.

*Es ist absolut in Ordnung,* erwiderte Er. Erst jetzt merkte ich, dass ich die Luft angehalten hatte, während ich auf Seine Antwort wartete. Ein langer Seufzer löste sich von meinen Lippen und erfüllte die Luft um mich herum mit Wärme. Ich rutschte weiter in die Mitte der Bank und schloss wieder die Augen, während ich mich darauf konzentrierte, wie dieser Gott aussah. Seine Augen, beschloss ich schließlich, hatten durchaus Ähnlichkeit mit den Augen meines Gottes – wässrig, die Augenwinkel leicht gesenkt, als ob Er gerade einen traurigen Film gesehen hätte. Seine Mundwinkel waren auf die gleiche Weise gesenkt. Er war dünner als mein Gott, und ich dachte, das könnte damit zusammenhängen, dass sie ja ganz andere Dinge aßen. Mein Gott lebte von fettigem gebratenen Brot, das in dicke, scharfe Soßen getunkt wurde, gelb gefärbtem Gemüse und klumpigem Joghurt, und da war es ja kein Wunder, dass Er den ganzen Platz in Seinem Bilderrahmen ausfüllte. Ich erinnerte mich vage daran, dass Mrs D'Cruz etwas über Brot und Wein und ein großes Abschiedsmahl erzählt hatte, aber dieser Gott hatte wohl nicht sehr viel gegessen. Ich konnte unter Seiner gebräunten Haut die schmale Leiter Seiner Rippen sehen.

Als ich die Augen wieder öffnete, ging mir auf, wie lange ich schon aus dem Klassenzimmer weg war, und ich wurde unruhig. »Ich muss zurück, sonst wird meine Lehrerin böse«, sagte ich. Ich hätte Ihm fast erzählt, dass sie glaubte, ich sei auf der Toilette, aber wenn Er ein ordentlicher Gott war, würde Er Lügen vermutlich nicht billigen. Ich fischte den Umschlag aus meiner Tasche und schob eilig den Zwei-Dollar-Schein hinein, leckte die Lasche an, fuhr sie mit dem Daumen nach und steckte den Umschlag in den Opferstock.

»Hilf mir«, sagte ich einfach und meinte damit, dass ich Seine Hilfe bei allem brauchte. Ich fühlte mich noch immer nicht wohl dabei, mit meinem eigenen Gott zu sprechen, weil Er weiterhin in der Abstellkammer wohnte, und ich hatte Angst, dass er noch immer sauer war. Wenn dieser Gott meinem Geld helfen könnte zu wachsen, wie Mrs D'Cruz versprochen hatte, wäre es vielleicht genug, um mir ein rotes oder pinkes Kleid für Kristens Party zu kaufen und ihr einen Ang pow zu schenken. Vielleicht würde Daddy im

Lotto gewinnen und es würde leichter sein, die Rechnungen zu bezahlen, und er könnte weniger arbeiten oder sich eine weniger anstrengende Arbeit in der Stadt suchen. Vielleicht könnte er es sich eines Tages sogar leisten, Ma schöneren und teureren Schmuck zu kaufen, so dass sie all das vergessen würde, was Fettes Tantchen und Nani-ji ihr genommen hatten.

Ich hastete aus der Kapelle in die Hitze der Spätnachmittagssonne. Ich hielt den Atem an, als ich an meinen Platz zurückhuschte, in Sorge, dass Mrs Parasuram würde wissen wollen, wo ich so lange gewesen war. Aber sie registrierte es kaum, als ich das Klassenzimmer betrat. Sie war viel zu sehr damit beschäftigt, Vorträge darüber zu halten, wie Singapur sich aus einem Sumpf in eine geschäftige Metropole verwandelt hatte. Ihre Augen loderten vor Begeisterung, als ob sie wirklich gerade Zeugin davon würde, wie das Land sich verwandelte.

• • •

Am nächsten Tag passierte etwas, das mich an diesen neuen Gott glauben ließ. Es fing in der Pause an, als ich im Kiosk unter meinem Tisch eine Ein-Dollar-Münze fand. »Schau mal!«, rief ich, als ich aus dem Augenwinkel einen Goldschimmer erblickte. »Ich hab sie zuerst gesehen!«

Kristen bückte sich ebenfalls hinunter, um zu schauen. »Wow«, sagte sie. »Ich habe noch nie eine Dollarmünze gefunden. Sonst liegen doch immer nur Ein-Cent-Münzen auf dem Boden herum.«

Ich legte den Dollar auf den Tisch und wir untersuchten ihn beide. Er war zweifelsfrei echt – es war keine von diesen in Goldfolie gewickelten Schokoladenmünzen. Im Kindergarten hatte mir ein befreundeter Junge einmal weismachen wollen, die Folie sei aus echtem Gold, aber das hatte ich ihm nicht geglaubt.

Ich steckte den Dollar schnell in die Tasche und Kristen widmete sich wieder ihrem geeisten Wachskürbistee. »Du willst nicht teilen?«, fragte sie auf ihre unschuldige Art, die bedeutete, dass sie mir nicht böse sein würde, wenn ich nein sagte. Ich hatte trotzdem ein schlechtes Gewissen.

»Ich kann nicht«, sagte ich, brachte es aber nicht über mich, es zu erklären. »Entschuldige«, murmelte ich und schickte mich an aufzustehen. Kristen legte ihre Essstäbchen aneinander und begann in ihren dünnen Bihun-Nudeln herumzustochern. Dampf stieg auf, und zwischen ihrer Nase und ihrer Oberlippe erschienen Schweißperlen.

Es läutete zum ersten Mal, während ich aufstand, und Kristen fing hektisch an zu essen. Suppe spritzte auf den Tisch, was uns beide zum Kichern brachte. Im Nu schien Kristen die Dollar-Münze vergessen zu haben, und ich war froh, weil ich ihr nicht erklären musste, wozu ich sie brauchte.

Während der Tag voranschritt, glaubte ich immer weniger daran, dass der neue Gott etwas mit dem gefundenen Geld zu tun hatte. Es war schließlich nur ein Dollar – was konnte ich mir schon dafür kaufen? Ich würde dafür einen Teller Nudeln in der Schule oder eine Tasse heiße Schokolade bekommen und hätte noch ein paar Cent übrig. In ihren Reden sagte die Schulleiterin immer, Gott gebe reichlich, wenn jemand in Not sei. Ich musste nicht hungern. Ich brauchte nur ein Kleid. Ich dachte an Ma und Nani-ji, die ihre letzten Cents sparten, um in ihrem Kampong Zwiebeln und Salz kaufen zu können, und hatte plötzlich ein fürchterlich schlechtes Gewissen. Aber ich wollte auf Kristens Party unbedingt so aussehen wie die anderen Mädchen.

Bei den Gebeten nach der Pause stimmte ich ins »Vaterunser« ein. Ich kannte es auswendig, weil ich es mir in all den Jahren so oft hatte anhören müssen, und ich hielt den Kopf gesenkt, damit niemand mich sah und sich wunderte, warum ich plötzlich zu einem anderen Gott betete. Ich betete intensiv, mit zusammengekniffenen Augen und so fest gefalteten Händen, dass sie danach klebrig waren vom Schweiß.

Er hörte mir zu. Er musste mir zugehört haben, denn als Daddy an diesem Abend nach Hause kam, verkündete er, er habe sehr gute Neuigkeiten.

»Pin. Ich habe gewonnen!«, schrie er, während er sich am Vorhängeschloss zu schaffen machte, das ungeduldig gegen die eisernen Gitterstäbe klackerte. Der Ton hallte durch den ganzen Gang.

»Du hast *was* gewonnen?«, fragte ich.

»Bei der 4D!«, rief Daddy. »Einen Trostpreis, also keine ganz große Sache, aber immerhin habe ich etwas gewonnen!« Er stieß das Gitter auf und streckte die Arme aus, um mich hochzuheben, aber ich schlüpfte wie eine Einbrecherin an ihm vorbei, zurück in unsere Wohnung. Trostpreise beliefen sich auf drei-, vier- oder fünfhundert Dollar. Die großen Preise lagen in den Tausendern. Ich versuchte, mir das Gewicht von dreihundert Dollar vorzustellen, dann das von Mas Schmuck. Wogen sie gleich viel? Ich war mir nicht sicher. Trotzdem war ich ganz aufgeregt wegen Daddy. Endlich hatte er gewonnen, und das war kein Zufall. Ich dachte an das Geld, das ich dem Gott in der Schule gespendet hatte, und ich stellte mir vor, wie es Wurzeln schlug wie ein Baum.

»Deine Ma freut sich sehr darüber«, sagte Daddy. Seine Stimme klang nicht überzeugend. Er streckte abermals die Arme aus zu einer Umarmung, und ich erwiderte sie halbherzig. Wie ein Gespenst glitt Ma in ihrem langärmligen Nachthemd aus ihrem Schlafzimmer. »Freust du dich nicht, dass wir etwas extra haben, um Pin zu verwöhnen?«, rief Daddy ihr zu. Ich hätte im Boden versinken mögen. Mich zu verwöhnen war vermutlich das Letzte, was Ma mit dem Lotteriegeld anfangen wollte. Ma drehte sich um, um mich anzusehen, und bedachte mich mit einem schiefen Lächeln.

»Es ist noch Suppe da vom Mittagessen, falls du noch nichts gegessen hast«, sagte Ma.

Ich nickte. »Ich hab Hunger«, sagte ich. Mas Füße, die über den Boden schleiften, klangen wie der alte Besen, der in der Abstellkammer stand. Als ich noch sehr klein gewesen war, hatte ich immer die Füße gehoben und zugesehen, wie sie mit den harten Borsten den Staub vom Wohnzimmerteppich gefegt hatte. Ich drehte mich zu Daddy um, um zu fragen, was los war mit ihr, aber er war damit beschäftigt, aufgeregt im Wohnzimmer auf- und abzuschreiten und sich über seine Strategie zu verbreiten. »Sieh mal, Pin, beim letzten Mal wusste ich, dass meine Zahlen nicht funktionieren würden, weil ich es nicht *gefühlt* habe, Pin, ich habe es nicht *gefühlt*. Aber dann habe ich diese Lose hier gekauft, und da war etwas, ich weiß nicht, wie ein Licht, eine Wärme oder sowas. Ich glaube, ich habe es in meinem Herzen gespürt. Und ich wusste plötzlich genau, was ich zu tun hatte. Die Zahlen flogen mir einfach zu. Manchmal fliegen dir die Zahlen einfach zu.« Er hielt kurz inne und riss ein Stück von der Zeitung ab, um sich seinen eigenen geistreichen Spruch zu notieren und dann mit dem Schnipsel bedeutungsvoll in meine Richtung zu wedeln. »Wir können alles schaffen, Pin.«

Er begann mich anzustecken mit seiner Begeisterung, und ich dachte wirklich, das könnte der Beginn einer noch größeren Erfolgsserie sein. Aber immer, wenn sich in meinem Magen das Glücksgefühl auszubreiten begann, wanderten meine Augen zu Ma, und ihre ausdruckslose Miene jagte mir Angst ein. Ich hätte sie an diesem Tag nicht bitten dürfen, mir die ganze Geschichte zu erzählen. Es war zu viel gewesen, und jetzt ging es ihr schlecht, weil sie ihre Erinnerungen in die Gegenwart geholt hatte.

Ma stellte eine Schüssel mit Suppe auf den Tisch und ging wortlos zurück in ihr Zimmer. Sie sah nicht mehr traurig aus. Ihre Augen war nicht geschwollen, und es lag auch kein wirklich betrübter Ausdruck auf ihrem Gesicht. Ich rührte die Suppe mit dem Löffel um, um die Hitze entweichen zu lassen, und danach nahm ich einen Schluck. Ma hatte den Pfeffer vergessen und kaum gesalzen, so dass die Hühnerbrühe nach nichts schmeckte. Aufgequollene weiße Reiskörner klebten an weißen Hähnchenstreifen. Sie zerfaserten völlig, als ich versuchte, sie mit meinem Löffel aufzunehmen, was bedeutete, dass Ma dem Topf keine große Beachtung geschenkt hatte, während die Suppe auf dem Herd stand. Alles war völlig zerkocht und fade. An einem guten Tag hätte Ma Röstzwiebeln auf die Suppe gestreut, um dem Gericht etwas Knuspriges zu verleihen. Heute hätte ein guter Tag sein müssen, weil wir plötzlich mehr Geld hatten. Aber Ma war völlig gleichgültig. Ihr Essen log nicht.

Daddy sah zu, wie ich ein paar Schlucke nahm, dann fragte er: »Wie ist es, Pin?«

»Nicht so toll«, flüsterte ich. Ich behielt Mas Tür im Auge, für den Fall, dass sie sie plötzlich öffnete. »Es schmeckt nach nichts. Und ich mag Suppe nur mit Röstzwiebeln.«

»Dann nichts wie weg hier. Lass uns irgendwo anders essen. Wo möchtest du hin?«

Ich dachte eine Weile nach, bevor ich diese Frage beantwortete. »Es gibt tatsächlich etwas, das ich wirklich brauche«, fing ich an. Ich zögerte. Ich hatte den neuen Gott um Geld gebeten, und jetzt, wo wir es hatten, scheute ich mich davor, es zu benutzen. Aber dann machte ich mir klar, dass es ziemlich unverschämt wäre, nicht einen Teil von Daddys Geld dafür zu verwenden, ein Kleid für das Chinesische Neujahr zu kaufen, wo es den neuen Gott doch einiges gekostet haben musste, dafür zu sorgen, dass bei der Lotterie genau diese Zahlen gezogen wurden.

Ich erzählte Daddy von Kristens Party und warum ich ein Kleid brauchte. »Natürlich!«, rief Daddy. »Auf nach Chinatown. Mach dich fertig. Und Pin – lass dir Zeit, hörst du? Wir nehmen nämlich nicht den Bus oder die Bahn. Wir nehmen ein *Taxi!*«

Ich stieß einen Jubelruf aus und rannte in mein Zimmer, um meine Schuluniform durch Ausgehkleider zu ersetzen. Im Fahrstuhl bat ich Daddy, mir das Geld zu zeigen, das er gewonnen hatte. Er öffnete seine Brieftasche gerade weit genug, dass ich einen Blick auf ein paar blaue Scheine erhaschen konnte. Fünfzig-Dollar-Scheine waren blau, und obwohl ich sie nicht sehr oft gesehen hatte, war ich enttäuscht. Ich hatte gedacht, die Lotterieleute hätten Daddy einen Stapel Hunderter oder sowas gegeben. Ich hatte noch nie größere Geldscheine gesehen als Fünfziger.

Das Taxi jagte über den Highway, bis Singapur nur noch eine Serie von Herzschlägen war. Wir schossen vorbei an Bäumen und weißen Wohnblocks, glänzenden Gebäuden und Schildern, die den Weg in die Innenstadt wiesen. Wir glitten nach Chinatown hinein, als ob wir das jeden Tag täten. Daddy sagte dem Fahrer sogar, er solle die fünf Dollar Wechselgeld behalten, aber als der Fahrer das ablehnte, sah ich Erleichterung in Daddys Augen aufblitzen. Er steckte das Geld ein und schob mich sanft aus dem Wagen.

In Singapur gab es einige Orte wie Chinatown, die in mir sofort die Erinnerung an eine Vergangenheit oder eine Gegend weckten, in denen ich nie gelebt hatte. Little India war auch so – Reihen von aneinandergeschobenen bunten Shophouses, Männer auf hölzernen Podesten, die aufgequollene Jackfruits verkauften, Schaufenster mit Puppen in funkelnden Hochzeitssaris, Bürgersteige voller Farbklekse und zerquetschter Obstschalen, und ein so intensiver Geruch nach Sandelholz, dass er sich in meinen Haaren festsetzte. Chinatown war aufdringlicher als Little India, weil wir zur Festzeit da waren, und es war auch voller. Daddy hatte mir eingeschärft, seine Hand nicht loszulassen, während wir uns einen Weg durch die Menge bahnten. Rote Lampions hingen von jeder Decke und jedem Laternenpfahl. Goldene Buddhastatuen und grimmige Drachen grinsten uns aus Schaufenstern entgegen. Dunkelrote Bak-Kwa-Scheiben und gummihäutige gerupfte Enten hingen von Haken in Restaurantfenstern. Wir passierten die gleißenden Lichter von Kinos, und hörten Trommeln und Becken den Takt zu Neujahrsliedern spielen. Wir verzehrten ein spätes Abendessen in einem Dim-Sum-Restaurant, wo wir aus einer Speisekarte auswählen mussten und uns das Essen von einer Kellnerin gebracht wurde. Ich fragte Daddy, ob er seine Stelle jetzt aufgeben würde, wo er in der Lotterie gewonnen hatte.

»Nein, Pin«, sagte er und lachte. »Ich habe bei Weitem nicht genug gewonnen, um mit Arbeiten aufzuhören.«

»Aber vielleicht kannst du dir einen besseren Job suchen«, erklärte ich ihm.

»Ich mag meinen Job«, sagte er. Er zog ein Stück Papier aus der Tasche.

»Ist das das Gewinnerlos?«, fragte ich und streckte die Hand aus, um es mir zu schnappen. Er zog das Papier weg.

»Nein«, sagte er. »Das habe ich zu Hause gelassen.« Er begann auf dem Stück Papier zu zeichnen. In Chinatown gab es so viel zu zeichnen, aber es gab zu viele Farben. Ich drehte meinen Kopf um zu schauen, was er da wohl zeichnete. Zwei große Lampions schwangen in der leichten Brise hin und her, und es gab auch eine Shophouse-Zeile, deren klaffende Fenster den Blick freigaben auf dunkle Wohnungen mit Fernsehern und Wäscheleinen vor den Simsen. Aber Daddy zeichnete ein Mädchen – mich. Er zeichnete ein Porträt von mir.

»Du bist so groß geworden, Pin. Du hast große Ähnlichkeit mit deiner Ma«, sagte er und betrachtete das Bild. Ich sah mir die Zeichnung an und fand sie nicht besonders gut. Meine Augenbrauen waren krumm und meine Nase war in Wirklichkeit breiter als auf dem Bild. Auf Daddys Zeichnung sah ich streng und unerbittlich aus.

»Ich weiß jetzt, was Ma passiert ist«, platzte es aus mir heraus. Ich erwartete, dass der gesamte Raum erstarren würde – die Ventilatoren würden aufhören sich zu drehen und die Serviererinnen würden zwischen den Tischen stehen bleiben – aber nichts passierte. Nicht einmal Daddys Miene veränderte sich.

»Ich weiß, dass du es weißt«, sagte er schließlich. Er fügte dem Bild einige Striche hinzu, um meine Haare fülliger zu machen. »Ich habe es dir ja gesagt. Deine Ma hatte eine sehr harte Kindheit. Und die Menschen machen ihr noch immer große Schwierigkeiten, deshalb ist sie manchmal nicht sie selbst. Aber sie liebt dich, Pin. Sie liebt uns beide sehr.«

»Warum ist sie heute so traurig?«, fragte ich.

»Sie hat versucht, mit deinem Fetten Tantchen zu sprechen«, sagte Daddy. »Sie hat versucht, sie zur Vernunft zu bringen, und deine Tante hat ihr gesagt, sie solle sie nie wieder anrufen.«

Ich erlaubte es mir diesmal nicht, wütend auf Fettes Tantchen zu sein. Zuerst spürte ich, wie die Wut in mir aufstieg und einen bitteren Geschmack in meinem Mund hinterließ, aber als ich dann das Essen ansah, das vor mir auf dem Tisch stand, löste sich das Gefühl in Luft auf. Ich nahm einen Bissen von meiner Teigtasche: Schweinefleisch, umgeben von einer weichen, weißen Hülle aus Stärke. Sie lag sorgfältig verschnürt in der Schüssel, wie ein Geschenk. Die Hülle löste sich, als ich versuchte, den Kloß mit meinen Essstäbchen aufzunehmen, und ich saß da mit einem Klümpchen Schweinefleisch.

»Ma kann das nicht kochen«, sagte ich zu Daddy.

»Kann sie wohl«, sagte er.

»Aber sie hat noch nie Teigtaschen gemacht.«

»Vielleicht gab es noch nie einen Anlass für Teigtaschen.«

Ich überlegte, welcher Anlass wohl nach Teigtaschen verlangen würde. Sie sahen ziemlich schlicht und einfach aus, vielleicht war die Form ein bisschen seltsam. Ich versuchte, die Geflügeltasche hochzuheben, aber sie rutschte mir ebenfalls weg, und diesmal plumpste sie auf den Tisch, prallte ab und fiel auf den Boden. Ich schaute mich eilig um, ob irgendwer was gemerkt hatte, aber das Restaurant war erfüllt von lautem Geschnatter, und wer nicht mit Reden beschäftigt war, war mit Essen beschäftigt.

»Tut mir leid«, sagte ich zu Daddy.

»Wieso denn? Das ist dein Essen.«

Ich sagte Mas Mantra auf: »Weil, ›wenn du Essen wegwirfst, wirfst du Geld weg‹.«

Daddy grinste. »Und jetzt weißt du auch, warum Ma zu Hause noch nie Teigtaschen gemacht hat, Pinny-Pin. Sie wartet, bis du zu einer anmutigen Frau herangewachsen bist, die niemals ihr Hauptgericht über den ganzen Boden verteilen würde.«

Nach dem Essen überquerten wir die Hauptstraße und gelangten zu einer Reihe von Kleidergeschäften. Mir gefiel gleich das erste Kleid, das ich sah, und ein anderes wollte ich mir gar nicht mehr zeigen lassen. Es war ein dunkelroter Cheongsam mit hohem Kragen und einem Schlitz an der Seite. Ich sah darin aus wie eine Dame, nicht wie ein Mädchen. Ma schleifte mich normalerweise am Arm hinter sich her und zerrte mich in jeden Laden, bis sie sicher war, dass das Kleid, das mir gefiel, die beste Qualität zum niedrigsten Preis war. Daddy war das egal. Er schien nicht viel Ahnung von Kleidern zu haben. In der Umkleidekabine hielt ich mir mit den Händen die Haare über den Kopf und drehte mich einige Male um mich selbst, wie ein Model. Das Kleid war mit weißen Blümchen bedruckt, und in der Mitten jeder Blume saß eine kleine Paillette, die das Licht einfing und funkelte.

Ich konnte hören, wie Daddy draußen versuchte, mit der Ladenbesitzerin zu handeln. Er war nicht so aggressiv wie Ma. Ich konnte das Zittern in seiner Stimme hören, als er die Frau bat, mit dem Preis runterzugehen. »Ich bin von hier, wissen Sie. Kein Ausländer«, teilte er der Ladenbesitzerin mit, einer gedrungenen alten Frau mit schweren Jade-Ohrringen und einem passenden Armreif.

Als ich aus der Umkleidekabine kam, öffnete Daddy gerade mit düsterer Miene seine Brieftasche und nahm zwei Fünfzig-Dollar-Scheine heraus, um sie der Frau zu geben. Während sie mein Kleid einpackte, fragte ich, ob es wirklich so viel gekostet hatte.

»Einhundert«, sagte er leise auf Punjabi. »Aber das Kleid gefällt dir, ja?«

Ich nickte. Irgendetwas fühlte sich falsch an. Daddy rang sich ein Lächeln ab, aber er schaute zu Boden. Ich dachte daran, wie er sicher den ganzen Tag lang versucht hatte, Ma zu trösten nach ihrem Telefongespräch mit Fettes Tantchen. Wie dringend er immer alles wieder in Ordnung bringen wollte, um ausnahmsweise einmal alle glücklich zu sehen. »Daddy?«, fragte ich, als wir den Laden verließen. »Hast du wirklich im Lotto gewonnen?«

»Natürlich, Pinny«, antwortete er. »Warum? Meinst du, ich lüge dich an? Ich bin nur nicht daran gewöhnt, hundert Dollar für ein Kleidchen auszugeben.«

»Ich weiß«, sagte ich, aber ich glaubte ihm trotzdem nicht. Der neue Gott konnte meine Bitte nicht so schnell erfüllt haben, schon gar nicht, wo es in manchen Teilen der Welt Leute gab, die Ihn die ganze Zeit um Geld anflehten, und die schienen es dringender zu brauchen. Es war dumm von mir gewesen zu glauben, dass Er mir so viel Aufmerksamkeit schenkte. Wer war ich denn schon?

Auf der Straße winkte Daddy ein Taxi herbei, hielt aber inne, als er sah, dass schon Fahrgäste darin saßen. Ich zeigte auf eine Bushaltestelle. »Wir können da den 166er nehmen. Der fährt zum Ang Mo Kio Busbahnhof.«

Daddy schüttelte den Kopf. »Das würde zu lange brauchen. Lass uns einfach ein Taxi nehmen.« Er versuchte zu klingen, als sei das für ihn etwas völlig Alltägliches, aber seine Worte wirkten gezwungen, als ob er sie vorher eingeübt hatte. Ich hätte gern gewusst, wie lange er schon vorgehabt hatte, so zu tun, als habe er im Lotto gewonnen.

Wir versuchten, ein anderes Taxi anzuhalten, aber der Fahrer zeigte auf ein Schild mit der Aufschrift »Besetzt«. Ich sah, wie Daddy sich umschaute und mit dem Kleingeld in seiner Tasche klimperte. Er suchte nach einer Telefonzelle, um ein Taxi zu bestellen. Das war noch teurer. »Ich hab Durst«, sagte ich eilig. »Ich möchte einen Saft oder eine Sojamilch oder sowas haben.«

Daddy wies auf einen kleinen Getränkestand, und wir gingen hinüber. Ein Schild pries frische Fruchtsaftmischungen und Eistee an. Ich bestellte einen Wassermelonensaft, und wir setzten uns beide hin. Dann sah ich Daddy in die Augen und erzählte ihm, warum ich mir das Kleid gewünscht hatte. Ich ging davon aus, dass er darauf bestehen würde, das Kleid zurückzugeben, wenn ich ihm von Kristens Bitte erzählte, und davon, wie sie über Farizah gelästert hatte, und dann hätte ich eine Entschuldigung, um nicht auf Kristens Party gehen zu müssen. Sie könnte sich nicht über mich lustigmachen, wenn ich sagte, dass mein Vater mich nicht gehen ließ.

»Diese Kristen hört sich nicht besonders nett an«, sagte Daddy.

»Sie ist eben erst hergezogen«, erklärte ich, als ob das alles wettmachen würde. Ein skeptischer Ausdruck hatte sich in Daddys Gesicht festgesetzt. Ich sah ihn erwartungsvoll an. Das sollte sein Stichwort sein, um mir die Wahrheit zu sagen. »Pin, du bist jetzt alt genug, um deine eigenen Entscheidungen zu treffen. Wenn du auf diese Party gehen möchtest, hast du ein Kleid. Wenn du nicht hingehen möchtest, können wir es zurückgeben.«

Ich brauchte Daddy wegen der Lotterie nicht weiter zu bedrängen. Die Wahrheit kam an den Tag, als der Straßenhändler mit dem Wassermelonensaft an unseren Tisch kam. »Vier fünfzig«, sagte er.

»Für Saft?«, rief Daddy und warf einen Blick auf das Glas. Ich war ebenfalls überrascht. Der Händler zuckte mit den Schultern, dann kniff er die Augen zusammen. »Mein Laden ist sehr billig. Sie zahlen?«, fragte er. Seine Stimme hatte so einen Unterton, als sei er bereit zuzuschlagen. Ich schaute mich um und mir ging auf, dass wir in einer Straße voller

Touristen saßen. Sie wälzten sich durch die engen Gassen und drängten sich um die offenen Stände, an denen Jadearmbänder, kleine Bronzebuddhas und Seidentäschchen verkauft wurden. Sie wussten nicht, wie man handelte, und sie hatten es auch nicht nötig.

»Ja, ja, okay«, sagte Daddy. Er griff zu seiner Brieftasche und prüfte die noch verbliebenen Geldscheine. Er hatte noch zwei Fünfzig-Dollar-Scheine, aber plötzlich schien er sich nicht von ihnen trennen zu wollen. Als er dem Händler endlich das Geld reichte, sah er nervös aus. »Ich weiß, dass ich Ihnen fünfzig gegeben habe«, sagte er finster, als der Mann zum Stand zurückging, um das Wechselgeld zu holen.

Ich öffnete den Mund, um Daddy zu fragen, warum er mich wegen der Lotterie angelogen hatte, aber ich wusste, dass ich ihn damit in Verlegenheit bringen würde. Und ich wusste, warum. Alle wollen irgendwann beweisen, dass sie schon immer recht hatten, auch wenn die ganze Welt das Gegenteil behauptet. Ich dachte daran, wie Farizah auf ihren Glaubensregeln bestand, auch wenn die ein bisschen schräg waren. Ich dachte an die Hoffnung in Mas Augen, als sie für mich ihre Geschichte noch einmal durchlebt hatte. Ich dachte daran, wie dringend ich den Jungs aus dem Viertel hatte zeigen wollen, dass ich so gut Fußball spielen konnte wie sie, und wie ich fast ertrunken wäre, um den Ball zu retten und damit zu beweisen, dass ich mutig war und eine Bereicherung für ihre Mannschaft.

Ich nahm die Tüte mit meinem neuen Kleid und schob sie Daddy über den Tisch zu. »Kannst du es zurückbringen?«, fragte ich ihn. »Ich will nicht mehr auf Kristens Party gehen.«

Daddy rieb sich die Stirn. »Meine Güte, Pin. Du machst mir ja heute eine Menge Ärger«, sagte er. Er machte ein bekümmertes Gesicht und nahm die Tüte langsam an sich. Aber die Erleichterung zeigte sich in seinen Augen und in dem Grinsen, das sich in seinem Gesicht ausbreitete und auf unserer ganzen Busfahrt nach Hause dort blieb.

• • •

Am nächsten Tag in der Schule schrieb ich Kristen einen Zettel. »Liebe Kristen. Leider kann ich nicht zu deiner Neujahrsparty kommen.« Ich beschloss, ihr keinen Grund zu nennen. Ich schob den Zettel unter ihr Federmäppchen und fragte Mrs Parasuram, ob ich zur Toilette gehen dürfe.

»Ja«, sagte sie. »Aber beeil dich bitte. Wir haben heute noch eine Menge Arbeit vor uns.«

Ich ging mit schnellen Schritten zur Tür und rannte los, sowie ich um die Ecke gebogen war. Ich ließ die Toiletten links liegen – ich musste gar nicht. Ich musste wieder in die Kapelle.

Ein kalter Luftzug traf meine Arme und Beine. Ich setzte mich hin, schloss die Augen und brütete eine Minute lang schweigend vor mich hin, bevor ich zu sprechen begann.

»Ich glaube, du hast versucht, mich auszutricksen. Du hast Daddy lügen lassen, dass er in der Lotterie gewonnen hat, damit ich glauben sollte, wir hätten Geld. Warum?« Die Wörter hallten von den Wänden wider, bevor sie sich auflösten. Mir kam in den Sinn, dass Er diese Frage wahrscheinlich inzwischen satthatte, weil sie Ihm so oft gestellt wurde. Gott antwortete nicht.

»Ihr seid alle gleich«, sagte ich zornig, und zuerst war ich wirklich wütend. Aber als meine Worte zu mir zurückschallten, hörte ich die Wahrheit in ihnen. Sie waren alle gleich. All diese Gebete, all diese Lehren – die Götter sahen anders aus, aber ihre Absichten waren dieselben. Sie beobachteten uns auf Schritt und Tritt und taten einige seltsame Dinge, und bisweilen war es schwer zu glauben, dass es sie wirklich gab, weil sie sich niemals zu zeigen schienen, wenn man sie brauchte.

Ich sah auf meine Knie hinunter, die unter meinem Trägerrock hervorlugten. Ich drehte meine Hände um, betrachtete die Linien, den Kontrast zwischen der helleren Haut auf meinen Handflächen und der dunkleren auf der anderen Seite. Alles dasselbe. Kristen konnte sich über Farizahs Religion lustigmachen, so viel sie wollte. Fettes Tantchen konnte sich über Mas Pusteln mokieren. Abigail Goh konnte hinter deren Rücken Gemeinheiten über Mrs Parasuram sagen. Sie waren doch alle gleich. Als ich diesen Gott wieder anrief, rechnete ich damit, dass Er nicken und mich segnen würde, weil ich das endlich durchschaut hatte, aber Seine Miene blieb ausdruckslos.

Die Tür quietschte, als sie geöffnet wurde und mich aus meinen Gedanken riss. Ich drehte mich um, um zu schauen, wer da kam, und wünschte, ich hätte mich unter der Bank oder im Schatten versteckt. Die Farben von Mrs Parasurams Sari hoben sich prachtvoll vom Licht draußen ab.

»Was denkst du eigentlich, was du hier zu suchen hast?«, fragte sie streng. Ich hatte keine Antwort für sie. Sie schüttelte den Kopf. »Auf der Stelle raus hier, Miss Kaur!« Ich rutschte von der Bank und lief zur Tür. Noch immer kopfschüttelnd sprach Mrs Parasuram weiter. »Da war ich nun, auf dem Weg zurück ins Lehrerzimmer, weil ich eure Hefte dort vergessen hatte, und dachte bei mir: ›Hoffentlich ist mit Parveen alles in Ordnung. Das ist jetzt schon das zweite Mal, dass sie mitten im Unterricht zur Toilette wollte, obwohl sie doch die Vorschriften kennt.‹ Und dann sah ich deine Schuhe vor der Kapelle, und da saßt du dann tatsächlich und schwänzt meinem

Unterricht.« Als ich die Schuhe nahm, fiel mir auf, dass sich die Gummisohle löste und zwischen den Zehen braungrüne Streifen waren, vom letzten Mal, als ich beim Fangenspielen über die sumpfige Schulwiese gerannt war. Mrs Parasuram hatte mich angewiesen, meine Schuhe zu putzen, und die Klasse ausgeschimpft, weil wir im Gras gespielt hatten. »Für euch ist eigens ein schöner Sportplatz angelegt worden, damit ihr nicht mehr auf der nassen Wiese herumrennen müsst wie eine Horde Dorfkinder«, hatte sie gesagt, den Blick auf diejenigen von uns gerichtet, die vorgeschlagen hatten, im Sonnenschein Fangen zu spielen. Wahrscheinlich hatte sie deshalb meine Schuhe vor der Tür erkannt. Sie war viel aufmerksamer, als mir klar gewesen war.

»Entschuldigung«, murmelte ich.

Mrs Parasuram sah nicht zufrieden aus. »Warum bist du hier?«

»Ich … ich weiß nicht«, stammelte ich. Mir fiel keine Entschuldigung ein, die für Mrs Parasuram gepasst hätte.

»Ich bin enttäuscht von dir, Pin. Die meisten Mädchen gehen dem Ärger möglichst aus dem Weg, aber du scheinst ihn geradezu zu suchen. Ich werde dich von jetzt an sehr genau beobachten. Du bewegst dich auf sehr dünnem Eis. Ich hoffe, du weißt, was das bedeutet.« Sie bekräftigte ihren Satz mit einem scharfen Zungenschnalzen. »Jetzt zieh deine Schuhe an und geh zurück in die Klasse.«

Mein ganzer Körper fühlte sich an wie aus Blei auf dem Weg zurück ins Klassenzimmer. Kristen schwatzte gerade mit Abigail Goh, als ich an meinem Tisch ankam. »Hast du meinen Zettel gelesen?«, fragte ich, als ich bemerkte, dass er verschwunden war.

»Ja«, sagte Kristen eisig. »War auch gut so. Du bist sowieso nicht mehr eingeladen.«

Ich war verwirrt. Noch gestern hatten Kristen und ich gegenseitig in unseren Poesiealben geblättert. Ich hatte meinen üblichen Spruch hineingeschrieben: »Trink heißen Kaffee, trink heißen Tee, verbrenn dir die Lippen, Vergessen tut weh.«

Ich hörte ein Schnauben und sah, wie Abigail sich die Hand auf den Mund presste, um ihr Lachen zu unterdrücken. »Du und Farizah seid ausgeladen. Kein Zutritt für Fanatikerinnen«, sagte sie und warf einen vielsagenden Blick auf meine Kara.

»Ich muss sie tragen, wegen meiner Religion. Ich bin eine Sikh«, erklärte ich ihr, wie ich es schon unzählige Male bei den Präfektinnen, den Lehrerinnen und den Mädchen im Schulbus getan hatte, die mich gefragt hatten. »Ich bin keine Fanatikerin.« Mir war nicht klar, wie laut ich gesprochen hatte, bis ich merkte, wie die ganze Klasse verstummte. Abigail Goh hob eine Augenbraue.

»Sikhs sind ekelhaft«, teilte sie Kristen mit. »Die Männer haben Bärte und tragen diese komischen Turbane. Sie waschen sich nur einmal in der Woche die Haare.« Sie rümpfte die Nase.

Ich spürte, wie mein Gesicht rot anlief. Ich bekam keine Luft mehr. Alle in der Klasse warteten darauf, dass ich etwas sagte. Einige Mädchen traten lautlos vom Tisch zurück, um sich von Abigails gehässigen Worten zu distanzieren. Andere beeilten sich, um die Räume wieder zu füllen, und sahen mich forschend an. Ich hätte gern über den Tisch gelangt und Abigail so hart ins Gesicht geschlagen, dass sie sich nicht mehr daran erinnern würde, was sie zu mir gesagt hatte.

Mrs Parasuram kam in die Klasse zurückgerauscht und trug einen wackeligen Heftstapel vor sich her. Alle liefen zurück zu ihren Plätzen, aber ich blieb stehen und funkelte Abigail wütend an. Sie starrte zurück und ich merkte, dass sie unruhig wurde. Sie wollte, dass ich etwas erwiderte, aber das tat ich nicht.

»Was geht hier vor?«, rief Mrs Parasuram. »Parveen, setz dich bitte.«

Ihre Stimme brachte die Erinnerung daran zurück, was sie zu mir gesagt hatte, als ich Abigail zum ersten Mal angefahren hatte. *Es gibt viel Schlimmeres.* Ich konnte hören, wie sie jetzt durch den Gang hindurch auf mich zukam. »Parveen, was habe ich dir gerade gesagt?« Sie klang, als sei sie am Ende mit ihrer Geduld. Ich drehte mich nicht zu ihr um. Ich starrte immer noch Abigail an. Auf einmal tat sie mir sehr leid. Sie hatte keine echten Freundinnen. Die Mädchen, die sie umschwärmten, hatten Angst vor ihr, und alle anderen hassten sie insgeheim. Ich konnte mir nichts Schlimmeres vorstellen, als Abigail zu sein. Das sagte ich ihr. Ich sagte es leise, dann sagte ich es noch einmal, damit Mrs Parasuram es hören könnte. »Es gibt nichts Schlimmeres, als Abigail Goh zu sein.« Abigail verzog keine Miene, begann aber unruhig auf ihrem Stuhl herumzurutschen.

Mrs Parasuram räusperte sich. Ich drehte mich um und setzte mich auf meinen Stuhl. Ich rechnete damit, nach der Stunde wieder dableiben zu müssen, da ich ohnehin schon Ärger hatte, weil ich in die Kapelle gegangen war, aber Mrs Parasuram sagte nichts. Sie ging nach vorn und nahm den Unterricht wieder auf. Ich gab mir alle Mühe, mich auf den Stoff zu konzentrieren und meine Gedanken nicht umherschweifen zu lassen oder vor mich hin zu träumen, wie sonst manchmal in Naturkunde. Ich meldete mich und gab korrekte Antworten auf zwei Fragen. Als es zur Pause klingelte, schaute ich zu Mrs Parasurum hinüber und sah, dass sie vor sich hinlächelte. Mir ging auf, dass es das erste Mal war, dass ich sie lächeln sah.

Mrs Parasuram wies mit dem Kopf auf eine Gruppe von Mädchen. Ich drehte mich um und sah Abigails üblichen Fanclub. Als Abigail hinausging, trotteten sie kichernd und tuschelnd hinter ihr her. Ich war ein bisschen enttäuscht. Irgendwie hatte ich erwartet, dass sie mir zustimmen und endlich begreifen würden, was für ein Mensch Abigail wirklich war. Zumindest Kristen würde sicher zurückbleiben und mir sagen, dass ihr alles leidtat. Aber die Einzige, die in der Tür wartete, war Farizah. Ich hatte plötzlich ein schlechtes Gewissen, weil ich mit Kristen mitgelacht hatte, als sie sich über Farizah lustiggemacht hatte. Wenn Farizah an meiner Stelle gewesen wäre, hätte sie sich nie und nimmer so verhalten.

Ich drehte mich zu Mrs Parasuram um und öffnete den Mund, um ihr zu erklären, was sich zwischen Abigail und mir abgespielt hatte, aber sie kam mir zuvor.

»Du hast dich heute gut geschlagen, Parveen«, erklärte sie mir. Zuerst dachte ich, sie meinte den Naturkundeunterricht, aber dann sah ich, dass ihr Blick noch immer auf den Mädchen ruhte, die gerade um die Ecke verschwanden. »Du hast dich sehr gut geschlagen.«

# 12

Farizah hatte mich einmal davor gewarnt, umgehende Geister direkt anzusehen, denn wenn man ihre Gesichter gesehen hätte, würden sie einen für immer heimsuchen. Sie sagte, sie brächten verlockende Gaben mit, wie Kokoscreme und Cashewkekse, um ihre Opfer zu ködern, aber die Speisen seien vergiftet. Ihr Haus sei früher von vielen Geistern heimgesucht worden, weil der alte Mann, der vor ihrer Familie dort gelebt hatte, nicht bereit war es aufzugeben. Offenbar hatte er Gebete gesprochen und mitten in der Nacht Geister in Farizahs Haus geschickt.

Nach einigen Wochen sah ich wieder den Schatten vor unserer Wohnung, und das war es, was mich an die Geister denken ließ, die Farizahs Haus heimgesucht hatten. Der Schatten verharrte zwischen den Topfpflanzen, als ob er mit ihnen verschmelzen wollte. Ich stand auf und kniff die Augen zusammen, um herauszufinden, wer oder was es war. Ich war nicht sicher, ob es sich um einen Geister handelte, denn laut Farizah schwebten Geister und strahlten Kälte aus. Dieser Schatten stand reglos auf dem Gang, bis ich mir das Lineal von meinem Schreibtisch schnappte und damit gegen den Fensterrahmen schlug.

Der Schatten huschte davon, aber ich konnte immer noch nicht erkennen, wer es war. Ich rannte zur Tür, doch bis ich sie aufgeschlossen hatte, war der Gang leer, bis auf ein paar umgestoßene Topfpflanzen. Erde lag überall über den Boden verstreut. Ich stand noch eine Weile draußen und wartete, aber dann begannen die Leuchtröhren leicht zu flackern und ich wurde nervös. Als ich zurück in die Wohnung ging, kam Ma gerade aus ihrem Zimmer.

»Was ist passiert?«, fragte sie und rieb sich verschlafen die Augen.

»Da war jemand draußen.«

»Du hast geträumt, Pin«, sagte Ma. »Als kleines Kind bist du schlafgewandelt.« Sie drehte sich um, um wieder in ihr Zimmer zu gehen.

Ich schlief ein und träumte von der schattenhaften Gestalt, die langsam auf mein Fenster zukam. Ich konnte das Gesicht der Person immer noch nicht erkennen, die durch den Gang auf mich zuging, aber mir fiel auf, dass ihre Füße laut und energisch auf den Boden traten. Sie waren nun so nah, dass ich spüren konnte, wie der Boden unter mir leicht vibrierte. Die Fenstergitter ratterten. Ich reckte den Hals, um das Gesicht der Person zu sehen, aber dann hörte ich Farizahs Stimme, die mich davor warnte, ihr in die Augen zu schauen. »Nicht hingucken«, flüsterte sie voller Angst. Ich hatte keine Angst. Ich war neugierig. »Hallo?«, rief ich, als ob ich mich mit einer streunenden Katze anfreunden wollte. »Hallo?«

• • •

In der nächsten Woche versuchte Kristen einige Male, mit mir zu reden, aber nur, wenn sie glaubte, dass Abigail nicht hinschaute. »Bist du mir böse? Ich will noch immer deine Freundin sein«, schrieb sie auf einen parfümierten rosa Notizzettel. Auf jedes *i* hatte sie ein Herzchen gesetzt. Ich hatte von ein paar Mädchen im Schulbus gehört, dass auf ihrer Party kaum eine in dem roten Cheongsam aufgetaucht war, den sie für alle angeordnet hatte. Nur Abigail und Pui Fen waren so gekleidet gewesen, wie Kristen gewollt hatte. Sie hatte auf der Party die meiste Zeit damit verbracht herumzujammern, dass ihr Geburtstagsfoto hässlich aussehen würde, und die meisten Mädchen hatten schließlich zu Hause angerufen, um ihre Eltern zu bitten, sie früher abzuholen.

Ma war beim Kochen, als ich von der Schule nach Hause kam. Der metallische Geruch von Fisch hing in der Luft. Ich verzog das Gesicht, obwohl Ma es nicht sehen konnte. Wir hatten schon lange keinen gebratenen Fisch mehr gegessen. Der Geschmack und das Gepiekse der kleinen Gräten waren schlimm genug, aber Fisch hatte in Mas Welt seine eigene Bedeutung. Er war eine Strafe – keine Strafe für mich, sondern Mas Strafe für alles andere. Der Fischgestank, die Blutklümpchen, die glasigen Augen – das alles waren Hinweise darauf, dass Ma frustriert war. Fisch machte unsere Wohnung hellwach. Er ließ uns uns kerzengerade aufrichten und über unsere Handlungen nachdenken.

»Was ist passiert?«, fragte ich Ma.

Ma bearbeitete lange ihre Unterlippe, ehe sie etwas sagte. »Je länger ich über dein Fettes Tantchen nachdenke und darüber, was sie getan hat, desto wütender werde ich. Zuerst war ich traurig. Jetzt bin ich nur noch stinksauer. Ich habe sie kürzlich angerufen und versucht, vernünftig mit ihr zu reden. Sie hatte die Frechheit, mich als Lügnerin zu bezeichnen. Sie hat gesagt, ich solle mich schämen, einfach solche Geschichten zu erfinden. Und dann hat sie gesagt, dass meine Mutter schon immer vorhatte, ihr den Schmuck zu geben.«

Ich konnte hören, wie diese Worte Fettes Tantchen aus dem Mund quollen. Ich konnte sehen, wie sie ins Telefon spie. Der Geruch von Fischblut stieg mir in die Nase, und als ich ihn wahrnahm, wusste ich plötzlich, was es damit auf sich hatte, dass Ma das Essen ihren Stimmungen anpasste.

Der Geschmack von Fisch war der Geschmack von Hass, so einfach und so klar. Ich konnte ihn mit nichts anderem in Verbindung bringen. So musste es angefangen haben: Dies war die einzige Möglichkeit, die Ma kannte, um zur Welt zu sprechen. Wenn sie sich auf andere Weise ausdrückte, hörte niemand zu. Ihre Geschichten und ihre Gefühle und ihre Absichten mussten über Gewürze und Rezepte vermittelt werden, über Saucen, Öle und Fleischsorten.

Ma drehte den Herd an und goss Pflanzenöl in eine hohe Bratpfanne. Sie schüttelte den Kopf, wie um den Gedanken loszuwerden. »Ich bin so verdammt wütend, Pin«, sagte sie. »Ich weiß einfach nicht, was ich tun soll.«

Ich wusste, was zu tun war. Das ging mir auf, als ich dort in der Küche stand, und für einen Moment war ich zu verdutzt, um mich zu bewegen. Ich wusste genau, was zu tun war. Ich ging zur Abstellkammer und öffnete die Tür. Staubwolken stoben auf, um mich zu begrüßen, und drangen in meine Lungen. Ich stieg über einen alten Werkzeugkasten und kniete mich zwischen mein altes Kinderfahrrad und einen Stapel Sandeimer. Da war Gott, in der Ecke, noch immer so hochgewachsen und stolz wie am ersten Tag, als Ma Ihn an die Wohnzimmerwand gehängt hatte. Ich hob Ihn hoch und trug Ihn in die Küche.

»Ich glaube, du solltest das wieder an unsere Wand hängen«, sagte ich zu Ma.

Der Ausdruck in Mas Gesicht wechselte von Zorn zu Überraschung zu Fassungslosigkeit. »Und warum um alles in der Welt sollte ich das tun, Pin? Nach allem, was Er mir angetan hat?«

Ich wusste selbst wirklich nicht, warum ich Ihn wieder an der Wand haben wollte, bis mir wieder einfiel, dass er gleichzeitig mit Nani-ji eingetroffen war. Ob sie Ma nun geglaubt hatte oder nicht, Nani-ji würde Gott an unserer Wohnzimmerwand haben wollen. Und Fettes Tantchen mochte Mas Schmuck stehlen und Ma als Lügnerin bezeichnen, aber wir konnten Nani-ji dennoch ehren und ihr Respekt erweisen. Mir fiel etwas ein, das Mrs D'Cruz eines Morgens während der Andacht über Vergebung gesagt hatte. Sie hatte gesagt, es sei wichtig, anderen ihre Fehler zu vergeben, weil auch wir uns nach Vergebung sehnten. Nani-ji hatte ein hartes Leben gehabt und jetzt war sie tot. Es war an der Zeit ihr zu zeigen, dass wir ihr nichts nachtrugen. Außerdem hoffte ich, dass Fettes Tantchen eines Tages in unsere Wohnung kommen würde, und dann könnte ich auf die Wand deuten und ihr zeigten, dass wir Nani-ji mehr Respekt erwiesen, als sie es tat. Aber es spielte keine Rolle, ob sie Ma jemals glauben würde. Wir waren dabei zu lernen einzulenken, auch wenn wir wussten, dass wir nicht im Unrecht waren. Fettes Tantchen würde das niemals lernen.

Als ich das Ma erklärte, merkte ich, dass ich aufgeregt war. Ich dachte, sie würde mich auslachen. Aber Ma starrte mich aufmerksam an, während ich sprach. Ich erzählte ihr von Abigail Goh, Mrs Parasuram und Bus-Onkel, und sogar, dass ich zweimal in der Kapelle gewesen war, um mit einem anderen Gott zu sprechen. Ich erzählte ihr von Roadside und davon, wie ich an dem Tag, an dem Nani-ji gestorben war, um ein Haar im Kanal ertrunken wäre. Ich erzählte ihr, dass ich zuerst gerne Zuckerbrot gegessen hatte, dann aber angefangen hatte, die Abende zu fürchten, wenn das alles gewesen war, was ich zum Abendessen gehabt hatte. Ich hatte nicht vorgehabt, Ma alles zu erzählen, aber als ich erst einmal damit angefangen hatte, konnte ich nicht mehr aufhören zu reden.

Ma schlang die Arme um mich und zog mich ganz fest an sich. Ich konnte das feuchte Markt-Gemüse an ihrer Kleidung riechen. »Ach, Pin«, rief sie. »Um dich brauche ich mir wirklich keine Sorgen zu machen, oder?«

Dann kochte sie und servierte den gebratenen Fisch zusammen mit Reis, Kohl und in Sambal eingelegten gerösteten Nüssen. Der säuerliche, metallische Geschmack war verschwunden und etwas Süßerem gewichen. Es erfüllte meinem Mund und wärmte meine Kehle, als ich es hinunterschluckte. Es war ein neuer Geschmack, und er ließ sich nicht beschreiben, aber ich wusste, was er bedeutete: Zwischen Ma und mir gab es keine Geheimnisse mehr. Wir wussten alles, was wir wissen mussten.

• • •

Einige Tage vergingen, ehe ich den Schatten wiedersah. Als er das nächste Mal auftauchte, war ich vorbereitet. Ich riss die Jalousien hoch und stieß schnell das Fenster auf. Der Schatten zuckte zusammen, blieb aber stehen. Es war Roadside.

Mir fehlten die Worte, und ihm offenbar auch. Wir starrten einander an, dann schließlich sagte er: »Pin.« Sein Gesicht leuchtete vor Erleichterung.

»Ja«, sagte ich knapp. Ich musste sofort wieder an das brodelnde Wasser im Kanal denken, an die Macht der Strömung, die mich weiter weg von zu Hause trieb. Ich dachte daran, wie Roadside und die anderen Jungen weggelaufen waren.

»Pin, du bist am Leben«, sagte Roadside. »Ich dachte, vielleicht …«

»Du hast gedacht, ich wäre gestorben?«

»Nach dem Tag am Kanal hab ich dich nicht wiedergesehen. Und dann, als wir aus unserem Urlaub in Malaysia zurückkamen, erzählte uns ein Nachbar, bei euch wären Leute vorbeigekommen, wegen einer Beerdigung. Und da dachte ich …«

»Das war meine Großmutter«, sagte ich. »Sie ist an dem Tag gestorben, an dem du mich im Kanal alleingelassen hast.«

Roadside schluckte. Das Neonlicht auf dem Gang warf unheimliche Schatten auf sein Gesicht. »Ich wollte dich da nicht alleinlassen«, sagte er leise. »Aber die anderen Jungs –«

»Die anderen Jungs haben dich geärgert. Du wolltest mir nicht helfen, weil sie dann sagen würden, dass ich dein Schatzi bin«, sagte ich. »Du hättest mich *ertrinken* lassen.«

Roadside starrte hinunter auf seine Füße. »Es tut mir so leid, Pin«, sagte er. »Ich bin immer wieder hergekommen, um mich zu entschuldigen, aber ich habe mich einfach nicht getraut, bei euch anzuklopfen.«

Ich zog die Jalousien runter und ließ mich auf mein Bett sinken. Bei Nani-jis Beisetzung hatte ich auf ihren leblosen Leib gestarrt und die Augen aufgerissen, bis sie von Tränen brannten. Jetzt tat ich dasselbe, richtete meinen Blick auf die Decke, aber die heißen Tränen kamen, ehe ich sie erzwingen konnte.

»Pin«, sagte Roadside. Er war jetzt dichter am Fenster. »Ich möchte immer noch dein Freund sein. Wir brauchen nicht mehr mit diesen Jungs zu spielen. Wir könnten wieder Detektive sein.« Er blieb noch eine Weile vor dem Fenster stehen, dann konnte ich seine schlurfenden Schritte den Gang hinunter verschwinden hören. Ich schloss die Augen. Vielleicht würde ich Roadside eines Tages vergeben können, aber vorläufig bekam ich bei der Erinnerung an den Kanal solche Schmerzen in der Lunge, als wäre ich wieder unter Wasser.

# 13

Es war wieder Juli.

Ich suchte nach einem freien Tisch, während Ma ein bisschen weiter an einem Stand etwas Kaltes zu trinken bestellte. Männer und Frauen wimmelten um die Stände herum und verschwanden in den Gassen, die zum Markt führten. Die Hitze war an diesem Morgen unerträglich, das fand sogar Ma. Ihre Wangen glänzten unter einem dünnen Schweißfilm.

»Eine Kokosnuss und einmal Grass Jelly«, rief Ma. Der Verkäufer beachtete sie nicht und hatte ihr weiterhin den Rücken zugekehrt. »He!«, blaffte sie. Er fuhr herum. »Ich habe gesagt, eine Kokosnuss und einmal Grass Jelly.«

Ein junges malaiisches Paar mit zwei kleinen Kindern erhob sich von einem Tisch ganz in der Nähe und ich rannte hin, um ihn zu besetzen. Ich hatte eine Packung Papiertaschentücher bei mir, eigens, um bei den Essensständen Plätze zu reservieren. Ich nahm zwei heraus, eins für Ma und eins für mich, und legte sie auf den Tisch. Die Taschentücher saugten sich voll mit Öl und Wasser und klebten am Tisch fest. Ma kam mit einem schwankenden Tablett herüber und ließ sich seufzend nieder.

»Du solltest die Kokosnuss diesmal lieber austrinken. Sie erhöhen ständig die Preise«, sagte sie kopfschüttelnd und warf einen Blick zurück auf den Händler, der uns durch einen sorgfältig gestapelten Turm aus Flaschen und Dosen hindurch beobachtete. Ma runzelte die Brauen, und der Händler senkte den Kopf. Er war plötzlich schwer damit beschäftigt, sein Kleingeld zu zählen.

»Warum beobachtet der uns?«, fragte ich Ma und nahm die Kokosnuss von ihr entgegen. Der Händler hatte sie in Eis gekühlt, ehe er die Spitze abgeschlagen und einen Strohhalm hineingesteckt hatte, damit ich den Saft trinken könnte. Ma brauchte sich keine Sorgen zu machen, dass ich sie nicht austrinken würde. Der Saft war süß und kalt, genau richtig für so einen heißen Tag.

Ma zuckte mit den Schultern. »Ich habe ihm gesagt, dass ich nichts mehr bei ihm kaufen werde, wenn seine Getränke noch teurer würden. Ich glaube, er wollte sehen, ob ich es ernst meine.« Der Mann hätte sie besser kennen müssen. Ma meinte es immer ernst.

Ma nahm einen Schluck von ihrem Grass Jelly. Es war schwarz und lange Geleestreifen trieben wie Schlangen unten im Glas. Sie bot mir etwas davon an, aber ich verzog das Gesicht. »Was habe ich dir über Grimassen gesagt, Pin?«, fragte sie streng. »Es gehört sich nicht, über Essen Grimassen zu schneiden.«

»Betrifft das auch Getränke?«, fragte ich, obwohl ich die Antwort schon wusste.

»Auch Getränke. Vergiss nicht, was du für ein Glück hast, weil du an einem dermaßen heißen Tag etwas Kaltes und Erfrischendes zu trinken hast. Denk an all die Menschen, für die nicht einmal ein Glas Wasser etwas Selbstverständliches ist.« Plötzlich wurde ihr Blick weich vor Mitgefühl. Sie warf noch einen Blick zurück zum Händler und ihre Miene hellte sich auf.

Ich war nun zum dritten Mal mit Ma auf dem Markt, seit sie wieder regelmäßig einmal die Woche hinging. Aus irgendeinem Grund hatte ich erwartet, dass der Markt sich in der

Zwischenzeit verändert hätte. So war Singapur – es schien, als brauche man nur mit der Wimper zu zucken und schon waren neue Wohnviertel in die Höhe geschossen, weitere Einkaufszentren eröffnet worden, und einige Straßen hatten sich so verändert, dass sie kaum noch zu erkennen waren. Aber der Markt blieb genau so, wie er war, als ob er unter einem Zauberspruch erstarrt wäre. Als wir zum ersten Mal wieder hingingen, hatte ich Angst, mich zu verlaufen, aber mir fiel es sogar leichter als vor einem Jahr, mich in den Gassen und unter den Händlern zurechtzufinden, die ich alle erkannte. Sogar Ma war beeindruckt. »Bald kann ich dich allein zum Einkaufen herschicken«, meinte sie, während sie zusah, wie ich wie eine Expertin Gemüse auswählte. Ich strahlte vor Stolz und stellte mir vor, wie ich hier zwischen den Damen stand, mit den Händlern feilschte und erhobenen Kopfes davonstolzierte, wenn ich nicht zufrieden war mit den Preisen.

Grelles Sonnenlicht gleißte auf den Glasfenstern eines Bankgebäudes gegenüber dem Markt und blendete mich. Zwei Männer mit großen Strohkörben hasteten an uns vorbei und brüllten die Leute an, sie sollten den Weg freimachen. Die Menge teilte sich langsam. Die Männer fluchten Zunge schnalzend vor sich hin. Ihre Körbe waren bis an den Rand gefüllt mit Drachenfrüchten, die so bizarr aussahen, dass ich sie noch nie probiert hatte. Sie waren rund und pink, mit grünen Auswüchsen, die sich aus der Schale schlängelten, aber innen sah sie ganz anders aus. Ich hatte auf dem Markt Händler gesehen, die Drachenfruchtscheiben verkauften. Sie waren weiß oder lila und hatten winzige schwarze Kerne. Ich fragte Ma, ob sie je eine gegessen habe.

»Einmal. Da war ich schwanger mit dir und hatte Appetit auf alle möglichen komischen Dinge. Damals habe ich sogar Durian gegessen. Dabei mag ich Durian überhaupt nicht.«

»Wie schmeckt Drachenfrucht?«, fragte ich. Über Durian brauchte sie mir nichts zu erzählen. Der widerliche Gestank reichte mir, wie fauliges Obst.

»Die schmeckt … ich weiß nicht, ehrlich. Ich kann mich nicht erinnern. Warum probierst du nicht mal selbst eine?«, fragte Ma.

Ich schüttelte den Kopf. »Nein, danke. Ich war nur neugierig.« Ich hatte Angst, ich würde sie scheußlich finden und dann einen Anschiss bekommen, weil ich Essen verschwendete.

»Komm schon, Pin. Ich bin auch neugierig. Ich hab sie zuletzt vor deiner Geburt gegessen. Wenn sie dir nicht schmeckt, kannst du sie mir geben«, sagte Ma. Das erschien mir fair, und ich nickte zustimmend. Ma sprang auf und lief auf den Markt. Ich nahm noch einen Schluck von meinem Kokoswasser und merkte, wie mein Bauch sich blähte. Die Süße war überwältigend. Sie übertünchte den Geruch nach Fisch, rohem Fleisch, Weihrauch und nasser Pappe, der aus den Gassen strömte. Die Geruchskakophonie machte mir nichts mehr aus. Ich wusste, wenn ich wollte, dass Ma mich allein einkaufen schickte, würde ich mich an den Markt gewöhnen müssen. Wenn mir die Gerüche in die Nase drangen, sagte ich mir einfach, sie seien gar nicht so stark, oder ich zwang mich, im Mund einen anderen Geschmack zu schmecken. Das Kokoswasser machte das natürlich leichter, aber wenn ich nichts zu trinken hatte, dachte ich an leckere Schokolade oder süßes, klebriges Lapis Sagu.

Ma kam mit einem Teller mit Drachenfruchtscheiben zurück. Sie nahm sich einen Holzspieß und piekste ihn in eine Scheibe. »Probier sie«, sagt sie und reichte mir die Frucht. »Und wenn sie dir schmeckt, beeil dich mit dem Essen. Wir müssen für heute Abend noch eine Menge einkaufen. Dein Mama-ji kommt zum Essen.«

Dass Ma Mama-ji erwähnte, irritierte mich kurz, und als ich meine Zähne in der saftigen Scheibe versenkte, konnte ich nichts schmecken. Dann fiel mir wieder ein, was vor einigen Wochen passiert war, und plötzlich war mein Mund erfüllt von süßem Drachenfruchtsaft. Ich nahm mir noch ein Stück und schob dann Ma den Teller rüber.

»Nimm du den Rest«, sagte ich. Sie steckte sich ein Stück in den Mund. Ihre Augen waren glasig. Sie zerbrach sich den Kopf nach Kochrezepten. Ich wusste, sie würde für diesen Abend etwas Neues erfinden müssen. Sie hatte noch nie ein Essen zubereitet, das für Vergebung, Liebe und das Ausradieren böser Erinnerungen gleichermaßen stand. Für einen Moment fürchtete ich mich davor, den Markt zu betreten, als ich daran dachte, wie hektisch Ma werden würde, wenn die Ideen zu sprudeln begannen. Aber dann stellte ich mir vor, wie Mama-ji an unserem Esstisch mit Ma lachte und plauderte, und ein Gefühl des Friedens hüllte mich ein wie eine Decke.

• • •

Mama-ji war an einem Samstagmorgen bei uns aufgetaucht und hatte an der Tür geläutet. Ich saß gerade vor dem Fernseher und zappte träge durch die Kanäle. Ich dachte, das wäre vielleicht wieder der Karung-Guni-Mann, rappelte mich aber auf, als mir aufging, dass ich ihn weder rufen noch mit seinem Horn hupen gehört hatte. Ich kam auf die Füße und schaute durch den Türspion. Ich rechnete so sehr mit einer Frau – entweder Rani oder Fettes Tantchen –, dass ich einen regelrechten Schock bekam, als ich stattdessen einen Mann sah. Er sah auf seine Füße hinunter, deshalb erkannte ich ihn nicht gleich. Aus purer Gewohnheit rief ich nach Ma, aber dann fiel mir ein, dass sie bei ihrem Termin in der Hautklinik war. Daddy hatte Frühschicht. Ich kniff ein Auge zusammen und spähte wieder durch den Türspion. »Wer ist da?«, rief ich und versuchte dabei nicht ängstlich zu klingen.

Der Mann gab keine Antwort. Er tat, als habe er mich nicht gehört, oder vielleicht hatte er das wirklich nicht. Der Verkehrslärm und die Baustelle auf der anderen Straßenseite machten es neuerdings schwer, irgendwas durch die Tür zu hören. Daddy hatte gesagt, das sei gar nicht schlecht, er habe es langsam satt, sich die Streitereien der Nachbarn anhören zu müssen. »Ich sollte mir ihre Familienprobleme ebenso wenig anhören, wie sie sich unsere, findest du nicht?«, hatte er mich gefragt. Aus irgendeinem Grund war ich bis dahin noch nie auf die Idee gekommen, dass die anderen Familien in unserem Block ähnliche Probleme haben könnten, die in ihren eigenen Welten überlebensgroß erschienen. Ich stimmte ihm aus vollem Herzen zu.

Als ich schließlich die Tür aufmachte, war ich so überrascht zu sehen, wer dort stand, dass ich keinen Gruß herausbrachte. Die einzigen Wörter, die aus meinem Mund zu sprudeln drohten, waren Ketten von Fragen und Vorwürfen. *Was willst du denn hier? Hast du vor, mich zusammenzustauchen? Warum hast du meiner Ma nicht geglaubt? Was willst du?* Aber Mama-ji sah nicht aus, als sei er gekommen, um Ärger zu machen. Eigentlich sah er sogar ein bisschen nervös aus. Er wippte auf seinen Füßen vor und zurück, wie um auf schwankendem Boden sein Gleichgewicht zu halten. Er hielt die Hände hinter dem Rücken, holte sie dann aber hervor zu einem Gruß, den er gleich wieder abbrach.

»Hallo Pin«, sagte er verlegen. Seine Arme hingen ihm an den Seiten herunter wie tote Äste.

»Meine Eltern sind nicht zu Hause«, sagte ich. Ich versuchte, die Kälte aus meiner Stimme zu verbannen, aber sie war trotzdem da. Ich sah, wie Mama-ji leicht eine Augenbraue hob, und ich wusste, dass ich zu weit gegangen war. »Bitte, komm rein«, sagte ich und öffnete das Vorhängeschloss, das die Gitterhälften fest zusammenhielt.

Mama-ji betrat die Wohnung und ich vergaß nicht, ihm etwas zu trinken anzubieten. »Ein Glas Wasser, bitte«, sagte er. »Kein Eis.« Ich ging in die Küche und füllte Leitungswasser in ein hohes, meergrünes Glas, das Ma für Gäste reserviert hatte. Der Rattansessel ächzte, als Mama-ji sich setzte, dann hörte ich ihn kichern. »Siehst du dir so früh am Morgen Zeichentrickfilme an, Mädchen?«, fragte er mich. Ich suchte in seinen Augen nach Spuren von Sarkasmus, aber er wirkte ehrlich belustigt.

»Mir gefallen sie«, sagte ich trotzig, ehe ich den Fernseher ausschaltete.

»Wie geht's in der Schule?«, fragte er. »Du bist jetzt in der fünften Klasse?«

»Ja«, sagte ich, erfreut, dass er das wusste. Die meisten Leute hätten einen Blick auf mich geworfen und getippt, dass ich noch in der dritten war.

»Du gehst noch immer auf diese Mädchenschule?«, fragte er. »Die christliche?« Ich nickte. »Es ist eine gute Schule«, sagte er. »Manchmal wünschte ich, ich hätte deine Vettern an der First Christian Boys' School angemeldet. Alles, was sie an ihrer Schule lernen, sind Schimpfwörter von den anderen Kindern.« Er schüttelte den Kopf. »Es war richtig von deiner Mutter, dich auf diese Schule zu schicken.«

»Mir gefällt es da«, erwiderte ich. Ich sah Gott an, der keine Miene verzog. Er schien meinen Onkel wie mich beide mit demselben ausdrucklosen Blick zu mustern. Wir schwiegen. Mama-ji schlürfte sein Wasser.

»Meine Mutter ist nicht zu Hause«, sagte ich noch einmal. *Warum bist du hier?,* wollte ich eigentlich fragen.

»Ja, ich weiß «, sagte Mama-ji. »Ich bleibe nicht lange. Ich müsste eigentlich schon woanders sein. Ich hatte nicht damit gerechnet, hereingebeten zu werden, aber mir ist eben aufgegangen, dass ich zuletzt mit dir gesprochen habe, als du noch ein kleines Mädchen warst. Und seither bist du so groß geworden!« Um seine tiefliegenden Augen bildeten sich Fältchen, als er eine Grimasse zog. »Ich habe das Gefühl, bei deiner Mutter ist es eine Ewigkeit her.«

Ich wusste nicht, was ich sagen sollte. »Ich richte ihr aus, dass du zu ihr wolltest«, sagte ich.

»Bitte, tu das. Ich möchte mit ihr sprechen. Und gib ihr das hier«, sagte er. Er griff in seine Gesäßtasche und hielt mir mit leicht zittriger Hand den kleinen Samtbeutel hin, dessen ausgebeulte Form mir nur allzu vertraut war – Mas Schmuck. »Eigentlich ist das ja ein Geschenk für dich, oder? Mütter reichen ihren Hochzeitsschmuck immer an ihre Töchter weiter, wenn es soweit ist. Heutzutage lassen sie ihn vielleicht auch einschmelzen und zu etwas Modernerem umarbeiten.«

Ich öffnete den Beutel und sah den Inhalt durch, wog den Schmuck in meiner Hand. Mama-ji lächelte mich an. Ich war zu überrascht, um das Lächeln zu erwidern. »Aber Tantchen …«, sagte ich.

Mama-jis Lächeln blieb auf seinem Gesicht, aber jetzt gesellte sich ein lauter Seufzer dazu. »Ach, diese Sorge überlass mal mir. Rani hat uns eines Tages angerufen und wollte mit ihr sprechen, aber dein Tantchen war nicht zu Hause, also habe ich Rani gefragt, worum es ginge. Die ganze Geschichte ist aus ihr herausgebrochen, dann hat sie aufgelegt, ehe ich die Chance hatte, Fragen zu stellen. Ich brauchte aber auch nicht mehr zu wissen. Warum sollte irgendwer sich sowas ausdenken? Besonders nicht Rani. Sie war immer schon so ein lieber Mensch. Sie würde niemals lügen. Im tiefsten Herzen habe ich nie geglaubt, dass sie sich mit diesem Malaien herumgetrieben hatte. Ich glaube, Pra-ji wollte verhindern, dass sie für jemand anderes arbeitete. Mehrere wohlhabende Familien hatten bei Pra-ji zu Hause gesehen, wie hart sie arbeiten konnte, und angeboten, ihr mehr zu bezahlen, wenn sie für sie arbeitete. Er wusste, dass er mit ihnen nicht konkurrieren konnte, und deshalb hat er diese Geschichten über sie erfunden. Das arme Mädchen. So viele Leute haben danach über sie geredet. Ich glaube, am Ende hat sie die Gerüchte selbst geglaubt.«

»Wenn du Rani geglaubt hast, warum hast du dann Ma nicht geglaubt?«, fragte ich wütend. Ich schloss meine Hände fest um den Schmuck, für den Fall, dass das hier ein grausamer Witz war.

»Ich habe deiner Ma geglaubt, mein liebes Mädchen«, sagte Mama-ji beschämt. »Ich habe ihr immer geglaubt. Aber ich habe mich nicht getraut, etwas zu sagen. Ich bin sicher, deine Ma hat dir alles über die Punjabis erzählt, mit denen wir aufgewachsen sind. Wenn Pra-ji an einem Tag mit strahlendem Sonnenschein und wolkenlosem Himmel behauptet hätte, dass es regnete, hätten alle ihm geglaubt und dich einen Trottel genannt. Oder schlimmer, einen Verräter. Damals hielt ich es für wichtig, diese Leute auf meiner Seite zu haben. Unser Vater war weg, und hinter unserem Rücken wurde ohnehin schon über uns getuschelt. Eines Tages sagte eine Gruppe von jungen Typen schreckliche Dinge über deine Ma, und ich habe sie verteidigt. Statt einen Rückzieher zu machen, brüllten sie zurück, dass doch unsere ganze Familie verdorben sei. Sie sagten: ›Dein Vater hat euch verlassen, deine Mutter geht putzen und deine Schwester ist …‹« Plötzlich schien Mama-ji einzufallen, dass er mit mir redete, und er räusperte sich. »Sie sagten, ich sei doch kein richtiger Mann, wenn ich nicht mal meine Schwester im Griff hätte. Sie sagten auch hässliche Dinge über meine Frau, dein Tantchen. Ich fing an, den Mund zu halten, weil ich ihnen keine Möglichkeit geben wollte, mich noch mehr zu beleidigen. Je unsichtbarer ich wurde, desto eher ließen sie mich in Ruhe.«

Mama-ji tätschelte mich am Knie und stand auf. »Pass auf den Schmuck auf, und vergiss nicht, deiner Mutter zu sagen, dass ich vorbeigeschaut habe«, sagte er. Er verstummte und sah Gott an, als ob er Ihn zum ersten Mal sähe. »Ich kann verstehen, wenn sie mir immer noch böse ist. So, wie ich sie verraten habe, indem ich damals nicht zu ihr gehalten habe … naja, ein Leben reicht nicht aus, um das zu verzeihen. Aber ich bin dankbar dafür, dass Rani mit mir gesprochen hat. Sie hat alles bestätigt, was ich ohnehin schon wusste, aber trotzdem hören musste.« Er schüttelte den Kopf und plötzlich trübten sich seine Augen. Er richtete den Blick wieder auf Gott. »Ich wünschte nur, deine Nani-ji wäre noch da, um die Wahrheit zu erfahren.«

Als er durch die Tür nach draußen ging, war ich immer noch sprachlos. Ich rannte in mein Zimmer, stopfte den Schmuckbeutel unter mein Kissen und setzte mich auf mein Bett, während die Gedanken in meinem Kopf durcheinander wirbelten.

Zuerst hielt Ma das mit dem zurückgebrachten Schmuck für einen besonders geschmacklosen Scherz. Sie rief Mama-ji an, und ihre ersten Worte waren: »Für wen hältst du dich eigentlich, einfach so in mein Haus zu platzen und meiner Tochter deine jämmerliche Version der Geschichte zu erzählen? Glaubst du nicht, dass sie schon genug Gift schlucken musste? Es hätte dich richtig glücklich gemacht zu hören, wie furchtbar Ma mich dargestellt hat, als sie hier gewohnt hat. Bei ihr klang es, als ob ich Bilu das Bleichmittel zu trinken gegeben hätte. Du kannst deiner Frau sagen …«

Aber dann versagte ihr die Stimme und sie hörte zu. Ich konnte nicht hören, was Mama-ji sagte. Ma lauschte plötzlich wie gebannt. Ich wollte schon zu meinem Anschluss greifen, aber dann fiel mir ein, was Daddy über die Probleme anderer Familien gesagt hatte. Bei diesem Gespräch ging es um Mas Familie, der Familie, die sie gehabt hatte, lange bevor Daddy und ich ein Teil ihres Lebens geworden waren.

Nach einer Stunde legte Ma endlich auf. Sie kam in mein Zimmer und wischte sich mit ihren langen Ärmeln über die Augen. Ihr Gesicht war nass von Tränen. Ich reichte ihr den Schmuckbeutel und erklärte, dass alles da sei. Sie hielt sich nicht damit auf nachzusehen, ob ich die Wahrheit sagte.

»Ich werde ihn für dich aufbewahren«, sagte sie und brachte ein Lächeln zustande. »Wir deponieren ihn in einem Bankschließfach, und wenn du alt genug bist, kannst du ihn einschmelzen und dir etwas richtig Schönes daraus machen lassen.«

Die Strahlen der untergehenden Sonne drangen durch die Spalten in meinen Jalousien und tauchten die Wohnung in ein gestreiftes Zwielicht. Gott saß still und erwartungsvoll da. Es würde noch lange dauern, bis ich den Schmuck für mich beanspruchen könnte, aber ich wusste schon, dass ich ihn genau so lassen würde, wie er war.

• • •

Jetzt verzog Ma den Mund. »Ich kriege keine Drachenfrucht mehr runter«, sagte sie. »Nach ein paar Scheiben bekommt man sie satt.«

»Wir sollten sie aber nicht vergeuden«, meinte ich. Ma begann sich umzuschauen, als ob sie in der Menschenmenge jemanden suchte. Als sie endlich ihre Augen auf etwas ruhen ließ, folgte ich ihrem Blick. Es war der Mann vom Saftstand. »Warte hier, Pinny«, sagte sie sanft. Sie brachte dem Mann den Obstteller und fragte ihn freundlich, ob er etwas haben wolle. »Sonst werfen wir es weg«, hörte ich sie auf Malaiisch sagen. »Und ich hasse es, Essen zu verschwenden.« Der Mann wirkte zuerst unschlüssig, aber dann nahm er den Teller. »Danke«, sagte er. Er winkte mir zu und lächelte. Ich winkte zurück.

Ma bedeutete mir mit der Hand aufzustehen. »Alles gute Gemüse und Fleisch wird weg sein, bis du endlich ausgetrunken hast«, schimpfte sie. »Nimm die Kokosnuss mit.« Ich nahm sie und folgte Ma zum Eingang der Gasse, wo Menschen mit herabhängenden Einkaufstüten herausströmten.

»Fertig?«, fragte ich Ma. Ich packte ihre Hand und wir gingen hinein.

Ma und ich trabten von einem Stand zum anderen, ohne viel zu sagen. Sie zeigte auf Obst und Gemüse, und ich nahm es, um die Schale auf Druckstellen und Flecken zu untersuchen. Dabei konnte ich nicht umhin, immer wieder einen Blick auf Mas Arme zu werfen. Ihre Haut wurde besser, jetzt wo sie sich nicht mehr mit dem Schmuck und ihren Problemen mit Fettes Tantchen herumquälte, aber Narben und Rötungen schimmerten immer noch hindurch wie gespenstische Schatten, als ewige Erinnerung. Sie trug weiterhin gewissenhaft ihre Salbe auf und trug aus Gewohnheit lange Ärmel. Aber ich merkte, dass sie sich nicht mehr solche Sorgen um mich machte. Wenn ich einen Ausschlag bekam, weil ich an einem Moskitostich gekratzt hatte, oder einen Pickel im Gesicht hatte, geriet Ma nicht mehr in Panik. Sie sagte nur, ich sollte gut aufpassen, und rieb die Stelle vor dem Schlafengehen mit einer Beruhigungslotion ein.

»Was genau willst du denn heute Abend kochen?«, fragte ich Ma. Es war ein wichtiger Abend, der erste, an dem Mamaji und Ma zusammen essen würden, seit sie als Bruder und Schwester zusammengelebt hatten. Fettes Tantchen war auch eingeladen – ich hatte gehört, wie Ma sie vor einer Woche im Tempel höflich gebeten hatte, doch sehr gerne vorbeizukommen –, aber Fettes Tantchen hatte verächtlich erwidert, sie habe schon etwas anderes vor.

»Ich weiß nicht«, sagte sie. Wir waren jetzt an dem Stand mit den getrockneten Sachen. Ma griff nach einem Korb und fing an, Schalotten, Knoblauch und knorrige Ingwerwurzeln hineinzuwerfen. Sie reichte den Korb einer Frau, die hinter dem hölzernen Tresen im Schatten stand. »Machen Sie mir den besten Preis«, bat sie die Frau abwesend, während sie mit dem Finger über den Rand eines Kiste voller praller Rambutans am nächsten Stand fuhr. Die Frau verzog keine Miene, als sie den Inhalt des Korbes wog und Ma ihren Preis nannte. Mir kam er zu hoch vor, aber Ma bezahlte schnell und wir gingen weiter.

Als Nächstes kam der Geflügelstand an die Reihe, dann der Fischstand, und dann kauften wir noch mehr Gemüse, Blätter, Kräuter und Knollen. Ich sah zu, wie Händler ihre Messer hoben und Obst zerhackten. Ich wandte mich ab, wenn ich sah, wie sie die Knochen toter Tiere durchsägten, deren Innereien in einer Ecke aufgehäuft waren. Wir verließen den Markt mit mehr Tüten, als ich nach meiner Erinnerung jemals getragen hatte. Es war klar, dass wir auf dem Heimweg mehrere Verschnaufpausen würden einlegen müssen. Ma stolzierte vor mir her, plötzlich mit einem Ziel vor Augen. Ich wusste noch immer nicht, was sie kochen wollte, und sie auch nicht. Aber sie ging munter weiter, als ob das keine Rolle spielte. Ihr würde schon etwas einfallen.

»He!« Ma blieb stehen und winkte. Ich musste mir zum Schutz vor der Morgensonne die Hand an die Stirn legen, um zu sehen, wen sie da gerufen hatte. Es war Daddy, der aus der 4D-Bude kam. Er hatte den Kopf gesenkt und konzentrierte sich fest auf seine Lose, um sie in Gewinnerlose zu verwandeln. Ma hörte nicht auf zu winken und rief seinen Namen, aber er schaute nicht auf.

»Dein Vater. Jetzt, wo er seine Lose gekauft hat, wird er den ganzen Tag an nichts als an die Zahlen denken«, sagte Ma kopfschüttelnd.

Ich lachte. »Ja«, sagte ich. »Typisch Daddy.«

»Pin«, sagt Ma und ließ Daddy nicht aus den Augen, während er langsam näher kam. »Ich möchte, dass du etwas weißt, falls du je zweifelnd solltest.«

Ein vertrautes Gefühl der Angst regte sich in meinem Magen. Da standen wir, an genau derselben Stelle wie beim ersten Mal, als Ma mir gesagt hatte, dass ich niemals so werden dürfe wie sie. Die Markisen warfen Schatten auf die Läden darunter, und in den Fenstern des Blocks gegenüber spiegelte sich das gleißende Sonnenlicht. »Was?«, fragte ich und hätte am liebsten die Augen geschlossen und sie gebeten, nicht weiterzusprechen.

Ma sah Daddy an, der uns endlich bemerkt hatte. Er winkte mit der Hand, die die Lose hielt, so dass sie wie Flügel in der Luft auf und ab flatterten.

»Niemand hat mich dazu gezwungen, deinen Vater zu heiraten. Ich weiß, ich habe dir erzählt, als das alles über mich bekannt wurde, dass meine Auswahlmöglichkeiten beschränkt waren … und das waren sie auch. Aber ich hätte mich trotzdem immer für deinen Daddy entschieden. Wenn ich die Zeit zurückdrehen könnte, würde ich alles ändern, nur das nicht.«

Ich atmete erleichtert auf. »Ich weiß«, sagte ich. Das Lächeln, das Ma mir als Antwort schenkte, brachte ihr ganzes Gesicht zum Leuchten und ließ sie glücklicher aussehen, als ich sie je gesehen hatte.

Ich sah Daddy an, wie er auf uns zukam, seine Lose in die Tasche steckte und dann wieder herauszog, um sicherzugehen, dass sich die Zahlen in der Zwischenzeit nicht verändert hatten. Ich blinzelte und sah ihn wieder, diesmal als drahtigen Jungen mit tiefdunkler Haut von der Sonne und wilden Locken auf dem Kopf, der einen staubigen Weg hinunterrennt, der sich zwischen alten Häusern hindurchschlängelt. In meiner Vorstellung jagte er einem Fußball hinterher, bis er verschwand, aber der Junge lief weiter, bis er ein Haus sah – Jinis Haus. Er blieb davor stehen, zupfte im Gras herum und traute sich sogar, das Tor anzufassen. Niemand kam heraus, um ihn fortzujagen.

## DANKSAGUNGEN

Danke an meine Familie für Ermutigung und Unterstützung, vor allem als es dieser Roman auf die Short List des Epigram Books Fiction Prize schaffte. Danke an meinen Mann Paul, dessen Kochkünste es mit denen von Ma in diesem Roman aufnehmen können. Ich liebe dich.

Inman Majors, Pinckney Benedict und Richard Bausch haben die ersten Entwürfe zu diesem Roman gesehen, als ich noch zur Schule ging. Ihr Glaube an die Geschichte und ihre guten Ratschläge haben es mir ermöglicht, Jahre nach dem Verlassen der Schule das Buch fertigzuschreiben.

Danke an Edmund Wee, Sheri Goh, Melissa De Silva, den Lektor Erik Lundberg und das restliche Team bei Epigram Books für ihre Umsicht, ihre Unterstützung und ihr Feedback. Danke an die Jury des Epigram Books Fiction Prize für die Aufnahme dieses Romans in eine so renommierte Shortlist.

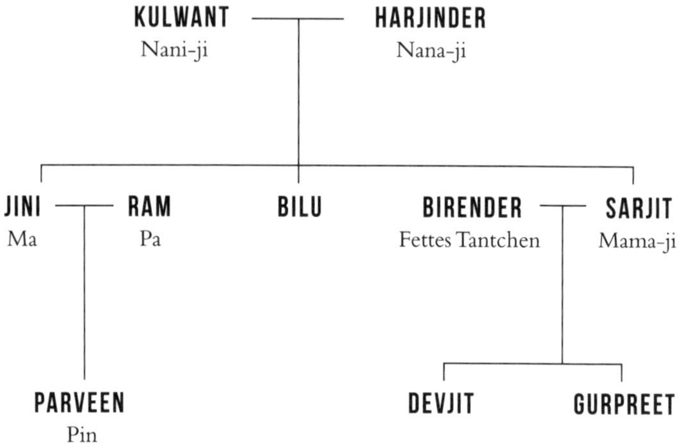
KULWANT
Nani-ji
HARJINDER
Nana-ji
JINI
Ma
RAM
Pa
BILU
BIRENDER
Fettes Tantchen
SARJIT
Mama-ji
PARVEEN
Pin
DEVJIT
GURPREET

# GLOSSAR

*Zum sprachlichen Hintergrund:* Die Kreolsprache *Singlish,* oder *Singapore Colloquial English,* ist eine örtliche Form der engl. Umgangssprache, die auf den Straßen Singapurs gesprochen wird. *Singlish* ist dabei nicht, wie häufig angenommen, gebrochenes Englisch. Als Kreolsprache hat es wie alle Sprachen eine einheitliche innere Logik und grammatikalische Komplexität. Das moderne Singapur wurde im frühen 19. Jh. als britische Kolonie gegründet; nach einer Fusion mit Malaysia 1963 ist es erst seit dem 9. August 1965 unabhängige Republik. Singapur hat also einen englischsprachigen Hintergrund, eine große Rolle spielt zudem die enge Verbindung zu Malaysia. Hinzu kommt der stetige Kontakt zwischen Sprecher:innen verschiedener Sprachen, vor allem eben Malaiisch, dazu verschiedene (vor allem süd-)chinesische Sprachen (Hokkien, Kantonesisch, Teochew), Tamil und indisches Englisch. Dass das Englische in der Form des *Singlischen* sich als Lingua Franca etablierte, liegt vor allem am englischsprachigen Bildungswesen in Singapur.

*9* *Kokos-Kaya:* eine Art Marmelade aus Kokos und Eiern; unverzichtbar für ein Singapurer Frühstück, entweder mit karamelisiertem/braunem Zucker oder mit Pandan.
*Pandan:* südostasiat. Palmenart, aus deren Blättern eine giftgrünes, nussig und stark nach Vanille schmeckendes Extrakt gewonnen wird, das insbes. in der thailänd., malays. und indones. Küche zum Backen verwendet wird. Es wird auch als ›die Vanille Asiens‹ bezeichnet und rangiert inzwischen unter den Superfoods.
*Kueh:* mundgerechte Snacks oder Desserts.
*Twisties:* Snack der Firma Smith's Snackfood Company.
*Paddle-Pop-Eiscreme:* Eismarke.

11 *Kueh Lapis:* ein traditionelle Süßigkeit, die aus verschiedenfarbigen, von Hand gegossenen Schichten aus Reismehlpudding besteht.

12 *Pasar Malam:* Malaiisch für ›Nachtmarkt‹/›Nachtbasar‹, der in der Regel bei Einbruch der Dunkelheit öffnet.

13 *Aiyah:* Ausruf, der Überraschung, Verärgerung, Schmerz, Frustration, Sarkasmus usw. ausdrücken kann.

14 *NTUC-Supermarkt: NTUC FairPrice* ist die größte Supermarktkette in Singapur.

17 *Punjab/Punjabi:* Die Region Punjab liegt teils in Indien, teils in Pakistan; der indische Teil bildet den Bundesstaat Punjab, dessen Hauptsprache Punjabi ist und dessen Bevölkerungsmehrheit der Religionsgemeinschaft der Sikh angehört.

18 *lah:* Singlish-Sätze (s. dazu auch den Eintrag zu Singlish) sind oft geradezu gespickt mit der charakteristischen Partikel *lah,* so dass der Begriff zu einem festen Bestandteil der Umgangssprache geworden ist. Er kann je nach Kontext eine Bejahung, Ablehnung, Verärgerung oder einen Ausruf markieren.

20 *Durian:* auch ›Zibetfrucht, in Südostasien beliebt, wo sie den Spitznamen ›Königin der Früchte‹ trägt. Die *Durian* ist sehr nährstoffreich und am Geschmack scheiden sich die Geister. Wegen ihres starken Geruchs darf *Durian* in Singapur nicht im Bus mitgenommen werden.

24 *Onkel/Tanten:* In Singapur ist es üblich, sämtliche älteren Menschen als ›Onkel‹ bzw. ›Tante‹ zu bezeichnen.

27 *Sikh:* am Ende des 15. Jh. durch Guru Nanak im Punjab gegründete monotheistische Religion, die eng mit dem Selbstverständnis der Menschen im Punjab verknüpft ist. Die Mehrheit ihrer aktuell rund 25 bis 27 Millionen Anhänger lebt in Indien.

*Salwar/Salwar-Kamiz:* traditionelle Kleidung u.a. in Indien und Pakistan, bestehend aus einem weiteren, von der Hüfte abwärts geschlitzten Hemd (*Kamiz*) über einer weiten Hose (*Salwar*), bei Frauen ggf. noch mit *Dupatta*, einem breiten Tuch, das über Kopf und Schultern getragen wird. Oft farbenfroh, aus edlen Stoffen und mit aufwändigen Stickereien.

*Heiliges Buch:* Das *Sri Guru Granth Sahib*, bezeichnet als *Adi Granth* (›Urbuch‹), enthält Texte der Gurus und wurde vom letzten Guru Gobind Singh (1666–1708) zu seinem Nachfolger und ewigen Guru erklärt, so dass es im Sikhismus eine zentrale Rolle spielt und wie ein Mensch verehrt wird.

28 *Roti:* rundes, ursprünglich aus Indien stammendes Fladenbrot aus Atta-Mehl (s. dort).

*Dhal:* ein Gericht der indischen und pakistanischen Küche, das vorwiegend aus Hülsenfrüchten zubereitet wird.

30 *Nani/Dadi – Nana/Dada:* Punjabi für die Großmutter mütter- bzw. väterlicherseits sowie den Großvater mütter- bzw. väterlicherseits. Das Suffix *-ji* steht wie im Text selbst erklärt für Ehrerbietung (gegenüber Älteren).

31 *Mama-ji:* Onkel mütterlicherseits.

32 *Jalebi*, auch *Jelebi:* afghanisch/nordwestindischer Nachtisch; in Zuckersirup getränkte, frittierte Weizenmehlkringel.

*Gurus:* Insgesamt gibt es zehn Sikh-Gurus (die ersten 10 Führer des Sikhismus) mit Guru Nanak (Nanak Dev, 1469–1539) als Religionsstifter und erstem Guru an der Spitze.

42 *Chinesisches Neujahr:* der wichtigste traditionelle chinesische Feiertag, gefeiert am Neumond zwischen dem 21. Januar und 21. Februar.

46 *Hokkien-Nudeln:* urspr. von Einwander:innen aus Fujian eingeführte dicke Weizen-Eiernudeln.

53 *Lai, lai!:* (Singlish) ein Ausruf, der Ermutigung ausdrückt oder einer Bitte vorausgeht.

*nach dem Krieg:* Die damals britische Kronkolonie Singapur (seit 1867), die bis dahin als stärkstes Bollwerk des Empire betrachtet worden war, ergab sich am 15. Februar 1942 trotz numerischer Überlegenheit unter General Arthur Ernest Percival den Japanern, womit für die Singapurer eine Zeit der Unterdrückung, mit Internierungen, Massenhinrichtungen, Hunger …, begann. Mit der japanischen Kapitulation am 2. September 1945 wurde Singapur wieder britische Kronkolonie.

54 *Bata*-Leinenschuhe: *Bata* ist ein in Mähren gegründetes Schuhunternehmen mit Italien und Indien als umsatzstärksten Märkten.

56 *Singapur sei benannt nach Sang Nila Utama, der einen Löwen gesehen habe, keinen Tiger:* Tatsächlich setzt sich der Name *Singapur* zusammen aus *Singha:* ›Löwe‹ und *Pura:* ›Stadt‹. Angeblich erreichte Prinz *Sang Nila Utama* aus Palembang das Gebiet im Jahr 1299 und benannte das von ihm gegründete Königreich *Singapura* nach einem Löwen, den er dort im Dschungel gesehen hatte.

*Shophouse:* südostasiat., weitverbreiteter Gebäudetyp mit einem Geschäft, das sich zum Bürgersteig hin öffnet, und Wohnräumen für den Inhaber, typischerweise als zwei- bis dreistöckige Reihenhäuser.

58 *Majulah Singapura:* die Nationalhymne von Singapur.

*Singapurer Gelübde:* von Sinnathamby Rajaratnam 1966, kurz nach der Unabhängigkeit verfasstes Gelübde, das in Schulen täglich sowie allgemein an besonderen Feiertagen mit der Faust auf dem Herzen rezitiert wird, um die Loyalität zur Nation zu demonstrieren: »We, the citizens of Singapore, pledge ourselves as one united people, regardless of race, language or religion, to build a democratic society based on justice and equality so as to achieve happiness, prosperity and progress for our nation.«

62 *friedvolle Lieder über Heilande, Erlösung und Hirsche, die von frischen Wassern schleckten:* wahrscheinlich ist Psalm 23 gemeint (»Der HERR ist mein Hirte, mir wird nichts mangeln. / Er weidet mich auf einer grünen Aue und führet mich zum frischen Wasser.«), den Pin hier etwas anders verstanden hat.

63 *Baju Kurung:* ›geschlossenes Kleid‹, die Nationaltracht Malaysias: ein überlanges, langärmliges Oberteil über einem relativ engen, knöchellangen Rock.

64 *Talkumpuder:* kosmetischer Hautpuder, der Reizungen lindert.

*Five Stones:* ein traditionelles Spiel, das früher, als Singapur noch dorfähnliche Strukturen (Kampongs) hatte, bei Kindern beliebt war.

70 *Apa:* Kurzform des malaiischen *apa macam,* im Sinne von: ›Alles klar?‹.

72 *Hari Raya Puasa* (auch *Eid al-Fitr* oder *Zuckerfest*) das Fest des Fastenbrechens am Ende des Fastenmonats Ramadan.

74 *Karung-Guni-Mann:* von malaiisch *karung guni:* ›Jutesack‹; eine Art moderner Lumpensammler, der (heute normalerweise nicht mehr mit dem Jutesack, sondern mit dem Handkarren) von Tür zu Tür geht und nicht mehr gekaufte Gegenstände erwirbt, um sie weiterzuverkaufen.

78 *Mahjong:* ein aus China stammendes Brettspiel.

*79* *Cantik:* malaiisch ›Schöne‹.

*80* *Mungalee:* abfällig benutzte Bezeichnung für ›Inder‹.

*81* *Maggie Mee …, wie die Nudeln: Maggie-Instant-Nudeln* wird häufig als Synonym für Instant-Nudeln benutzt.

*84* *Kara:* Armreif aus Eisen oder Stahl als Erinnerung an die eigene Sterblichkeit und die Verbundenheit mit dem Kreislauf des Lebens und eines der ›5 Ks‹, die ein Sikh traditionell immer an seinem Körper tragen sollte (neben ungeschnittenem Haar, einem Kamm, um die Haare zusammenzuhalten, einem Säbel und einer Hose, die über dem Knie endet).

*90* *We Are One:* militärisches Lied, das u.a. bei der OCS-Militärparade zum Einmarsch der Kadetten intoniert wird: »We work in harmony, with our fellow man/ We are the soldiers of this land./ We have to move ahead, to do the best we can/ We are the ones to defend our land …«

*91* *Sari:* traditionelles Frauengewand in Indien – Wickelrock; an einer Seite über die Schulter geworfen.

*Samsui-Frauen:* Einwanderinnen aus Sanshui in China, die in der ersten Hälfte des 20. Jh. nach Malaysia und Singapur kamen, um im Bauwesen und in der Industrie zu arbeiten.

*101* *Pra-ji:* Punjabi für ›Bruder‹ mit dem Suffix für Ehrbezeugung.

*104* *Wah:* (Singlish) einleitend benutzter Ausruf, der Überraschung, Bewunderung, Ermutigung, Freude etc. ausdrückt.

*109* *Hungry Ghost Festival*, auch *Fest der wandernden Seelen*, begangen am 15. Tag (Vollmond) des 7. Mondmonats, zu Ehren der geliebten Verstorbenen. Da sich an diesem Tag gemäß der Tradition die Tore zur Hölle öffnen, werden allerlei Gaben dargebracht, um zu verhindern, dass die auf der Erde umherwandernden Seelen Schaden anrichten.

124 *Degh (auch Deg):* wörtlich: ›Kochtopf‹), eine Art Halva aus Weizenvollkornmehl, zu gleichen Teilen hergestellt aus Weizenvollkornmehl, Butterschmalz und Zucker sowie der doppelten Menge Wasser.

129 *MRT: Mass Rapid Transit* ist die Bezeichnung für Singapurs Metro-Netz.

138 *Saag:* ein grünes Curry aus bitterem (z.B. Senfgrün, Grünkohl, Rübengrün) und mildem Grün (Spinat, Mangold, Pak Choi, Rübengrün).

*Nasi Lemak:* traditionelles malaysisches Gericht aus in Kokosmilch gekochtem, ›reichhaltigem‹ (*lemak*) und mit einem Pandanblatt aromatisiertem Reis (*nasi*), zu dem verschiedene würzige Curries, Sambal mit frittierten Anchovies, ein hartgekochtes oder gebratenes Ei und Gurkenscheiben serviert werden und das traditionell zum Frühstück, aber auch zu anderen Mahlzeiten gegessen wird.

*Kway Teow:* chines. Gericht; im Wok gebratene flache Reisnudeln mit scharfer Chilipaste.

*Dosai* (auch *Dosa*): eine Art Pfannkuchen aus der südindischen Küche aus einem meist fermentierten Reis- oder Hülsenfrüchteteig, der traditionell auf einer gusseisernen Platte zubereitet und oft zum Frühstück gegessen wird.

139 *Atta:* ein Vollkornhartweizenmehl, das v.a. in der indischen Küche zur Herstellung von Fladenbrot verwendet wird.

140 *hainanisch: Hainan* ist eine Provinz im Süden Chinas, die aus verschiedenen Inseln besteht.

*Longan:* wegen ihres durchscheinenden schwarzen Kerns auch bekannt als ›Drachenauge‹, eine kleine, mit der Litschi verwandte Frucht, deren Geschmack als Mischung zwischen Litschi und Honig beschrieben wird.

140 *Rambutan:* von Malaiisch *rambut:* ›Haar‹, eine dicht mit weichen roten Stacheln besetzte, mit der Litschi verwandte, süß-sauerlich schmeckende Frucht.

*Chendol:* ein beliebter Nachtisch, der aus zerstoßenem Eis, Reismehlgelee, Kokosmilch und Palmzuckersirup besteht.

*Eis Kacang*, auch *Ais kacang:* wörtlich: ›Bohneneis‹, malaysische Eisspezialität aus geraspeltem Wassereis über roten Bohnen, mit verschiedenen Sirups, Kondensmilch und gelierten Früchten darüber zu einem Berg aufgetürmt; verbreitet in Malaysia, Singapur und Brunei

142 *Ghee:* Butterschmalz, in Indien und Pakistan traditionell eines der wichtigsten Speisefette.

148 *Langar:* im Sikhismus ein Ort, wo kostenlos Mahlzeiten für alle ausgegeben werden, unabhängig von Religion, Kaste, Geschlecht, wirtschaftlicher Stellung oder ethnischer Zugehörigkeit. Hier ist die Mahlzeit selbst gemeint.

150 *Sat sri akal:* traditionelle Begrüßung unter Sikh, Kurzform von *Jo bole so nihaal, sat sri akal*, was so ungefähr ›Gesegnet ist derjenige, der sagt ›Gott ist die Wahrheit‹‹ bedeutet.

151 *Ipoh:* Stadt in Malaysia.

167 *Bihun Goreng:* bezieht sich sowohl in der indonesischen als auch in der malaiischen Sprache auf ein Gericht aus gebratenen Reisfadennudeln.

*Nasi Biryani:* gebratener Reis mit Rosenwasser und Gewürzen als Basis für weitere Zutaten (z. B. Fleisch), die separat dazugegeben werden.

174 *Deepavali* (auch *Diwali* oder *Dipavali*): das Lichterfest, ein bedeutendes mehrtägiges hinduist. Fest in Indien, Sri Lanka und Nepal sowie in anderen vom Hinduismus geprägten Ländern wie z.B. Malaysia und Singapur.

*Vesakhi,* auch *Vesakhi, Vaisakhi* oder *Baisakhi:* am 13. oder 14. April begangenes indisches Erntefest. Die Sikh-Gemeinschaft feiert zusätzlich ein Schlüsselereignis ihrer Religion: die Bildung der *Khalsa,* eines Ordens getaufter Sikhs.

177 *Papadam*, kurz *Papad:* dünnes, frittiertes knuspriges Fladenbrot aus Urdbohnenmehl als Beilage, Vorspeise oder Zwischenmahlzeit.

*Minyak-Kapak-Heilöl:* siehe *Axe-Öl.*

185 *Rendang:* Curry-ähnliches, scharfes Fleischgericht der indones. Küche.

189 *Beti:* Hindi für ›Tochter‹.

207 *Kampong:* malaiisch ›Dorf‹, bezeichnete eine ländliche/dörfliche Struktur innerhalb Singapurs, die bis in die frühen 1970er Jahre verbreitet war.

210 *Bhabi:* ein Urdu-Begriff, der in südasiatischen Kulturen, insbesondere in Indien und Pakistan, verwendet wird, um die Frau des Bruders anzusprechen und mit ›Schwägerin‹ übersetzt werden kann.

225 *Pakora:* Gemüse oder Fleisch im Teigmantel, in heißen Fett ausgebacken; in Indien und Pakistan verbreitet.

230 *Jat:* Volksgruppe im Punjab und in Teilen Pakistans.

251 *Johor Baru:* die Hauptstadt des malaysischen Bundesstaats Johor an der Südspitze der Malaiischen Halbinsel. Sie ist über einen Damm, der über die Straße von Johor führt, mit Singapur verbunden.

254 *PSLE-Prüfungen: Primary School Leaving Examinations* am Ende der 6. Klasse.

261 *Axe-Öl:* ein ätherisches Öl, das bei Kopfschmerzen, Erkältungen, Gelenk- und Muskelschmerzen, Insektenstichen etc. Abhilfe schafft.

269 *Sarong:* aus einer Stoffbahn bestehender Wickelrock, der um die Hüfte gewickelt und vor allem von Männern getragen wird.

287 *Cheongsam:* v.a. im 20. Jh. beliebtes chinesisches knöchellanges, seitlich geschlitztes Kleid mit hochgeschlossenem Kragen und Knöpfen oder Schlaufen an der Schulter.

288 *Kartoffelcurrypuffs:* Snack aus Curry, Hähnchen und Kartoffeln im frittierten oder gebackenen Teigmantel.

*Keropok,* auch *Krupuk:* Krabbenchips.

*halal* (*halāl*): arabisch ›erlaubt‹/›zulässig‹ als Bezeichnung für alle Dinge/Handlungen, die nach islamischem Recht zulässig sind.

290 *Sir Stamford Raffles* (1781–1826) war ein britischer Kolonialbeamter, der 1819 eine britische Handelsniederlassung in Singapur gründete und 1822 einen modernen Stadtentwicklungsplan initiierte und damit als Gründer des modernen Singapur gilt.

293 *An ang pow/Ang pow: ein* roter Umschlag, der ein Geldgeschenk beinhaltet, das zu besonderen Feiertagen, zu Chinesisch Neujahr, Hochzeit, Geburtstag, Abschluss etc. gegeben wird, eine urspr. chinesische Tradition, die sich von dort aus über Südostasien und andere Länder mit größerem chinesischen Bevölkerungsanteil verbreitet hat

300 *Jackfruit*, auch ›Jakobsfrucht‹: im Geschmack eine süßliche Mischung aus Banane, Papaya und Mango.

*Bak Kwa:* ein chinesisches salzig-süßes Trockenfleischprodukt, das mit einer speziellen, aus China stammenden Fleischkonservierungs- und Zubereitungstechnik hergestellt wird.

*Dim-Sum-Restaurant: Dim Sum* (auch *Dimsum*) sind traditionelle Spezialitäten der chinesischen Küche und in China sehr verbreitet: kleine Gerichte, meist gedämpft oder frittiert, die zum Frühstück bzw. zum Mittagessen serviert werden.

322 *Drachenfrucht:* bizarr aussehende Frucht einer Art Kletterkaktus mit süßsaurem, an Kiwi, Brombeere und Melone erinnerndem Geschmack.

323 *Lapis Sagu:* traditionelle indonesische Süßigkeit aus Reismehl.